A hora da história

Thrity Umrigar

A hora da história

Tradução: Amanda Orlando

Copyright © 2014 by Thrity Umrigar
Copyright da tradução © 2014 by Editora Globo S.A.

Todos os direitos reservados. Nenhuma parte desta edição pode ser utilizada ou reproduzida — em qualquer meio ou forma, seja mecânico ou eletrônico, fotocópia, gravação etc. — nem apropriada ou estocada em sistema de banco de dados sem a expressa autorização da editora.

Texto fixado conforme as regras do Acordo Ortográfico da Língua Portuguesa (Decreto Legislativo nº 54, de 1995).

Título original: *The Story Hour*

Editor responsável: Eugenia Ribas-Vieira
Editor assistente: Sarah Czapski Simoni
Preparação: A Florista Editorial
Revisão: Jane Pessoa, Vanessa C. Rodrigues e Laila Guilherme
Paginação: Marco Souza
Capa: Marianne Lépine
Foto de capa: David Evison / Fotolia / Glow Images

1ª edição, 2015

CIP-BRASIL. CATALOGAÇÃO-NA-FONTE
SINDICATO NACIONAL DOS EDITORES DE LIVROS, RJ

U43t
Umrigar, Thrity N.
  A hora da história / Thrity Umrigar ; tradução Amanda Orlando. - 1. ed. São Paulo : Globo Livros, 2015.

Tradução de: The Story Hour
ISBN 978-85-250-5961-1

1. Romance indiano (Inglês). I. Orlando, Amanda. II. Título.

14-17430   CDD: 828.99353
                                   CDU: 821.111(540)-3

Direitos de edição em língua portuguesa para o Brasil adquiridos por Editora Globo S.A.
Av. Jaguaré, 1485 — 05346-902 — São Paulo — SP
www.globolivros.com.br

Para papai
Um milhão de vezes

*A verdade não muda de acordo com
a nossa capacidade de digeri-la.*

Flannery O'Connor

*Eu sou feita e refeita
continuamente. Pessoas diferentes
fazem descrições diferentes de mim.*

Virginia Woolf

Livro um

I

Eu começo.

Querida Shilpa, eu escrevo. *Acredita quando eu digo que não tem um dia nesses seis anos que eu não pensa em você. Como você está, minha querida?*

Eu então pego o papel, aperto ele como uma bola de massa e jogo do outro lado da sala. Ele aterrissa em cima da mesa de café — por que ele chama isso de mesa de café se nessa casa a gente só bebe *chai*? —, e eu pego papel para jogar na lata de lixo. Shilpa nunca lê meu bilhete. Ele nunca coloca no correio pra ela. Tem algumas coisa que até as idiotas como eu sabem.

Olha o relógio na parede. Oito e quarenta e cinco da noite. Ele chega em casa às dez e meia. Rapidinho eu vou até o banheiro e abro a gaveta de remédios. Eu tira todos os frascos e levo para sala. Eu organizo os frascos em uma fileira e só por um minuto a dor no meu estômago melhora, como se o remédio já está lá dentro. Mas então o rosto magro do Bobby aparece na minha frente, eu vejo seus olhos tristes e a dor ataca meu coração de novo. Não é imaginação. Bobby também era triste quando foi hoje. Vou sentir saudade de você, ele disse, e as palavras dele era ao mesmo tempo mel e veneno, sol e lua no mesmo céu.

Eu não disse: Por que você tem que ir pra Califórnia? Eu não disse: Quero que você venha toda quinta-feira para sempre, assim eu vejo você comer frango amanteigado e *naan* do outro lado do restaurante e sinto a minha barriga cheia. Eu não disse: Nesse país frio onde eu não tem nenhum amigo nem conhecido, é só você que sorri para mim, que fala como se eu sou uma pessoa e não lixo. Eu não disse: Eu traí marido duas vezes – uma primeira para salvar a minha família, a segunda, a minha alma. Eu não disse. Eu nunca disse nada.

Seis comprimidos no frasco de remédio para dor de cabeça do meu marido. Três antibióticos. Dezessete comprimidos verdes para relaxar os músculos quando ele teve dor nas costas ano passado. Eu lembro uma coisa e saio correndo da sala. No armário da cozinha em cima do micro-ondas está o grande pote de Ibuprofeno do Costco. Centenas de comprimidos cor de laranja. Eu abro. Na cozinha, encho jarra grande de água.

Eu sinto que preciso rezar. Faz *pooja*. Eu pedir ao Bhagwan misericórdia pelo pecado que eu cometendo. Pedir o perdão do marido também, pelo mal que eu causo para ele. Casa com a Rekha, quero dizer para ele. Rekha trabalha na mercearia do lado do restaurante e eu vejo como ela olha para ele toda saliente. Marido é bom homem, ele trabalha duro, com os olhos no chão, nunca presta atenção na Rekha nem nas outras mulheres. Não é culpa dele não amar eu. Não é culpa dele eu não amar ele. Pouco tempo depois do casamento, eu espero que devagarinho o amor venha. Se a minha *Ma* é viva, ela podia me dizer o que fazer para o amor vir. Mas minha *Ma* já morreu muito tempo, por isso eu espero. Quando pai do marido morreu três anos atrás e ele não pode largar o serviço para voar para a Índia, ele ficou tão triste e magoado que eu acho que é claro que o amor ia acontecer entre a gente. Quando eu compro um sári vermelho novo para o casamento da amiga e marido olha para mim e sorri, eu acho que é amor, mas é só álcool. Agora eu sei. Marido ama uma mulher. Que não é eu.

Eu não tem medo de morrer. Só medo de ficar sozinha depois de morrer. Se eu suicidar eu vou pro inferno, será? Se o inferno é todo quente, lotado e barulhento como o pastor diz na TV, então eu não ligo porque vai ser igualzinho na Índia. Mas se o inferno é frio e silencioso, com um monte de neve e árvore sem folhas e pessoas que sorri com os lábios tão fininhos que nem pedaço de barbante, então eu fico com medo. Porque vai parecer muito com a vida na América.

Bobby diz que ia mudar para Califórnia para ficar perto da irmã dele.
— Cansei de ficar longe da família — ele diz. — Sabe?
— Eu sei.

Ele escuta alguma coisa na minha voz porque ele olha na mesma hora para mim. O olho dele é azul como o céu em julho. Seu cabelo comprido e amarelo cai na testa como raio de sol e meu dedo queima porque não posso tocar ele.

— É, acho que você sabe — ele dizer e então sorri, e eu sente uma coisa quente e viva mexer do meu estômago até a minha cara.

O marido está a nove metros dali e ele empapa de suor a camiseta na cozinha quente demais, mas nesse momento ele não é ninguém para mim, um estranho no ônibus, um homem cego que nunca me vê. Bobby é que lê meu coração, que sabe que meu pé está na América, mas todas as noites meu coração voa como passarinho por cima dos campos do meu pai, por cima da praça da nossa vila, por cima da casa de pedra que o meu *Dada* construiu com as próprias mãos, procurando, procurando pela Shilpa. Bobby — que nunca falou com o marido apesar do marido às vezes deixar a cozinha pra fazer piada com cliente que vem sempre aqui e diz: "Vejo o senhor na próxima quinta", que às vezes manda um doce extra especial para ele da cozinha — Bobby pode ver que o marido não me deixa conversar com os conhecidos, que ele me transforma em uma árvore sem raízes, que ele me olha e não vê nada. Às vezes, quando o marido chama da cozinha e a voz dele corta que nem a faca que ele tem na mão, Bobby olha e faz uma careta para mim, do jeito que as crianças fazem quando comem alguma coisa azeda, uma manga verde do pé. Mas tem alguma coisa que me dá coragem naquela careta, como quem diz: "Vai, Lakshmi. Sua mulher forte. Eu sei que você está triste mas eu vai ajudar você. Coragem".

Nos últimos dois anos, Bobby vem para almoçar toda quinta-feira. Algumas semanas ele está de férias e não aparece, e essas semanas passam devagar como um carro de boi subindo uma montanha. E então eu me odeio por usar um sári bom e passar creme Pond's no rosto para deixar minha cara mais bonita. E então eu me irrito com cliente da mercearia que quer saber onde está isso e onde está aquilo, e Rekha olha pra mim com a testa franzida de preocupação e diz: "*Kya hai, didi?* Vai lá para cima e tira uma soneca por uma horinha, *na?*".

E eu sei que não vai ver o Bobby nunca mais. Porque ele me diz hoje que está mudando para a Califórnia e apesar de dizer que vem visitar eu de vez em quando ele olha para baixo, e os dentes brancos sempre mordem o lábio quando ele diz mentira. Ele também espera até terminar de almoçar para me contar. Eu não digo nada, só faço que sim com a cabeça, que é pesada, como uma montanha sentada bem em cima dela. Eu balanço a montanha enquanto faço que sim e sorrio. Faço que sim e sorrio. Ele diz transferência de emprego e clima bom e perto das minhas sobrinhas e sobrinhos, enquanto eu faço que sim e sorrio. Depois de um tempo ele para de falar, se deita na cadeira, coloca as mãos atrás da cabeça e respira fundo.

— Mas vou sentir saudade de você, desse lugar — ele diz. E os lábios viram uma meia-lua de cabeça pra baixo.

Eu chacoalho a montanha pra longe da minha cabeça.

— Espera aí — falo. Eu corro até a loja. Outro cliente levanta a mão pra pedir a conta, mas eu ignoro ele. Eu entro na loja e olho em volta. Alguma coisa que quero dar para ele. Alguma coisa para levar no avião, alguma coisa para levar para Califórnia. Uma lembrança que eu dou. Uma lembrança de mim. Eu olho as prateleiras que eu arrumo – potes de creme Pond's, Vicks Vaporub, Ovaltine, Horlicks, leite de magnésia, xarope de framboesa Kalvert, picles de lima Patak. Nada aqui para dar. Vou para o corredor seguinte e olho: mistura para *bhelpuri, moong dal* frito, pacotes de wafer de banana. Eu pego pacote de *gathias*. Ele vai lanchar isso no avião.

Mas eu não satisfeita. Eu quero uma coisa... que dura. Eu vou depressa até a próxima prateleira. Caixas de gulodices — *halvas, pedas, jalebis*. Latas de lichias, mangas. Nada, nada.

E então eu lembro. Eu vou para a frente da loja, atrás da caixa registradora, onde a gente guarda as caixas de açafrão caro. E atrás das caixas fica nossa bandeja de prata, onde toda manhã o marido acende uma vela e diz as preces. Na bandeja tem estátuas pequenas dos nossos deuses – uma estátua de Krishna pintada de azul; um Hanuman de madeira, o deus macaco; uma estátua prateada de Lakshmi, deusa da fortuna. Rekha no balcão atendendo um cliente, e eu deslizo atrás dela e pego Lakshmi. Mas ela tem olhos nas costas porque abre aquela boca gorda e diz:

— *Didi*, o que você fazendo?

Cala a boca, vai cuidar dos seus problemas, eu quero dizer, mas em vez disso eu falo:

— Nada. — E eu saio pela porta que liga o restaurante e a loja.

Mas quando eu chego lá a mesa está vazia. Bobby foi embora.

Ao lado do prato vazio, Bobby deixou uma nota de vinte dólares. O bufê do almoço custa só 7,99 dólares. Eu pego a nota com a mesma mão que seguro a estátua e corro pra porta da frente. O sino de latão que fica em cima da porta faz blém-blém quando eu abro e fecho a porta atrás de mim.

No estacionamento, eu olho os carros azulverdevermelhobranco estacionados em fila organizada, como dentes em uma boca. Rapidinho meu olho passa por todo o estacionamento tentando encontrar Bobby. Será que ele já saiu? Sem nem me dar tchau direito? Quando eu penso nisso, meu coração desaba como um pardal que cai do galho de uma árvore. As lágrimas começam a arder nos olhos e então eu vejo ele lá na frente.

— Senhor! — eu grito. Ele não olha pra trás. E, assim, pela primeira vez desde que eu conheço ele, eu falo o nome dele. — Bobby! — eu grito. — Senhor. Bobby. Por favor. — Sem me avisar, meus pés começam a se mover e depois voar, como se tentasse pegar de volta o nome dele antes de sair da boca.

Ele vira e o rosto dele parece surpreso enquanto eu corro na direção dele como o Expresso Rajdhani. Ele dá um passo para trás, como se eu vai correr em cima dele como um trem descarrilhado. Mas eu paro bem na frente dele e agora minha boca seca e nenhuma palavra vem na minha cabeça.

— Sim? — Bobby diz depois de um minuto. Ele sempre olha para mim de um jeito muito gentil.

— Você vai embora sem dar tchau — eu digo, mas o rosto dele fica vermelho como se eu batesse nele, por isso eu falo: — Você ir embora sem pegar troco. Bufê é só 7,99 dólares.

Ele começa a rir, mas não daquele jeito mau que o marido ri de mim.

— Ah, tudo bem. São só vinte dólares, Lakshmi. E foi uma gorjeta. Por todo o cuidado que você teve comigo nesses últimos anos.

A palavra "cuidado" abriu uma caverna no meu coração. Na minha vida antiga, lá na Índia, eu tinha tomado conta de muitas pessoas. Shilpa. Minha

Ma. Dada. Mithai, o elefante. Aqui não tem ninguém para cuidar. Marido não quer que eu cuido dele. Toda vez que eu sou boa, ele só lembra do que ele não tem. E do que ele tem. Eu.

Eu abro a boca, mas não tem nada lá. Nenhuma palavra. Mesmo assim, preciso tentar.

— Disponha — eu falo. — Não precisa de gorjeta extra.

Ele sorri de novo.

— Lakshmi, está tudo bem. Sério. Não foi nada de mais.

Quando ele fala meu nome, eu lembro da estátua na minha mão.

— Toma. Para você. Um presente para Califórnia.

O olho de Bobby arregala quando eu coloca a estátua na mão dele. E de repente eu não sinto mais vergonha.

— É Lakshmi. Deusa da riqueza. Mesmo nome que eu. Uma coisa pra você lembrar de mim na Califórnia. — Eu olho rápido para ele e depois para o pé. Mas ainda sinto os olhos de Bobby no meu rosto, que fica quente como sol.

— Uau. Tem certeza?

Faço que sim com a cabeça. Vejo meu pé nas *chappals* de borracha que uso no restaurante, e então eu olho para o pé de Bobby nas sandálias de couro. São cor-de-rosa os dedos dele, como um bebê. Eu tenho vergonha e olho para cima depressa antes que ele segue meu olho.

Bobby olhando para mim com a cabeça de lado como o nosso velho cachorro faz quando não entende as coisas. E então ele sorri.

— Tchau, Lakshmi — ele diz. — Obrigado por isto.

Ele estica a mão para apertar a minha, como se eu um homem também. Nenhum homem nunca apertou minha mão antes. Eu não sei o que fazer. Se o marido vê, ele não gosta. Mas eu vejo os pelos no braço branco de Bobby, como uma trança dourada. Macia, como uma mão de menina. E então eu penso: Estou na América agora. Tem que apertar a mão como uma americana de verdade. E por isso eu pego a mão de Bobby com as duas mãos.

— Boa sorte — eu fala. — Deus abençoe.

— Deus abençoe — ele repete. E depois solta minha mão. — Adeus, Lakshmi. Vou mandar um cartão-postal da Califórnia.

Eu vejo o carro azul de Bobby virar à esquerda na rua principal. Eu conheço Rekha, com aqueles olhos grandes e orelhas compridas que contam quanto tempo estive fora. Mas eu ainda fico ali parada, sem ir nem para a frente nem para trás, apesar do sol forte na pele, apesar da brisa que balança o *pallov* do meu sári. Não estou pronta para entrar no restaurante quente, fedorento. Não estou pronta para servir um cliente que não é Bobby. Eu penso no que acontece se eu começo a andar, dando um passo, dois, três pela praça. Eu passo pela alfaiataria do russo, pela loja de bebida, pela loja de 1,99. Mas para onde eu vou quando sair da praça? Do outro lado da rua tem o posto Shell. Mas eu não dirijo carro — o marido diz que sou muito idiota para aprender. Eu tenho na mão os vinte dólares que o Bobby me deu pelos cuidados. Tenho um chinelo Bata sujo no pé. Não posso ir muito longe sozinha, eu sei disso, mas mesmo assim a ideia de entrar na loja e no restaurante cria vômito no meu estômago. Odeio minha vida, eu penso, e esse pensamento me dá surpresa. Até esse minuto, eu não estava sabendo disso.

— Lakshmi — eu escuto e, mesmo sem virar, sei quem está me chamando. É o marido, e ele anda depressa para perto de mim. Ele sem camisa, ainda com a *ganji* branca sem manga que usa para cozinhar. E percebo os braços grandes com pelos escuros e a barriga que balança como um *handi* de água quando ele anda. Ele também respira ruf-ruf-ruf quando chega perto de mim.

— Ficou maluca? — ele diz quando fica perto. — Sai para andar enquanto os clientes estão esperando? E aí fica parada no meio da praça falando sozinha?

Eu não falo nada.

Ele aperta os olhos.

— O que é isso? — Ele levanta a minha mão que segura a nota de vinte dólares. — Você roubou da caixa registradora? Rekha diz que você pega a estátua. Quarenta e cinco dólares está custando a estátua.

Eu deixo ele me tirar a nota.

— Gorjeta de cliente — eu falo. — Eu acho que ele errou.

— Se um cliente comete erro assim tão idiota, é problema dele — ele diz, e então sorri como se conta uma piada engraçada.

Mas eu não rio.

— Vamos, idiota — marido diz. — Termina o seu trabalho.

Às vezes, eu acho que meu nome verdadeiro é Idiota. Ele me chama assim mais do que meu próprio nome.

Ele coloca o braço atrás do meu pescoço e me leva de volta para a loja. Se ele pudesse me puxar pelo nariz, eu acho que ele ia fazer isso.

Rekha olha para mim de um jeito engraçado quando a gente entra na loja. E, então, na frente dela, ele me diz:

— Agora, cadê a estátua que você pegou?

Rekha começa a passar pano no balcão, como se não tivesse ouvido. Primeira vez na vida que ela esfrega o balcão sem eu mandar.

— Eu conto depois — eu falo baixinho para o marido.

— Nada de depois. Eu preciso manter o inventário. Tudo é contado. É o conselho de Suresh.

Esse ano, o marido contratou contador pela primeira vez. Um dos homens que joga cartas com ele toda quinta virou seu novo contador. Ele sente muito orgulhoso disso. Faz ele se sentir um homem de negócios americano de verdade, eu acho. Agora é o tempo todo Suresh-diz-isso e Suresh-diz-aquilo. Eu não gosto de Suresh. Eu não gosto de nenhum amigo do marido.

— Eu dei para o Bobby. — Dou as costas para Rekha para ela não ouvir.

Marido erguer a sobrancelha direita.

— Que Bobby?

Eu sinto suja por fazer o marido falar o nome de Bobby. Mas ele quer resposta.

— Nosso melhor cliente. Vem toda quinta. Vai mudar pra Califórnia. Então eu dei presente.

Marido dá tapa na cabeça, como quem mata uma mosca.

— Ah, sua idiota. Quem dá presente para cliente que não vai voltar? Você está tentando me falir ou o quê?

Atrás de mim, escuto Rehka dar uma risadinha. Xi-xi-xi, é o barulho, como um rato. Minha cara quente como ferro.

— Sua *chup* — eu digo para ela. — Orelhas como um cano de esgoto aberto você tem. Ouvindo o assunto dos outros.

Rehka dá para mim um olhar de mulher de filme indiano que é sequestrada por vilão.

— *Bhaiya* — ela diz para o marido. — Isso é tão injusto!

Bhaiya, Rehka chama ele, quer dizer irmão. Mas o jeito que ela olha para ele não é nem um pouco irmã.

Marido não diz nada para Rekha. Ele só olha e olha pra mim, como se ele estivesse vendo alguma coisa na minha cara que não viu antes.

— Lakshmi — ele diz com voz baixa. — Você mulher de trinta e dois anos. Por que você agir como adolescente idiota? Agora vai logo servir os clientes. Temos trabalho para terminar.

Sinto lágrima nos meus olhos. Mas eu não choro enquanto Rekha pode me ver. Em seis anos na América eu aprendi um truque – como chorar sem lágrima. Na minha vila, nos braços da minha mãe, eu costumei chorar como bebê. Se eu não chego primeiro na aula, eu choro. Se *Dada* fala irritado com minha Shilpa, eu choro. Se as crianças da vila zomba de Mithai, o elefante, eu choro. Quando *Ma* fica doente e eu tem que ir para escola às oito da manhã como sempre, eu choro e choro até *Ma* fazer piada que a gente não vai precisar da monção aquele ano. Mas na América eu choro por dentro. É como cantar uma canção sem mexer a boca.

Mas agora, com todos os comprimidos em fila, eu não estou triste. Eu sinto alívio. Nos filmes indianos eles sempre escrevem carta quando heroína faz suicídio. Mas eu não tenho ninguém para quem escrever. Shilpa, eu não sei o endereço. É melhor *Dada* não saber. O marido fica chateado por dois, três dias, então vai contratar ajuda nova pro restaurante. Não tem ninguém para sentir falta de mim. Talvez Rekha tenha mais saudade de mim que qualquer outra pessoa.

No último minuto, pego a garrafa de uísque do marido e coloco na mesa de café. O marido vai ficar mais com raiva de perder uísque do que perder a esposa. Eu sorri pra mim mesma por fazer piada. Mas por dentro esse sorriso é mil agulhas. Porque contando piada, eu conto também a verdade.

Eu nunca provei *daru* antes. *Dada* diz que garota boa nunca bebe *daru*. Mas eu derramo um pouco no copo agora e bebo. *Yah, bhagavan*. É como engolir um palito de fósforo aceso. Talvez eu não preciso de comprimido, só isso me mata. Mas engulo três comprimidos para dor de cabeça. Eu sento por um minuto, olhando o relógio. Marido chega em casa do jogo de cartas em duas horas. Será que a morte já vai ter acontecido? Nada muda, só a sala que roda ou eu que rodo. O frasco de remédio para dor no músculo pesa. Eu coloco muitos comprimidos na mão, como um marajá derrama moedas de ouro. Eu sinto rica. Eu encho um copo grande de água e depois engulo seis ou oito pílulas. Então eu bebo mais uísque do marido. O gosto é tão amargo, imagino se não é isso que deixa o marido tão amargo o tempo todo.

    A sala roda depressa, como o carrossel do festival da vila. Eu coloco mais comprimido na mão, mas a mão treme tanto que cai muitos na mesa de café e no chão. Eu não ligo. Eu me sinto preguiçosa, feliz. Eu só engulo mais comprimidos. Sei agora que eu morrendo. Eu tento pensar no rosto da minha Shilpa, tento lembrar risada dela, de mãos dela. Eu sei que devo fazer uma oração, pedir o perdão de Deus pelo pecado que eu cometendo, mas eu não faço nada disso. Deus parece muito, muito longe agora. Eu quero que o nome de Shilpa seja último nome nos meus lábios, o rosto da minha irmã último rosto que eu vejo antes de deixar essa vida gelada e vazia para todo o sempre.

2

Ela já estava quase do outro lado da porta quando o telefone tocou. A dra. Margaret Bose suspirou e olhou para o relógio. Quinze para as cinco de uma sexta-feira, e ela estava prestes a encontrar Peter para um drinque. Como haviam marcado em Homerville, levaria pelo menos meia hora para chegar e já estava atrasada.

— Bose — ela atendeu, seca.

— Maggie? Ainda bem que você ainda está aí. — Era o chefe de Margaret, dr. Richard Cummings, diretor da unidade de psiquiatria. — Preciso conversar com você sobre uma paciente. Você tem um minuto?

— Na verdade eu estava de saída, Richard. Não dá para esperar até semana que vem?

— Na verdade não. Recebemos uma internação tardia. Veio direto da emergência. Um caso difícil. Uma imigrante. Tentativa de suicídio. Não consegui fazer com que dissesse uma única palavra. O marido garantiu que ela entende inglês, mas ele pode ter me enganado.

Maggie queria chorar de frustração. Sudhir estaria fora da cidade até terça-feira, e ela passara a semana toda ansiosa para ver Peter Weiss mais uma vez, desde que ele lhe telefonou na segunda e casualmente a convidou para sair, como se fossem se encontrar simplesmente para retomar uma conversa iniciada alguns dias antes, como se Peter não houvesse desaparecido de sua vida há três anos, sem nem ao menos se despedir como deveria.

— Será que o Wayne não poderia vê-la? Como falei, eu já estava indo embora...

— O Wayne tentou, mas não conseguiu nem ao menos fazer com que ela olhasse para ele. Como eu disse, é um caso complicado.

Apesar do desapontamento de ter de cancelar com Peter, Maggie sentia-se lisonjeada. Sentiu uma pontada de ódio por si mesma por ser tão suscetível às bajulações de Cummings depois de todos aqueles anos.

Ela se deu conta de que o chefe esperava uma resposta. Soltou um longo bocejo, cobrindo a boca com uma das mãos em concha.

— Tudo bem. Chego em cinco minutos. Em que quarto a paciente está?

— Está no 745. Obrigado, Maggie. Vejo você na segunda.

— Tudo bem.

— Ah, Maggie? Mais uma coisa. Só uma informação: ela é indiana. Achei que você deveria saber disso. Pode ser que, você sabe, seja útil ou qualquer coisa assim. Até segunda.

É claro, esse foi o verdadeiro motivo pelo qual Cummings pediu para que ela ajudasse: porque era casada com Sudhir. Ela já devia saber disso. Depois de todos aqueles anos de trabalho no hospital, apesar de ser a melhor psicóloga da equipe, quando Cummings a via, ainda enxergava a mulher negra casada com um imigrante indiano que dava aulas na universidade. Deus do céu, como ela odiava trabalhar naquela cidade de branquelos. O que Cummings esperava que ela fizesse? Que entrasse no quarto da paciente dizendo "Ei, adivinha só! Nós duas somos casadas com indianos. Por isso, pode confiar em mim, irmã!"? Será que os brancos acreditavam em algum tipo de solidariedade primitiva entre todas as pessoas com outra cor de pele? Será que Cummings ficaria desapontado se ela e a paciente não criassem um elo em meio a xícaras de chá e receitas de *samosas* enquanto assistiam a vídeos de Bollywood?

— Ora, ora — Maggie disse a si mesma. — De onde vem toda essa hostilidade? Cummings é um cara legal, lembra?

Margaret e Sudhir tinham se encontrado com Cummings dezenas de vezes, e ela jamais havia detectado qualquer traço desse reducionismo do qual acabara de acusá-lo.

Porém, ela sabia a resposta para sua pergunta mesmo antes de formulá-la. Sentia a resposta em suas entranhas, onde um bolo de desapontamento se alojou, quente, atormentando-a. Peter. Ela estava tão ansiosa para jantar com Peter... Desde que soube que ele havia voltado para a cidade, que foi readmitido como professor visitante de fotografia na universidade, que tinha retornado de sabe-se lá qual país devastado pela guerra ou dominado pela fome que visitara recentemente, Maggie havia debatido consigo se deveria entrar em contato, se valeria a pena correr o risco de descobrir se a tão inesperada paixão que havia surgido entre eles na última vez ainda estava viva. No fim, o anjinho em sua consciência acabou vencendo. Ela se lembrou de quão próxima aos limites da fidelidade havia estado três anos antes, e disse a si mesma que escolher o doce conforto de seu casamento com Sudhir havia sido o certo a fazer. Assim, ela não tomou nenhuma iniciativa diante da notícia do retorno de Peter, sabendo que mais cedo ou mais tarde acabaria esbarrando com ele — aquele era um campus pequeno, afinal de contas —, prevendo e temendo o momento em que finalmente se encontrasse cara a cara com ele, em uma reunião do corpo docente, talvez, ou na ciclovia, ou em uma festa. Ela prometeu que dessa vez não se deixaria dominar — por aquele jeito de andar fácil e relaxado, o sorriso torto, aqueles olhos verdes que se moviam com rapidez, inquietos, em um rosto tão maleável quanto argila, olhos que iam de uma coisa para outra, agitados, à espreita, observando a todos, ainda que um tanto distantes, um pouco reservados, sempre argutos. Os olhos de um fotógrafo. O motivo pelo qual ela se sentiu tão despreparada três anos antes, quando aqueles olhos pousaram em seu rosto e ali permaneceram, atentos, focados e levemente desprovidos de sua distância crítica habitual. Eles se suavizaram e Peter sorriu, um sorriso tão discreto que só ela percebeu, não foi aquele sorriso de lado, mas um sorriso de verdade que a fez ficar vermelha como um pimentão.

Cinco dias depois ela estava nos braços dele, sentindo a língua de Peter em sua boca, permitindo que as mãos dele envolvessem seus seios, sentindo o tipo de sensação de entrega, de abdicação, de encaixe, que jamais sentira com Sudhir. Como se não tivesse mais nenhuma responsabilidade sobre os próprios seios, os próprios ossos, suas vontades. Ela não esperava que a sensação fosse tão boa, aquela perda de controle, mas era: libertadora e pacífica. E sexy. Ela olhou para as mãos grandes e brancas de Peter, mãos habilidosas, mãos que manejavam as lentes da câmera com tanta destreza quanto manejavam seu corpo, mãos que montaram barracas no deserto, trocaram pneus no acostamento de estradas poeirentas, entregaram propinas a informantes em países distantes, viraram corpos em campos de guerra. Sudhir era um intelectual, um gênio da matemática, mas, se uma torneira vazasse no banheiro, era Maggie quem tinha de consertá-la. Quando o pneu furava, ele ficava impotente como um bebê enquanto esperavam pela chegada do reboque. Maggie sabia que a falta de habilidade manual do marido era típica dos homens indianos da classe dele, e jamais utilizara essa inaptidão contra Sudhir, chegando até mesmo a considerá-la encantadora. No entanto, estar nos braços de Peter era ser tocada por um especialista, e ao desfrutar daquele toque ela teve, pela primeira vez, um sentimento de perda. Não que houvesse algo de errado na forma com que Sudhir fazia amor. Só que o Sudhir da cama era o mesmo Sudhir do mundo: calado, eficiente, competente, sem drama. Ele jamais perdia a cabeça na cama, porque jamais perdia a cabeça no mundo. E Peter investigava cada canto do seu corpo com a ânsia de um explorador que mapeia um novo continente. Então, foi com o mais profundo arrependimento que Maggie pediu que Peter parasse.

Um peso de papel escorregou da mesa de Maggie, e ela afastou um dos pés da rota do objeto com um grito abafado. Merda. Ela não via Peter havia três anos e já estava agindo como uma garotinha. Por isso não foi além com ele, pois era incapaz de suportar a intensidade de sua paixão. Sem mencionar o peso de sua culpa.

Ela olhou novamente para o relógio e pegou o celular. Peter atendeu no primeiro toque.

— Alô.

— Oi. Sou eu. Escute, surgiu uma coisa aqui no trabalho. Acho que não vou conseguir jantar. Desculpe.

Ele não disse nada, mas mesmo assim sua profunda decepção era perceptível. Aquela necessidade muda, que fazia com que se sentisse lisonjeada. E então ele disse:

— Isso é uma desculpa? Pra se livrar do jantar comigo? Porque você não precisa fazer isso...

— Não. É sério. Tivemos uma internação tardia. Estou muito chateada por não ver você. De verdade.

— Bem, então quem sabe você não passa lá em casa? Quando terminar por aí. Posso preparar uma omelete ou alguma outra coisa para você. Ou podemos sair para comer.

Ela sentiu o estômago revirar quando imaginou a possibilidade de visitar Peter na casa dele. Balançou a cabeça com violência para se livrar da tentação que já começava a se insinuar.

— Não é uma boa ideia, Peter. Que tal se eu ligar daqui a mais ou menos uma hora? E aí poderemos decidir onde nos encontrar.

Maggie ouviu uma risadinha, o mais minúsculo e débil dos sons, percebendo que carregava uma nota de triunfo, e se deu conta de que Peter notara o que ela deixou no ar: Não confio em mim mesma quando fico sozinha com você. Isso a irritou, aquele som, mas ao mesmo tempo também a excitou, fazendo com que a conexão entre eles lhe causasse subitamente uma sensação de eletricidade, de alta voltagem.

— Eu ligo para você — ela repetiu. — Tudo bem?

— Combinado, querida — ele respondeu, e lá estava novamente aquela impressão de que Peter assumia o controle sobre ela, possuindo-a, deixando-a tonta.

Ela ignorou o grito em sua cabeça que lhe dizia que era um erro ver Peter Weiss, até mesmo em um local público, enquanto passava os dedos pelo cabelo e se preparava para sair do consultório. Pegou o elevador até o sétimo andar do hospital e caminhou pelo corredor, passando pelo posto das enfermeiras, até chegar ao quarto 745. A porta estava aberta — pacientes em observação por suicídio não tinham permissão de fechar a porta. Ela deu uma espiada e viu uma mulher sentada na cama com as costas curvadas, abraçando os joelhos e encarando a parede branca. Apesar de o rosto da mulher não estar virado para a porta, Maggie sentiu uma pontada de pena. Ela já tinha cuidado de mulheres imigrantes: a solidão e o completo isolamento de sua vida eram difíceis de alcançar. Entretanto, o fato de aquela mulher falar inglês já era um bom começo.

Maggie folheou o prontuário preso a uma prancheta, compilando os dados básicos. Ela foi levada para a emergência às dez e quinze da noite anterior.

Foi encontrada pelo marido caída no chão da sala de estar. Teve de ser submetida a uma lavagem estomacal, e uma imensa escoriação em sua testa foi tratada. A ressonância não acusou nenhuma hemorragia interna na cabeça. A mulher era uma imigrante indiana de trinta e dois anos. O nome dela era Lakshmi Patil e trabalhava no restaurante do marido. O motivo da tentativa de suicídio era desconhecido. A paciente se recusava a cooperar na maior parte do tempo.

Maggie Bose respirou fundo, bateu de leve na porta aberta e entrou no quarto escuro.

3

Não me viro quando chama meu nome. Eles entram no quarto todo dois-três minuto, perguntando isso e aquilo. Um querendo saber se precisa de alguma coisa, outro oferece água, outro diz que é o dr. sei-lá-o-quê e será que ele pode olhar o meu olho e fazer uma coisa lá. Todos eles têm pergunta, todos quererem saber por que eu fiz uma coisa tão ruim, apesar de ninguém além do marido dizer que o que eu fiz é ruim. No hospital, todo mundo é bom e gentil, o rosto de todo mundo parece triste e com pena, todos parecem querer ser meu amigo. Só que eu sei da verdade de Deus: Eu não tenho amigo. Bobby é o único amigo que eu tive e agora ele tá perdido lá na Califórnia. Não, neste hospital, neste país, nesta vida, estou sozinha.

— Sra. Patil — a voz diz. — Sou a dra. Bose. Maggie Bose. Posso conversar com você um instante?

Sei que é falta de educação, mas eu não viro. Gosto de ficar olhando para essa parede, que parece eu: branca, vazia, um oco. Um monte de nada.

— Sra. Patil — a voz falou de novo e, antes de eu pensar, essa pessoa se senta na cama ao meu lado. Levo um susto e levanto a cabeça e então fico chocada quando vejo uma cara preta. Nunca fiquei perto de uma pessoa preta antes. Fico com medo e penso que vou fazer xixi na camisola. Eu apoio as mãos para me afastar e descansar minhas costas na parede.

Os olhos da mulher preta se arregalam.

— Desculpe, minha querida — ela diz. — Não quis assustar você.

Ela levanta da cama, puxa a cadeira e senta olhando para mim. Olho para o teto, o chão, a cama, os joelho dela, tudo, menos a cara. Marido sempre diz para não falar com preto. Eles mentem e enganam, ele diz. Vão roubar a caixa registradora se você olhar para o lado só por um minuto. Uma vez, uns meninos da faculdade que tinham vindo de algum lugar da África foram no restaurante e ele tratou os garotos com estupidez, eles reclamam. Ele olha bem na cara deles e diz então não volta aqui.

Eu sei que eles mandaram essa mulher preta para me dar medo, para me castigar pelo suicídio. Não sei se eles estão me castigando por tentar ou por errar.

— Por favor. Nunca mais vou fazer suicídio de novo. Por favor, imploro seu perdão.

— Sra. Patil, não estou aqui para julgá-la. Estou aqui para ajudar. Mas não conseguirei fazer isso se a senhora não conversar comigo.

Lembro o que marido diz: Os pretos vão abrir sorriso doce de bebê antes de dar uma facada em você e roubar seu dinheiro. É por isso que ela veio com essa história de ajudar. Mas só que eu não tenho dinheiro.

— Não tenho dinheiro — falo para ela. — Vai para outro quarto, falar com outro paciente.

— Ninguém está falando de dinheiro. Tratamos pessoas sem plano de saúde o tempo todo. Por favor, não se preocupe com isso.

Essa mulher irrita. Ela acha que preciso de caridade.

— Tenho plano de saúde. Meu marido compra. Nós tem nossa loja e o restaurante.

— Bom. Isso é bom. É algo com que você não precisa se preocupar, não é? — A voz dela fica firme, parece que a gente está num carrossel e ela quer sair. — Agora que já resolvemos isso, por que não me conta um pouco sobre como você acabou vindo parar aqui?

Eu não deixo meus ouvido ouvir as palavra dela. É uma brincadeira que eu faço quando não gosto das pessoas. Em vez de ouvir as palavra dela, eu concentro no silêncio entre cada palavra que ela diz. Ou então eu escuto só um blá-blá-blá. É assim que eu escuto as coisas que ela fala para mim.

Thrity Umrigar

Ela faz pergunta, mas eu faço força para ouvir só o blá-blá-blá. A voz dela parece estranha para mim. Eu começo a sentir vontade de rir. Depois de um tempo, ela levanta da cama. Dessa vez, eu escuto o que ela diz:

— Tudo bem, sra. Patil. Vamos fazer do seu jeito. Quero só que a senhora saiba que, apesar de tudo, de acordo com a lei estadual, não podemos lhe dar alta até que tenhamos certeza de que a senhora não representa mais um perigo para si mesma. Espero que tenha um bom fim de semana aqui. Vejo a senhora na segunda-feira.

Ela vai até a porta e eu fico com vergonha das coisas que fiz. Ela coloca a mão na maçaneta e vira para mim.

— A propósito, temos algo em comum. Meu marido também é da Índia.

— Mentirosa — eu digo e olho para o teto para ela não saber que foi eu que falou aquilo.

Só que ela sabe. Ela volta para dentro do quarto e fica de pé na frente da cama.

— Perdão?

Eu não falo nada, aí ela diz:

— Você me chamou de mentirosa?

Eu não fala nada, mas estou pensando. Homem indiano nunca casa com preta. Vou contar essa história para marido na visita de amanhã. Eu quero olhar para a cara da mulher, mas tenho medo. Então eu olho para a mão dela. Ela usa um bracelete de prata e está revirando, revirando sem parar alguma coisa dentro da bolsa. Ela tira um papel e chega mais perto.

— Este é o meu marido — ela diz. — Ele dá aula de matemática na universidade aqui perto. O nome dele é Sudhir Bose. Tenho certeza de que ele compra na sua loja.

Eu deixo a cabeça parada, olhando para a frente, mas meu olho se mexe sozinho para a foto. Vejo um homem indiano, alto e bonito, vestido de *kurta* e sentado num sofá, a cara dele sorri. Mas meu coração faz tum-tum rápido porque vi o braço dele em volta da moça preta com brinco comprido de ouro e batom vermelho. Ela tem também um sorriso grande. Eu me sinto como quando olho a revista *Stardust* e vejo foto de Abhishek e Aishwarya ou Shahrukh Khan e Gauri: feliz e vazia ao mesmo tempo. O marido só olha com amor para mulher uma vez. Aquela mulher não é eu.

— Da onde vem o seu senhor? — A minha voz fala. — Bombaim?

— Não, ele é de Calcutá. Fomos lá há dois anos, ver os pais dele.

Meus olhos se arregalam. Eles deixou ela entrar em Calcutá? E os pais dele sabe que o filho casou com uma preta?

— De onde você é? Há quanto tempo mora em Burnham?

— Não moro em Burnham. Mora em Chesterfield — respondo. — Longe daqui. É onde fica o negócio do marido. Moro no apartamento em cima da loja.

Ela se recosta na cadeira. Eu olho para o joelho dela, o pé, os dedos. Mas não para a cara.

— Chesterfield? Acho que já estive na sua loja uma vez, com Sudhir. É ele quem geralmente faz as compras, já que é quem cozinha na família. Em geral, ele compra as *masalas* na loja indiana de Cerdaville, onde moramos.

Essa senhora me deixa louca. Primeiro insulta dizendo que o marido dela faz compra na outra loja, na concorrente. Depois ela diz que é o marido que cozinha. Por que o marido precisa cozinhar se a mulher dele não é morta?

Fico de boca fechada, mas aí eu escuto minha voz dizer:

— Aquele homem que é dono da loja em Cerdarville é um malandro grande e gordo. Ele cobra todos os extras. Você quer gastar dinheiro suado, você compra lá. — Ouvi marido falar certinho a mesma coisa para freguês.

Ela sorri. Dá para dizer pela voz dela.

— Prometo para você que vou contar isso ao Sudhir, Lakshmi.

Como ela sabe meu nome? Como? Tenho pânico, como uma panela de água fervendo na minha cabeça. Eu viro para olhar para a porta, para ter certeza que ainda está aberta e posso fugir, e quando olho para a porta, meu olho vai para a cara dela.

A cara dela é suave e parece me segurar. A cara escura como a lama, mas os olhos são castanho-claros, como mel, igualzinha a cor do olho de *Ma* e de Shilpa. E eles têm um jeito gentil e mansinho, e de repente eu penso em Mithai, o elefante. Ele tinha o mesmo olho quando eu cantava para ele.

O sorriso da moça preta fica ainda mais grande e agora ela mostra os dentes, brancos e fortes, parece que ela foi criada mascando a cana que cresce na minha vila.

— Olá — ela diz baixinho, como se acabasse de entrar, e eu fico com vergonha.

Eu olho para o chão. — No que você está pensando, Lakshmi? — ela pergunta.

E eu respondo:

— Em Mithai. Você parece ele.

Ela levanta as sobrancelha e olha para mim de relance.

— Mithai? Eu pareço um doce?

Agora fiquei com certeza que ela é casada com homem indiano porque ela sabe que *mithai* é o nome do doce que a gente vende na loja. Ela acha que estou chamando ela de *halva*, e isso é tão engraçado que uma risada sai da minha boca, como um pouco de baba que escorre às vezes, e então ela sacode a cabeça, e isso faz eu rir ainda mais. Eu não posso parar. Eu não comi nada desde ontem e agora encho o estômago com a risada.

Então eu percebo que ela está preocupada, por isso eu paro.

— Mithai é o meu elefante — eu explico. — Não doce. Na minha vila.

Ela ainda parece preocupada, parece que quer medir a minha febre.

— Você tem um elefante?

Eu digo que sim.

— Ele é do senhor da minha vila. Mas ele me contratou para cuidar dele. Mithai é meu melhor amigo. Ele e minha irmã, Shilpa.

Ela olha para mim mais de perto, parece que está interessada em mim.

— Onde fica a sua vila? — ela pergunta.

Conto para ela, e ela faz que sim com a cabeça, mas eu sei que ela nunca vai saber como encontrar minha vila. Talvez ela pergunta pro marido dela se é perto de Calcutá. Eu sinto uma coisa boa porque ela vai falar de mim com ele essa noite.

— Não fica perto de Calcutá — eu explico. — Bem longe de Calcutá.

— Entendo.

— Eu sei onde é Calcutá. Eu era primeira aluna da classe até a oitava série. E eu muito boa na matemática. Nosso senhor também contratou para fazer contabilidade da loja dele. — Não sei por que fico me mostrando para essa moça preta, mas é como se a bebida do marido que eu bebi ontem ainda queima na minha língua.

Ela aperta os lábios.

— Por que você deixou de ser a primeira aluna da classe no oitavo ano? — ela quer saber.

A vergonha e a tristeza me atinge com tanta força que faz lágrimas nascer no meu olho. Deus está castigando porque eu fui exibida um minuto atrás.

— Eu larguei a escola na oitava série.

— Por quê?

— Minha mãe ficou doente.

Ela respira fundo. Olha para o outro lado por um minuto e depois diz:

— Isso é engraçado. Minha mãe também ficou muito doente quando eu era jovem.

Me interessei.

— Como ela está agora?

— Morta. Ela já morreu há muitos anos.

Eu sinto vontade de chorar.

— Minha *Ma* também é morta.

E de novo a cabeça vai para Shilpa. Como ela chora quando a gente olha a mãe queimar no fogo dos mortos. Como eu prometo sempre dar minha proteção para ela. Como eu sempre cumpro minha promessa.

Ninguém fala nadica de nada por um ou dois minutos, e então ela levanta da cadeira.

— Fiquei contente por termos conversado hoje, Lakshmi — ela diz com a voz baixa. — Volto na segunda-feira para ver você. Cuide-se, viu?

Eu fico brava comigo porque sinto solidão enquanto ela prepara para sair do quarto. A segunda não vai vir até que o sábado e o domingo passem.

Ela fica em pé perto da cama, e então ela toca meu cabelo de leve.

— Nenhum motivo é grande o suficiente para que você tire sua vida, Lakshmi — ela sussurra. — Todo problema tem uma solução. Quero que você se lembre disso, certo?

Tenho a sensação que ela é um sacerdote que dá uma bênção em um templo.

— Certo.

— Promete?

— Prometo — repito, mas não sei qual é a promessa. Meu coração está leve, quem nem quando eu era criança e ainda tinha uma mãe.

— Bom — ela diz, e então, como uma promessa quebrada, ela desaparece do quarto.

4

A TREMEDEIRA COMEÇOU assim que Maggie saiu do quarto e ficou de pé no meio do corredor ao fazer anotações no prontuário. Ela apoiou uma das mãos na borda da prancheta enquanto escrevia, parando para sorrir para duas enfermeiras que passaram por ali.

"Paciente receptiva", escreveu. "Ávida por falar. Possui domínio da língua inglesa e compreensão passável. Necessita que o SEVA faça uma avaliação de sua residência." O SEVA era o grupo de serviço de assistência social regional que ajudava os imigrantes asiáticos que eram vítimas de abuso doméstico. Maggie fez parte do conselho na época da fundação da associação, sete anos antes.

Ela escreveu durante longos minutos e então repassou as anotações do psiquiatra. Ao contrário de muitos pacientes daquela ala, Lakshmi não parecia confusa. Maggie ficou aliviada ao descobrir que Tom não tinha exagerado na medicação da moça.

Tinha consciência de que ainda tremia quando pegou o elevador para descer até seu consultório, e agradeceu por estar sozinha. Aquele era um problema besta, mas que não desaparecia. Conversara sobre aquilo com sua terapeuta, Sylvia Anderson, quando teve as primeiras crises, cinco anos atrás. Sylvia não tinha dado muita importância ao fato. É impossível ter esse tipo de profissão, em que se é tão afetada pela miséria humana, sem desenvolver um tique ou outro, foram as palavras de Sylvia.

Maggie tinha conseguido se esquivar desse tipo de sintoma por mais tempo que seus colegas. Por anos, fora capaz de manter certa distância dos problemas dos pacientes e podia desfrutar de sua vida com Sudhir — da casa que eles construíram, do jardim que plantaram juntos, das férias, dos amigos da época da faculdade que ainda encontravam, das visitas dos irmãos e primos de Sudhir vindos da Índia. Ela não sentia dificuldade em lembrar a si mesma que aquela era sua vida de verdade. Voltava para casa após o trabalho, entrava no banho e deixava que a água lavasse todas as histórias de incesto, abuso doméstico, negligência parental ou abuso infantil. Ela era capaz de compartimentalizar as tentativas de suicídio, o estresse pós-traumático, a esquizofrenia, o irmão menor autista, a mãe *borderline*, as queimaduras de cigarro, as surras com mangueiras de jardim, os namorados estupradores, os sussurros roucos na escuridão, as ameaças murmuradas sobre como aquilo jamais devia ser dito a ninguém, a culpa por ter matado civis que estavam no caminho do alvo. Tinha orgulho de sua habilidade de manter o muro que separava sua casa do hospital.

A confiança de Maggie naquela habilidade de manter os limites intactos era tão grande que, cinco anos mais tarde, ela havia convencido Sudhir a construir uma sala nos fundos da casa onde poderia atender pacientes particulares. Sairia mais barato que o consultório que alugava havia tantos anos, Maggie argumentou, e a meta de longo prazo era largar o emprego no hospital e concentrar-se no atendimento particular. Os invernos eram frios e brutais. Seria bom não ter de fazer todo o trajeto até o consultório depois de um dia no hospital.

E assim, no aniversário dela, Sudhir contratou o irmão de um de seus colegas para construir a sala. A obra durou quatro semanas, duas das quais eles passaram em Roma.

Dois dias antes de Maggie receber seu primeiro cliente no novo consultório, o telefone tocou. Era sua folga, e ela tinha acabado de sair do banho. Maggie correu para atender, certa de que era Sudhir, que ligava para dizer que esquecera algo em casa e pedindo que ela passasse na universidade para lhe entregar.

— Alô — ela disse.

Só que não era Sudhir. Era o pai dela. Uma fração de segundo antes de ele falar o que quer que fosse, Maggie soube quem era pelo jeito com que o pai ofegava na linha.

— Garotinha? Sou eu, Wallace.

Quando ele passou a se referir a si mesmo desse jeito em vez de se apresentar como papai? Ela sabia que às vezes o chamava pelo nome durante os anos raivosos de faculdade, e fazia isso de forma deliberada, como uma maneira de feri-lo, uma punição por todas as coisas pelas quais ela o responsabilizava – pelos quatro anos em que a mãe morria aos poucos de câncer; pelo fato de a mãe ter morrido, apesar das cirurgias e dos tratamentos torturantes, bárbaros; por ele ter se casado com Sybil Miller, uma viúva rica da Flórida, e ter se mudado com ela para outra cidade logo depois de Maggie ter ido para a universidade, como se os anos com ela e a mãe tivessem sido uma miragem, como se tudo o que ele tinha feito até então tivesse sido matar o tempo, contando os minutos até que a filha fosse embora de casa pela primeira e última vez. E ainda havia as outras coisas, embora ela não se permitisse mais pensar naquilo, aquelas memórias eram muito sombrias e confusas.

Maggie sentiu uma onda de raiva. Anos e mais anos sem nenhum contato, e agora aquele telefonema do nada. A facilidade com que ele a chamava de garotinha, como se os anos de silêncio nunca tivessem acontecido, como se ele não tivesse deixado de agir como um pai no momento em que ela entrou na faculdade, obrigando-a a se defender sozinha em Wellesley. No primeiro verão depois que começara a universidade, Sybil a convidou para ir a Naples, a nova cidade, mas depois de duas semanas com eles na imensa casa da madrasta, de observar o pai e uma mulher que ela não conhecia brincarem na piscina como dois adolescentes perdidamente apaixonados, de flagrá-lo beliscando o traseiro da esposa quando achava que Maggie não estava olhando, de ver o pai — um homem que tinha dois empregos desde que ela se entendia por gente, um deles na equipe de manutenção da Universidade Columbia e outro como balconista na loja de conveniência do bairro onde moravam — vestido com uma camisa havaiana e uma calça de sarja recém-passada para ir até o clube de campo virar a noite jogando cartas, depois de duas semanas ao lado de um homem que a tratava como se ela fosse uma sobrinha distante, como se mal se lembrasse de sua única filha, um homem cujos olhos pareciam misteriosamente livres do peso daqueles anos sombrios em que a mãe estava em cima de uma cama, tornando-se cada dia mais pálida e magra enquanto o câncer a comia viva, um homem que jogava um pouco de loção pós-barba na camisa antes de ir para o clube, como se assim evitasse que as narinas se recordassem dos odores de álcool, morfina e água sanitária, depois de duas semanas sentindo-se sufocada na casa de Sybil, com seu ar-condicionado e aparência de museu, Maggie deu o fora. Usou o restante do dinheiro do estágio para comprar uma passagem de avião para Nova York. A sra. Tabot, uma antiga vizinha e melhor amiga de sua mãe, a recebeu, exatamente como Maggie imaginou que ela faria. Ela passou todos os quatro verões de seus anos em Wellesley na casa de tijolos marrons da sra. Tabot, no Brooklyn.

— Alô? Garotinha? Você está aí?

— Não me chame assim. — Ela odiou o jeito como sua voz pareceu irritada e odiou a si mesma um pouco mais quando ouviu a risadinha dele.

— Está de mau humor essa manhã? — ele quis saber. — Acordou com o pé esquerdo?

Ela suspirou.

— O que você quer, pai? Está tudo bem?

— Claro que está! — ele exclamou com a voz animada com a qual passara a falar, como se fosse um vendedor da Amway. — Sybil e eu vamos passar aí por perto amanhã e pensamos em vê-la. Estamos indo para Oregon de carro para o casamento da filha da afilhada de Sybil. Achamos que será divertido dar uma parada e visitar você e aquele seu marido. Vocês vão estar por aí?

Acabou convidando-os para jantar na noite seguinte. Wallace e Sybil não conheciam a casa de Maggie, apesar de ela e Sudhir já viverem ali há mais de dez anos. Na verdade, o pai dela e Sudhir só haviam se visto duas vezes. Ela já tinha feito mais visitas aos pais do marido, que viviam do outro lado do mundo, em Calcutá.

O choque de ver quanto Wallace envelhecera desde que o vira pela última vez a ajudou a ser educada durante toda a noite. Isso e as deixas de Sudhir, que, como sempre, era um anfitrião impecável, atento e cortês. Ela percebeu o esforço do marido para representar o papel do genro respeitoso, como ele incluía Wallace em todas as conversas, como frequentemente completava o copo do homem mais velho com uísque, como foi educado até mesmo com Sybil, que se tornara ainda mais escandalosa e imbecil com a idade. No fim da noite, Sudhir insistiu em dirigir o carro do casal de idosos até o hotel onde eles estavam hospedados, apesar de Wallace jurar de pés juntos que não tinha bebido tanto assim. Maggie seguiu atrás deles em seu carro.

Sudhir sentou no banco de passageiro depois que eles se despediram e permaneceu em silêncio durante os primeiros momentos da volta para casa. Por fim ele perguntou, como que para puxar conversa:

— Você o odeia tanto assim? Ele parece bastante inofensivo.

— Eu não o odeio. — Ela desviou os olhos da estrada por um momento. — Por que você me perguntou isso?

— É que você se encolhe todas as vezes que ele te toca. Como quando ele tentou lhe dar um abraço de despedida. É só que... Meu Deus, Maggie. Ele está velho. Provavelmente está preocupado com a possibilidade de nunca mais vê-la.

Ela ficou em silêncio, apesar de saber que Sudhir esperava por uma resposta. Entretanto, não tinha certeza do que dizer. O vazio, aquela brancura estática que sempre tomava conta dela quando pensava naqueles anos com o pai, baixou sobre ela naquele momento.

— Mags? — A voz de Sudhir era suave, hesitante. — Para onde você está indo?

Em resposta, ela virou à esquerda, entrando no estacionamento quase vazio de um centro comercial, e estacionou em um local onde não havia nenhum outro carro.

— Vou contar uma coisa para você, certo? Algo que eu já devia ter contado há muito tempo, mas não consegui.

Sudhir se virou no banco de couro.

— Ah, meu Deus. Não me diga que ele...

Ela assentiu.

— Bem, quer dizer, não exatamente. Bom, nada aconteceu. Não de verdade. Ele só... Começou quando a minha mãe ficou doente. Ele alugou uma cama hospitalar para ela e a acomodou em um quartinho que tínhamos perto da cozinha. E então, à noite, ele me pegava. Para deitar na cama ao lado dele.

Sudhir fez um som de engasgo. Ela colocou uma das mãos no braço dele e o acariciou, distraída.

— Está tudo bem. Como eu te disse, ele nunca, tipo, fez nada. Ele só meio que se esfregava em mim. Ele chamava isso de chamego. Dizia que estávamos confortando um ao outro, já que a mamãe estava doente. — A velha frieza que já lhe era familiar começou a surgir em seu estômago e se espalhou pelos membros enquanto falava.

— Babaca, maldito! Vou voltar àquele hotel e matá-lo. — Sudhir jurou, e ela balançou a cabeça, impaciente.

— Ei, pare com isso. Como você mesmo disse, ele agora é um velho. E só Deus sabe pelo que ele também passou, com minha mãe doente e todo o resto.

— Quanto tempo isso durou?

— Não sei. Sinceramente, não me lembro. Aqueles anos em que ela esteve doente... são um borrão na minha cabeça, sabe?

— Ele parou quando a sua mãe morreu?

— Hã-hã. Foi antes disso. Odell estava na faculdade naquela época e foi passar uma semana lá em casa. Devo ter falado alguma coisa que fez com que suspeitasse. Só me lembro de ele me fazendo todo tipo de pergunta. Aquilo fez eu me sentir enojada, o olhar no rosto dele. — Maggie soltou uma risada nervosa. A sensação congelante lhe subia pela garganta.

Sudhir soltou o cinto de segurança, se inclinou para o lado e puxou Maggie para si.

— Ah, querida. Como você conseguiu carregar isso durante todos esses anos? Sem me contar nada?

— Eu quis contar — ela respondeu com a cabeça enterrada no ombro dele. — Mas eu não tinha certeza... Por anos, eu falei a mim mesma que não havia sido nada. Quer dizer, quando penso nos horrores que alguns dos meus pacientes sofreram, aquilo não foi nada. Entende?

Ela ouviu uma aspereza incomum na voz de Sudhir.

— Não foi nada? É por isso que você está tremendo como uma vara verde?

Maggie quase não ouvia as palavras do marido, recordando-se do que aconteceu em seguida: Odell confrontou o pai, ameaçando denunciá-lo.

— Escute — Odell sibilou. — Se você olhar para a Maggie desse jeito de novo, vou tirá-la dessa casa. E vou contar pra toda a porra da vizinhança que você é um velho tarado. E depois vou matá-lo com as minhas próprias mãos.

Primeiro, Wallace assumiu uma postura desafiadora, depois ficou na defensiva e, por fim, deu o braço a torcer.

— Um homem se sente solitário, Odell — ele disse. — Você é muito jovem pra entender. Sua mãe está doente faz muito tempo. Além do mais, não fiz nada de ruim com a sua irmã. A gente só ficou de chamego, nada de mais. Aposto que essa pirralha está espalhando um monte de mentiras sobre mim por aí.

A mão de Odell formou um punho. Seus olhos eram frios como metal.

— Se você precisa de mulher, vá a um puteiro, mas deixe minha irmã em paz. Você entendeu?

— Entendi — Wallace murmurou, mas, quando o olhar dele cruzou com o de Maggie, seus olhos expressavam o mais puro ódio. Wallace sempre idolatrou Odell, seu garoto que estava estudando em Berkeley com uma bolsa de estudos integral. O peso do desprezo do filho era mais do que ele podia suportar.

— Odell me ajudou — ela disse a Sudhir. — Ele fez meu pai parar.

— Então tenho uma dívida eterna com ele.

— Mas meu pai nunca me perdoou. Quando Odell se mudou para Paris logo depois de terminar a faculdade, acho que meu pai me culpou. Não que tenha dito isso com todas as letras. Ele encontrou outras maneiras de me punir.

— Ele batia em você? — A voz de Sudhir soou fria como vidro.

Ela fez que não com a cabeça.

— Não. Ele simplesmente... me ignorava. Era formal comigo. Exageradamente educado. E distante. Me tratava como se eu fosse feita de porcelana. E... nunca mais me tocou. Nem mesmo me abraçava, me consolava ou dizia que sentia orgulho de mim. Nem quando entrei em Wellesley. Na primeira chance, ele se mudou para a Flórida. De repente, eu não tinha mais casa.

Ela sentia uma dor no fundo da garganta, como se um pedaço de gelo pontiagudo tivesse se alojado ali.

— Até mesmo quando minha mãe morreu, ele... ele simplesmente deixou que eu sofresse. Sozinha.

Como aquela dor ainda lhe parecia vívida, próxima... Isso a surpreendeu. Ela já processara várias vezes aqueles acontecimentos com sua terapeuta, até que a memória perdesse sua intensidade. Ou pelo menos era nisso que acreditava.

— Queria que você tivesse me contado isso antes, Maggie. Meu Deus, você é minha melhor amiga! Conto para você todas as drogas que aconteceram comigo. E pensar que você carregou isso dentro de si por todos esses anos...

— Não consegui. Eu tentei. Eu queria. Sylvia sempre me pediu para fazer isso. Mas eu não conseguia.

— Por que não?

Por que não? Porque era muito confuso, muito vergonhoso. Objetivamente, ela sabia que era a parte prejudicada. Mas sempre havia o pensamento perturbador de que fizera tempestade em copo d'água, que ela e Odell — ela, na ignorância idiota da infância; ele, com a autoconfiança da juventude — não foram compreensivos o suficiente com o sofrimento de Wallace, que tinha uma esposa que sofria uma morte penosa e lenta. Então ela imaginou que, se alguma de suas pacientes confessasse que o marido usava a filha de dez anos dessa forma, carregando-a para a cama dele, esfregando-se nela, Maggie sabia quão ultrajada se sentiria. E, assim, seus pensamentos começaram a vagar em círculos.

Também havia mais uma coisa: antes de Wallace ter se fechado atrás daquele muro de silêncio, de total formalidade, antes de voltar o rosto gélido e pétreo para a filha, tinha sido o mais carinhoso dos pais. Quando Maggie era criança, ele soltava gargalhadas escandalosas diante de seu repertório inesgotável de piadas inocentes, ensinou-a a andar de bicicleta, encantava-a com histórias sobre os nativos da Jamaica e como eles vieram para os Estados Unidos escondidos em um compartimento de carga repleto de bananas, revelou a ela como fazer truques com cartas de baralho, segurava a mão da filha quando os quatro iam a pé até a igreja no Open Heart toda noite de sábado. Quando os outros homens da vizinhança gastavam seu dinheiro com bebida, drogas, sapatos de couro de crocodilo e vagabundeavam pelas esquinas enquanto cantavam as mulheres que passavam, Wallace Seacole tinha dois empregos, pagava aulas de piano para a filha, sacudia a cabeça ao passar pelos "preguiçosos" que ficavam na porta de suas casas de tijolos marrons, se abstinha de álcool e cigarros ("são hábitos para camaradas ricos", ele dizia), cozinhava jantares extravagantes para a família nas noites de domingo, e o aroma de suas sopas e caldos escapava pela janela da pequena cozinha. Até a mãe de Maggie ficar doente, eles eram invejados por todos os que os conheciam — e Wallace era o coração pulsante da família.

— Por que você levou todo esse tempo para me contar? — Sudhir perguntou mais uma vez.

Maggie fechou os olhos.

— Eu não sei. Só estou feliz por finalmente ter contado.

— Eu também. — Sudhir decidiu encerrar a discussão.

No dia seguinte, Maggie viu sua primeira paciente, Rose, no novo consultório domiciliar. Era um belo dia no início de junho, e ela e Rose ficaram próximas à janela para admirar as plantas que floresciam no quintal. E, então, elas começaram. Maggie já era a terapeuta da idosa fazia muitos anos e acreditava saber tudo o que havia para saber sobre ela — o casamento afetuoso e sem paixão; Roland, o filho levemente autista que já tinha cerca de trinta anos e vivia em Dallas; as irritações diárias do trabalho em uma biblioteca pública; um ressentimento ainda presente com a cunhada. Às vezes, Maggie chegava até a se perguntar por que Rose continuava a vê-la, já que seus problemas pareciam ser tão mundanos. No entanto, tinha várias outras pacientes como ela, que vinham regularmente para sessões que eram como um aquecimento para Maggie. Ela agradecia pelo fato de ter pacientes como Rose, que faziam com que o ato de ouvir as histórias realmente penosas se tornasse um pouco mais suportável. Além disso, gostava de Rose e ficava feliz ao ver seu rosto rosado, tão liso quanto a encosta de uma montanha, mas sempre iluminado por um sorriso.

Era por isso que ela não estava preparada para a história que Rose lhe contara naquele dia. Acontece que Roland tinha uma irmã gêmea que morreu no útero. Os médicos não foram capazes de remover o feto morto, pois o risco para o outro bebê era muito alto. Assim, Rosie carregou a bebê morta até o final da gravidez, andando com ela dentro da barriga durante três meses. Ela e o marido jamais mencionaram a irmã morta para Roland, porém Rosie ainda acordava no meio da noite por causa de um pesadelo recorrente no qual a bebê morta a chamava, ameaçando colocar as mãos translúcidas ao redor do pescoço do irmão saudável e sufocá-lo.

— Eu simplesmente não consigo esquecer — Rose choramingou. — Aquela sensação suja de carregar a morte dentro de mim. E a bebê nos meus sonhos... Ela é sinistra. É algo impossível de esquecer. Como uma coisa saída de um filme de terror barato.

Maggie sabia que Rose a fitava à espera de que dissesse algo que melhorasse as coisas, mas ela estava chocada. Impressionada por seu próprio desinteresse, sua própria ignorância. Como podia ter deixado passar algo tão importante de uma pessoa que aconselhava havia tantos anos? Mas como poderia saber? Maggie ficava presa às limitações da terapia, que lembravam, ainda que de uma nova maneira, a opacidade das relações humanas, como éramos incapazes de conhecer alguém de verdade. Cenas da conversa com Sudhir no carro na noite anterior voltaram à sua mente. Se nem seu marido foi capaz de adivinhar o que ela passara com o pai, como Maggie poderia saber da culpa que a pobre Rose guardara durante todo esse tempo?

Ela limpou a garganta.

— Sinto muito, Rose. Sinto de verdade — Maggie começou, esperando que seus olhos revelassem, mais do que as palavras, a compaixão que sentia pela idosa.

— Eu sei — disse Rose. — Está tudo bem.

Maggie tinha um intervalo de duas horas entre Rose e o próximo paciente. Então foi até a cozinha preparar um café. Ergueu os braços para pegar o pote onde guardava o pó e percebeu que as mãos tremiam tanto que teve de apoiar o pote na bancada. Encarou as próprias mãos, intrigada, e, apesar de se manter imóvel, sentiu o tremor se espalhar por todo o corpo, de maneira que teve de arrastar uma cadeira e se sentar. Será que estava ficando doente? Com febre? Não se sentia mal. Talvez a dosagem de açúcar no sangue estivesse baixa? Ela então sentiu algo no estômago que correu para o peito e depois para a garganta, escapando pela boca na forma de um soluço. Ficou surpresa ao ouvir aquilo. Logo em seguida, o soluço foi acompanhado por mais outro, e mais outro, sem parar.

— Por que diabos você está chorando no meio do dia? — ela ralhou consigo mesma. Mesmo assim, não era capaz de se conter. Sentia a dor se mover dentro de si como uma mulher descalça que caminha por uma casa escura.

Tanta dor. Tantos segredos. Ela se sentia sobrecarregada pelo peso dos segredos das outras pessoas, a dor, a confiança, a forma como piscavam ansiosas, os rostos ávidos, o anseio com o qual olhavam para ela, esperando por respostas, esperando curas, esperando milagres. E até aquele momento ela sempre se sentira capaz de atender a essas expectativas, acreditara em sua capacidade de ajudá-las a quebrar as barreiras da confusão e chegar a um novo entendimento. Até então, tinha acreditado no poder da lógica, do pensamento racional, da cognição, da consciência. Mas não naquele momento. Não enquanto apoiava a cabeça na mesa da cozinha ouvindo seus próprios soluços e incapaz de detê-los. Cada coração humano lhe passava a impressão de estar tão distante quanto uma barreira de corais, e cada pessoa era tão misteriosa, tão irreconhecível, tão inexplicável que ela ficou pensando como seria capaz de exercer sua profissão novamente.

Será que isso é surtar?, ela perguntou a si mesma, e, antes que pudesse responder, uma imagem surgiu diante de seus olhos: o pai sentado do outro lado da mesa durante o jantar, conversando com seu marido. Sudhir explicava um conceito matemático, fazia o melhor para explicar aquilo com uma terminologia leiga, e Wallace se esforçava ao máximo para compreender. Os dois faziam isso por ela, Maggie sabia, mas ainda assim ela estava irritada com Sudhir por se esforçar tanto. Foi só então que os olhos de Wallace se voltaram para ela e o pai lhe lançou o mais débil dos sorrisos, esticando os lábios apenas o suficiente para garantir que ela soubesse que ele percebera sua irritação. Ninguém mais captou aquela troca, mas foi perturbadora, pois lhe dizia duas coisas paradoxais: que tudo aquilo era uma encenação, que Wallace era simplesmente um convidado em sua casa que logo iria embora e que ele demonstrara tanto seu domínio sobre ela quanto seu desinteresse.

Portanto, não se tratava de uma simples exaustão, Maggie disse a si mesma. O fato era que ela se sentia aturdida pela visita do pai, e contar a Sudhir o que acontecera quando tinha dez anos fez com que percebesse que aquela lembrança, que acreditara ter se tornado apenas uma vaga recordação, ainda a machucava. E isso era tudo. A confissão de Rose naquele dia apenas fez com que ela finalmente não conseguisse aguentar mais.

Na verdade, o tremor cessou alguns minutos depois, e ela atendeu os dois outros pacientes do dia sem maiores problemas. Só que, duas semanas mais tarde, aconteceu de novo. E, então, não houve nada durante alguns meses, e, por fim, a tremedeira voltou. Às vezes, a mais mundana das confidências a trazia de volta. Quando Maggie, encabulada, mencionou a Sylvia sua suspeita de que construir o consultório em casa havia, de alguma forma, rompido a parede imaginária entre trabalho e vida doméstica, a terapeuta demonstrou impaciência. Um monte de terapeutas trabalha em casa, ela declarou. Aquela ideia não passava de uma superstição.

Então Maggie esqueceu o assunto. Aceitou os tremores como um obstáculo profissional. Trabalhou aquilo, conseguiu controlar a tremedeira para que não se tornasse aparente para ninguém. Não tivera nenhuma crise nos últimos seis meses. Até aquele momento. Seu encontro com a mulher indiana havia provocado os sintomas. Ela também sabia quais eram os motivos: algo relacionado com quão carente, quão existencialmente solitária Lakshmi parecia, ecoou dentro de Maggie. E quando ela mencionou o fato de a mãe ter ficado doente...

Maggie entrou no consultório, agradecendo aos céus por já ser tarde da noite e a maioria de seus colegas ter ido para casa. Abriu a porta com as mãos instáveis e sentou na cadeira diante da escrivaninha. Soltou um suspiro. Um martíni. Era disso que ela precisava. Um martíni e Peter Weiss eram exatamente do que ela precisava para melhorar.

5

Hoje é segunda e dia de folga do marido, por isso ele parece mais relaxado. Marido senta em uma cadeira e eu sinto ele olhar para mim, mas quando eu olho para a cara dele, os olhos dele viram para o outro lado, como se eu fosse um resto de comida que ele tem nojo de olhar. De novo, ele pergunta:

— Por que você fez essa coisa ruim? Eu dou tudo: comida, sáris, casa... É assim que você paga? Fazendo suicídio?

Tenho vontade de responder: É por isso que eu faz suicídio. Porque você vem visitar na sexta-feira, sábado, domingo e hoje e em nenhuma vez você diz meu nome. Nem uma vez você toca em mim ou diz uma palavra boa. Nem uma vez você olha para mim como esposa. Vejo você olhar para a galinha com manteiga no restaurante com mais amor do que você olha para mim. Quero dizer: minha família era pobre, mas cheia de amor. Meu *Dada* orgulhoso de mim, minha mãe me chama de joia dos olhos dela. Quando era jovem, minha irmã, Shilpa, me seguia como meu rabo. Na minha vila, todo mundo diz meu nome. Lakshmi, vem fazer isso, Lakshmi, vem me dizer como faz aquilo. Lakshmi, você é tão esperta. Minha professora sempre acariciava minha cabeça. Até Menon *sahib*, nosso senhor, diz que eu sou como filha. É por isso que ele me coloca para cuidar de Mithai. Ele sempre deixa o filho sem graça e diz: "Munna, vê como Lakshmi é boa em matemática e contabilidade. Você deve aprender com ela".

Tenho vontade de dizer: Na minha vila, a terra é vermelha e macia. Quando chega a estação chuvosa, um sári verde cobre minha vila. A terra cheirando tão fresca e limpa e doce. Tenho vontade dizer: que lugar frio e duro foi esse que você me levou? Já é metade do ano e não tem nenhuma folha viva nas árvores. E o chão tão amargo e frio, nada cresce. E aonde as pessoas vão? Quando a gente vai de carro para o Costco, nenhuma pessoa anda na rua. Nada de *melas*, velhos vendendo amendoim torrado, crianças brincando e soltando gargalhadas, nenhum vira-lata tentando morder o próprio rabo, nenhuma vaca fofa dormindo na calçada, nenhum corvo gritando na árvore, nenhum nada. Só uma rua comprida e vazia e cheia de silêncio. Você levou eu para esse lugar torto e deixou num canto como uma mala velha. E ainda você pergunta por que eu fiz suicídio.

Mas eu não digo nada. Então marido faz som de respirar fundo.

— Tudo bem. Fala, não fala. Eu não ligo — ele diz.

Como essa palavra é dura. Eu sinto lágrimas aparecer e abro e fecho o olho rápido para fazer elas parar. Só que marido vê, abaixa na cadeira e tira uma marmita da bolsa de pano.

— Toma. Rekha mandou comida pra você. Cabrito *biryani* e *gulab jamun*.

Minuto em que ele falar *gulab jamun* meu estômago faz um barulho alto, como cachorro louco. Ele ouve e sente muita surpresa. Eu começo a rir.

— Essa Rekha é esperta. — Ele sorri. — Ela sabe o que você gosta. — Ele pega uma colher e um prato e serve o *biryani*. — Come. Enfermeira reclamou pra mim ontem que você não comeu comida deles.

Eu faz careta.

— Não é comida. É plástico. Nada de chili em pó, nada de cominho. É comida de gente morta.

Ele olha ao redor.

— Fica quieta. As pessoas brancas vão ficar insultadas se ouvirem você. Você está na casa deles.

Eu não falo nada. Eu como metade com a colher, metade com a mão. É primeira vez hoje que eu como. Depois de alguns minutos, olho para marido.

— Obrigada.

Mas ele balança a cabeça.

— Come devagarzinho. Senão fica doente e eles prende você aqui mais tempo. Grande problema no restaurante, sem você pra trabalhar. Quando eles vão dar alta pra você?

Não sei o que significa "dar alta", mas não quero dizer isso. Ele nem mesmo espera minha resposta.

— Tive que contratar filho do amigo Prithvi para garçom no restaurante. Camarada idiota, sabe nada de servir pessoas. Faz todos os erros. Sábado, dois fregueses saíram sem pagar. Preciso que você volte logo para o trabalho.

Eu me sinto bem, o marido sente minha falta. Eu me sinto bem com o *biryani* no meu estômago. Por isso, eu fico com coragem.

— Quanto você paga para o filho de Prithvi?

Marido parecer surpreso e então dizer:

— Salário mínimo.

— Quando eu voltar, você paga eu.

A cara do marido é de chocado.

— O suicídio deixou você maluca? Eu pagar você, como pago à empresa de luz? Como eu pago a conta de gás? — E então ele fica irritado. — Só mulher folgada fala assim com o marido, Lakshmi. Sou eu que alimenta você, veste e coloca teto sobre a sua cabeça. Quando eu chego em casa e encontra você parecendo morta no sofá, eu liguei para a emergência e levei você para o hospital. Você sabe quanto vai custar esse hospital? A taxa do plano de saúde também vai aumentar. Outro homem largaria a mulher nessa situação do inferno. E quanta vergonha você trouxe para o nome da família. Todo dia os fregueses perguntam: "Onde está a sua mulher?". E que resposta eu dou para eles? Que a minha mulher está descansando em um quarto de hotel, comendo cabrito *biryani* e *gulab jamun*, enquanto eu acabo com as costas curvado na frente de um fogão?

Eu sinto vergonha.

— Desculpa. Era só brincadeira.

— Brincadeira? Brincadeira é divertida. Isso não é divertido.

Falo desculpas pela segunda vez e quando eu olho para cima alguém tá parado dentro do quarto. Primeiro, eu vejo apenas o casaco branco porque o rosto é muito escuro, mas então sei quem está de pé ali e meu estômago revira, como num barco. Marido odeia pessoas pretas, e essa é a mesma moça que veio aqui antes. Ela está em pé com uma mão no bolso do casaco e a cabeça virada para o lado, e ela faz careta. Ela olha para as costas do marido como se ele cheira mal.

Então, ela anda pelo quarto e marido escuta ela e se encolhe na cadeira. Ele abre a boca, mas ela fala primeiro:

— Olá. Você deve ser o marido da Lakshmi. Eu sou a dra. Margaret Bose, a terapeuta da sua esposa.

Marido vai ter um ataque do coração. Ninguém fala nada, e naquele minuto eu sinto alguma coisa mexer dentro de mim, só que acontece de um jeito automático: eu tenho felicidade vendo marido pensar no que dizer, fazer, onde olhar. E ela não sabe como ele odeia as pessoas pretas, e eu quero dar proteção para ela, do mesmo jeito que dava para a minha Shilpa. Mas ela também é mais forte que Shilpa. Eu sei, ela não precisa da minha proteção.

— Você é o sr. Patil? — ela diz, e marido toma um susto.

E aí ele diz:

— Sim.

— Que bom. Estou feliz de encontrar o senhor ainda aqui. Temos muito que conversar — ela diz e chega perto de mim e coloca a mão no meu ombro. — Como você está hoje, Lakshmi? — O olho dela é tão suave, e mais uma vez eu penso em Mithai. E em *Ma* quando ela deita no chão de terra da nossa casa, a artrite revirava suas mãos e seus pés de um jeito todo torto, como uma raiz de gengibre.

— Tô bem — eu respondo em voz alta, e ela e marido olha para mim com surpresa.

— Teve um bom final de semana?

— Tô bem — eu diz de novo, esperando o olho dela parar nos meu, querendo fazer uma trança para amarrar ela em mim contra o marido.

— Bom — ela sorri. — Bom.

Marido faz rã-rã com a garganta.

— Quando ela vai receber alta? Meu negócio não vai bem com a falta dela.

A moça olha para ele de um jeito estranho.

— Bem, sr. Patil, estamos bem longe dessa data. Sua esposa acabou de tentar se matar. Infelizmente, por causa do final de semana, não consegui trabalhar muito com ela. Entendo as pressões pelas quais o senhor está passando, mas de acordo com as circunstâncias...

Marido nem se preocupar em controlar o gênio.

— Então traz um médico de verdade para o tratamento. Eu tenho um negócio para cuidar. Não pode deixar meu negócio todo dia durante o horário de visita. Muito difícil e muito custoso.

A moça preta erguer as sobrancelhas.

— Eu sou uma terapeuta de verdade, sr. Patil. Agora, se a sua esposa tem algum problema comigo, ficarei feliz em encaminhá-la para outro terapeuta. Mas — a voz dela fica bem baixinha — acho que é o senhor quem tem um problema.

Marido abre a boca, mas então a moça preta diz:

— Agora, se o senhor nos der licença, o horário de visita terminou. Preciso começar minha sessão com Lakshmi.

Tem alguma coisa orgulhosa no meu peito. O marido olha como o Pran é espancado por Amitabh Bachchan. Ele não sabe se vai, se fica, se senta ou se levanta. Ele olha para mim procurando ajuda, mas eu só olho para ele. Do que ele chama esse quarto? De quarto de hotel? Se eu estou em hotel, ele é visita.

Sem fazer barulho, como um lagarto, ele pega a marmita e o prato sujo. O *gulab jamun*, enrolado no papel-alumínio, ele coloca na mesa para mim. Ele olha eu de novo, depois para a moça preta e depois sai da sala.

Assim que ele vai embora, a vontade de chorar chega. Tão sozinha eu me sinto sem marido. E má, porque eu fiquei feliz quando essa moça ganhou dele. Ela só pode ter feito algum *jadoo* para fazer eu ficar do lado dela e não no do marido. Não vou falar com ela. Vou mandar ela sair do meu quarto do mesmo jeito que ela faz marido ir embora.

Ela senta na cadeira na minha frente.

— Ouvi que você não anda comendo muito, Lakshmi. Por isso fico feliz por seu marido trazer comida de casa.

Quem conta para ela que eu não como? Como ela sabe que marido traz comida?

— Quem conta essas mentiras para você? Por que você é preocupada com o que eu como? Você deve cuidar dos seus problemas.

— Esse problema é meu — ela diz. — Olha, minha meta é avaliar você e garantir que esteja bem para receber alta, certo? Por isso, peço que você coopere, Lakshmi.

Quanta palavra difícil ela usa. Não entendo nada.

Ela me olha mais de perto.

— Você compreende o que eu estou falando? É realmente importante que você entenda. Caso contrário, podemos conseguir um intérprete, o.k.?

— O que é "inter-pretê"?

— Alguém que fala a sua língua. Híndi? Punjabi? Gujarati? O que quer que você fale. E essa pessoa pode me contar o que você está falando.

— Por que você precisa conversar comigo?

Ela respirar fundo.

— Lakshmi, você acabou de tentar se matar. Se o seu marido não chegasse em casa cedo porque teve uma dor de cabeça, só Deus sabe o que teria acontecido. Entende? Então não posso deixar que você volte para casa até estar convencida de que... Até que eu tenha certeza de que você não vai mais fazer isso. Certo?

Eu fazer que sim com a cabeça.

— Desculpa. Sou mulher má por causa de suicídio. Desculpa.

— Querida, você não é má. Só está sentindo dor. Está machucada. Posso ver isso no seu rosto. E estou aqui para ajudá-la. Mas você precisa me aceitar.

— Você já está no quarto — eu fala, confusa.

Ela solta uma gargalhada.

— Você precisa me aceitar, tipo, no seu coração. Na sua mente. Tem que me contar por que resolveu dar esse passo. Para que asseguremos que você não faça isso de novo.

O que ela fala é uma luz no escuro. Agora eu entende o que ela espera de mim. Ela tá esperando a minha história. Como ir no doutor *sahib* com resfriado e tosse e ele ficar fazendo perguntas: quando começou, se você andou na chuva, se você comeu muitas mangas azedas de uma vez só. E então só ele sabe que remédio passar.

Ela está esperando minha história. Na minha vila, eu era campeã de contar história. Quando minha mãe ficou doente da artrite, eu contei história para a Shilpa à noite para ela dormir e não ouvir o choro da *Ma*. Quando os homens maus machuca Mithai, o elefante, eu passei a noite com ele e contei para ele histórias e mais histórias. Na escola, eu sempre fazia as outras crianças rir com as histórias e as piadas.

Mas eu não conto nenhuma história para ninguém faz muito tempo.

— Lakshmi — a moça diz. — O que aconteceu? O que a levou a fazer aquilo na quinta-feira? Seu marido bateu em você? Qual foi o motivo?

Eu pensei no Bobby parado no estacionamento segurando a estátua que eu dei. Eu pensei nele pegando o carro, e como o coração saiu do meu corpo e entrou no carro com ele. Naquele momento, eu sei que o Bobby só pensou em mim como garçonete de restaurante, mas eu... Eu pensei nele como...

Eu quero falar de Bobby e da gentileza dele e da Califórnia. Mas daí eu sinto medo. E se ela contar para o marido? O que ele faz se sabe que eu gosto do Bobby dos jeitos ruins, do jeito que esposa casada não pode gostar de outro homem? Ele fica com raiva e é mau, ou faz piada com isso. De qualquer jeito, ele magoa.

Eu não posso contar pra ela do Bobby, que é bonito como gelo para mim. Você coloca gelo no sol, onde a outra pessoa pode ver, e ele derrete. Bobby é segredo, um dos dois segredos na minha vida que eu nunca vou contar.

— Lakshmi — ela chama de novo e eu sei que ela me espera.

— O quê? O que você quer saber?

Ela se entorta no meu lado.

— Eu quero saber se o seu marido bate em você. Foi por isso que...?

Eu faço que não com a cabeça.

— Nunca! — eu dizer. — Marido, homem bom. Ele nunca bate.

— Então por que você fez isso? Quer dizer, por que você tomou os comprimidos?

E, de repente, a dor no meu coração fica tão grande que sai pelo olho e escorre pelo rosto.

— Eu sou sozinha — digo. — Eu não tenho relação com família neste lugar. Eu sou sozinha.

O rosto da moça preta é tão gentil, faz eu chorar mais.
— Sinto muito, querida — ela diz. — Eu entendo. É muito difícil.
— Eu chamei minha Shilpa de querida. Quando ensinava ela falar inglês.
— Quem é Shilpa?

Tinha vontade de dizer: Shilpa é o motivo de eu estar nessa prisão chamada Estados Unidos.

— Shilpa é minha irmã.
— Entendo. E ela ainda está na Índia?

Eu sinto surpresa com essa pergunta.

— Acho que sim.
— Você não tem certeza?

Olho o chão.

—A gente não se fala mais. Marido não deixa. Depois do casamento, ele disse para eu não falar com *Dada* e com Shilpa.

Ela deixa o ar sair pelo nariz.

— Você não tem nenhum contato com a sua família na Índia?
— Marido não permite.

Ela parece irritada.

— Mas por quê?

Eu olho o chão.

A gente fica ali sentada quieta por muitos minutos. E aí ela diz:

— Conte-me da sua vila. Conte-me do lugar onde você cresceu.

Nem o Bobby fez tantas perguntas sobre a minha vida. Nunca ninguém teve interesse. Eu fecho o olho e sinto cheiro da terra da minha vila depois da estação da chuva. E a primeira coisa que eu vejo é o poço.

6

Chove faz seis dias sem parar, e a lavoura do meu pai está inundando. Ele senta em casa, e *Ma* diz que ele deixa ela maluca com a preocupação e a falta do que fazer. Ele fala para ela como acender o carvão do fogão direito, como assar o *roti* do jeito certo, como varrer o chão. Ela fica tão irritada que joga a vassoura em cima dele.

— Você tão bom, meu senhor, então você varre esse chão lamacento até virar o Taj Mahal.

Shilpa e eu achamos o que a mãe diz tão engraçado que a gente ri e ri, até *Dada* olhar para a gente com o olho pesado e levantar a mão. Mas não tem medo de *Dada* porque ele nunca bate na gente. Uma vez, o boletim veio ruim e *Ma* me deu um tapa, e foi *Dada* que chorou como uma garota, não eu.

No dia seis da chuva, Menon *sahib* foi na nossa casa com o Ambassador azul e perguntou se eu poderia ir na sua grande casa fazer faxina. A mulher dele estava na cidade por alguns dias, e Munna e ele está sozinho na casa suja. Eu vi que *Ma* ficou triste por eu largar o dever de casa para ajudar Menon *sahib*, mas ela não pode mais fazer nenhum trabalho extra. Ela está com artrite nos dois pés e sente muita dor. Eu fico feliz por sair de casa e sentar no banco de trás do grande carro com Munna. É só a segunda vez que eu sento dentro de um carro — a primeira foi no táxi que eu peguei na estação de trem quando fui na cidade. Mas o táxi era pequeno e lotado, e o cheiro do *agarbati* que o motorista queimava me fazia espirrar e espirrar. Carro de Menon *sahib* é do tamanho da minha casa e Munna é meu amigo, mesmo ele tendo cinco anos e eu oito.

Essa é a primeira vez na casa de Menon *sahib* sem a minha *Ma*, mas eu sabia certinho o que fazer. Primeiro eu peguei o *jharu* e varri toda a casa. Eu peguei *kachra* com jornal que nem uma pá e aí eu peguei o trapo e começei a lavar o chão. Eu esfrega e esfrega até minha cara aparecer no azulejo branco. Munna senta comigo por um tempo e então ele sai e brinca na outra sala. A casa de Menon *sahib* tem muitas salas. Depois do chão, eu começo a lavar os sáris e as *cholis* da mulher de Menon *sahib* e os lençóis. Meu braço queima enquanto eu espalho o sabão pelo tecido e esfrego tudo junto. Queria *Ma* aqui fazendo esses serviço, mas então eu me lembro dos pés inchados dela como uma manga madura e sinto vergonha. Eu tiro o cabelo do olho e esfrega com mais força.

A chuva parou quando eu terminei de lavar, e o sol aparece. Levei as roupas molhada para fora para secar. Munna também está do lado de fora, correndo em volta de mim, fazendo zum-zum com a boca enquanto tem um avião na mão. Ele tenta ajudar, mas é muito pequeno para pendurar as roupas uma do lado da outra. Eu também tenho problema para alcançar lá em cima, mas dou um jeito.

Depois de cinco, dez minutos, Munna fica quieto. O sol está tão quente na minha cara, faz minha pele chorar. O *mynah* faz música nas árvores, e eu respondo. Uhh-ruu. Eu diz e o passarinho escuta e fala de volta.

Um minuto tudo está doce e em paz, mas aí a porta abre e Menon *sahib* está dando gritos e correndo na minha direção. Eu fico assustada, pensando que pendurei as roupas da esposa dele do jeito errado, mas então ele cobre a boca com uma mão e aponta com a outra. Eu me viro. Munna escalou a parede de pedra do poço, o poço no terreno de Menon *sahib*. Ele está inclinado sobre o poço, olhando sua cara na água. Enquanto eu olhava, ele chegava cada vez mais perto, com os pezinhos apoiados nas pedras.

O passarinho *mynah* ainda canta. O sol ainda faz minha cara chorar. Mas nada mais é doce nesse dia. Eu sinto medo, porque em um minuto Munna vai cair no poço. Eu chuto minhas *chappals* para longe e corro. A lama é macia e faz um barulho — chuque, chuque — quando mexo o pé. A lama tenta me prender, por isso sei que não vai adiantar correr. Para salvar Munna, tenho que voar, voar como o passarinho *mynah* na árvore. E é isso que eu faço. Quando chego perto do poço, abro as mãos como asas de pássaro grande. Na hora que Munna escorrega para dentro do poço, eu fecho as mãos em volta da perna dele. Fico segurando ele de cabeça para baixo, e meu joelho bate no muro de pedra e sangra. Mas eu não solto ele. Eu seguro ele com bastante força até Menon *sahib* chegar atrás de mim e tirar Munna da minha mão. Por um segundo, eu fico com medo de Menon *sahib* estar maluco, porque ele beija e estapeia Munna ao mesmo tempo. Depois ele faz um barulho e balança para a frente e para trás, para a frente e para trás, é ele chorando. Munna começar a chorar também e aí Menon *sahib* beija o filho, a cara inteira dele e a cabeça. Menon *sahib* é sempre muito brabo, como professor da escola. Quando meu *Dada* no último dia de cada mês vai pegar o dinheiro com ele, Menon *sahib* nunca, nunca mesmo, sorri para *Dada*, ele só escreve o número em um grande livro vermelho e conta as rupias para dar para o meu *Dada*. *Dada* sempre se sente pobre quando deixa a loja de Menon *sahib* e vai para casa. A gente nunca vai ficar rico, *Dada* diz, porque *Dada* só pode vender a produção para Menon *sahib* e ele nunca paga o suficiente.

Mas agora Menon *sahib* está chorando mais que Munna, e eu fico com vergonha, porque estou vendo uma coisa que não é problema meu. Eu começo a andar para a casa, mas ele coloca o filho no chão e pega no meu ombro para eu parar.

— Lakshmi — ele fala. — Tenho uma dívida com você. Mesmo que eu coloque mais cinco filhos nesta terra, ainda assim terei uma dívida com você.

E depois vem a parte que ninguém acredita, nem a Shilpa: Menon *sahib* dá a mão para mim. *Dada* disse que era mentira quando conto para ele. Garota idiota, *Dada* diz. Menon *sahib* é como um rajá. Ele é dono de toda a nossa vila. Por que ele ia dar a mão para uma menina de oito anos?

Mas ele me deu. Menon *sahib* diz:

— *Beti*, desse dia em diante, você é como a minha pequena sobrinha. Eu pagarei por sua educação pelo tempo que você quiser frequentar a escola.

Fiquei muito feliz, eu corri todo o caminho até em casa para dar as boas notícias para a *Ma* e o *Dada*. Corro no meio dos campos da cana-de-açúcar e, enquanto eu corre, eu vejo meu futuro. Vejo a Lakshmi que é formada no ensino médio. Shilpa e eu morando em Bombaim, em grande casa do lado da de Sharukh Khan. Eu tenho um grande carro como o de Menon *sahib* e um motorista. E eu compro sári novo toda semana.

Só que essa Lakshmi que é formada no ensino médio nunca vai nascer. Meu *naseeb*, o destino, não permite, porque minha estrela do nascimento é fraca. Aquela Lakshmi do futuro está de novo no dia em que eu deixo a escola para sempre no oitavo ano. Eu vejo ela quando abaixo no forno de querosene e quando eu pingo *chapati* no *dal* para alimentar minha mãe, porque artrite torce os dedos dela como raiz de árvore. Eu vejo ela de novo quando eu trabalho com *Dada* na lavoura, porque *Ma* não pode mais ajudar ele. Toda vez que eu vejo aquela Lakshmi do futuro, ela cospe em mim, faz o sangue surgir nos meus olhos.

Menon *sahib* homem bom, honesto. Ele pagou minha escola como prometeu. Não é culpa dele que a promessa ficou curta.

Uma vez, só uma vez, eu vejo aquela Lakshmi do futuro de novo com olho feliz. É o dia em que minha Shilpa se formou no ensino médio. Você ferve e ferve o leite e o que acontece? Ele se transforma em *malai*, não é? Do mesmo jeito, no dia que Shilpa se forma na escola, toda minha tristeza fica menor e menor até virar felicidade.

7

Sudhir chegaria tarde naquela noite, e ela o buscaria no aeroporto em cinco horas. Tempo suficiente para passar mais uma noite com Peter, para cozinhar uma massa no fogão de sua pequena cozinha, sabendo que ele estava sentado, acompanhando com os olhos cada um dos seus movimentos. Para sentir o formigamento de ansiedade quando ele apoiasse a taça de vinho, se erguesse da cadeira, desse alguns poucos passos até onde ela estava e a abraçasse por trás, beijando sua nuca. Desde a noite de sexta-feira, quando ela foi buscá-lo para um jantar tardio e ele a seduzira no sofá da sala, eles caíram em uma rotina surpreendentemente fácil, em que Maggie encontrava Peter na casa dele em Hommerville depois do trabalho. Na noite anterior, eles planejaram sair para comprar comida tailandesa, mas acabaram na frente da televisão, substituindo o jantar por um pacote de pipoca de micro-ondas. Peter era fascinado pela tv norte-americana — era assim que ele falava — porque viajava muito e raramente tinha tempo para assisti-la.

    Seus corpos também acompanhavam um ritmo fácil. Por quase trinta anos, o corpo de Sudhir era o único que Maggie tocara, e ela o conhecia melhor que o seu próprio — os músculos rijos das costas, os pelos escuros no peito, os ossos pontiagudos do quadril, os calos nos dedões dos pés, a mancha escura no queixo. O corpo de Peter era um novo país a ser descoberto e explorado, e ela se sentia exatamente como uma turista: tonta pela ansiedade, maravilhando-se tanto com o que lhe era familiar quanto com o que lhe soava estranho. Além disso, havia a novidade representada pela brancura de Peter. Impregnada da silenciosa, ainda que virulenta, consciência de raça de seus pais e influenciada pelos livros sobre a escravidão e pelas leis de Jim Crow, que lera no curso de graduação em Wellesley, ela nunca havia se interessado por homens brancos. Ao contrário de algumas de suas colegas, também não cultivava um antagonismo ativo em relação aos caras brancos e jamais condenou as amigas negras que tinham namorados caucasianos. Ela era apenas indiferente à sedução da pele branca. Quando era criança, Wallace lhe contara tantas histórias sobre as humilhações que havia sofrido quando trabalhava como faz-tudo no gabinete colonial britânico que chegavam a revirar seu estômago. Mas ela sabia que nem todos os brancos eram iguais, e Deus era testemunha de que tivera muitos amigos brancos na faculdade. Ainda assim, quando conheceu Sudhir, ficou aliviada porque, tal como ela, ele tinha a cor da terra. A piada, é claro, era o fato de Sudhir agir de uma maneira muito semelhante à de um homem branco norte-americano de classe média: ele falava um inglês perfeito, possuía valores burgueses e tinha sido criado em uma família estável. Wallace comentou, na primeira vez em que viu o futuro genro: "Garotinha, acabou que você vai mesmo se casar com um homem branco".

Maggie sorriu ao sentir os lábios de Peter roçar levemente os ombros dela.

— Ei — ele sussurrou. — Você nem foi embora e já estou sentindo saudade. Como isso é possível?

Maggie se virou para ele. A ideia de não ver Peter novamente lhe doía.

— Eu sei — ela concordou.

Como ela olharia para Sudhir no aeroporto? Será que ele perceberia logo de cara? Como seria a sensação de dormir na cama deles depois de ter passado quatro noites com Peter?

— Mas eu a verei em breve, não é? — Peter tinha uma expressão de curiosidade no rosto, como se lesse a mente dela.

Maggie suspirou.

— Eu não sei. Não vejo como seria possível. Sudhir... Quando Sudhir está na cidade, passamos praticamente todas as noites juntos.

Ele sorriu devagar, um sorriso torto, maligno, que fez com que o ar parasse em sua garganta. Era injusto ser bonito daquele jeito. Sudhir era um homem charmoso, ela sabia disso. Mesmo na meia-idade, preservara o corpo de corredor e, apesar de as têmporas terem começado a ficar grisalhas, ele tinha uma cabeleira repleta de fios negros e grossos. Peter, porém, era bonito. Os olhos verdes resplandecentes, o rosto longo e anguloso, o cabelo castanho e cacheado, o sorriso fino, irônico. Tudo isso às vezes atingia Maggie com tanta intensidade que ela se via obrigada a desviar os olhos. O mais atraente em Peter era a forma casual com que lidava com sua própria beleza, como usar uma loção pós-barba barata. Maggie tinha a impressão de que ele se ofenderia caso ela fizesse qualquer comentário a respeito de sua aparência.

— O que foi? — ela perguntou. — Por que você está sorrindo desse jeito?

— Se você tem que passar as noites com Sudhir, então acho que a gente poderia simplesmente se ver durante o dia.

— E como vamos fazer isso? Largaremos nossos empregos?

Ele sorriu de novo.

— Minha mãe costuma dizer que, quando existe vontade, sempre há um jeito.

Porém, será que existia vontade?, Maggie se perguntou enquanto colocava duas tigelas de massa sobre a pequena mesa da cozinha. Ela já estava bastante envergonhada por seus atos durante a ausência de Sudhir. Aquilo fazia tão pouco o gênero dela, aquela montanha-russa de perigos. Peter tinha um contrato de um ano com a universidade. Ele voltaria para algum país esquecido por Deus sabe-se lá onde no final do semestre seguinte. Enquanto ela e Sudhir possuíam um contrato vitalício que os unia um ao outro. Cada uma das tramas de sua vida estava entrelaçada nas de Sudhir. Por anos, Maggie se maravilhou diante da sorte que tinha por ser casada com um homem que ainda a amava e respeitava. Em sua profissão, via muitos casamentos ruins, testemunhava como geralmente o amor se transforma em ódio e indiferença. Ouvira histórias suficientes para saber que aquele mau comportamento — crueldade, volatilidade, reservas, violência, vício — era desenfreado em muitos casamentos. A pior coisa que ela podia dizer sobre Sudhir depois de todos aqueles anos era que ele era levemente... chato. Que era um homem caseiro, e não um caçador de emoções como Peter. Imagine só. As piores coisas sobre seu marido é que ele tinha rotinas previsíveis, era fiel, constante e confiável, e o ponto alto de seu dia era chegar em casa e encontrar a esposa.

Então o que ela estava fazendo sentada descalça na cozinha de Peter Weiss? Como podia se despedir com tanta facilidade de décadas de fidelidade, dos anos que passara aconselhando seus pacientes sobre os danos duradouros que os casos infligem nos relacionamentos? O que significava o fato de ela trocar todos os seus anos com Sudhir por alguns dias com Peter?

A resposta veio do fundo de sua alma: isso significava que, sem que se desse conta, havia uma seca dentro dela. Que ela estava ressequida, com uma sede que Sudhir não era capaz de saciar. Sem pedir licença, uma imagem de si mesma com dez anos de idade na cama com Wallace surgiu diante dos olhos de Maggie. E no instante seguinte ela soube: os encontros estranhos, inomináveis e altamente embaraçosos com o pai secaram uma parte dela, plantaram uma semente de contenção sexual bem no fundo de sua personalidade. Não era de estranhar que ela tivesse escolhido alguém como Sudhir — um homem indiano de uma conservadora família de brâmanes que havia sido criado para ser cortês com todos, para ser respeitoso e protetor com as mulheres, que era cuidadoso por natureza e meticuloso por treinamento. Sudhir jamais havia vislumbrado aquela seca. Já Peter a conhecia, ele a vira na primeira vez em que se encontraram, três anos antes. Ele reconheceu algo com seus olhos de fotógrafo, alguma coisa da qual ela própria não tinha consciência. De qualquer forma, o que aconteceu entre eles há quatro noites não era algo que ela fosse capaz de explicar com sua mente consciente. Não era uma decisão. Não era um desejo que ela aceitara. Em vez disso, era um movimento. Um fluxo. Como água. Como música. Um rio não escolhe suas direções. Ela simplesmente seguiu o fluxo que a levava para o corpo dele.

— Ei — Peter a chamou. — Aonde você está indo? Você mal comeu.

Ela balançou a cabeça.

— Desculpe, eu não posso.

Peter apertou levemente os olhos verdes.

— Você está tão triste!

— Eu não estou. Sério. Eu só... — Ela engoliu em seco. — Isso vai ser difícil. Me despedir.

— Então não faça isso — ele retrucou mais que depressa. — Ei, eu não vou sair daqui. — Ele se inclinou para a frente na cadeira e esticou os braços atrás da cabeça. — Estou preso a esse trabalho durante essa porcaria de ano todo.

Embora Maggie soubesse que não deveria levar aquilo para o lado pessoal, esse comentário a feriu.

— Você odeia isso tanto assim? Morar aqui? Dar aulas?

Peter esfregou os olhos.

— Ah, meu Deus, não sei, Maggie. Gosto o suficiente, eu acho. Só que... sinto saudade da vida. Sabe? A vida desordenada e imprevisível. A descarga de adrenalina. Visitar novos lugares. Acho que não lido bem com a rotina. — Peter cobriu uma das mãos de Maggie com a dele. — Apesar de tudo isso, sinto sua falta. E estou muito feliz de ter retomado o contato com você.

Eles sorriram um para o outro, tímidos, enquanto comiam. Após alguns momentos, Peter perguntou:

— E então, como você quer gastar as poucas horas que ainda temos?

Os olhos dele brilharam, sugestivos.

A ideia de sair da casa de Peter e ir direto para o aeroporto, o que ela havia planejado fazer de início, de repente perdeu todo o apelo.

— Acho que vou passar um tempinho em casa. Antes de buscar Sudhir. Tudo bem pra você?

Peter abriu a boca como se fosse discutir, mas logo a fechou.

— Claro — ele disse simplesmente. — Como você quiser.

Os pensamentos rodopiavam na cabeça de Maggie enquanto ela dirigia depressa pelas ruas, que começavam a ficar escuras. Estava feliz por Sudhir voltar para casa, de verdade. Ela havia sido a maior idiota do mundo por colocar seu casamento em risco por alguém como Peter. Peter era uma festa de aniversário, tudo com ele eram velas, bolo e balões. Mas a comemoração havia terminado. Sudhir era o resto do ano, ele era de verdade, o lugar onde Maggie construiria seu ninho. Ela e Sudhir haviam erguido algo juntos com o qual alguém como Peter poderia apenas sonhar. Se ele era mesmo esperto, deveria perceber isso e invejá-los pelo que tinham. Embora ela, de alguma forma, duvidasse que fosse de fato assim.

Você não tem que demonizar Peter, ela ralhou consigo mesma. Você não precisa deixar sua culpa encobrir a forma como você se divertiu nesses últimos dias. E nem mesmo como seu corpo respondeu ao dele. Talvez todo mundo esteja autorizado a fazer uma loucura inofensiva, a ter uma aventura sexual, e essa foi a sua chance. Uma recompensa por uma vida inteira de bom comportamento, algo que a partir de agora você vai restabelecer. O que significa que nunca mais vai poder fazer essas coisas com Peter.

Promete?, ela pediu a si mesma. Promete?

8

Maggie suspirou. Ela e Lakshmi estavam sentadas uma diante da outra naquele quarto pequeno e abafado havia quase dez minutos e não chegavam a lugar algum. Após dias de comunicação fácil, Lakshmi se fechou novamente e Maggie não fazia a menor ideia do motivo. O plano de saúde começou a se irritar com as contas do hospital, e mais cedo naquele dia Richard tinha ligado para o consultório de Maggie querendo saber por que a mulher indiana ainda não recebera alta.

Ela resolveu tentar de novo.

— Escute. A não ser que você me conte por que tentou se matar, não poderei lhe dar alta. Entende? Podemos resolver tudo em alguns minutos. Sei que você está tão ansiosa para ir para casa quanto nós estamos para liberá-la. Certo?

Como resposta, Lakshmi se levantou da cama e vagou pelo quarto. Ela olhou para o gramado verdejante do hospital por um segundo e em seguida se virou.

— Por que não pode abrir esse negócio?

— Já conversamos sobre isso, Lakshmi. — Maggie fez um esforço para disfarçar a impaciência em sua voz. — É para a sua própria segurança.

— Na minha vila, muitos passarinhos. Todos de cor diferente. Mas então corvo vem e...

— Lakshmi, hoje não. Hoje temos que falar do motivo... — Maggie parou no meio da frase, detida por um pensamento. — É por isso que você fez aquilo? Por que está com saudade de casa? Da sua vila?

Lakshmi fez que não com a cabeça por um breve momento.

— Minha casa aqui, com meu marido. Eu mulher casada.

— Então o que foi?

Mais uma vez, o silêncio. Lakshmi se virou novamente para a janela e olhou através do vidro. Maggie seguiu o olhar da paciente para fora do quarto escuro e observou aquela tarde dourada de junho. Lakshmi não tinha deixado o quarto desde que chegara, seis dias antes. Maggie se sentiu nauseada ao se dar conta desse fato. É claro. Era isso que Lakshmi tentava lhe dizer com as histórias sobre quanto sua vila era verde e repleta de passarinhos.

Maggie se levantou.

— Vamos sair para uma caminhada.

O sorriso radiante que surgiu em Lakshmi confirmou que Maggie estava certa.

Patty, a enfermeira-chefe, a chamou quando elas passaram pelo posto da enfermagem.

— Dra. Bose? Não acho que a paciente tenha autorização para...

Maggie a dispensou, sacudindo uma das mãos.

— Está tudo bem, Patty. Eu me responsabilizo.

Elas desceram os sete andares em silêncio, mas Maggie sabia que Lakshmi a observava de soslaio. Pela primeira vez desde que começara a trabalhar com ela, Maggie se sentiu no controle. Aquela era uma sensação boa. Ao longo dos anos, ela criou uma reputação de fugir um pouco dos padrões em seus tratamentos. A equipe do hospital a olhava de esguelha no início, porém não havia dúvidas quanto à sua habilidade para casos difíceis, e com o tempo eles aprenderam a confiar em seus julgamentos. E os pacientes particulares lhe ensinaram o valor da flexibilidade: tinha de fechar as persianas do seu consultório para acomodar um paciente que falava sobre incesto na infância pela primeira vez; saiu com seu carro diversas vezes com um paciente que tinha medo de dirigir sobre pontes; manteve os olhos fechados durante uma sessão inteira enquanto uma paciente confessava de forma lenta e hesitante que tinha um caso com o irmão do marido; permitira que uma paciente chegasse todas as semanas carregando um aparelho de som portátil porque Mozart a ajudava a relaxar. Ela fazia o que fosse preciso para ajudar os pacientes a lhe contar seus segredos.

 E, se isso significava andar ao redor do hospital com Lakshmi em uma tarde de sol, seria exatamente o que elas fariam. Sempre soube que aquela mulher tinha dificuldade em manter contato visual. Dessa forma, Lakshmi não precisava olhar para ela. E não havia nada mais conducente para a conversa do que uma caminhada, o ritmo dos pés também ditando os movimentos da língua.

 — Não é bom estar aqui fora? — Maggie perguntou. — Tomar um pouco de ar fresco?

 — Madame, isso muito bom. Eu me sinto limpa, como num banho de sol. Maggie sorriu.

 —Achei que você fosse gostar. — Ela fez uma pausa para criar um efeito e então começou a andar novamente, repuxando o lábio inferior em um gesto exagerado. — Sabe, acabou de me ocorrer uma coisa. A maior parte das pessoas tenta o suicídio durante o inverno. Próximo aos feriados de fim de ano, essas coisas. É raro alguém tão jovem quanto você tentar uma coisa assim em uma época tão adorável.

 Como ela premeditara, os olhos da mulher se encheram de lágrimas.

 — Eu não fiz de propósito, madame. Eu não pensei. Eu... eu só estava sentindo muito triste naquele dia. Marido também não estar em casa. Eu não pensei.

 — Quer dizer que você não passou semanas planejando tudo?

 — Não, madame. Eu juro. — Lakshmi puxou a pele próxima à garganta para enfatizar suas palavras. — Jura por Deus, madame. Só naquele dia eu pensei.

 Maggie sentiu uma ponta de relaxamento em Lakshmi. Então a tentativa havia sido um ato impulsivo. Bom. Bom. Isso significava que Lakshmi provavelmente não repetiria.

 Ainda assim, ela franziu a testa como se estivesse confusa.

 — Não consigo entender. O que aconteceu naquele dia em particular que a fez se sentir tão triste? Você brigou com seu marido?

— Não, não, madame. Não culpa de marido. Eu mulher má. Eu fiz pensamento mau.

Aquilo atingiu Maggie. É claro. Havia mais alguém. Como ela não tinha pescado isso antes?

Elas estavam agora a cerca de quarenta metros do caminho que levava até a floresta atrás do hospital, e Maggie decidiu caminhar até lá. Ali, no gramado dos fundos, era provável que Lakshmi se sentisse exposta, nua, à luz daquela tarde ensolarada. Na floresta, entretanto, a luz seria fraca, e se havia uma coisa que Maggie aprendera em seus anos como terapeuta era que a vergonha clamava pela escuridão.

Lakshmi relaxou visivelmente assim que entraram na floresta. Maggie sentiu que aquela reação era causada por algo além do anonimato oferecido pelas sombras. Pela primeira vez Lakshmi pareceu se sentir em casa, à vontade: ela arrancou uma folha de uma árvore, amassou-a na palma da mão, inalou o aroma e disse o nome da planta em seu idioma. Ela ficou de cócoras para examinar um cogumelo que crescia na base de um tronco e virou o rosto radiante para cima no intuito de observar uma lasca de céu que aparecia entre as folhas. Apesar da consciência de que estavam perdendo tempo, apesar de saber que não tinha um intervalo dos mais longos até sua próxima consulta, Maggie estava maravilhada. Sentia como se aquela floresta fosse mágica e que havia transformado aquela mulher tristonha e devastada em uma fada.

Ela sabia que a fada desapareceria com a próxima pergunta, mas não tinha escolha.

— Qual foi o pensamento ruim? Quero dizer, o pensamento que fez com que você tentasse aquilo?

Lakshmi, que passava a mão pelas agulhas de um pinheiro, congelou. Devagar, virou o rosto para Maggie, que sustentou o olhar. Vamos lá, ela a incentivou em silêncio. Conte-me, assim posso julgar se você deve ou não ser liberada. Ela viu uma variedade de sentimentos passar pelo rosto de Lakshmi antes de sua expressão desabar.

— O freguês, ele ia no restaurante toda quinta-feira — ela disse. — Tão bom ele era, madame. Sempre dizendo por-favor-obrigado pra mim. Sempre, sem falta. Ele era meu único amigo, madame. E ele tinha cheiro... — Lakshmi olhou ao redor. — Ele tinha cheiro como desse lugar. Limpo. — Ela arrancou uma agulha de pinheiro da árvore e a ergueu perto do nariz.

Então era isso, Maggie pensou. Ela havia dormido com aquele cara e ficou apavorada com a possibilidade de o marido descobrir. Depois de conhecer o sujeito com quem Lakshmi se casara, um homem que mais parecia uma porta, não podia culpá-la. Ele provavelmente a mataria se descobrisse.

Ela abriu a boca, mas Lakshmi começou a soluçar. Os pelos do braço de Maggie se arrepiaram. Já tinha ouvido muita gente chorar ao longo de sua carreira — aquele era um dos sons que teve de aprender a não deixar que a abalasse —, porém jamais havia ouvido um choro como aquele. É algo cultural, disse a si mesma, embora soubesse que não era nada disso. Ela foi ao funeral do avô de Sudhir, onde a viúva havia se lamuriado e batido no peito do falecido. Assistira a vídeos de mulheres do Oriente Médio perdendo o controle durante funerais em massa. Porém, o que ela ouvia naquele momento não era nada igual ao que já escutara antes. O choro de Lakshmi continha o som que alguém faria se fosse a última pessoa a sobreviver na face da Terra.

Um arrepio atravessou o corpo de Maggie. Por um segundo, sua mente lhe pregou peças. Preciso descrever isso a Peter e perguntar se ele já ouviu esse som em suas viagens, ela pensou antes de se lembrar de sua decisão de não vê-lo mais. Olhou ao redor, sem saber como interromper o pranto de Lakshmi, com raiva de si mesma por tê-la trazido até aquele lugar. Então quer dizer que ela iria espremer uma confissãozinha de nada da pobre mulher. E daí? Ela poderia liberá-la em breve para a mesma vida de merda que, em primeiro lugar, fez com que tivesse um caso.

Ela se obrigou a falar:

— Ele... esse homem também amava você?

Logo de cara ela soube, graças ao choque no rosto de Lakshmi, que cometera um erro. Pelo menos aquilo fez a outra mulher parar de chorar.

— Não, madame. Eu disse para você. Eu sou casada. Minha família é boa. Eu nunca contei para Bobby. Eu só triste porque ele ia embora para a Califórnia.

Os soluços cessaram, mas Lakshmi olhava para ela com uma expressão tão ferida que fez com que os dedos dos pés de Maggie se retorcessem de aflição. Que diabos está acontecendo com você?, ela ralhou consigo mesma. Por acaso imaginou que uma imigrante indiana simplesmente teria um caso? Só porque você é uma adúltera, não quer dizer que o resto do mundo também seja. Ela se conteve. Adúltera? De onde tinha tirado aquela palavra tão arcaica? Será que era assim que via a si mesma? E por que projetava sua culpa a respeito de Peter na paciente? Aquele não era um artifício pífio?

— Ele se mudou para a Califórnia? — Maggie perguntou. — Para sempre?

Por um momento ela pensou que os soluços terríveis retornariam, mas Lakshmi apenas assentiu, sem pronunciar uma única palavra. Sobre elas, as árvores farfalhavam e o sol atravessava as folhas grossas.

— E foi por isso que você...? Por causa de um freguês?

Lakshmi assentiu de novo, sem se dar conta da ironia. E Maggie pensou: Não há nenhuma ironia em nada disso, droga. O fato é que aquela mulher estava tão isolada, tão carente que a partida de um homem pelo qual ela nutria uma afeição foi suficiente para fazê-la tentar tirar a própria vida. Um vento frio soprou enquanto Maggie pensava no assunto. Aquilo era inimaginável, aquele nível de solidão, de perda. Um sentimento de proteção aflorou enquanto observava o rosto pálido que a estudava com tanta ânsia, pronto para aceitar qualquer tipo de condenação, na esperança de conquistar seu entendimento.

Maggie estava prestes a sugerir que voltassem para o hospital quando decidiu assumir um risco calculado.

— O que você ama... gosta... no Bobby? — Maggie perguntou, sabendo que escancarava outra porta que elas teriam de atravessar, sabendo que aquilo daria continuidade à sua associação com Lakshmi, que a relação entre as duas não acabaria depois que aquela paciente recebesse alta.

Lakshmi sorriu com os olhos.

— Ele tão gentil, madame. Ele nunca chama eu de idiota, até quando eu esqueço de trazer a Pepsi dele. Ele nunca olha para mim como os outros clientes homens fazem. — Lakshmi abaixou a voz. — E ele parece... — Ela lançou um olhar ao redor. — O olho dele azul como o céu e o queixo da cor do ouro. E sua boca sorri, ele sorri o tempo todo.

Apesar da tristeza que sentia diante da situação de Lakshmi, Maggie estava se divertindo. Então Lakshmi havia se apaixonado por um garoto branco, de olhos azuis, que estava prestes a se mudar para a Califórnia. Provavelmente era surfista. Uma imagem de Peter nu sentado em uma cama coberta por rosas surgiu de repente em sua cabeça, mas logo ela tratou de fazê-la desaparecer. Não iria comparar seu caso com Peter com a paixonite silenciosa que Lakshmi nutria por Bobby. A vida dela estava a anos-luz da existência árida e desolada de Lakshmi. Seu casamento com Sudhir não se comparava ao casamento desprovido de alegria entre Lakshmi e aquele homem horroroso. Mas lá estava ela, aquela atração, aquela conexão. Sentiu-se assim no momento em que entrou no quarto daquela paciente.

Maggie pegou gentilmente a mulher mais jovem pelos ombros e a conduziu em direção ao hospital. Elas realmente precisavam voltar. Enquanto caminhavam, ela perguntou:

— Você disse que Bobby nunca a chamava de idiota. Seu marido a chama assim?

Mais que depressa, Lakshmi olhou para ela, mas logo desviou os olhos.

— Sim, madame — ela murmurou. — É o apelido carinhoso que ele usa para mim.

Maggie sentiu uma onda de ódio.

— Então você deve parar de responder todas as vezes que ele a chamar assim. Até que ele fale com você de forma gentil.

Lakshmi disse algo que Maggie não ouviu.

— O quê? Não consegui escutar o que você disse.

— Eu disse que não é culpa dele, madame. Eu sou uma idiota. Não é culpa do marido ele não me amar.

O que havia naquela mulher que a afetava tanto? Ela ouvira histórias mil vezes piores de outros pacientes que jamais a tocaram daquela forma. Porém, mais uma vez, será que algum dia já tivera uma paciente que estivesse tão vulnerável, tão sem amigos quanto a mulher que andava ao seu lado, cujos dedos tocavam cada galho e tronco de árvore enquanto as duas avançavam, como se ela quisesse pegá-los para si?

— Você o ama? — As palavras saíram de sua boca antes que ela pudesse se dar conta. Maggie se condenou por ter feito aquela pergunta. Estavam perto do hospital, ela devia levar Lakshmi para sua unidade e não tinha tempo para explorar a resposta. — Tudo bem — ela acrescentou —, não precisa responder.

Lakshmi assentiu. Elas subiram os degraus de pedra que levavam ao hospital em silêncio, e então Lakshmi declarou:

— Minha *Ma* sempre diz: Amor vem devagarzinho no casamento. Por isso eu não era preocupada. Eu faço minha função na cama com ele e não sinto nada. Mas eu não era preocupada. Mas agora já passou seis anos e eu sei a verdade: o amor não está vindo para mim. Eu não tenho nenhum sentimento por ele, madame. — Uma lágrima escorreu por uma de suas bochechas, e ela a enxugou com violência.

Maggie estava prestes a comentar algo quando viu Richard Cummings, seu chefe, andando na direção delas no corredor. Cummings ergueu uma sobrancelha quando se aproximou, lançando a Maggie um olhar que era uma mistura de aprovação e sarcasmo.

— Olá — ele a cumprimentou. — Aproveitando um pouco o ar livre?

Maggie percebeu que Richard queria conversar, mas simplesmente assentiu e continuou andando.

Enquanto esperavam pelo elevador, Lakshmi se inclinou para ela e sussurrou:

— Aquele homem veio me ver no dia que eu cheguei aqui. Ele diz um monte de coisa, mas tudo pareceu um blá-blá-blá. Por isso eu não falei nada para ele.

A linguagem corporal de Lakshmi denotava relaxamento, seu tom de voz era confiante, e Maggie sentiu a excitação de um avanço enquanto entravam no elevador.

— Você também devia ter respondido a ele dizendo: "Blá-blá-blá". — Ela tentou imitar o som que Lakshmi acabara de fazer.

A mulher mais jovem soltou uma risadinha, um som suave, hesitante. Pela primeira vez desde que se conheceram, Lakshmi encarou Maggie e manteve o olhar. No minuto seguinte, ambas gargalhavam. Maggie imaginou a expressão confusa que se instalaria no rosto de Richard se ele soubesse que elas caçoavam dele, e isso a fez rir ainda mais.

— É, parece que vocês deram uma boa caminhada — Patty comentou enquanto elas passavam pelo posto de enfermagem.

Maggie acompanhou a paciente até o quarto e então parou por um momento.

— Ouça — ela disse —, vou recomendar que deixem você ir embora amanhã. Só que você terá que continuar com a terapia como paciente externa. Entende?

Lakshmi parecia confusa.

— O que é ter-a-pia?

— Terapia. Você sabe o que é. É o que nós temos feito aqui: conversado.

O rosto de Lakshmi se iluminou.

— Sim, eu sei. Você diz fazer amizade?

— É... bem... não exatamente. — Maggie gaguejou, sem ter certeza do que dizer. — Olha, que horas é a visita do seu marido amanhã? Vou passar por aqui quando ele chegar. Tenho um plano de alta preparado para amanhã. Combinado?

Ela saiu antes que Lakshmi pudesse responder.

9

MAGGIE QUERIA QUE O HOMEM diante dela parasse de bater os pés.

— Essa é uma alta condicional, sr. Patil — Maggie informou. — O senhor me compreende?

— Esse *natak* da Lakshmi está me custando um monte de dinheiro, isso que ela fez — Adit Patil retrucou. — Eu preciso dela no restaurante.

— E o senhor poderá levá-la. Só que ela precisa continuar com a terapia. Entende?

Adit fez uma carranca.

— E de onde vou tirar dinheiro? Como pago? Meu plano de saúde não é tão bom. Nós pessoas pobres. Lakshmi fez um erro idiota. Mas agora ela está bem.

Maggie olhou para Lakshmi, que encarava um ponto no assoalho, agindo como se aquela conversa não tivesse nada a ver com ela.

— Ela não está bem — Maggie disse em voz baixa. — Ela acabou de tentar se matar, o senhor compreende isso? Desculpe, mas não posso dar a alta sem que o acompanhamento seja garantido.

— Este hospital muito longe da nossa casa. Vou levar ela no médico da família. Para checape.

— Entendo que a viagem até o hospital não é viável. Por isso, vou sugerir uma coisa. Tenho um consultório particular na minha casa. Fica muito mais perto para vocês que este lugar. Lakshmi pode me ver uma vez por semana. Podemos combinar assim? Ela pode ir de ônibus.

Adit olhou para ela como quem não tinha entendido nada, balançando a cabeça.

— Eu não entendo. O que quer dizer consultório particular?

Maggie tentou achar as palavras certas.

— É como uma clínica. O consultório de um médico, sabe? Como o consultório do seu médico de família?

Adit praguejou em voz baixa. Em híndi, ele disse a Lakshmi:

— Essa mulher é uma velhaca. Está tentando tirar um dinheiro extra. Agora estou entendendo o jogo dela.

Maggie percebeu a perplexidade no rosto de Lakshmi e teve uma ideia do que Adit comentara.

— Sr. Patil — ela disse sem elevar a voz —, antes de se preocupar com dinheiro, queria apenas que o senhor soubesse que tratarei de sua esposa de graça, sem cobrar nada. Em geral, cobro cento e trinta dólares por hora. — Satisfeita, ela percebeu a expressão de choque no rosto do homem. — Mas já que vocês são, como o senhor diz, pessoas pobres, fico feliz em trabalhar com Lakshmi sem cobrar nada.

Ela notou o olhar de triunfo que a mulher lançou ao marido e soube então que suas suspeitas a respeito do que ele murmurara estavam corretas. Ele olhava para Maggie boquiaberta, e após um segundo ela continuou:

— E então? O senhor concorda?

Adit olhou rapidamente para a esposa e depois se voltou para Maggie.

— Madame, tenho negócio para cuidar. Não posso ser motorista de táxi da minha mulher. Como traz ela para a senhora toda semana?

— Como eu mencionei antes, sr. Patil, ela pode pegar o ônibus. — Maggie enfiou as mãos no bolso do jaleco e tirou uma tabela de horários. — Tome. Ela pode pegar um ônibus de Chesterfield para Cedarville e depois outro até a minha casa. Não será fácil, mas é possível.

Adit franziu a testa.

— Minha mulher nunca pegou ônibus. Não é seguro. E ela como criança. Ela vai se perder, com certeza.

Ambas as mulheres falaram ao mesmo tempo.

— Ela não é nenhuma criança — Maggie retrucou.

— Posso aprender — Lakshmi completou. — Na Índia, eu pego o ônibus...

Ele deu meia-volta e encarou a esposa.

— Aqui não é Índia, sua mulher idiota — ele sibilou. — O que você faz se pega o ônibus errado? E, também, você não tem bom senso.

— Sr. Patil — a voz de Maggie soou grosseira —, por favor, nunca mais chame Lakshmi de idiota na minha presença. Na verdade, o senhor jamais deveria chamá-la assim, e ponto-final. E, como eu disse, há algumas condições para que a alta seja concedida. Então, se o senhor não concordar com esses termos, vamos simplesmente fazer com que ela permaneça aqui por mais tempo.

Ele abriu a boca para falar algo, mas Maggie obrigou-se a encará-lo com firmeza, desencorajando-o. Ela agradeceu por não haver nenhuma enfermeira no quarto. Elas podiam se sentir obrigadas a informar ao sr. Patil que Lakshmi não podia mais ficar internada contra a própria vontade. Maggie contava com o fato de eles não conhecerem as leis e se sentirem pressionados por sua autoridade.

Ainda com os olhos fixos nos dele, virou levemente o corpo na direção de Lakshmi, que estava encolhida na cama. Diga alguma coisa, ela desejou. Ajude-me a resolver esse impasse.

Como se lesse a mente de Maggie, Lakshmi se levantou da cama devagar.

— Vou aprender caminho do ônibus — ela disse em voz baixa. — Eu quero ir para casa. Eu sinto falta da minha casa.

Maggie não fazia ideia se Lakshmi havia acreditado na ameaça ou se fingia. Mas, qualquer que fosse a razão, causou o efeito desejado em Patil.

— Tudo bem — ele sussurrou. — Por favor, assina os papéis da alta. Vamos preparar tudo para Lakshmi ir na sua clínica.

10

Marido não fala nem duas palavras, mas eu continuo a olhar para sua cara séria e tento manter as risadas dentro de mim. Vamos para casa de carro, e o ar fresco entra pelas janelas e me fazer sentir muito animada. Eu tenho medo de ir para casa, medo do que Rekha pode falar. Marido diz que conta para todos os fregueses que eu doente com gripe, mas que Rekha sabe a verdade. Mesmo assim, eu muito feliz por ir para minha própria casa e minha loja. Isso é engraçado, eu nunca sinto que casa e loja são minhas e que eu viver nelas, mas agora eu sinto elas como minha. Quando chegar em casa, vou comer quando eu quero, abrir uma, duas, três janelas se eu quero, sair para andar se marido dizer que sim. E ninguém veste casaco branco. Ninguém vem de noite para fazer pergunta ou me dar pílula. Posso tomar banho com meu sabonete Hamam, não com aquele sabonetinho que eles dão lá, posso tocar meu CD de música Mukesh e Kishore Kumar quando eu quero, posso beber meu próprio *chai* e não o chá do hospital que ter gosto de água suja de banho. E, à noite, vou ouvir o marido roncar e o barulho dos carros, não voz da enfermeira, do maqueiro ou o grito dos outros paciente. O grito deles me dá a impressão de que alguém bate neles com uma vara. Na minha vila, tem homem louco. A mulher dele morreu quando tinha bebê, e o bebê também morreu e *Dada* conta que só por causa desse dia ele ficou maluco. À noite, ele dorme debaixo de um carrinho de mão no mercado. E todas as crianças fazem troça dele, elas chamam ele de Pagal, doido, e jogam pedrinhas nele. Quando ele aparece, elas fazem como se fosse *mela*, ou feriado. Quando era pequena, me senti tão mal, eu corria para ficar na frente dele, protegendo ele, e minhas amigas com medo. Sai, Lakshmi, elas gritam, ou Pagal mata você! Mas ele só olha para mim e toca minha cabeça de jeito bem suave. E depois ele chora. Eu me sinto muito mal. Eu peguei pedras e taquei de volta nas minhas amigas. Fora daqui!, eu gritava. Elas correm, mas, na escola, elas fazem troça de mim por dois dias. Pagal quer transformar você na filha morta dele, elas riam de mim. Eu não ligava. Minha *Ma* sempre dá comida para Pagal. Ele senta do lado de fora da nossa casa e come com as duas mãos. Quando eu escuto outro paciente do hospital gritar à noite, eu vejo Pagal receber todas aquelas pedrinhas pequenininhas. Mas eu não posso proteger eles.

— Você tira o dia de folga hoje — marido diz enquanto dirige. — Mas amanhã você começa de novo no restaurante, está bem? Vou dizer para aquele camarada preguiçoso que hoje ser último dia dele.

Primeiras palavra que marido me diz desde que tive alta do hospital. Sei que ele está irritado com o que madame fala para ele no meu quarto hoje. Mas eu lembro da cara do marido quando madame disse o que ela disse, e isso me dá vontade de rir. Marido não gostar dos preto, e madame é ao mesmo tempo preta e mulher, mas ela também médica então marido tem que dizer sim, sim, sim. Se não, ia ter que pagar o filho do amigo para trabalhar no restaurante e marido precisa eu de volta.

Marido estacionar o carro na frente da nossa loja, e, de repente, eu com tanta vergonha. Na nossa religião, suicídio é um grande *paap*, e eu acho que todo mundo que olhar para a minha cara sabe que eu sou mulher que faz pecado. Eu saio do carro e olho bem para o mesmo lugar onde eu estava com Bobby uma semana atrás. Mas eu já não lembro do rosto de Bobby. Sei a cor dos olhos e do cabelo dele, mas o nariz é grande ou pequeno? Ele é maior ou menor que marido? Eu não me lembro. E ainda mais, a felicidade-tristeza no meu peito sempre que eu via ou pensava no Bobby acabou. Em vez disso, eu sente vazio.

Depois de trancar o carro, marido vem para o meu lado e olha para a minha cara e ri.

— O que foi? Em uma semana você esqueceu o restaurante? Por que você olha esquerda-direita, esquerda-direita como uma estranha?

— Desculpa — eu digo.

Ele me olhar mais de perto.

— Estou só fazendo piada — ele diz, e então sua voz se tornar mais suave. — Está feliz em casa?

Quando meu marido gentil, eu sinto vontade de chorar. Isso irrita ele, porque quem quer uma mulher chorona? Mesmo assim, eu sinto as lágrimas nos meus olhos.

— Muito feliz — eu respondo.

Hoje ele não está irritado. Em vez, ele coloca a mão no meu ombro.

— Bom.

A gente entra na loja e eu escuto som como de vento agitado e Rekha corre para me abraçar.

— *Didi, didi. Ae, bhagwan*. Eu tão feliz que você em casa sã e salva.

Por muito tempo eu senti ciúme de Rekha. Sempre que eu via ela olhando marido. Rekha, jovem, bonita, com cara que faz homem sorrir. Mas hoje eu gostar de ver cara dela, o cabelo que brilha tanto como bota engraxada, o sorriso. Hoje eu agradeço a Deus por Rekha trabalhar na loja comigo. Com história, piada, as careta que ela faz nas costa dos freguês, a música que ela não para de tocar, ela é um bom passar de tempo.

— Como você está, irmãzinha? — ela diz, e eu vejo a felicidade no rosto dela, como se eu coloco um pedaço de *jalebi* doce na boca dela.

Eu me dou um belisquinho. Eu ser má com Rekha antes, sempre mostrando que eu é a mulher do chefe. Como ela deve se sentir?

— Tudo está bem, *didi*, agora que você está em casa.

O coração de Rekha puro como *ghee*. Por que eu não ver isso antes?

Marido coloca na grande bancada as sacolas de plástico que eles dão para a gente no hospital.

— Você leva isso para o apartamento e descansa, Lakshmi. Preciso voltar para restaurante. — Ele dá alguns passos e depois se vira. — Você descansar bastante hoje. Amanhã dia cheio.

Estou em casa. Tudo me passa impressão de ser novo. E tudo me passa impressão de ser igual, igualzinho.

Eu sinto os olhos de Rekha nas minhas costa enquanto eu pego as sacola de plástico e ando até o depósito, mas eu não ligo. Eu sei que ela quer me fazer pergunta atrás de pergunta. Por que eu fiz aquela coisa má? O que eles fizeram comigo no hospital? Eles me dão choque elétrico como Rajesh Khanna em *Khamoshi*? Vou contar pra ela. Mas nunca sobre Bobby. Eu só conto pra madame porque... Eu não saber por que conto. Porque ela me lembra Shilpa, e Shilpa é a outra metade da minha voz.

Quando eu subo a escada para o apartamento, eu coloco a mão no bolso e tiro o cartão. Madame escreveu a hora da consulta na segunda-feira. Quatro e meia, eu preciso estar lá. Restaurante fecha na segunda, sem problema. Pega os dois ônibus para a clínica da madame, grande problema. Mas na frente do marido, eu *bindaas*, nem ligo. Na minha vila, eu contei pra ele, eu pegar ônibus muitas, muitas vezes. Não tenho medo de me perder.

Entrei no apartamento e a primeira coisa que eu fiz é abrir todas as janelas. Enquanto eu ando, eu lembra de tudo. Como eu peguei água da torneira da cozinha. Como eu tomei todas as pílulas do marido. Como eu bebi todo o *daru* do marido e como aquilo me faz sentir perto de *Ma*, perto de Deus.

Mas agora eu entendo. Esse é caminho errado para chegar perto de Deus. Só rezar é caminho certo para chegar perto de Deus.

11

Quando eu estava na sexta série, a gente teve um Show de Talentos. Meu trabalho era dizer a poesia de Tagone em inglês. Eu sei que *Ma* e *Dada* não fala inglês, mas ainda assim eles ficam muito felizes por ver a filha dizer poesia na frente de todas as pessoas ricas que dão dinheiro para a escola. Menon *sahib* também foi, e porque ele paga a minha escola desde que eu salvei Munna, eu sei que ele quer saber se gastava ou não dinheiro à toa.

    Não sei o que a poesia quer dizer, mas eu aprendi todas as palavras de cor. Escuto elas enquanto durmo e eu acordo com elas, como música de um filme indiano no rádio. Eu falo as palavras para *Ma*. Também para *Dada* e para Shilpa. Então por que eu não lembro quando tenho que falar na frente da professora? Quando eu fico de pé na frente de toda a turma, minha cabeça parece mais um cubo de gelo que o *baniya* vende na loja. Gelo frio, coberto de serragem, para não derreter. Eu abro minha boca, e o que sai de lá faz parecer que tem rato morando lá dentro. Chu-chu-chu, eu digo. Minha professora é muito boa. Ela tenta me dar coragem. Tenta, Lakshmi, ela diz. Não precisa ter medo. Você aluna esperta.

    Assim, um dia antes do Show de Talentos, eu saí para andar nos campos do meu pai. É hora do pôr do sol, e os passarinhos cantam sem parar nas árvores. O céu é cor de laranja, de pêssego e de uva. O sol é vermelho como uma melancia. E o trigo no campo do meu pai tão alto que toca minha bochecha enquanto eu ando. Paro no meio das plantas e elas me cobrem. O vento mexe comigo do mesmo jeito que mexe com elas. Não sou mais Lakshmi. Sou alta e verde e planta. Eu cresço dessa terra que pertence ao meu *Dada* e ao *Dada* dele.

E então faço um pouco de *jadoo*. Fecho os olhos e viro Shilpa. Não sou mais inteligente e feia. Eu viro inteligente e bonita. Todos felizes em pôr o olho em mim. Quando eles olham para mim, o olho deles é suave e calmo. Eles sorri sem saber que eles sorri.

Lakshmi foi embora, é levada pelo último passarinho da noite, que procura sua árvore. Aqui no campo do pai de Lakshmi está Shilpa dizendo poesia, sem sentir timidez, sem sentir que vai morrer quando as pessoa olham para ela. Shilpa está terminando o poema. "Neste paraíso de liberdade, Pai, deixe meu país despertar."

E quando eu abro os olhos no dia do Show de Talentos, as pessoa batem palma para mim. *Dada* olha orgulhoso como um maestro de banda, e *Ma* seca o olho com o sári. Menon *sahib* mostra todos os dentes e sorri. E quando eles me dá o segundo prêmio do Show de Talentos, as mesmas pessoas batem palmas de novo. E quando depois eu digo obrigada para Shilpa, ela parece surpresa porque ela não sabe como me ajudou.

E, do mesmo jeito, quando deixei Lakshmi na loja e virei Shilpa, eu consigo pegar dois ônibus até Cedarville e encontrar a casa da madame.

12

Maggie alisou uma manta sobre o sofá, olhou mais uma vez para o relógio da sala e soltou um suspiro exasperado. Não havia sentido em negar que todos os minutos que se passavam sem uma batida na porta aumentavam sua ansiedade em relação à segurança de Lakshmi e seu paradeiro.

Por fim, para espantar a imagem de Lakshmi em um ônibus que ia para a direção oposta, ela calçou os tamancos, saiu de casa e ficou de pé no jardim, observando a rua em busca de qualquer sinal de sua paciente, que, segundo sua mente racional lhe dizia, estava apenas alguns minutos atrasada. Ainda não havia necessidade de entrar em pânico nem de se preocupar. Mesmo assim, não podia negar a animação que sentiu ao avistar a figura distante de Lakshmi, que, aos poucos, porém sem hesitação, subia pela calçada até a casa, que ficava em uma das ruas mais íngremes da cidade. Maggie sentiu uma pontada de arrependimento por não ter tido a decência de buscar a pobre mulher no ponto de ônibus. Entretanto, se conteve logo em seguida. Você não pode fazer isso, ela pensou. Você não fará favor algum para nenhuma das duas se não mantiver os limites. Lakshmi é saudável, jovem — quantos anos ela tem, afinal? Maggie tentou lembrar. Trinta e um? Trinta e dois? E o exercício é bom para ela. Na verdade, você já cometeu um erro ao não cobrar nem ao menos um pagamento simbólico. Um caso onde suas emoções anuviaram seu julgamento. Maggie já tinha ouvido um trilhão de vezes de outros terapeutas: os pacientes não dão valor ao que lhes é oferecido de graça. Era da natureza humana desvalorizar o que vinha muito barato ou fácil. O marido de Lakshmi provavelmente a levaria mais a sério se você o fizesse pagar alguma coisa, nem que fossem dez míseros dólares por visita, ela disse a si mesma.

Lakshmi já estava perto o suficiente para que Maggie notasse que ela carregava uma grande sacola, tão pesada que fazia com que a mulher se curvasse. Maggie sentiu uma pontada de irritação. Qual é o problema desses imigrantes, que sempre têm de carregar metade de seus pertences? Não havia dúvida do motivo pelo qual ela penava para subir a ladeira. Maggie foi até a mulher. Não fazia sentido pegar dois ônibus para uma sessão de uma hora se houvesse um atraso de dez minutos. Por sorte, Maggie não tinha nenhum paciente depois de Lakshmi, de forma que ela supôs que poderiam ultrapassar um pouco mais o horário estipulado. Ainda assim, ela teria uma conversa franca com Lakshmi sobre o valor de seu tempo.

Lakshmi sorriu, tímida, ao se aproximar de Maggie, e, ao ver aquela tentativa de sorriso, um pouco da raiva da terapeuta se dissipou.

— Olá, madame. Tudo bem com a senhora?

— Estou bem. E você? Foi difícil encontrar o endereço?

— Sem problema, madame. — Maggie podia ouvir o coração da mulher mais jovem bater depressa entre as palavras. Ela realmente está fora de forma, Maggie pensou. Era provável que não fizesse nenhum tipo de exercício. — Eu dei o nome da parada de ônibus para motorista e ele me avisou onde descer. Motorista muito bom, madame, da sua casta.

Maggie levou um segundo para se dar conta de que Lakshmi quis dizer que o motorista era negro. Ela abriu um meio sorriso.

— Isso é bom.

Ela percebeu que Lakshmi olhava para a casa, prestando atenção em cada detalhe, e por um segundo ela a viu através dos olhos da outra mulher: quão grande e ostensiva deveria parecer, com seu telhado de ardósia, a varanda em todo o entorno, o imenso jardim com roseiras. Lakshmi se virou levemente na direção dela para dizer algo, mas Maggie passou um dos braços sobre seus ombros e a conduziu em direção aos fundos do terreno.

— Quando você vier na próxima semana, é só entrar por esse portão dos fundos. É aqui que atendo meus pacientes. Esta porta estará destrancada, então é só entrar e se sentar. A casa principal é... bem, essa é a nossa residência. — Ela já dissera a mesma coisa a dezenas de outros pacientes, mas, de alguma forma, dizer aquilo a Lakshmi a deixava sem graça. Lakshmi, entretanto, simplesmente assentiu.

Maggie sentou-se em sua cadeira de sempre, diante de Lakshmi.

— Como foi o seu fim de semana? — ela começou, mas Lakshmi estava procurando algo na imensa sacola de tecido. Ela tirou uma caixa de metal que Maggie reconheceu imediatamente de suas muitas viagens à Índia. Era uma marmita, a caixa na qual os indianos levam seu almoço para o escritório. Que diabos era aquilo? Será que a mulher achava que ficaria para o jantar?

— Lakshmi, o que você está fazendo?

A mulher mais jovem abriu um sorriso radiante.

— Para você, madame. E para o seu senhor. Comida fresquinha. Eu preparei hoje mesmo pela manhã. Não essa porcaria de comida de restaurante, madame. Isso comida de casa. Eu mesma preparei. Vou trazer todas as vezes.

O bolo que se formou na garganta de Maggie tornou difícil pronunciar qualquer palavra. É claro. Ela deveria saber. Por acaso ela já havia conhecido algum indiano capaz de aceitar um favor sem retribuí-lo quase que de imediato? Ou que pudesse resistir à ânsia de alimentar outra pessoa? Há alguns minutos ela estava preocupada com a possibilidade de Lakshmi não levar suas sessões a sério, que as desvalorizasse simplesmente porque eram de graça. Bem, ela lhe pregara uma peça.

Maggie limpou a garganta.

— Lakshmi, isso é muito amável da sua parte. Mas... não posso aceitar. Você compreende? Precisamos manter uma distância profissional...

Lakshmi balançava a cabeça.

— Eu não entendo. Você não gosta de comida indiana?

— Você está brincando? Eu amo comida indiana. É só que... sou sua terapeuta. Não posso aceitar presentes dos meus pacientes. Estamos nos encontrando aqui e não no hospital porque é mais fácil para você. Entretanto, nosso relacionamento é...

Lakshmi ergueu uma das sobrancelhas.

— Na minha vila, a gente dá presente para médico *sahib*. *Dada* manda para ele grande saca de arroz. No Diwali, a gente dá doces.

Maggie suspirou. De repente, não fazia a menor ideia de como lidar com aquela mulher sentada à sua frente, que tinha uma expressão intrigante no rosto, que, ela sabia, estava a apenas alguns segundos de se sentir ofendida. Desejou que Sudhir estivesse em casa e pudesse consultá-lo. Lembrou-se de Dipkabai, uma empregada que trabalhava para os pais de Sudhir em Calcutá, que, com seu salário parco, lhe trazia doces caseiros todos os dias desde que Maggie deixara escapar que adorava doces. E como no início ela ficou horrorizada ao pensar naquela mulher idosa de aparência macilenta gastando seu dinheiro suado para preparar sobremesas para ela. Quando ela os recusou, a mágoa ficou estampada no rosto de Dipkabai, até que Sudhir a levou para um canto e lhe disse para jamais recusar qualquer comida que lhe fosse oferecida como presente. Aquilo é tudo o que as pessoas pobres possuem, ele dissera. Simplesmente agradeça e prove o que quer que ela lhe ofereça. Sempre poderemos deixar uma gorjeta generosa para ela quando partirmos.

Mas, que droga, aquela situação era diferente. Eles não estavam na Índia e Lakshmi era sua paciente, pelo amor de Deus. As regras eram claras.

— Lakshmi — ela começou de novo, porém a mulher mais jovem a interrompeu.

— Madame, você cozinha comida indiana fresca para seu marido?

Maggie abriu um sorriso triste.

— Eu gostaria, mas receio que meu marido cozinhe a maior parte das refeições.

Um olhar desconfiado surgiu no rosto de Lakshmi.

— Então, madame. Marido não fica irritado por você diz não para comida de casa indiana?

Uma gargalhada escapou dos lábios de Maggie. Droga, essa mulher é boa. Persistente. Em nada lembrava o ser morto e apático que encontrara no hospital.

— Tudo bem — ela respondeu, sem se dar tempo para pensar mais sobre o assunto. — Você venceu. Obrigada. Tenho certeza de que vamos adorar. Mas essa é a primeira e a última vez, Lakshmi. Na próxima semana, não traga nada.

Ela se obrigou a não perceber que Lakshmi fingia olhar para o quintal do outro lado da janela enquanto Maggie falava. Sério, elas não podiam gastar nem mais um minuto com aquele assunto. Maggie se recostou na cadeira.

— E então, como estão as coisas em casa? Como foi seu fim de semana?
— Bom, madame. Ontem bem movimentado no restaurante.

Maggie assentiu.

— Fico feliz em ouvir isso. E sobre o que você quer falar hoje? O que está passando pela sua cabeça?

Lakshmi inclinou a cabeça e depois falou:

— Você gosta de filme indiano, madame?

O que Lakshmi pensava que aquilo era? Uma *happy hour*? Que elas passariam um tempinho batendo papo? Maggie sabia que o conceito de terapia era totalmente estranho para Lakshmi. Mesmo entre os membros bem-educados da família indiana de Sudhir, a profissão dela era motivo de muitas piadas e de revirar de olhos; as impressões deles a respeito da terapia foram formadas pelos filmes de Woody Allen da década de 1970, e havia uma crença geral de que os norte-americanos eram egoístas, preocupados apenas consigo e "moles". Maggie tinha certeza de que uma pessoa vinda de uma vila de camponeses como Lakshmi não podia compreender o conceito de pagar para que um terapeuta ouvisse seus problemas. Um médico era alguém que receitava pílulas, dava injeções e, em casos extremos, fazia operações. Ela viu a cena nos olhos de Lakshmi: duas mulheres sentadas em uma varanda em uma estonteante tarde de verão. É claro que a mulher queria discutir sobre filmes. O que na experiência de vida de Lakshmi poderia lhe dizer que aquela era uma visita a um profissional, e não a uma amiga?

Sem razão aparente, Maggie se lembrou do olhar perplexo no rosto de Wallace quando ela lhe disse que trocaria de curso em Wellesley porque queria ser psicóloga. Um olhar que a ridicularizava, que tentava entender como ele, um homem da classe trabalhadora, teve uma filha que, contra todas as probabilidades, iria passar o resto da vida ouvindo pessoas brancas de classe média falar sobre suas dores e fobias. Não que Wallace tenha dito essas coisas, Maggie se recordou. Ele não precisava. A expressão no rosto dele já dizia tudo, e ela se encolheu como se aquilo de fato a insultasse, como se ele afirmasse saber o que ela fazia: em vez de receber treinamento para ter um emprego de verdade, como enfermeira, diretora de escola, médica... em vez de fazer um trabalho que ajudasse as outras pessoas, Maggie tentava detonar a vizinhança caribenha miserável no Brooklyn, onde havia sido criada, para se distanciar o máximo possível dos bêbados nas esquinas e dos jovens com seus microsystems e cabelos afro que ficavam à toa nos degraus que levavam à entrada dos prédios e da igrejinha instalada onde antes era um estabelecimento comercial, e na qual ela passara todos os domingos de sua infância. Quase ninguém em sua antiga vizinhança pode pagar por um terapeuta, garotinha, Wallace podia muito bem ter dito. Isso é para aquele povo rico do Upper East Side.

Balançando a cabeça de forma quase imperceptível, Maggie se obrigou a se concentrar na mulher sentada diante dela.

— Lakshmi, deixe-me lhe perguntar uma coisa. Você entende por que está vindo aqui? O que estamos tentando...

Para surpresa de Maggie, Lakshmi mordeu o lábio e olhou para o chão.

— Sim — ela murmurou. — Rekha me explicou. Ela disse que você médica de gente doida. Eu doida, então preciso vir aqui.

— Isso é um absurdo. Não é verdade. — Maggie estalou os dedos. — Lakshmi, olhe para mim. Você não é louca. Certo? Quem quer que seja Rekha, ela está errada.

— Rekha trabalha na loja...

— Bem, ela está errada. Você está aqui porque estamos tentando entender por que você está tão infeliz a ponto de achar que sua vida é inútil. E descobrir como podemos realizar algumas mudanças para que você se sinta melhor a respeito de si mesma. Entretanto, para fazer isso, preciso que fale comigo. Que confie em mim. O que quer que você me conte, não sairá daqui. Isso significa que não vou contar para o seu marido, nem para Rekha ou qualquer outra pessoa. Isso é uma promessa. Entende?

Lakshmi olhou para ela por um longo tempo, com os olhos arregalados e molhados. E, por fim, assentiu.

— Eu entendo.

— Bom. Mais uma coisa. Não precisa me chamar de madame. Pode me chamar de Maggie. Você acha que consegue fazer isso?

Lakshmi fez que sim com a cabeça.

— Maggie. — Ela pronunciou o nome com cuidado, como se fosse uma caixa de madeira contendo coisas frágeis.

— Ótimo. Então, quero saber uma coisa. Você disse que não tem contato com a sua família na Índia. Isso é verdade?

— Sim, madame.

Maggie deixou passar aquela.

— Por quê?

— Marido não gosta da minha família. Ele se irrita com eles. Maggie.

— Por quê? O que aconteceu?

Lakshmi olhou para o chão novamente. Após um segundo o nariz dela ficou vermelho, e Maggie percebeu que ela chorava. A terapeuta esperou até que Lakshmi pudesse falar, mas, depois de um minuto, se deu conta de que isso não aconteceria. Além disso, ela podia especular o motivo: provavelmente a ausência de um dote ou algo do tipo. Era impressionante que alguns casamentos na Índia já começassem com o pé esquerdo por causa da ganância de algum dos noivos.

Então ela tomou um rumo diferente.

— Você sente saudade da sua irmã? Do seu pai?

Lakshmi pareceu confusa.

— Eu não sinto saudade deles, madame. Desculpa. Maggie. Para onde eles foram? — Ela bateu no peito duas vezes. — Eles vivendo aqui dentro. Como eu sinto saudade deles? Eles sempre por perto.

Maggie sorriu.

— Isso é bonito.

A mulher mais jovem, entretanto, parecia irritada.

— Não bonito. Verdade. Eu falo com Shilpa o tempo todo.

— E o que você fala para ela?

— Tudo. Eu conto tudo para ela.

— Você contou sobre o Bobby?

Lakshmi lançou um olhar cortante para Maggie e então ficou em silêncio.

— Não — ela, por fim, respondeu. — Isso eu não conto — Lakshmi acrescentou, furiosa.

— Então o que você conta para ela?

— Na maior parte do tempo eu faço perguntas. Como você está, Shilpa? Você casa com o seu Dilip? Como vai o negócio de conserto de carro dele? Como é morar em Rawalpindi? Você é feliz? Você me fez ser tia? Como vai nosso *Dada*? É isso que eu falo com ela.

— Você não sabe se Shilpa casou?

— Não. Eu vim para América antes do *shadi* dela. Mas eu fiz meu *Dada* dar minha bênção para ela e Dilip. O amor deles combina. Shilpa louca por ele. Dilip bom garoto, mas ele de Rawalpindi. Ele não é da nossa vila. E ele pobre. Então *Dada* nada feliz no começo. Mas eu conversei com ele e depois ele concorda. E eu dei para Shilpa todas as joias de ouro da minha *Ma* para o casamento dela. Eu fiz tudo por ela antes de partir. Tudo.

Maggie olhou para o relógio na parede atrás de Lakshmi. Faltavam dez minutos.

— Como é a Shilpa? — ela perguntou e observou o rosto de Lakshmi se iluminar.

— Ah, madame, ela era o bebê mais bonito. Eu tinha cinco anos quando Shilpa nasceu. Todo mundo diz, Lakshmi, você muito pequena, você não lembrar de sua irmã. Mas eles errados. Eu lembra bem. *Ma* me fazia sentar no chão e colocar bebê nos meus braços. Quando Shilpa pequenininha, eu pegava cana-de-açúcar no campo e dava para ela. Ela tinha dentes tão pequenicos, mas ela mastiga. Ela gosta de coisa doce desde o início. E ela me segue para todos os lugares. *Ma* dizia que ela coloca no mundo a minha sombra.

Lakshmi olhou para o quintal com os olhos anuviados.

— Ela ama comer *bhindi*. Você conhece *bhindi*? Como vocês chama isso... quiabo? E, madame, você conhece Vicks Vaporub? Shilpa gostar de comer isso quando ela doente. Ela engraçada assim. Ela boa aluna, como eu, mas ela odiava fazer trabalho do campo. Até quando a artrite da *Ma* ficou ruim, Shilpa diz não para ajudar nosso *Dada*. *Dada* sempre diz: *Beti*, você uma filha de fazendeiro, não estrela de cinema. Mas Shilpa não ama aquela vida. Ela gostar de...

Lakshmi aparentemente podia continuar por mais meia hora, e Maggie decidiu que aquele era um bom momento para encerrar a sessão.

— Temo dizer que nosso tempo terminou — ela a interrompeu com gentileza. — Podemos continuar semana que vem. — Ela olhou para a marmita entre elas. — Se você me der um minuto, posso tirar a comida e devolver a caixa para você.

Ela abriu a porta do consultório que dava para os fundos da casa principal e mais que depressa fechou as cortinas para que Lakshmi não pudesse ver o lado de dentro. Na cozinha, ficou sem ar ao ver a quantidade de comida que Lakshmi trouxera. Como aquela mulher tinha conseguido carregar toda aquela carga em dois ônibus? E quantas pessoas ela achava que moravam naquela casa? Aquilo poderia alimentar Sudhir e Maggie por dias.

Ela ouviu um som atrás de si e quase deu um pulo. Lakshmi estava de pé atrás dela, olhando a casa ao redor. Maggie tremeu, um sentimento de violação correndo por suas veias. Nos cinco anos em que mantinha o consultório em sua casa, nenhum paciente jamais entrara na casa principal. Em raras ocasiões alguém precisava usar o banheiro, mas esse cômodo havia sido o mais longe que um paciente visitara. E lá estava Lakshmi, de pé na sua cozinha, sem se dar conta de que acabara de invadir a privacidade de Maggie.

— O que você está fazendo aí? Eu falei que voltaria em um minuto — ela rosnou, sem se importar em esconder a irritação em sua voz. Mas, quando viu o olhar de total incompreensão no rosto de Lakshmi, a raiva se desfez tão depressa quanto havia surgido.

— Eu... eu não posso entrar aqui?

— Bem, geralmente não — Maggie gaguejou. Ela apontou para o anexo. — Aquele é o meu consultório e esta é a minha casa, entende? — E, em uma onda de inspiração, ela mentiu. — Meu marido não gosta que os pacientes entrem na casa.

O rosto de Lakshmi se acendeu, compreendendo.

— Como nosso apartamento — ela exclamou. — É em cima da loja. A gente não permite freguês lá.

— É exatamente isso.

Houve um silêncio constrangedor, e então uma voz dentro de Maggie disse: Ah, que diabos. Que diferença fará se essa pobre mulher entrar na cozinha? O tratamento que ela oferecerá a Lakshmi não será nada ortodoxo, ela já sabia disso, então por que criar uma tempestade por causa dessa inocente violação de sua privacidade? A caminhada que elas deram juntas pelos arredores do hospital, a oferta de tratá-la de graça em seu consultório particular em vez de indicá-la a outro terapeuta no bairro onde ela mora, a maneira como blefou com o marido dela para permitir que Lakshmi fosse até lá, nada disso condizia com as coisas que Maggie aprendera na universidade. Já que o próprio conceito de terapia não era familiar a Lakshmi, como ela poderia saber quais eram as regras não ditas?

Maggie despejou o resto da comida dentro de uma tigela, passou uma água na marmita e a entregou para Lakshmi.

— Muito obrigada. — Ela sorriu. — Tudo parece estar delicioso.

Para surpresa de Maggie, Lakshmi pegou sua mão direita e a encarou.

— Obrigada, madame. Por ajudar. Sei você mulher ocupada. Deus abençoa a senhora.

Maggie apertou a mão de Lakshmi.

— De nada. Você pode voltar semana que vem? E eu me chamo Maggie, não madame.

Lakshmi soltou uma gargalhada.

— Sim. Desculpa. Maggie. Sim, semana que vem. Tchau. — E ela caminhou para o portão.

Lakshmi já estava quase na rua, quando Maggie a alcançou.

— Espere. — Ela sacudiu as chaves do carro. — Acho que posso levá-la até o ponto de ônibus. Assim você não precisa andar tanto.

Quando Lakshmi entrou no Subaru, Maggie se lembrou do que a mulher havia lhe dito no hospital quando ela tentou lhe explicar o conceito de terapia. Ah, Lakshmi dissera, acho que estamos tentando construir uma amizade. Ou algo assim.

Maggie olhou para a mulher ao seu lado. Talvez a amizade fosse a melhor terapia que poderia oferecer a Lakshmi, ela pensou.

13

Maggie se engasgou de tanto rir enquanto observava Sudhir se servir mais uma vez da comida que Lakshmi trouxera. Pobre homem, ela pensou, olhe quão necessitado ele estava, atado à uma esposa norte-americana cujos talentos culinários não iam além de uma carne assada ocasional.

— Uau! — Sudhir repetiu. — Isso está soberbo. Simplesmente soberbo. — Ele lambeu a parte de trás do garfo antes de apoiá-lo no prato. — Se algum dia essa menina quiser trabalhar como *chef*, nós a contratamos.

Essa era a segunda vez que Sudhir se referia a Lakshmi como "a menina". Maggie sabia que aquilo era algum vestígio do sistema de classes indiano, aquele julgamento automático, inconsciente, realizado pelos indianos de classe média: uma camponesa como Lakshmi, que falava um inglês deficiente e trabalhava em uma mercearia étnica, era automaticamente uma inferior, detentora de um *status* vagamente mais elevado que o das domésticas que trabalhavam na residência deles na Índia. Até mesmo Sudhir, que era tão relaxado e indiferente a esse tipo de coisa — na Universidade de Nova York ele interagia, animado, com colegas de diferentes etnias, nacionalidades e classes sociais, até mesmo alunos que já estavam no mestrado —, aparentemente não estava imune a se referir à mulher cuja comida ele acabara de degustar como "a menina".

— O que foi? — perguntou Sudhir, sempre atento à mais leve alteração em seu humor.

— Nada. Só que Lakshmi já tem uns trinta anos. Já faz tempo que ela não é mais uma menina.

Sudhir olhou para ela, intrigado.

— E daí? — Ele começou a recolher a louça suja. — O mais importante agora é saber se essa menina-mulher mandou alguma sobremesa.

Ela fingiu que ia atirar o garfo nele.

— Você não tem jeito. Nunca vai parar de pensar em comida. — Maggie se recostou na cadeira e acariciou a barriga do marido quando Sudhir passou por ela a caminho da pia. — É melhor você ficar de olho nessa pancinha, meu bem.

— Besteira. — Sudhir abriu um sorriso. Ele deixou a louça sobre a bancada, postou-se atrás de Maggie e esfregou os ombros dela. — Além disso, a parte boa de ser um velho casado é que eu não tenho mais que me preocupar com esse tipo de coisa, não é?

Maggie soltou uma gargalhada.

— Você? Sem se preocupar com o peso? Você é pior que todas as mulheres que eu conheço. — Ela se virou e o fez se abaixar para lhe dar um beijo rápido. — Para sua sorte, você se casou com a pior cozinheira do mundo. Se você fosse casado com alguém como Lakshmi, estaria com problemas sérios.

— Eu casei com a mulher com quem eu deveria ter me casado — disse Sudhir, e essas palavras despedaçaram o coração de Maggie.

Como ela pôde ter arriscado tudo isso para ficar com Peter? Ela já sentia como se emergisse de um estupor inebriante, como se caísse em si após uma hora de encantamento. Aquela era a coisa mais imprudente que já fizera, dormir com Peter Weiss. E, ainda bem, estava tudo terminado. Tinha o resto da vida para descobrir o motivo de ter feito aquilo.

— Ei, você ainda não me respondeu. Essa sua paciente dos sonhos trouxe alguma sobremesa?

— Incorrigível. Você é incorrigível! — Maggie ralhou enquanto abria a geladeira e tirava uma pequena tigela de vidro. — Aqui. Eu não sei o que é isso. Parece com aqueles doces clássicos indianos feitos-com-tanto-leite-e--açúcar-que-podem-causar-um-coma-diabético.

— Parece delicioso. Especialmente quando você o apresenta dessa forma. Quer um pouco?

— Eu passo. Vou terminar meu vinho na sala.

— Tudo bem. Já estou indo.

Sudhir a seguiu até a sala alguns minutos depois, sentou-se ao lado dela no sofá e imediatamente tomou posse do controle remoto. Ignorando o "ei" pouco entusiasmado de Maggie, ele zapeou os canais até finalmente parar em uma reprise de *A hora do rush 2*.

Sudhir pôs um dos braços ao redor dos ombros dela e a puxou para mais perto.

— E então, como foi o seu dia?

Ela deu de ombros.

— Muito bem. Nada fora do normal. Fiquei muito feliz por não ter de ir ao hospital. E o seu?

Sudhir passou os dedos pelos cabelos.

— Derek foi me ver hoje. Ele está irritado por termos cortado a ajuda de custo para o curso de graduação. Eu disse que, se ele estivesse focado nas notas no ano passado, não teríamos aquela conversa. Ele não gostou. É muito mais fácil culpar o resto do mundo que a si mesmo.

Maggie suspirou.

— Eu não sabia disso. Tenho de lidar com o mesmo tipo de pensamento com metade dos meus pacientes. Eu simplesmente...

— Este país está ficando muito molenga, Mags. Ninguém mais quer assumir a responsabilidade pelo próprio comportamento. O que quero dizer é que se trata de algo endêmico. Todos procuram por um bode expiatório. Veja só o que está acontecendo em Washington. Eles culpam os imigrantes ilegais, os chineses, os afegãos por tudo o que está errado no país. A mesma coisa acontece com meus alunos. Eles estão prontos para culpar os avós, os pais, o gato do vizinho. Qualquer um que não seja eles mesmos. — Ele inclinou a cabeça na direção dela, com um leve sorriso nos lábios. — Esse é o problema da sua profissão, é claro. Vocês mimam as pessoas a esse ponto.

— É claro. Que triste que o mundo não seja governado por professores de matemática e físicos. A Terra seria um paraíso.

— Ah, meu Deus. Esse é um pensamento assustador! — Sudhir ficou em silêncio por um momento. — Brent deu uma passada no meu escritório hoje. Ele quer que eu assuma a coordenação do departamento no próximo outono. Ele acredita que a maioria do corpo discente vai concordar.

— E você esperou até agora para me dar essa grande notícia?

— Não tenho certeza se quero fazer isso.

— Sudhir! Por que não? Você é a pessoa perfeita para esse cargo. Você seria um excelente coordenador.

— Não sei. Estou ficando muito velho e rabugento para ter que lidar com o ego das pessoas. Você sabe quanto fico impaciente com todo esse papo de "eu mereço isso e eu me esforcei para aquilo". Essas coisas melindrosas são a sua especialidade, não a minha.

Maggie sorriu. Ela conhecera Sudhir em uma festa na cobertura de Jean, uma amiga em comum, durante sua segunda semana na Universidade de Nova York. Sudhir já estava na faculdade havia cerca de um ano naquela época. Por volta das dez, outro estudante, Brian, que passou a tarde inteira bebendo e fumando maconha, ficou todo choroso e melodramático no bom e velho estilo de quem está no mais completo porre.

— Tudo isso é a porra de uma piada, cara! — ele repetia sem parar. — Nada além da porra de uma piada.

— O que é uma piada? — alguém perguntou.

— A vida. Nada além de uma grande piada cósmica. Estou pronto para tirar o meu time de campo. Pronto para tirar o time de campo.

— Não. Não diga isso! — gritou Jean, que, por sua vez, também estava bem alta.

E, com isso, um grupo de estudantes, a maior parte deles alunos de psicologia como Maggie, começou a bajular, implorar e consolar o homem bêbado, que continuava a repetir:

— Pronto para tirar o time de campo.

— A vida é muito preciosa — Jean retrucou.

— Você não pode deixar que eles vençam, cara — outra pessoa disse.

— Você tem toda a vida pela frente — encorajou uma jovem com cabelo loiro e liso.

Jean lançou um olhar suplicante a Maggie, um pedido silencioso para que ela se juntasse à intervenção, porém ela sentiu um leve arrepio de apreensão e repugnância. Maggie crescera em uma vizinhança onde a maioria das mulheres de meia-idade trabalhava como empregada doméstica na casa dos ricos, observara o pai mergulhar os pés inchados e repletos de joanetes em uma bacia com sais Epsom quando voltava para casa após o turno da noite de seu segundo emprego. Não havia a menor possibilidade de ela consolar um menino branco, rico e mimado que exagerou na maconha em uma festa. Ela se afastou do círculo que se formou ao redor de Brian.

Maggie foi para o terraço e, depois de alguns minutos, ouviu alguém limpar a garganta. Ela se virou para ver um homem alto e de pele morena vestindo uma camisa branca e calça jeans sorrir para ela.

— Então quer dizer que você não faz parte do harém do Brian? — o homem começou, e logo de cara Maggie entendeu o que ele queria dizer. A expressão no rosto dele a fez soltar uma gargalhada.

— Não, acho que não.

O sorriso dele se tornou ainda maior.

— Se ele falar que vai tirar o time de campo mais uma vez, posso me sentir compelido a empurrá-lo eu mesmo do parapeito.

Era uma noite congelante, e Maggie puxou o cardigã para que ficasse mais próximo ao seu corpo.

— Posso comprar uma entrada pra assistir?

Ela percebeu a surpresa dele e então, quando ele se aproximou, viu quão brancos eram seus dentes.

— Essa foi boa. — Ele lhe ofereceu uma das mãos. — A propósito, eu sou Sudhir.

— Sou-dir? Oi. Eu sou a Maggie.

— Não é Sou-dir. Sudhir. Tem um "h" depois do "d". Então o som é de "dh".

— Certo — ela disse, levemente irritada com a persistência dele.

— Geralmente não corrijo as pessoas — ele declarou como se lesse a mente de Maggie. — Mas, não sei, de alguma forma é importante para mim que você aprenda a dizer meu nome direito.

Ela se virou para encará-lo. Dessa vez, Maggie o olhou de verdade e só então percebeu quanto Sudhir era atraente. O ar entre os dois se tornou carregado, e para abrandar a intensidade Maggie perguntou:

— Ei, você está flertando comigo?

Ele soltou uma risadinha que logo em seguida se tornou um sorriso afetuoso e fácil, como se os dois fossem velhos amigos, como se ambos se conhecessem pela maior parte de sua vida.

— Talvez.

Eles ouviram Jean berrar alguma coisa, e no segundo seguinte Brian entrou cambaleando no terraço.

— É uma piada, cara! — ele declarou a ninguém em particular. — Tudo isso é a porra de uma piada.

Sudhir deu alguns passos na direção de Brian e colocou uma das mãos nos ombros dele como que para equilibrá-lo.

— Tudo bem, escute — ele disse. — Você está bêbado, só isso. Você está deixando essas mulheres preocupadas, certo, campeão? Então o que você acha de eu colocá-lo em um táxi e você ir para casa dormir e curar essa ressaca, ou então deitar em um dos quartos e tirar uma soneca?

Brian abriu a boca para protestar, mas Sudhir apertou o ombro dele. Com força.

— Ei, cara. O que você tá fazendo? — Brian grunhiu.

— Essas são suas duas escolhas, cara. Qual você prefere?

Enquanto os outros convidados observavam, Brian murmurou algo que apenas Sudhir pôde ouvir.

— Ótimo. Vou levar você para o quarto da Jean. E mais tarde deixo você em casa.

Maggie então olhou para o marido. A não ser pelas têmporas que se tornavam grisalhas, algumas linhas no rosto e um leve ganho de massa no meio do corpo, Sudhir estava praticamente igual ao cara prático e sem paciência para baboseiras que ela conhecera naquela noite no terraço. E a tolerância dele para idiotas não aumentara com os anos. Ela pegou as mãos dele.

— Acho que você será um ótimo coordenador. Você é justo, não se abala com facilidade, e as pessoas o respeitam. Mas essa decisão tem que ser sua, querido.

Ele a beijou na cabeça.

— Obrigado. Preciso pensar a respeito por algumas semanas.

Maggie ouviu um bipe em seu telefone e olhou para o relógio. Nove e meia. Torceu para que não fosse do hospital. Procurou pelo aparelho, lembrou que o deixara na bancada da cozinha e levantou do sofá com um suspiro.

— Já volto.

Era Peter.

"Desculpe", dizia a mensagem de texto. "Preciso ver você de novo. Almoça comigo esta semana?"

As mãos dela tremiam quando pegou o telefone. Maggie se sentia como se Peter estivesse ali com eles, como se ele batesse na porta da frente e entrasse no espaço inviolável que pertencia apenas a ela e Sudhir. Maggie se sentia nauseada. Havia deixado bem claro a Peter, um dia depois de Sudhir ter retornado para casa, que não poderia vê-lo novamente. Ele pareceu ter entendido. O que aconteceu para que enviasse uma mensagem de texto?

— Querida? — Sudhir a chamou. — Você vai voltar?

— Estou indo. — Ela enfiou o telefone no bolso.

— Quem era? — Sudhir perguntou quando ela entrou novamente na sala. — Está meio tarde.

A mente de Maggie congelou por um segundo.

— Gloria — ela mencionou o primeiro nome em que conseguiu pensar, uma amiga em comum da época da graduação que agora vivia em La Jolla.

— Gloria — Sudhir repetiu com afeição. — Como ela está? O que disse? — Ele deu um tapinha no assento do sofá, pedindo que ela sentasse ao seu lado novamente.

Mas Maggie continuou de pé.

— Ela está bem. Só deu um oi. — Maggie fingiu bocejar. — Quer saber de uma coisa? Você se importa se eu for lá para cima? Tenho alguns e-mails para enviar e depois quero começar a me preparar para dormir. Tem problema?

Ele deu de ombros.

— Não, pode ir. Já subo também.

Ela subiu a escada atapetada sentindo o estômago revirar. Não conseguia se lembrar da última vez em que mentira para Sudhir. Que erro ela havia cometido ao se envolver com Peter.

Em seu escritório, analisou a mensagem de texto mais uma vez. Será que seria melhor não responder nada? Ou devia escrever de volta só para informar que estaria ocupada? De qualquer forma, o que Peter poderia querer com ela? "Preciso ver você de novo." O que ele quis dizer com isso? Que sentia falta dela? Ou que algo que ela precisava saber havia acontecido? Será que alguém a viu entrando na casa dele?

Maggie se flagrou consultando a agenda do celular. Poderia dar uma fugida do hospital entre uma e três da tarde na quinta-feira. É claro que um almoço rápido não mataria ninguém. Ela poderia até mesmo contar a Sudhir. Afinal, aquilo não tinha como significar nada de ruim.

Só de pensar na possibilidade, ela desistiu da ideia. Sudhir não tinha ficado muito impressionado com Peter durante o primeiro período em que lecionara na universidade. O que Sudhir havia dito quando eles visitaram uma exposição das fotografias de guerra de Peter no museu da universidade? Que ele considerou as fotos autoelogiosas. E Maggie, que se sentiu intensa e imediatamente atraída por Peter, não estava em uma posição confortável para discutir, com medo de criar suspeitas no marido, em especial desde uma ocasião em que os três almoçaram juntos e ele se deu conta da atração que Maggie nutria por Peter. Não, ela não ousaria mencionar o nome de Peter ou o fato de que o vira enquanto Sudhir estava fora em uma conferência.

Ela mandou uma mensagem rápida para Peter propondo um almoço na quinta, pôs o celular no modo silencioso e esperou. Como previu, ele lhe respondeu um minuto depois.

"Mal posso esperar para vê-la", ele escreveu.

Contra sua própria vontade, apesar de poder ouvir os passos de Sudhir subindo a escada, Maggie estava consciente do fato inexplicável e embaraçoso de que a ideia de ver Peter novamente a tinha deixado feliz.

14

ESTA É A SEXTA SEMANA que eu pego o ônibus que me leva para a casa da Maggie. Os dois motoristas me conhecem agora, mas hoje eu peguei ônibus mais cedo para a cidade. Marido pergunta por que eu sair de casa antes, mas eu não dou resposta direito e ele não liga porque restaurante fechado hoje. Se eu conto para ele o motivo, ele só vai me chamar de idiota. Porque antes de pegar o segundo ônibus, eu faço uma caminhada até o parque do centro da cidade, para sentar na beira do rio. Meu Deus, esse rio se move muito mais forte e rápido que o riozinho da minha vila. A água também é tão limpa aqui e dá para ver as pedrinhas pequenininhas no fundo. Eu quero tirar os sapatos e andar na água como eu fiz com Shilpa em casa, mas esse é um rio americano e eu não sei se a polícia deixa andar dentro dele. Neste país existe grandes placas dizendo para não andar na grama. Na minha vila, todo mundo anda na grama — vaca, búfalo, velho, criança, galinha, cachorro. Acho que eles não deixam andar na água.

Mas é tão em paz sentar aqui. Pela primeira vez desde que eu cheguei na América eu não estou com marido ou Rekha ou no restaurante ou na loja ou no carro ou no apartamento. Estou completamente sozinha, e eu amo isso. Nada parece ser emprestado. O que será que eu quero dizer com isso? Quando eu com marido, eu vejo tudo com os olhos dele — lua, sol, céu, árvore, estacionamento, loja, tudo. Se ele sentindo o sol muito quente, eu sinto preocupada. Se ele amaldiçoa o frio, eu fico irritada com a neve. Meu cérebro não pensa meus próprios pensamentos. Mas agora eu só sinto a brisa fresca na minha pele. A sensação do sol é boa na minha pele. As árvores cantando música suave que eu estou ouvindo. E meus olhos, sempre ardendo por causa do óleo quente e os temperos e as cebolas que eu corto na cozinha, eles estão sugando o verde da grama como eu sugo uma Fanta laranja gelada.

Dois bancos mais para direita, homem e mulher jovens tocam música, cantam música americana no violão. Parecer tão bonito como o sino da igreja perto da nossa loja. Outras pessoas no parque bate palma quando eles terminam sua música, e mesmo com vergonha eu bato palma também. "Vamos, Lakshmi", eu me dou coragem. "Ninguém sabe que você está aqui. Você em América agora. Você poder bater palma também."

O que eu quero saber é o que é esse tal de cachorro-quente. Todo mundo em América come isso. No começo eu achei que é carne de cachorro, mas agora sei que é feito de carne de boi. Uma vez eu perguntei a marido qual é o gosto e ele faz cara de nojo e diz *chee-chee*, na Índia a gente não alimenta nem animal de rua com comida tão ruim. Mas Rekha diz que essa é a comida número um na América, então eu acho que marido não sabe o que é.

Em nossa religião nós não comemos carne de boi, por isso eu sinto choque quando Maggie diz que o marido dela come todas as carnes. Será que ele se converteu ao bife quando casou com ela? Às vezes, Maggie fala alguma coisa rápido e eu fico confusa, mas eu tenho vergonha de perguntar e depois ela achar que eu idiota.

Eu dar para Bobby a estátua de Lakshmi, e ele também me mandou um presente. Bobbie me mandou Maggie. É isso com certeza. Se eu não tento suicídio, como eu ia conhecer Maggie? O marido dela nem faz compras na nossa loja, indo para aquele trapaceiro de Cedarville que sempre cobra mais. Então, de que outro jeito a gente podia se conhecer? Mesmo eu nem sempre entendo Maggie, ela tão gentil e tem tanta paciência comigo. Ela sempre me encoraja. Lakshmi, você não é estúpida. Lakshmi você não é feia. Lakshmi, você grande cozinheira. Lakshmi, você pode ir para a escola à noite para aprender inglês direito. Lakshmi, na América você pode fazer qualquer coisa. E ela sempre me ajuda na minha vida. Ela faz um montão de perguntas sobre Shilpa e *Dada* e *Ma* e o marido. Ela sabe até mesmo do meu Mithai. Ela ser quem eu mais amo depois da minha irmã e do pai. Ninguém na minha vida a não ser ela tem vontade de ouvir minhas histórias. Maggie é uma médica importante, mas nunca dá pílulas ou injeção. Eu perguntei pra ela da última vez e ela riu e me disse que é uma médica de histórias. Eu também ri, mas não entendo qual é a piada.

Sei que é hora de andar para o ponto de ônibus, mas eu me sentindo tão feliz sentada na beira do rio. *Dada* sempre diz que a beira do rio fluindo no meu corpo, de tanto que eu amo a água.

Eu abri o papel dos horário e conferi a hora do próximo ônibus. Posso sentar aqui mais uns quinze minutos. O ponto é perto. Uma abelha faz zum-zum em volta da minha cabeça, e o som parece uma prece. Eu tem pensamento triste, vou ter que dizer adeus para o rio daqui a pouco, mas então eu tem um pensamento novo em folha: pode repetir na próxima semana. Pegar o ônibus cedo de novo e andar até esse parque. Sinto tão empolgada com esse pensamento que sinto um engasgo, nem consigo respirar direito. Então eu relaxo. Eu aprendo a pegar dois ônibus. Não me perdi nem uma vez. O marido não sabe que a esposa dele aproveita a vista no centro da cidade, como americana de verdade. Poço fazer isso de novo. Poço vir aqui toda semana.

Em todas as vezes que a gente tem orgulho, Deus encontra uma forma de punir bem direito. O que você acha? Eu perdi o segundo ônibus para casa da Maggie por dois minutos. Por isso preciso esperar pelo próximo e fico quinze minutos atrasada. Meu coração bate tum-tum-tum como uma tabla enquanto subo a ladeira da rua de Maggie. Eu ia adorar ver as casas grandes, os vasos de flores bonitos, as árvores altas da rua de Maggie. Mas hoje eu não olho nem para a esquerda nem para a direita, só para a frente, e meio ando e meio corro na calçada. Eu chego na entrada de carro e viro à esquerda, meu rosto cheio de suor, a respiração parece o freio ruim de caminhão velho e — dum! — eu dou de cara com uma árvore ou muro ou prédio. Acontece tão de repente que eu não consigo ver no que eu bato, porque a próxima coisa que eu lembro é de está dormindo com as costas no chão, olhando para o céu. Mas a visão do céu é bloqueada porque tem uma cara de homem olhando para mim, falando alguma coisa, a testa dele enrugada de preocupação. O rosto do homem moreno como o meu fica tão bonito com o azul do céu no fundo que eu sorrio.

— Você consegue me ouvir? — o homem dizendo. — Você está bem? — Eu começo a balançar minha cabeça para dizer que sim, mas então ele vira a cara e grita. — Maggie? Você pode vir aqui fora? Aconteceu um acidente.

Agora minha respiração se move novamente pelo meu corpo e me deixa falar:

— Estou bem. — Tento me levantar, mas homem põe mão no meu ombro.

— Só um minuto. Talvez seja melhor garantir que você não quebrou nenhum osso antes de se levantar.

Então eu rio. Coloco as duas mãos atrás de mim e puxo o corpo, até ficar sentada na grama perto da entrada de carro.

— Estou bem — eu repeto. — Quando era jovem, minha irmã e eu sempre apostava quem pulava da árvore mais alta. Eu sempre ganhei. — O homem indiano sorrindo, e isso encoraja falar mais. — Minha *Ma* sempre diz: *Beti*, você rápida como guepardo e forte como Mithai.

— Mithai? — Ele parece não entender nada.

Eu ri.

— Não é *mithai*. Mithai. Meu elefante. Na minha vila. Meu amigo.

— Você pulava de árvores e era amiga de um elefante? — O homem ergue as sobrancelhas. — Você teve uma infância e tanto.

De repente, eu sinto medo. Será que esse homem acha que eu quero me mostrar? Ou que eu sou mentirosa? Ou mulher fácil, falando com homem na rua? Eu endireito a blusa e levanto. Sinto dor do lado do corpo, mas não falo nada.

— E aí, você está mesmo bem? — ele pergunta, e seu cuidado lembra de Maggie. E um minuto depois ele dizer: — A propósito, sou Sudhir. Marido da Maggie.

Ele me oferece a mão para eu apertar, mas marido irritado se eu toco mão de homem estranho. Por isso eu junto minhas mãos, como uma esposa indiana direita.

— *Namastê* — eu dizer.

Ele parece surpreso, mas depois faz que sim com a cabeça.

— *Namastê*. E você deve ser Lakshmi.
— Como o senhor saber meu nome?
Pelo jeito dele parece que fiz pergunta idiota.
— O que foi? Será que eu não deveria saber o nome da mulher que me traz uma comida maravilhosa toda semana?
Eu olho para as minhas mãos vazias. Essa semana primeira vez que não levo comida. Marido fica irritado noite passada. Ele fala que eu levando muito comida para Maggie. Ele fala que eu preciso parar. Como mulher idiota, eu escuto.
Junto minhas mãos de novo.
— Me desculpa, senhor. Eu esqueci sua comida em casa. Mas na próxima semana eu trago um monte de comida.
— Não, não, não. Eu não esperava que você fizesse isso. Não toda semana. — Sudhir balança a cabeça da esquerda para a direita.
— Lakshmi? — Maggie veio pelo caminho de carro. O sorriso na cara dela se transforma em uma careta. — Você está muito atrasada. Eu estava ficando preocupada. — Ela se vira para o marido. — O que você ainda está fazendo aqui?
Sudhir apontar para mim com o queixo.
— Tivemos um acidente — ele dizer. — Dei um encontrão na pobre Lakshmi e a derrubei. Mas ela parece bem.
Maggie dá para Sudhir o mesmo olhar que *Ma* dá para *Dada* quando ele faz erro idiota.
— O que foi? Você estava mandando uma mensagem no celular enquanto andava? Sério, Sudhir. Não dá para confiar em você nem para chegar até o carro sem derrubar as pessoas.
Sudhir faz uma cara engraçada e pisca para mim. Eu acha que ele parecer com Shashi Kapoor, velha estrela de cinema. Tão bonito...
Maggie dá um beijo rápido nele e diz:
— Tchau. Vejo você à noite. Ligue se for chegar tarde. — Ela dá um empurrão de leve nele. — Agora vá. Lakshmi já está atrasada para a sessão.
— Semana que vem eu prometo trazer melhor comida para o senhor — eu digo.
— E eu prometo derrubar você de novo — ele responde. Depois ele dá risada, acena e anda até o carro parado na rua.

Maggie pega minha mão enquanto a gente vai para o consultório.

— O que aconteceu? Por que você está tão atrasada?

Ia contar sobre o rio e a grama e como eu me sinto sem corpo quando fico lá, mas não faço nada disso. Não sei por que guardo segredo. Mas o rio é meu. Eu não quero dividir. Nem com a Maggie.

— Eu perdi segundo ônibus — eu falo, e ela fica satisfeita.

— Tudo bem. O que está passando pela sua cabeça esta semana? — Maggie pergunta, como quase sempre.

Como se tivesse *ghee* na minha boca, a resposta escapa:

— Dinheiro.

— Certo. — Maggie me dá um sorriso de coragem. — Continue.

Mas eu mesma não sei o que quer dizer. Se não tenho meu próprio dinheiro, por que isso está na minha cabeça?

Então eu olho para baixo e vê minhas mãos vazias. Mão que não carrega uma marmita para Sudhir *sahib*. Como me sinto envergonhada quando ele agradece por eu cozinhar. Estou mais pobre que o pedinte da minha vila, eu acho. Até a casta mais baixa dos fazendeiros *dalits* tem algum dinheiro só deles. Mas eu mulher pobre de um homem de negócios rico. O marido gasta quarenta e cinco dólares toda semana com garrafa de uísque. Ele trata os amigos de jogo de carta com comida de graça. Marido pobre só quando fica perto de mim. Eu trabalha como um cachorro no restaurante dele, na loja, mas sem salário. Até Menon *sahib*, que fazia tanto favor para a minha família, que paga minha escola, até ele me pagava um pouquinho quando eu faz contas para a loja dele. Mas o marido é *maha kanjoos*, um grande miserável. Ele me vê como lima que tem que espremer até a última gota.

— Lakshmi? — Maggie balançando o pé como ela faz quando sem paciência. — Fale comigo.

Engulo o nó que aparece na minha garganta. Uma lágrima quente cai na minha mão. Eu olhando para ela porque ela parece uma pedra preciosa. Essa é a única joia que você vai ter na vida, Lakshmi, eu penso, e então mais pedras preciosas caem na minha mão.

— Querida? Tem alguns lenços de papel na mesa, caso você precise. Por que você não me conta o que há de errado?

— Meu marido não me dá nem um centavo. Como é que vocês americanos diz? Mesada. Eu trabalho e trabalho no negócio dele, mas não recebo meu próprio dinheiro. Qualquer coisa que eu quero, preciso pedir para ele antes.

— Por que você simplesmente não pega o dinheiro?

— Pegar como? Da onde?

— Eu não sei. Onde ele guarda o dinheiro? Na carteira?

Às vezes a Maggie é tão burra. Eu fica irritada com ela.

— Como eu vou tocar na carteira dele? — Sei que minha voz é alta, mas não consigo evitar. — Ele fala que sabe se até mesmo dez centavos sumir.

Maggie se recosta na cadeira dela.

— Como esposa dele, você tem direito legal à metade de tudo o que ele possui, Lakshmi. Você sabe disso, não é?

Eu está com tanta raiva, não consigo nem sentar direito. Além disso, eu sinto dor do lado do corpo.

— Para que eu ia querer metade do restaurante? Ou metade da loja? O que eu faz com essas coisas? Coloca na minha cabeça? — Eu puxo a pele entre o dedão e o outro dedo. — Eu só querer ter dinheiro extra. Como vinte ou trinta dólares por semana. Homem ruim. Por que ele não pode me dar isso?

— O que você faria com o dinheiro, Lakshmi?

Mas eu não quero responder pergunta sobre gastar dinheiro. Eu quero responder pergunta sobre ganhar dinheiro. Olho para o grande quintal de Maggie. Tantas, tantas flores e árvores. No final do jardim dá para ver toda a cidade lá embaixo. Vi na semana passada quando a gente saiu para andar no jardim.

— Maggie — eu falar —, como você ficou rica na América? Como você compra casa grande como esta?

Maggie parece sem graça.

— Estamos falando sobre você, Lakshmi. Não sobre mim. Por isso, me diga, como você acha que poderia gastar algum dinheiro todos os meses?

Sinto como quando a professora da escola me faz pergunta e eu não sei responder.

— Não sei.

— Bem, vamos fazer uma lista das coisas em que você é boa. Das suas habilidades, sabe?

Ouço a voz do meu marido sair pela minha boca:

— Eu não ser boa em nada. Eu grande idiota.

Maggie parece irritada.

— Ei. Combinamos há duas semanas que você não falaria assim de si mesma. Lembra? — Ela olha para mim em silêncio por um minuto e então continua: — Você é uma mulher muito inteligente, Lakshmi. Agora me diga, no que você é boa?

Eu quero dizer para Maggie, mas *Ma* sempre me disse para não me mostrar. Mas dentro de mim eu penso: eu boa em matemática. Menon *sahib* diz que ele ganhar mais dinheiro depois que eu fiz livros de contabilidade para ele. Eu tinha só catorze anos naquele tempo. E eu cuido bem das pessoas, Shilpa, *Dada*, *Ma*. No último ano de *Ma*, eu fiz tudo para ela porque os dedos dela estavam torcidos. Shilpa na escola o dia todo. *Dada* trabalhando na nossa *kheti*, a fazenda pequena nossa. *Ma* e eu ficava sozinha em casa. Eu penteava o cabelo dela, dava banho, alimentava, escovava dente, vira ela na cama. Melhor parte, *Ma* nunca triste. Eu contava para ela monte de piada, as novidades da vila, canta músicas do Kishore Kumar, diz diálogos do filme *Amar, Akbar, Anthony*, que ela mais gostava.

Maggie faz barulho com a garganta, como água que ferve. Ela esperando que eu falar.

— Sou boa em limpar — eu falo. — Varrer, limpar, fazer cama. Eu também gosto de cozinhar. — Eu olho pela janela. — E eu amo plantar. Na varanda do nosso apartamento, eu planto tomate, coentro, todo tipo de coisa. Tudo em vasos.

— Bem, essas são ótimas habilidades. Você pode trabalhar limpando a casa das pessoas. Pode fazer paisagismo em jardins. Talvez um bufê para festas? Você tem muito a oferecer, Lakshmi.

Eu solto uma gargalhada, mas parece mais com engasgo.

— Marido não deixar eu ir na casa das outras pessoas para limpar a sujeira delas. E a gente já faz bufê para festas. Mas é ele que cozinha tudo.

Maggie olha para mim. Ela aperta os lábios, que ficam finos como um pedaço de barbante. Depois de algum tempo, eu me sinto quente. Por que ela olha para mim e não diz nada? Maggie minha única amiga na América, mas mesmo assim eu não conheço ela bem. O que ela pensa?

Ela abre a boca. Os olhos dela parecem líquidos, como tinta. Ela se inclina para a frente na cadeira.

— Lakshmi, toda vez que eu sugiro alguma coisa, você diz que não pode fazer. É sempre: "Meu marido não deixa isso, meu marido não deixa aquilo". Você nem mesmo tenta. Você nunca pergunta a ele. Simplesmente presume as coisas. Você...

— Com licença? O que quer dizer "presume"? Eu não entendo essa palavra.

— Presumir. Quando você acredita, sabe? Considera uma coisa como uma verdade.

— Ah, eu entendo.

— Sim, bem, eis o que quero dizer: quando olho para você, sabe o que vejo? Vejo uma jovem mulher que é esperta, reluzente, cheia de vida. Uma mulher que não está feliz com sua vida, que quer fazer algumas mudanças. Que quer ser independente. Só que está com medo. Não quer assumir nenhum risco. Entretanto, você precisa saber de uma coisa, Lakshmi. Para crescer, temos que nos dar uma chance. Mesmo que isso dê medo. Especialmente se der medo. Caso contrário, nada vai mudar.

Eu tenho tantos sentimentos. Eu não sei o que dizer. Primeiro eu fico com vergonha por causa do que Maggie fala. Maggie fala que eu sou esperta, reluzente e cheia de vida. Eu me sentindo orgulhosa também. Mas depois fico irritada porque Maggie não entende minha vida. Marido dela parece Shashi Kapoor, ele deixa ela fazer piada com ele, beijar ele na entrada de carro. Meu marido olhar para mim do mesmo jeito que olhar para uma lasca de osso que fica presa no dente dele quando ele come cabrito com curry. Como se alguma coisa ruim acontece com ele. Meu marido não me deixa dirigir, ligar para minha irmã, fazer amigos, assistir TV depois que ele dorme. Uma vez, no começo do casamento, eu implorei para ele me levar para ver o lago. Sabe o que ele fez? Ele encheu a banheira de água e disse: Quer ver água? Olha. Lago é igualzinho a uma grande banheira.

Mas entre as coisas que eu sinto por causa das palavras da Maggie, também tem uma coisa que não sei o nome. Alguma coisa que treme, como o que sinto quando eu durmo na cama e penso em Bobby. Não pensamento sujo, mas alguma coisa leve. Como alguma coisa boa que poder acontecer. E se a Maggie pode me corrigir e eu consigo mudar minha vida?

— Lakshmi, olhe para mim. O que você está pensando?

Não tenho certeza como contar para a Maggie os vinte pensamentos que faz zum-zum na minha cabeça como carro de corrida. Então eu falo a coisa errada, eu falo o que eu não acredito.

— Eu penso que é bom quando o ser humano não consegue aquilo que ele pede em suas orações.

Maggie balança a cabeça.

— O que é isso, Lakshmi? Você não acredita nisso de verdade, não é? Como alguma coisa vai mudar se você não faz nada para atingir seus objetivos?

Fico quieta. Eu sei que Maggie certa, mas eu também sei que o que eu falei também é um pouco verdade. Ser humano pedir e pedir por coisas. Quando *Ma* estava muito doente na sua última semana, e com tanta dor, eu ainda rezava para Deus não levar ela embora. Dia e noite eu rezava, mesmo ela gritando, mesmo ela tomando remédio demais, ela fazendo urina na cama. E quando ela morreu, eu tão cansada com Deus. Mas mesmo assim eu rezei: Por favor, me deixa ver *Ma* de novo, só uma vez. Deus ouviu até ficar cheio de mim. Então ele me ensinou uma lição.

— Eu quero contar uma história para você — eu falei para a Maggie. — Sobre um sonho que eu tenho.

Maggie parece que vai dizer não. Mas depois soltar uma longa respiração e se recosta na cadeira.

— Tudo bem. Já que você quer...

110 *Thrity Umrigar*

15

Um ano depois de a minha *Ma* morrer, eu tenho um sonho à noite. Eu sonho que eu encontro com Deus e Ele me pede para fazer um desejo. Eu então penso e depois digo: Eu quero que um dia no ano todas as pessoas encontrem seus mortos amados. As pessoas do céu vêm para a Terra e passa o dia todo com a família viva. Eles podem fazer festa, piquenique, festival, assistir TV juntos, sair para passeio de carro, não importa. Qualquer coisa que os vivos quiserem fazer com eles, eles fazem.

E então Deus diz para mim: Quem decide que dia do ano você pode visitar as pessoas amadas mortas? Todo mundo vai ter um dia diferente ou vai ser o mesmo dia?

E nessa hora eu fico com medo porque Deus me dá um desejo, por isso eu falo: Você decide, por favor. Você é Deus.

Aí Deus pensa por um minuto e então Ele sorri e diz: 15 de agosto. Esse o dia que cada pessoa na Terra pode passar com seus mortos amados.

Assim que Ele fala a data, eu entendo por que Ele escolhe ela: 15 de agosto, dia da Independência da Índia. *Ma* também sempre me dizia: Deus faz o mundo todo e todas as pessoas, mas ele ama mais a Índia. Antes eu costumava discutir: *Ma*, se Deus ama Índia mais que todos os outros, por que ele faz Índia tão pobre? *Ma* explica que é do mesmo jeito que uma mãe ama mais o filho doente. Deus ama Índia porque Índia fraca e precisa de mais proteção.

Antes, eu não tenho certeza se *Ma* inventa ou não essa história. Agora eu sabe que o que *Ma* fala é cem por cento verdade.

Então eu fica pensando, ainda é janeiro. Eu tento contar quantos dias falta para 15 de agosto e no meu sonho eu conto depressa, sem parar. O tempo todo. Eu com medo que 15 de agosto é muito longe, mas mesmo assim eu faço planos para receber *Ma* quando ela me visitar. Eu penso nas comidas para cozinhar para ela, doces para comprar, se eu devo comprar Coca-Cola ou Fanta para ela. Então eu lembro que *Ma* não vem sozinha. Ela traz seu irmão morto, talvez porque ele não tem família, e os pais mortos, com certeza. Talvez alguns amigos que eu não conheço vão vir com ela. Nossa cabana muito pequena para festa tão grande. Talvez Menon *sahib* deixa a gente fazer festa na casa dele. Mas então eu lembra que Menon *sahib* vai dar festa para seus parentes mortos também, e então eu fico assustada. Talvez o mundo não seja grande o bastante para todos os mortos amados voltar. Onde a gente vai colocar todos eles?

Agora eu entendo que não quero realmente ver todos os mortos amados. Eu só quero ver minha *Ma*. Então eu viro para Deus com novo pedido. Mas Ele foi embora. Eu grito e grito para Ele voltar e eu poder contar que mudei a ideia. Eu choro agora, procurando por Ele em todos os lugares. E então Deus irritado de verdade comigo porque me balança sem parar e eu abro meus olhos e, em vez de Deus, é o meu pai olhando para mim.

— Lakshmi, Lakshmi, acorda — ele diz. — Não fica com medo.

Sinto tão feliz por deixar Deus e voltar para o meu *Dada*. Mas depois eu sinto triste porque eu sei que não vou ver minha *Ma* em 15 de agosto. No meu sonho, *Ma* parece tão perto e agora ela muito, muito longe. Meu *Dada* gentil, mas não tem poder como Deus. Deus tem poder, mas é gentil como *Dada*. Mas entre Deus e *Dada*, meu *Dada* vence.

Minha *Ma* sempre diz que Deus fez mundo perfeito, Lakshmi. Ele não colocou folha extra na árvore ou um cabelo extra na sua cabeça. Ela fez tudo certinho. Nosso trabalho é ser feliz com o que ele nos dá. Em tempo de fome, ele não dá nem um grão menos que a gente precisa. No tempo bom, ele não dá nem um grão mais que a gente precisa. Eu costumava discutir com *Ma*: Por que então eu ainda tenho fome, *Ma*? Por que meu estômago ainda rugindo como um cachorro? E *Ma* sorri e diz: Então quando você ver um cachorro vira-lata, você sabe que deve alimentar ele. E aí *Ma* despeja arroz do prato dela no meu. Come, ela diz. Eu sem fome hoje.

Naquele tempo, eu comia tudo o que *Ma* colocava no meu prato. Eu não percebia como ela estava magra. A necessidade do meu estômago era maior que a necessidade nos meus olhos, sabe? Mas hoje, Maggie, eu entendo tudo. Como ela tira a comida da sua boca para colocar na nossa. Hoje, toda vez que eu como uma manga da nossa loja, eu lembro que *Ma* nunca comeu uma manga. Ela só sugava o caroço. A parte macia e doce da fruta ela dava para a gente. A gente recebia a melhor parte da minha *Ma*. O que sobrava para ela era artrite, dor e fome. E isso fez ela feliz. Porque é isso que significa ser mãe.

Hoje, eu sei: se eu pudesse escolher encontrar minha mãe de novo ou encontrar Deus, eu escolhia ela. Todas as vezes eu sempre escolhia ela.

Maggie fica em silêncio depois que eu termino minha história. Eu sei que ela não entende por que eu contei esse sonho ou o que minha história significa. Depois de um minuto, ela olha o relógio na parede e fala:

— Bem, é hora de parar por hoje.

Eu me sinto mal. Contando sobre minha *Ma* eu fiz ela entrar na sala com a gente e eu me sinto de novo triste como no dia que ela morreu. Eu catorze anos na época, mas virei mulher adulta quando minha *Ma* morreu.

Maggie levanta e eu também. Estou quase dizendo tudo bem, tchau, mas eu vejo cara de Maggie ficar vermelha. Os olhos dela chorando. Eu muito surpresa.

— É difícil, não é? — ela diz. — Perder a mãe. Só Deus sabe quanto eu ainda sinto falta da minha. Depois de todos esses anos.

Alguma coisa mágica aconteceu. Parecia que eu voei. Voei para fora dessa sala em Cedarville, sobre as montanhas, sobre rio, voei como passarinho ou como Air India, até ficar sentada na frente da casa de meu *Dada*. Dentro, casa cheia de mulheres velhas. Shilpa e eu de pé, descalças, de mãos dadas. As mulheres chorando, fazendo som, grou-grou, como um corvo de manhã cedo. Mas eu não chorei. Eu usava a manga da minha blusa para secar as lágrimas de Shilpa. Eu falava para ela não ficar triste, *Ma* está feliz agora, que eu mãe dela agora e que vai cuidar dela direitinho. Eu prometo que ninguém vai fazer ela parar de estudar. Eu vou trabalhar duas, três vezes mais para ganhar dinheiro. Eu falo que a mãe dela está com Deus agora e o corpo dela não sente dor. Eu falo tudo o que as outras pessoas falavam para mim. Mas, por dentro, meu coração azedo e duro como goiaba. Por dentro, alguém me esvazia como uma abóbora.

E eu nunca choro. Eu não choro quando eles colocam o corpo da mãe na pira. Eu não choro quando o sacerdote coloca fogo e *Ma* se transforma em fumaça e cinzas. Eu não choro quando ouço Shilpa chorar à noite. Eu não choro enquanto ajudo *Dada* na *kheti*. Eu não choro quando faço contabilidade para Menon *sahib*, escrevendo no grande livro-razão encapado com tecido vermelho. Eu não choro quando Ramu, o cachorro vira-lata que *Ma* dava leite todas as noites, senta do lado de fora da nossa casa e chora auuu-auuu-auuu por uma semana inteira. *Dada* finalmente faz Ramu ir embora com um pedaço de pau porque ele fala que Ramu conhecer seu coração melhor que Deus.

Vou contar verdade para você: eu mulher má. Eu nunca chorei pela morte da minha *Ma*.

Mas agora eu pego o avião da Air India de volta para o anexo de Maggie. Vejo as lágrimas nos olhos de Maggie. Parecendo luzes no céu de noite. Pela primeira vez desde que eu conheci Maggie, eu me senti útil.

— Sabe por que você sente saudade da sua *Ma*? — eu falo. — É porque as pessoas mortas precisam saber que a gente ainda lembra delas. Senão elas se sentem sozinha, pensando que a gente esqueceu delas. É só por isso que Deus dá sentimento de saudade no coração. Para fazer companhia para eles.

Maggie pega minha mão e aperta.

— Você é maravilhosa. Mas sou eu quem deveria ajudá-la e não o contrário.

— Por que só você tem que ajudar? Nós amigas, não?

Ela parece que vai falar alguma coisa, mas então para.

— Claro — ela dizer. — Claro.

Maggie olhou para as caixas de aperitivos que Sudhir jogou no carrinho.

— Querido — ela suspirou —, pensei que fosse só um jantarzinho para o seu coordenador e alguns outros membros do corpo docente. Quem você acha que vai comer toda essa comida?

Sudhir parou no meio do Costco com uma expressão inocente. Eles encararam um ao outro sob as luzes fluorescentes, vulneráveis ao frenesi louco dos outros clientes que manejavam carrinhos de compras imensos ao redor do casal.

— Ah, sim, eu estava querendo contar a você, eu meio que mudei de ideia. Quer dizer, pensei: Já que vamos dar uma festa, por que não chamar todo o departamento?

Apesar de sua consternação, Maggie soltou uma gargalhada.

— Você é incorrigível. Lembra o que você me prometeu na última vez: que não daríamos mais grandes festas?

— Eu sei. Mas, sério, de qualquer forma, eu ia convidar pelo menos mais dois outros casais além de Brent e a esposa dele. Então eu pensei: Qual seria a diferença se convidasse mais umas quinze pessoas?

— Você não sabe a diferença entre seis e quinze? E olha que você é professor de matemática! — Maggie pegou uma garrafa de azeite de oliva quando eles começaram a empurrar o carrinho novamente. — Pelo menos me prometa que você não vai convidar nenhum aluno da graduação.

— Bem — Sudhir começou —, isso é difícil, você sabe.

Maggie balançou a cabeça. Não sei por que você ainda se surpreende, disse a si mesma. Quando ela o conheceu, Sudhir dividia um apartamento no Village com três outros estudantes. Ficava em cima de uma padaria na esquina da Terceira Oeste com a MacDougal, e era o local de encontro para todos os amigos deles. Sudhir e seus colegas de apartamento, dois outros estudantes indianos e um brasileiro, cozinhavam panelas fumegantes todos os fins de semana — *aloo gobi*, arroz *pilaf*, peixe com curry, rolinhos primavera chineses, frango *manchurian* — e o apartamento ficava repleto de alunos que iam de um lado para o outro, comendo em pratos de papel. Alguém costumava trazer uma garrafa de rum para fazer *piña colada*, outro arrumava um liquidificador e um saco de gelo. Em um quarto aconteciam partidas matadoras de buraco e, em outro, equipes jogavam palavras cruzadas. O apartamento era como um salão de festas ou um daqueles lugares que vendiam bebida ilegal na época da lei seca. E funcionava vinte e quatro horas por dia. Havia apenas uma regra sacrossanta: ninguém podia tocar no aparelho de som de Sudhir. Era um três em um barato da Panasonic, mas aquele foi o primeiro bem de verdade que Sudhir comprou nos Estados Unidos com o dinheiro de sua bolsa de monitoria, e ele amava aquele estéreo. Os outros suspiravam e zombavam da música que ele escolhia, dizendo que era extremamente antiquada — no final dos anos 1970, Sudhir ainda ouvia Beatles, Bob Dylan, BeeGees e Simon & Garfunkel. Maggie levou alguns discos que Wallace costumava ouvir, tentando apresentá-lo a Sly and the Family Stone, James Brown, Jimmy Cliff. Porém, entre todos esses artistas, o único que Sudhir realmente amou foi Bob Marley — o que fez com que Maggie começasse a se arrepender quando, no inverno de 1980, ele passou três meses repetindo "Redemption Song" além de "Hurricane", do Dylan, até enlouquecer todos eles.

No entanto, a hospitalidade de Sudhir, a facilidade com que abria sua casa para os amigos, e os amigos dos amigos, sua generosidade em alimentar quem quer que estivesse por ali e a atmosfera comunitária que criava tinham um efeito poderoso sobre Maggie. Ela não fazia ideia de quanto se sentia solitária até conhecer Sudhir e sua latente hospitalidade indiana. Por volta de 1978, sua mãe já havia morrido fazia muito tempo, Wallace se mudara para a Flórida com a nova esposa, Odell já tinha acertado sua vida em Paris e Maggie ia do Brooklyn para a Universidade de Nova York todos os dias, vivendo em um quarto alugado na casa da sra. Tabot, sua antiga vizinha. Os quatro anos na Wellesley valeram a pena, embora ela se sentisse isolada, já que havia apenas um punhado de rostos negros no campus, que parecia tão branco quanto a neve. Maggie era popular, ou pelo menos assim ela pensava, e seus colegas de quarto e professores eram muito liberais e sofisticados para que experimentasse qualquer demonstração de racismo. E, para uma garota da cidade, havia sempre uma reverência e uma gratidão pela tranquilidade e pela beleza pastoral de Wellesley, por seus braços protetores. Sempre que ia de carro com as amigas para Boston, a forma dolorosa como era despejada no mundo real era um despertar brusco. A primeira vez que tentou comprar maçãs no Haymarket, ela observou o rosto corado e hostil do vendedor, que gritou com Maggie quando ela tocou em uma fruta, o que a fez tremer. Ela continuou a andar, dizendo a si mesma que não era nada pessoal, que ela havia apenas dado de cara com a famosa grosseria de Boston, quando ouviu o homem murmurar: "Sua putinha preta imunda". Maggie deu meia-volta, com os olhos já repletos de lágrimas, mas ele estava sorrindo para outra cliente, passando uma toalha de papel na maçã.

    Esses incidentes eram raros, entretanto. Os edifícios de tijolos aparentes de Wellesley, o campus exuberante, cercado por florestas, o ar de erudição e a intelectualidade a protegiam. O que o campus não podia fazer era protegê-la da consciência de que, na prática, ela estava totalmente sozinha. Odell uma vez lhe disse para se mudar para Paris depois que se formasse, que ele ajudaria a irmã enquanto concluía seus estudos, mas ela sabia muito bem que aquilo estava acima das possibilidades dele. O irmão era recém-casado, com um bebê a caminho. Não havia a menor chance de ela bater na porta da casa dele.

    Assim, o apartamento de Sudhir, com seus odores estranhos, a música antiquada, sua porta sempre aberta, as conversas e as sessões de carteado que iam até o amanhecer, os rapazes indianos que andavam descalços no carpete verde, tornou-se seu refúgio.

    Maggie cresceu em uma casa onde os pais tinham convidados para jantar apenas ocasionalmente, e quando isso acontecia era só algum outro casal com os filhos. Sua principal fonte de socialização eram as reuniões de sábado, organizadas pela igreja Open Heart, das quais a família participava religiosamente até que a mãe de Maggie, Hilda, ficou doente. Na minúscula igreja instalada onde antes era um estabelecimento comercial, com seus dois ventiladores oscilantes e repleta de fiéis, o presbítero Lawrence Jemmont sorria de orelha a orelha para seus paroquianos. Eles suavam, oravam e batiam palmas enquanto cantavam, louvando o Senhor e, por fim, se banqueteavam com o que quer que as pessoas tivessem levado — frango jamaicano, cabrito com curry, banana frita, pãezinhos de uva-passa. A atmosfera no apartamento da MacDougal trazia de volta suas memórias turvas desses encontros sociais de sábado. Mas a ideia de convidar todas aquelas pessoas para sua casa e depois cozinhar para elas, como Sudhir fazia todos os fins de semana, era completamente estranha para ela.

Até que Maggie foi para a Índia pela primeira vez depois que eles se casaram. E então tudo fez sentido, e ela se deu conta de que a hospitalidade demonstrada por Sudhir para todos os seus convidados era maior do que ele: tratava-se de algo cultural, que estava codificado em seu DNA. O tempo que passaram na Índia foi uma procissão sem fim de visitas de parentes na casa dos pais de Sudhir e de visitas a pessoas em suas próprias casas. E todas essas visitas, independentemente de quão breve fossem, envolviam comida. Eles eram convidados, os anfitriões imploravam, forçavam-nos, faziam chantagem emocional com os braços cruzados para fazê-los comer uma refeição em cada uma das casas que visitavam. As pessoas ficavam magoadas quando eles recusavam: rivalidades intrafamiliares eram provocadas se deixassem escapar que já haviam comido na última casa que visitaram. Eles eram bajulados para ficar para jantar e, se não ficassem, que pelo menos comessem uma sobremesa ou tomassem um copo de suco de laranja ou, ainda, venham, venham, pelo menos uns docinhos, *baba*, e se eles recusassem até mesmo isso, vocês não podem sair sem tomar pelo menos uma xícara de chá. Por mais que a enfurecesse esse hábito de intimar as pessoas para que comessem, Maggie aprendeu algo importante sobre o marido durante aquela visita. Percebeu que Sudhir havia apenas, talvez até mesmo de forma inconsciente, duplicado sua criação bengalesa no apartamento de Nova York, e aprendeu que ele tinha feito mais do que lhe dar um senso de lar, de família, de pertencimento: ele criara o mesmo para si. Uma das coisas que Maggie sempre admirou e temeu em Sudhir era quão autossuficiente e controlado o marido aparentava ser, e então ela via quanto aquele instinto estava dentro dele. Aquilo que Sudhir não tinha, ele construía.

Acho que não há nada de surpreendente no fato de darmos uma festa para mais de quinze pessoas, uma Maggie perplexa pensou, observando de soslaio enquanto Sudhir colocava caixas de ovos no carrinho. Ela estava prestes a detê-lo quando ouviu uma voz chamar seu nome.

Ela sabia quem era antes mesmo de se virar, ouviu o sotaque carregado e o reconheceu como de Lakshmi. Sentiu um leve aperto no coração ao ver que o marido dela também caminhava na direção deles. Instintivamente, ela se aproximou de Sudhir.

— Oi, Maggie. Oi, senhor. — Lakshmi arfava como se tivesse corrido. — De longe, eu vi você. Eu disse para meu marido: aquela é Maggie, madame, com certeza.

— Oi, Lakshmi — Sudhir disse em voz baixa, e o outro homem parecia impressionado.

Antes que o marido pudesse falar, Lakshmi continuou:

— Este é o senhor, marido da madame. Senhor, esse é o meu patrão.

Adit Patil parecia inconformado, mas Sudhir abriu um sorriso agradável.

— Olá, como vai? — ele disse. — Acho que estive na sua loja há alguns anos. Os negócios vão bem, não é? Assim eu espero.

O homem deu de ombros.

— *Chalta hai*. Economia muito ruim. — Uma expressão de astúcia surgiu no rosto dele. — Se a gente puder fazer negócios com mais clientes importantes como o senhor, a gente vai se dar melhor. Eu posso oferecer cinco por cento de desconto em muitos itens.

Lakshmi parecia morta de vergonha.

— Desculpa — ela disse a Maggie, balançando a cabeça. — Marido sempre pensando só nos negócios.

Mas Adit não parecia ter entendido nem remotamente a reprimenda.

— É isso que homem de negócio faz. — Ele fez um gesto na direção de seu carrinho. — Por isso estamos aqui para fazer as compras da semana.

Para restaurante. Trabalhar é a nossa vida. — Ele olhou rapidamente para o carrinho de Maggie e Sudhir, que estava transbordando de comida congelada. — Você também abrindo um restaurante, senhor? — Ele sorriu, e Maggie pensou que parecia ficar quinze anos mais novo.

Sudhir soltou uma gargalhada respeitosa.

— Não. São apenas coisas para uma festa para o pessoal do trabalho que vamos dar no próximo fim de semana.

Adit lançou um olhar de acusação para Lakshmi, e ela pensou que sabia exatamente o que o homem estava pensando: Que tipo de mulher não cozinha para o marido em uma festa? Ela ficou ruborizada e ouviu Adit dizer:

— Você deve encomendar bufê com a gente, senhor, para festa futura. A gente fornece guardanapo, pratos, comida, prato quente, tudo. A gente também pode servir. Você só senta e aproveita.

O homem era mesmo sem noção, angariando negócios no meio do Costco. Incapaz de olhar para Lakshmi, Maggie se virou para Sudhir.

— Querido, temos que ir.

Sudhir olhava para Adit com uma expressão peculiar.

— Por que esperar pela próxima festa? Ficarei feliz em encomendar a comida desta festa com o senhor. Não vou esperar pela próxima. — Ele esperou um segundo e baixou a voz. — Mas tem uma condição, chefe. Meus convidados estão cansados da comida indiana de restaurante. O senhor sabe, frango amanteigado, *saag parneer* e todo o resto. Quero servir algo especial.

— Vamos fazer comida fresca, especial, senhor...

— Não. O senhor não entendeu. Quero uma coisa totalmente diferente. Como a comida caseira que sua esposa traz para a gente toda semana. — Sudhir coçou o queixo de uma forma exagerada que só Maggie reconheceu como um gesto deliberado. Ele estalou os dedos como se algo houvesse acabado de lhe ocorrer. — Na verdade, quero que *ela* prepare a comida da festa. E vamos pagá-la por isso, é claro. O que o senhor me diz?

Apesar de entender o que Sudhir estava fazendo, Maggie ficou surpresa. Não era comum ele interferir dessa forma. Porém, lembrou-se: alguns dias antes ela compartilhara com ele o que Lakshmi lhe disse sobre querer ganhar seu próprio dinheiro. Sudhir estava mexendo no aparelho de som, e ela pensou que ele nem prestara atenção no que ela dissera. Obviamente, o marido ouvira cada palavra — e ouvira também a frustração na voz dela enquanto recontava os apuros de Lakshmi. Sentiu uma onda de amor e gratidão por Sudhir.

Entretanto, também estava preocupada. Independentemente de quão informal fosse a combinação entre elas, ainda assim, em teoria, Lakshmi era sua paciente. Aquilo era uma violação de qualquer regra ética. Sudhir sabia muito bem disso. Agora ela teria que bancar a malvada e afundar aquela ideia, antes...

— Minha mulher cozinheira ruim, senhor — Adit estava dizendo. — Ela não sabe preparar banquete. Mas eu posso...

— Desculpe, sr. Patil, mas sua esposa é uma cozinheira fantástica. Já tivemos uma prova disso. — As palavras saíram de sua boca mais ácidas do que Maggie planejara, e o homem olhou para ela com uma clara hostilidade. Que diabos ela estava falando? E por quê?

Sudhir abriu aquele leve sorriso inofensivo que ela já conhecia tão bem.

— Arre, por que estamos discutindo isso? Parece que o certo é perguntar a opinião de Lakshmi, não é? Afinal, é ela quem vai fazer todo o trabalho pesado. — Ele se voltou para Lakshmi. — Espero de quinze a vinte convidados no sábado. Você acha que consegue dar conta de um pedido tão grande?

Calada, ela se virou para o marido, que parecia fazer alguns cálculos mentais. Antes que qualquer um deles pudesse falar, Sudhir acrescentou:

— Não quero gastar mais do que quinhentos ou seiscentos dólares em comida. Você consegue preparar algo com esse orçamento?

Adit olhou para a esposa, piscou duas vezes, e Maggie percebeu que Lakshmi relaxou. Pela primeira vez, ela olhou diretamente para Sudhir.

— Eu dou conta. — E então, com um olhar rápido para o marido, ela continuou: — Mas vou preparar tudo na sua cozinha, senhor. Assim, a comida continua quente e fresca. Posso servir também.

O marido olhou para Lakshmi como se estivesse prestes a protestar, mas Sudhir se adiantou:

— Combinado. — E, antes que qualquer um deles pudesse dizer alguma coisa, ele colocou os braços ao redor de Maggie e completou: — Certo, querida. Precisamos ir. Tenho certeza de que você pode ligar para Lakshmi durante a semana e combinar os detalhes.

— A gente fala amanhã, sim, Maggie? Quando eu ver você?

Uma centena de preocupações éticas surgiam mais uma vez na cabeça de Maggie. Ela forçou um sorriso.

— Tudo bem — ela respondeu e assentiu para Adit. — Feliz em vê-lo.

— Obrigada, madame. — Não havia mais nem um único traço da hostilidade de antes em sua voz.

Ela esperou para conversar com Sudhir até que estivessem longe o suficiente para que o outro casal não fosse capaz de ouvi-los.

— Ei — ela disse com sua voz mais suave. — O que foi aquilo? Lakshmi é minha paciente. Isso ultrapassa todos os limites, você sabe disso.

— Eu sei — Sudhir parou diante de uma caixa de biscoitos de gengibre antes de decidir que não iria levá-los e seguir em frente com o carrinho. — Olha — ele disse por fim. — Você não me falou muito sobre a situação da Lakshmi, mas mencionou que ela chegou até você por meio do hospital. Então... posso usar minha imaginação um pouco, tá? E no outro dia você comentou sobre o problema do dinheiro. — Ele lançou um olhar de relance para Maggie. — Eu sei algumas coisas sobre mulheres imigrantes como ela, certo? Pobres, com baixo nível de escolaridade, isoladas...

— Lakshmi estudou até o oitavo ano.

— É. Provavelmente em alguma escola pública decrépita. É por isso que ela fala aquele inglês horroroso.

— Esse é o seu ponto?

— Meu ponto é que, Maggie, você pode fazer anos de terapia com ela. E, com todo o respeito, isso não vai mudar porcaria nenhuma na vida dessa mulher. Porque o que Lakshmi precisa não é de análise. O que ela precisa é de um trabalho. Independência. Seu próprio dinheiro.

Maggie olhou para o marido com uma admiração ressentida. E lá estava a evidência da mente científica e pragmática de Sudhir. Sem ter passado nem mesmo uma hora com Lakshmi, ele a avaliara com perfeição. A parte engraçada era que Maggie havia acreditado que estava ajudando Lakshmi ao ouvir suas histórias sobre a vida na vila onde morava, sua relação com os pais e a irmã e até mesmo as histórias sobre o maldito elefante. Ela tentara descobrir o simbolismo por trás do elefante, o que Lakshmi queria dizer quando falava sobre ele, por que aquele animal tinha um papel tão importante em suas histórias. Porém, às vezes, agora Maggie repreendia a si mesma, um elefante é só um elefante. Ela se imaginou levando o caso de Lakshmi e seu amado elefante para o próximo encontro da Associação Norte-Americana de Psicologia, quando seus colegas passariam um dia inteiro tentando entender o significado sexual, cultural e linguístico do animal. Deteve a risadinha que surgia em sua garganta.

— No que você está pensando?

Ela colocou um dos braços ao redor da cintura de Sudhir.

— Estou pensando no quanto sou sortuda por ter casado com você em vez de algum professor infantiloide de humanas.

— Nunca se esqueça disso. — Sudhir abriu um grande sorriso.

Ela sorriu de volta. E afastou a imagem de Peter que surgiu como um raio em sua mente.

17

Quando Maggie entra na nossa loja, eu sinto como no Diwali, quando todos ir ver os fogos de artifício da varanda de Menon *sahib* e todas as casas da vila acendia pelo menos uma lamparina de óleo. Tão brilhante, tão feliz, tudo parecia. Eu sabe que ela veio me buscar, mas ainda assim eu me sentindo empolgada quando ela entra. Ela tira os óculos escuros e empurra eles para cima da cabeça, igualzinha estrela de cinema, e então ela sorri quando me vê.

— Ei — ela diz. — Pronta?

— Só mais alguns minutos. Eu preciso empacotar mais uns itens. — Pelo lado do meu olho eu vejo marido contando e anotando tudo o que eu tiro da loja: dois pacote de farinha de grão-de-bico, grande saca de arroz *basmati*, dois pacote grande de castanha-de-caju, um pacote de tapioca. Agora ele enfia caneta atrás da orelha. Por que ele faz isso? Ele parece igualzinho o *baniya* gordo que senta no armazém de Menon *sahib*. E ele vai até Maggie.

— Lakshmi empacota metade da loja — ele fala para ela, apontando cinco caixas de papelão esperando no canto. — Comida suficiente para duas festas.

Maggie parece surpresa com a quantidade de comida. Ela abre a boca para dizer alguma coisa, mas eu me movo depressa para os fundos da loja onde fica o freezer. Eu pego três pacotes de *parathas* congelada e coloco elas em sacolas de tecido antes do marido poder ver. Manhã inteira ele me observa como um lagarto, falando que eu vai falir ele com a quantidade de comida que eu pego. Sério, ele não está envergonhado. A Maggie me dando ter-a-pia de graça esse tempo todo, mas ele não sente que está em dívida.

Eu volta para onde eles estão. Marido fazendo passeio pela loja com ela, como se isso aqui é a Casa Branca. Eu me sinto irritada com ele, mas também entendo. O que mais homem pobre ter? Essa loja vida dele. O marido me conta história dele: como ele chegou em Nova York faz dezessete anos. Ele trabalhava no restaurante de amigo de dia e dirigia táxi de noite. Só dormia no domingo. Nada de cinema, templo, nadinha, só trabalho e trabalho. Vivia em apartamento com quatro outros homem. E devagar, devagar, ele juntou dinheiro. Primeiro ele construiu a casa dos pais na vila onde ele morava. Ele arrumou casamento para a irmã e pagou grande dote. E depois ele ouviu de outro amigo sobre negócio em Chesterfield. O dono está vendendo porque mulher dele morrer no apartamento de cima — meu apartamento —, e ele é tão triste que quer voltar para a Índia. Então marido veio de Nova York, dar uma olhada e no dia seguinte fez a oferta. Conseguiu todo o negócio barato, apartamento com móveis. Ele deixou até a cama onde outra senhora morreu. Depois que Rekha me contou a história que a outra senhora morreu na cama, eu digo que não ia dormir nela. Por uma semana, eu dormi no sofá. Então marido me amaldiçoou, chamar de idiota, mas ele comprou outra cama.

Maggie me vê e balança a cabeça. Marido ainda falando, mas Maggie pronta para ir embora. Eu olha para o relógio na parede. Eu quer ir antes de Rekha chegar.

— Oi, *ji* — eu falo para marido. — Você pode ajudar a carregar caixas para o carro?

Ele irritado comigo por parar sua história, mas ele pega caixas.

O carro de Maggie não tem teto, e eu tão empolgada. Eu sempre quis sentar em carro assim. Depois a gente colocou comida na mala, eu entrei. Marido ainda me dando instrução — confira se óleo não muito quente ou se está queimando, sobremesa deve ser tirada da geladeira meia hora antes de servir — como se as receitas dele, não minha.

Maggie entra, agradecer a ele e liga o carro.

— Que horas você vai estar em casa? — marido grita. — Lembra que amanhã de manhã...

— Ah, Lakshmi voltará tarde — Maggie diz. — Vou precisar dela para limpar a casa depois da festa. Então, por favor, não se preocupe.

Maggie toma conta da situação de um jeito que marido fica sem saber o que falar. Ele só fica ali em pé, balançando a cabeça enquanto a gente vai embora de carro.

Na minha vila, tem linha de trem. Os trens passam por ali tão cheios que muitos homens vão em cima do teto. Quando pequena, eu implorava para *Dada* me deixar andar no teto do trem, mas ele diz que isso perigoso, todo mês muito acidente. Mas para mim parecia livre e feliz viajar em cima do trem.

O carro de Maggie me dá a mesma sensação de ser livre. A brisa faz meu cabelo dançar e meu coração sentir a música. Eu tem tanta sorte, eu acho. Últimos meses, eu andei nas florestas com Maggie. Eu sentei perto do rio sozinha e agora eu anda neste carro. Eu me viro para olhar para Maggie. *Ma* costumava dizer: Quando Deus entra na sua casa, ele não entra parecendo com Deus. Ele entra parecendo ser humano. Deus entra na minha vida parecendo com Maggie.

— Nossa mãe do céu! — Maggie falar, soltando gargalhada. — Eu não acho que já vi você assim tão feliz. Por que você está com esse sorriso radiante no rosto?

— Radiante?

— É. O jeito como você está sorrindo. Tipo assim. — Ela fazer uma careta para me mostrar.

— Ah! — Como eu faz Maggie entender? Eu não sei por que eu tão feliz. — Eu estou feliz porque... por tanta coisa.

Maggie dá uma batidinha no meu joelho.

— Bom. — Ela parecer séria. — Quero que você se lembre dessa sensação. De como você se sente neste momento. É nisso que estamos trabalhando. Você entende?

Eu concordo balançando a cabeça. Como pode trabalhar para ficar feliz? Felicidade acontece por acaso, como a chuva para a plantação, que vem suficiente ou não vem suficiente. Como se você bonita como Shilpa ou feia como eu. Felicidade é a mesma sensação como correr descalça pelos campos. E então um dia sua *Ma* fica doente e você para de correr.

* * *

Primeira vez eu entro na casa de Maggie pela cozinha e não pelo anexo nos fundos. Enquanto eu entro, escuto a voz que eu escutei toda a minha vida. É o melhor cantor de *Dada*, Hemant Kumar, cantando a melhor música. A música diz assim: *Tum pukar lo, tumhara intezaar hai, tum pukar lo. Dada* costumar cantar a música para *Ma* o tempo todo. Quer dizer: Você me chama. Eu espero você. Não soa bonito quando eu fala letra em inglês. Em híndi, a música abre um buraco no seu coração. E depois que *Ma* morreu, *Dada* toca essa música o tempo todo no tocador de fita cassete que ele ter do lado da cama. Toda vez eu ouço essa música, os pelos do meu corpo ficam arrepiados. A voz de Hermant Kumar é suave como manteiga derretendo na panela. Quando ele canta, é como tocar um pedacinho do céu, ou a mão fria da sua mãe no seu rosto quando você tem febre. É uma música de amor bonita, mas faz você se sentir triste e vazio e lento. Até o marido ama essa música. Quando ela toca no CD, ele fica com cara que me faz chorar.

— Olá — o senhor Sudhir dizer, e vai pegar caixas da nossa mão. Ele coloca elas na bancada da cozinha. Ele veste *kurta* branca e eu me sinto tão feliz. Até nessa casa americana eu tenho a Índia.

— O senhor gosta dessa música? — eu pergunto ao sr. Sudhir, e ele balança a cabeça fazendo que sim.

— Muito — ele fala.

— O senhor viu filme?

— *Khamoshi?* Sim, acho que sim. Mas já faz muitos anos. Na verdade, nem me lembro.

— Dharmendra canta essa música, não Rejesh Khanna — eu dizer. — Waheeda Rehman apaixonada por ele. Mas ele não ama ela.

— Entendi. — Ele ri como se eu contar alguma piada. Ele vira para Maggie e diz: — Viu? Músicas de Bollywood. As grandes equalizadoras.

Eu não entendo o que ele quis dizer. Maggie tira sacos Ziploc com cebolas de dentro da geladeira.

— A gente cortou essas cebolas noite passada — ela diz. — No processador de alimentos. Um pouco menos de trabalho para você.

Eu com um pouco de medo de cozinhar nesta cozinha. Tudo parece tão novo e rico, e se alguma coisa quebrar? Mas eu me lembra do que Rekha me disse ontem: "Você grande cozinheira, *didi*. Você vai cozinhar comida deliciosa, essas pessoas vão esquecer até o nome da avó delas".

— Você me mostra onde está tudo — eu digo. — Depois disso, vocês dois vão relaxar. Eu faço tudo.

— Sem chance — o sr. Sudhir fala. — Quero aprender as receitas. Vou ficar por aqui, tudo bem?

O que eu posso dizer? Cozinha dele, ele paga. Ele o chefe.

— Tudo bem, senhor — eu responde para ele.

Tanto o senhor quanto a senhora fala ao mesmo tempo:

— Lakshmi, se você não se sentir confortável com Sudhir por perto, é só falar...

— O que é essa coisa de "senhor"? Pode me chamar apenas de Sudhir, certo?

Os dois tão amáveis comigo. Até na casa de Menon *sahib*, eu nunca fui tão bem recebida.

— Muito obrigada — eu digo. — Bom se Sudhir *babu* ficar comigo na cozinha. O trabalho vai mais depressa.

Sudhir esfregou as mãos uma na outra.

— Ótimo. Então me ponha para trabalhar. O que você precisa que seja feito primeiro?

Antes de eu responder, Maggie fala:

— Vou lá para cima por algumas horas, tudo bem? Tenho um artigo para terminar. — Ela sorri para mim. — Hoje mais cedo comprei algumas coisas para fazer sanduíches. Vou preparar o almoço para a gente em algumas horas.

Sudhir *babu* dar um beijinho em Maggie e então se vira para mim.

— Tudo bem, o que você precisa?

Eu passo um saco de alho para ele.

— Por favor, corte isso em pedaços pequenininhos. Vou começar a fritar cebolas.

No restaurante, meu marido gosta de cozinhar sozinho. Em casa, ele não entra na cozinha. É bom ter companhia enquanto se cozinha. E Sudhir *babu* tão simpático. Ele coloca mais músicas indianas e às vezes ele canta junto. Às vezes ele me pergunta de que filme é a música, mas quando ele percebe que eu preciso pensar, ele ficar quieto. Ele me ajuda a entender os botões do forno e como usa o processador de alimento. Quando cozinha começa a ficar quente por causa da comida no fogo, ele me dá grande copo de água e gelo e coloca fatia de lima dentro. Ele prova meu caldo de carne com o dedo e dizer que é o melhor, melhor até que a comida da mãe dele. Na própria casa dele, na própria cozinha dele, ele me trata como eu a dona da casa, e ele recebendo ordem de mim.

18

A FESTA FOI UM SUCESSO. Todos se divertiram muito, e o último convidado só foi embora depois das onze e meia. Todas as taças permaneceram sempre repletas de vinho, a conversa correu fácil, e a comida de Lakshmi foi o grande destaque da noite. As pessoas voltavam para se servir pela segunda e, depois, pela terceira vez. Até mesmo Brent Wolfstein, o aristocrata, o coordenador de cabelos grisalhos do departamento de Sudhir, limpou o prato com os dedos, enquanto Lakshmi sorria de orelha a orelha e insistia para que ele comesse mais. A própria Lakshmi foi uma revelação – uma hora antes de os convidados chegarem, ela vestiu um traje vermelho e dourado e, em seguida, ficou a postos para receber as pessoas como se fosse a anfitriã da festa. Ela explicou os ingredientes de cada um dos pratos, presenteou pequenos grupos de convidados com histórias sobre as comidas preparadas por sua mãe, deu conselhos sobre quais temperos as pessoas deveriam estocar em suas cozinhas. Maggie ficou maravilhada diante daquela transformação. Não havia mais nem um único traço da mulher tristonha e deprimida de alguns meses antes. Ela teve a sensação de testemunhar a verdadeira Lakshmi: a Lakshmi que existia na Índia, antes do casamento infeliz com um homem que não se importava com ela, antes do exílio em um estranho país estrangeiro.

Eles a levaram de volta para casa, e Maggie estava preocupada. Lakshmi insistira em ficar para limpar a casa depois da festa, já passava da meia-noite e eles ainda levariam dez minutos para chegar até a casa dela. Maggie tinha a impressão de que o marido de Lakshmi não ficaria feliz por sua esposa estar voltando para casa tão tarde e temia ter de encarar a expressão hostil e furiosa daquele homem. Ela já tinha problemas suficientes na cabeça — o encontro com Peter enquanto Sudhir estava na cidade, um artigo que precisava escrever até a semana seguinte e...

E... O que a perturbava? Aquela leve indisposição, o desânimo, eram mais intensos do que a letargia usual que sempre a dominava após uma festividade. Então, o que era? O que explicava aquela melancolia enquanto ela se sentava no banco de trás, ouvindo Sudhir e Lakshmi conversarem em voz baixa nos bancos da frente? Ela se recordou de ter se sentido feliz quando Brent sussurrou:

— Tenho certeza de que Sudhir lhe contou que estou insistindo para que ele se inscreva para concorrer ao meu cargo. Acho que seu marido ganhará a eleição sem a menor dificuldade, Maggie. Faça de tudo para que ele se candidate.

Maggie se lembrou do orgulho quase maternal que surgiu dentro dela quando viu de relance Nasreen Chopra, cujo marido era professor no departamento de física, perguntar a Lakshmi se tinha disponibilidade para fornecer a comida para uma festa no mês seguinte. E sua crescente satisfação quando dois outros convidados pediram o telefone de Lakshmi.

Em um lampejo, Maggie se lembrou: Lakshmi dobrando o tronco até a altura da cintura, segurando uma bandeja de kebabs de cordeiro diante de uma Gina Adams sentada no sofá. Gina levou um pedaço à boca, e os olhos se arregalaram no mais puro deleite.

— Meu Deus, isso está inacreditável — ela disse para Lakshmi. — Já estive na Índia diversas vezes, mas nunca experimentei uma comida como esta.

Uma Maggie sorridente havia surgido atrás de Lakshmi, e Gina se virou para ela.

— Essa mulher é um achado. Como é possível dar tanta sorte? Como você conseguiu fazer com que cozinhasse esta comida deliciosa para a sua festa?

Antes que Maggie pudesse responder, Lakshmi deu de ombros e disse:

— E por que eu não cozinhar para ela? Maggie minha melhor amiga.

Gina fez que sim com a cabeça e sorriu, em dúvida, assim como todas as outras mulheres que ouviram aquela declaração. Talvez fosse a incerteza no sorriso de Gina, a confusão da mulher mais velha diante da facilidade com que Lakshmi confundiu as fronteiras entre as classes sociais que fizeram Maggie retrucar:

— Bem, nós não somos exatamente... A questão é que estou tentando ajudá-la.

Lakshmi deu meia-volta, encarou Maggie por um momento e então correu para a cozinha. Maggie vagou pela sala de visitas, batendo papo com os convidados, desejando que Lakshmi voltasse com os aperitivos. Após alguns minutos, ela pediu licença e foi até a cozinha. Lakshmi estava sentada em um banco, dando goles em um copo d'água enquanto olhava pela janela.

— Ei — Maggie a chamou com gentileza. — Você está descansando? Deve estar cansada.

Lakshmi balançou levemente a cabeça, encarando a mesa.

— Eu bem.

— Ouça — Maggie disse —, o que aconteceu...

Lakshmi se levantou.

— Eu vou agora, Maggie. Vou pegar ônibus de volta. Tudo está pronto. Você só, por favor, entrega os pratos dos convidados.

Maggie sentiu um desespero crescente.

— Lakshmi, você não pode me deixar no meio da festa. — Ela colocou levemente uma das mãos no pulso da mulher mais jovem. — Desculpe, eu falei uma idiotice... Sei que a magoei. Conheço você... — Maggie balançou a cabeça e começou de novo: — Sou terapeuta, você entende? Não devo ser amiga dos meus pacientes. Não para o meu bem, mas para o seu. — Parecia até que ela tentava explicar aquilo para si mesma. Seria aquele o verdadeiro motivo? — Mas quer saber de uma coisa? Você estava certa. Você é minha amiga. E sinto muito por ter negado isso.

Lakshmi olhou para Maggie, que percebeu que o nariz da outra mulher estava vermelho.

— Eu não tenho raiva de você, Maggie. Eu tenho olho. Eu vejo. Sei que seus amigos têm emprego importante, eles vão para a faculdade. Eu sei que eu não sou nada...

— Não diga isso. Por favor.

— ... que eu não posso ser amiga de gente como você.

— Ouça — Maggie declarou com fervor —, minha mãe só estudou até o ensino médio. Meu pai não terminou o sexto ano. E mesmo assim eles eram duas das pessoas mais inteligentes que eu já conheci. Certo? Por isso não me diga que...

— Querida? — Sudhir entrou na cozinha com uma Heineken em uma das mãos. — O que você está fazendo? Não tem mais aperitivos? — Ele olhava de uma mulher para a outra, subitamente se dando conta de quanto a atmosfera estava carregada. — Está tudo bem?

Houve um segundo de silêncio, e então Lakshmi sorriu.

— Tudo bem, Sudhir *babu*. Você ir embora. Eu levo comida para sala em dez segundos. — Ela correu até o forno e tirou uma bandeja lá de dentro.

Sudhir lançou um olhar perplexo para Maggie antes de deixar a cozinha. Ela esperou até que ele estivesse longe o bastante para não ouvi-las e caminhou até Lakshmi.

— Obrigada — ela disse.

— Não tem de quê. — Lakshmi a empurrou levemente. — Você sai também agora, Maggie. Eu cuido de tudo.

Maggie saiu da cozinha sem saber o quanto Lakshmi compreendera ou se ela ainda se sentia insultada. Esperava ter a chance de retomar aquela conversa depois que os convidados fossem embora, mas Lakshmi não parou de correr de um lado para o outro, ansiosa para limpar tudo e voltar para casa. Maggie estava muito cansada para insistir no assunto, e assim o momento se perdeu.

Ali no carro, ela podia apenas torcer para que Lakshmi houvesse esquecido a grosseria que cometera mais cedo. Maggie fechou os olhos e ouviu o murmúrio constante das vozes de Sudhir e Lakshmi. Sudhir gargalhava suavemente graças a algo que Lakshmi dizia, e o som da risada do marido a encheu de alegria. Ela sabia muito bem, devido a suas visitas a Calcutá, que, na Índia, Sudhir não conversaria com tanta facilidade com alguém do estrato social de Lakshmi como acontecia naquele momento. Tantas coisas os separariam na Índia: língua, região, classe, casta, educação. Ali nos Estados Unidos, todas as diferenças se tornavam tênues diante do imperativo de suas peles morenas. E as conexões frágeis que eles compartilhavam — um amor por trilhas sonoras de filmes indianos, uma paixão por cozinha hindu — pesavam muito mais ali do que no país natal deles.

Pare com isso, Maggie censurou a si mesma. Você está dando atenção demais a esse assunto. E o que é essa súbita consciência de cor? (Uma imagem da aparência branca e estranhamente vulnerável de Peter passou de relance por seus olhos, mas ela piscou, e logo o rosto dele desapareceu.) Sudhir gosta de Lakshmi. Simples assim. Ele se diverte na companhia dela. Ele reconhece sua bondade, sua inocência. E também sente muito por ela. Só isso. De qualquer forma, fico feliz por meu marido gostar da minha amiga.

Amiga. Como foi fácil pensar em Lakshmi como uma amiga. Porém, denominá-la assim na frente de uma de suas convidadas... Naquele momento, a coisa parecera totalmente diferente, não é? Tanto seu pai quanto sua mãe desaprovariam a maneira como ela rejeitou Lakshmi algumas horas antes. Apesar de a mãe ter a pele clara o suficiente para passar despercebida, aquele assunto era um anátema para ela. Indo contra a corrente, ela se casou com Wallace Seacole, o homem mais negro que conhecia. Durante anos, Hilda trabalhou em uma fabriqueta de papel onde era membro ativo do sindicato, e suas colegas eram negras ou outras imigrantes de pele escura. Hilda sentia uma afinidade natural entre ela e as outras, até mesmo quando as imigrantes recém-chegadas a consideravam inicialmente como nada além de uma mulherzinha negra invisível. Assim que criavam um pouco mais de intimidade, elas a reconheciam pela inteligência formidável, a energia, a devoção implacável ao sindicato, o humor mordaz, a compaixão e a generosidade verdadeiras, e elas a amavam. Em casa, Hilda nunca disse nem mesmo uma única palavra ruim sobre os brancos como raça — apesar de ter muito a dizer sobre chefes isolados, policiais e donos de mercearias —, porém suas fidelidades eram claras. Ela se envolveu profundamente com raças mais escuras não porque eram moralmente melhores, mais espertas ou gentis que as claras, mas apenas porque eram oprimidas. Nos esportes, na política, na guerra, sua fidelidade estava sempre com os azarões — os Red Sox contra os Yankees, os vietnamitas contra os norte-americanos, até mesmo ditadores africanos contra os senhores coloniais. Ela permanecia em silêncio apenas na questão dos israelenses contra os palestinos. Balançava a cabeça diante do absurdo de ver dois povos oprimidos lutar entre si.

Foi assim que eles foram criados, ela e Odell, apesar de, é claro, a mãe ter morrido ainda jovem. Maggie mal se lembrava dos anos antes de a mãe estar presa a uma cama. Nos últimos tempos, sempre que ousava desafiar a si mesma e pensar naqueles anos terríveis, tudo o que conseguia conjurar era uma figura em uma cama que começava como uma mulher e terminava como um fantasma. Da voz frágil que costumava dizer olá, querida, sempre que ela voltava da escola. Ou uma mão ossuda que se estendia para acariciar seus cabelos, os olhos cinzentos curiosos que sempre examinavam seu rosto como uma lanterna, sempre procurando por alguma coisa, até que Maggie tivesse a impressão de que a coisa mais importante no mundo era o fato de sua mãe encontrar o que quer que estivesse caçando no rosto da filha, que aquilo que ela via ali refletido iria agradá-la. E então os lábios secos se afinavam para formar algo que Maggie acreditava ser um sorriso. Se é que fantasmas eram capazes de tal ato.

No carro, Maggie piscou para conter as lágrimas que se formavam em seus olhos. Ela se inclinou na direção do banco da frente e deu um tapinha no ombro esquerdo de Lakshmi. Ela se virou imediatamente.

— Ah, Maggie? — A voz dela era ávida e consistente, apesar de aquele ter sido um longo dia e já ser tarde da noite.

A voz de Lakshmi era desprovida de malícia. Tudo o que seu timbre deixava transparecer era confiança, e as lágrimas retornaram aos olhos de Maggie. Era óbvio que Lakshmi a perdoara pelo desprezo que lhe dispensara mais cedo, e Maggie ficou surpresa por se sentir tão aliviada.

— Ouça — ela disse. — Estive pensando. Tem todas essas pessoas pedindo para que você cozinhe para elas. Aposto que algumas delas também precisam de uma faxineira. Você podia...

— Você acha, Maggie? — Lakshmi parecia estar sem ar, o que fez Maggie rir. Ela é tão jovem, a terapeuta pensou. Às vezes se esquecia de que Lakshmi estava no início da casa dos trinta. Com toda uma vida pela frente.

— Acho. Mas o que estou pensando é o seguinte: você vai ter que aprender a dirigir, Lakshmi. Sua vida se tornará muito mais fácil se você souber guiar um carro.

Houve um silêncio abrupto. Ela percebeu que Sudhir olhava para ela pelo retrovisor, mas estava muito escuro para tentar descobrir no que ele pensava. Por fim, Lakshmi disse:

— Eu tenho medo de fazer direção.

— Besteira. Sudhir pode ensinar você. Ele é um ótimo motorista.

Os dois falaram ao mesmo tempo:

— Meu marido, ele não ia permitir que cavalheiro me ensinasse dirigir.

— *Arre*, Maggie, não acho que seja uma boa ideia eu ensinar Lakshmi a dirigir. Se alguém nos vir juntos...

Deus do Céu, Maggie pensou. Não estou pedindo para que vocês façam sexo. Qual é o problema, pelo amor da Virgem Maria? Mesmo assim, ela sabia que era melhor não expressar sua opinião em voz alta. Sabia que estava testando a paciência de Adit Patil ao arrancar a mulher dele de casa daquele jeito. Maggie tinha de respeitar o fato de Lakshmi conhecer suas próprias circunstâncias melhor do que ela jamais poderia compreender.

— Tudo bem — Maggie soltou um suspiro. — Foi apenas uma ideia.

Ela começou a virar a cabeça para voltar a olhar novamente pela janela quando ouviu Lakshmi dizer:

— Mas, Maggie, você poder me ensinar a fazer direção. A gente pode fazer ter-a-pia no carro em vez de dentro da casa, não?

Ela estava prestes a recusar a proposta quando a voz de Hilda Seacole surgiu em sua mente: Essa coisa de solidariedade da qual eu costumava falar não é só — como vocês jovens chamam? — teórica. Significa arregaçar as mangas, ir para a linha de frente, garotinha. Mesmo quando — em especial quando — não lhe é conveniente.

Mas, mamãe... Maggie começou a argumentar, mas Hilda já havia desaparecido, deixando para trás apenas uma vibração no ar, uma expectativa, como se Hilda examinasse o rosto de sua garotinha, esperando para ver que tipo de ser humano ela e Wally haviam criado. Maggie olhou ao redor em busca de uma saída, tentando pensar em algo que a tirasse daquele buraco que ela mesma cavara para si. Entretanto, Hilda Seacole havia lhe jogado uma corda.

— É, tudo bem — ela concordou, relutante. — Acho que podemos tentar.

Ergueu a cabeça para ver Sudhir olhando para ela pelo retrovisor. Dessa vez não havia dúvida do que ele pensava. O marido sorria para ela.

Lakshmi se ajeitou no assento do motorista do carro estacionado e depois pendurou os pés para o lado de fora. Com os pés pendendo levemente, tirou primeiro um sapato, depois o outro, girou no assento e os jogou no banco de trás. Ela colocou um dos pés descalços sobre o acelerador, de forma que o carro emitiu um rugido baixo. Maggie sentia como se ela própria rugisse.

— O que você está fazendo? — ela perguntou, sem tentar esconder a irritação em sua voz.

— Meu tio é motorista de caminhão. Ele sempre diz que sapatos não bom para direção. Talvez é por isso que eu não dirijo bem.

Não, você não dirige bem porque você é uma total imbecil no que diz respeito a coisas mecânicas. Esse pensamento nada caridoso passou pela cabeça de Maggie antes que fosse capaz de contê-lo. Todo mundo é uma droga quando está aprendendo a dirigir. Lembra o quão ruim você era nas primeiras tentativas? Graças a Deus Ordell tinha a paciência de um santo.

Ela se obrigou a lembrar da facilidade com que Lakshmi passou na prova escrita para conseguir a licença temporária. Sua leitura era bem melhor que seu inglês falado. Maggie a levara de carro até o departamento de trânsito e ficou sentada, nervosa, na sala de espera enquanto Lakshmi fazia a prova. Maggie não esperava que ela passasse logo de primeira, e se surpreendeu pelo quanto Lakshmi tinha ido bem. A jovem, entretanto, não pareceu nem um pouco surpresa. Por isso, seja compassiva, Maggie disse a si mesma. Não há nada de imbecil nessa mulher.

Porém, no minuto seguinte, o carro fez um barulho que mais lembrava um monte de sucata sendo revirada, e todas as boas intenções de Maggie desceram ralo abaixo. Instintivamente, ela se virou para ver Lakshmi girar a ignição apesar de o carro já estar em movimento.

— Pare com isso! — ela gritou, dando um tapa na mão de Lakshmi para afastá-la.

O barulho parou de forma repentina enquanto a mão da jovem caiu no colo. O som foi substituído por um silêncio atordoante enquanto uma Lakshmi perplexa encarava Maggie. Seu nariz já estava vermelho.

— Ah, merda! — Maggie deixou escapar. — Desculpe. Eu só reagi ao som do carro... Não pode girar a chave se você já estiver em movimento. Pode danificar o carro, entende?

Lakshmi engoliu em seco de forma audível e assentiu. Essas aulas de direção são tão pouco divertidas para ela quanto são para você, Maggie lembrou a si mesma. Ela suspirou. Estava distraída naquele dia. Estava vendo Peter novamente, apesar de repetir para ele sem parar que o caso entre os dois não poderia seguir em frente. Todas as vezes, ele concordava e dizia que entendia a situação. Então, dois dias depois, ela recebia uma mensagem de texto ou um e-mail de Peter pedindo para vê-la. E, como uma fraca, uma idiota desprezível, ela se flagrava dirigindo para a casa dele, praticando o discurso de que aquela seria a última vez, como aquela era de fato a sua vontade e quanto amava o marido. Peter a estaria esperando, e ela recitaria todo o discurso que ensaiara. Ele, por sua vez, assentiria solenemente, a beijaria e...

Meu Deus. Era ela ou estava quente dentro daquele carro? Involuntariamente, a mão de Maggie foi até o botão do ar-condicionado, mas Lakshmi pediu em tom de súplica:

— Por favor, Maggie. Eu estou com frio.

Maggie rangeu os dentes. Devia ter insistido para que Sudhir desse aquelas aulas para Lakshmi. Ele tinha muito mais paciência que ela. Lakshmi e Sudhir falaram que o marido da jovem ficaria irritado por ela andar de carro com um homem estranho... Bem, de qualquer forma, estavam mentindo para ele, não é mesmo? Em vez de estar na terapia, aquilo era o que ela e Lakshmi tinham feito nas últimas três semanas. Que diferença faria quem a ensinava a dirigir?

— Maggie? O que você quer que eu faça? — A voz de Lakshmi era hesitante, trêmula, e, ao ouvi-la, Maggie sentiu uma pontada de culpa.

— Vamos só dirigir pelo estacionamento algumas vezes — ela respondeu, rude. — Quero que você preste atenção para manter o volante firme. — Como sempre, o carro disparou como uma bala. — Devagar. — Maggie tentava manter a voz serena. — Não pise no acelerador com tanta força.

— Desculpa, desculpa.

— Está tudo bem. Agora, concentre-se. — Ela ergueu um dos braços e firmou o volante. — Por que você está girando o volante? Você tem que mantê-lo reto, assim. Tranquila.

Elas circundaram o estacionamento algumas vezes. Lakshmi agarrava o volante com força, com o corpo todo rígido e amedrontado.

— Relaxe os ombros — Maggie murmurou. — Não precisa virar tanto nos cantos. O carro deve formar um arco.

Lakshmi parecia ir direto em direção a um poste. Maggie tentou calcular a distância entre o carro e o poste, procurando diminuir a tensão que sentia, querendo confiar em Lakshmi, sem o menor desejo de apontar o óbvio, mas tendo suas dúvidas sobre se precisaria substituir o para-lama. No último segundo, no momento em que um grito se formava em sua garganta, Lakshmi jogou o carro para a direita, virando o volante de maneira dramática, como se encenasse uma perseguição automobilística em um filme. Ela então pisou no freio com violência.

Maggie mordeu o lábio inferior para suprimir a raiva que sentia. Tinha consciência de que Lakshmi a encarava, esperando pela reprimenda, mas Maggie olhou para o outro lado, esperando que as batidas de seu coração se acalmassem e a raiva retrocedesse. Como nada disso aconteceu, ela declarou entre dentes:

— Está no mundo da lua? Ou você não percebeu um poste de mais de três metros de altura bem na sua frente?

— Desculpa, desculpa. Eu não quero aprender direção. Isso não acontece para mim. Meu marido dizendo a verdade... Eu sou a *maharani* das idiotas. — Lakshmi bateu a cabeça com força contra o volante.

— Lakshmi, pare com isso. — Maggie ficou chocada com a violência com que a mulher bateu a cabeça. Para acalmar os ânimos, ela acrescentou: — Você vai rachar o volante com essa sua cabeça dura.

Lakshmi não se esforçou para entender a piada. Maggie colocou uma das mãos na cabeça da mulher e lhe acariciou o cabelo.

— Vamos continuar. Todo mundo acha difícil no início. É como fazer qualquer outra coisa, certo? Não pode desistir.

Ao dizer aquilo, até Maggie começou a acreditar em suas próprias palavras e, pela primeira vez naquela tarde, sentiu alguma esperança de que Lakshmi pudesse aprender a dirigir. Ela sentiu o próprio mau humor se abrandar, encorajado por aquela esperança.

Lakshmi ergueu a cabeça.

— Eu tenho uma coisa pra contar a você. Um segredo.

Maggie suspirou em silêncio. Tudo o que ela queria era que aquela aula terminasse logo, para que pudesse ir para casa e deitar no sofá. Com um pano gelado sobre a testa.

— Tudo bem — ela concordou.

— Eu tentei aprender a dirigir antes. O marido me ensinou no primeiro ano que eu vir para os Estados Unidos.

Maggie ergueu as sobrancelhas.

— Sério? Como você pôde não contar...?

— Porque eu fiquei com vergonha de contar para você — Lakshmi disse mais que depressa. — Eu não consegui, vê só. O marido grita muito sem parar e eu fico assustada. Ele não tem gentileza como você, Maggie. Depois de algum tempo, ele desiste. Ele diz que eu sou muito idiota para aprender.

Maggie ficou surpresa — e lisonjeada — por ouvir que Lakshmi achava que ela estava sendo gentil. Vamos então baixar o nível de expectativa, ela pensou.

— Bem, você não pode desistir agora. Imagine só quanta liberdade isso vai lhe trazer. Veja quão longe você já chegou. Você quer abrir um negócio de bufê e de limpeza, não é? Pense em quanto tempo você vai economizar se não depender de ônibus.

— Eu sei. Eu sei. É só por isso que eu estava tão empolgada para aprender.

— E você vai — Maggie declarou com firmeza. — Escute, em Calcutá, todos aqueles motoristas de riquixás motorizados e os motoristas de táxi, você acha que eles passaram tantos anos na escola quanto você? Não, eles são completos idiotas. — Tinha consciência de que começava a falar em um inglês semelhante ao usado pelos indianos para que Lakshmi entendesse. — E todos eles dirigem, não é? Se eles podem aprender, por que você não poderia?

Lakshmi parecia surpresa.

— Você sentou em riquixá, Maggie?

— É claro que sim. — Ela não queria que aquela conversa a desviasse do assunto principal. Sabia quanto ambas estavam frustradas e exaustas, como seria mais fácil para elas mergulhar em outro assunto mais confortável, como suas visitas a Calcutá. Talvez sair para tomar um café gelado em algum lugar, ela pensou, sonhadora. Obrigou a si mesma a continuar sentada no banco do carro. — Vamos lá! — ela incentivou. — Só mais algumas voltas. Na semana que vem você estará pronta para dirigir na rua.

Lakshmi grunhiu, horrorizada.

— Não, Maggie. Eu muito assustada. Eu não dirijo na rua. Não depois da última semana.

— Você está com medo? E eu, você acha que não estou?

As duas mulheres trocaram um olhar e soltaram risadinhas nervosas. Na semana anterior, Maggie encorajara Lakshmi a se aventurar fora do estacionamento da escola e ir até uma rua residencial. Lakshmi parou o carro na beira do estacionamento até perder o controle e acelerar, entrando à direita na rua.

— Jesus, Lakshmi. Pare! — Maggie gritara, apesar de elas já estarem em meio ao tráfego. — Você está na pista errada. Aqui não é a Índia. Aqui, dirigimos do lado direito. Você sabe disso. Agora, vire em uma entrada de garagem e dê a volta. Jesus Cristo.

Lakshmi ficou tão perturbada que não conseguiu pôr o carro na direção certa, de forma que Maggie teve que assumir o volante.

Ao se lembrar do ocorrido, Maggie declarou:

— Acho que perdi cinco anos da minha vida na semana passada.

— É só por isso que eu não quero dirigir na rua, Maggie.

— Tudo bem. Então tente se locomover por aí indo de um estacionamento para o outro. Talvez algum dia você possa dirigir até a Índia desse jeito.

Lakshmi soltou uma risada.

— Você grande mestra de piada, Maggie.

— Tudo bem. Agora chega de embromação. Dirija.

— Ebromação?

— Embromação. Significa perder tempo. Como o que você está fazendo neste exato momento.

— Embromação. Embromação — Lakshmi repetiu aquela palavra em voz alta como se fosse um mantra. E talvez a palavra tenha feito com que Lakshmi se concentrasse, pois Maggie percebeu que ela começou a dirigir melhor.

20

SÁBADO. O dia preferido de Maggie. E lá estavam eles, ocupando o fim de semana com sua atividade preferida. Ela e Sudhir sempre compareciam às sessões de raia livre na piscina do campus todos os sábados durante os últimos seis anos. Quando ela fechava os olhos e flutuava de barriga para cima, sentia o sol em seu rosto vindo da grande claraboia no teto e os músculos firmes do pescoço dolorido a abençoavam quando ela os liberava. Ao redor, ouvia o som abafado de "For all we know", dos Carpenters, os gritos distantes das crianças que chapinhavam na extremidade mais rasa da piscina, sentia o movimento na água criado por outros nadadores. Nada disso a perturbava e nem mesmo chegava a ser registrado. Aquele era o momento dela. As intrusões do mundo, todo o seu burburinho, tinham de esperar. A água que a envolvia, o teto da catedral, o sol que irradiava pelas claraboias. Maggie sentia como se houvesse esperado a semana inteira por aquele momento, como se merecesse aquilo. Durante uma misericordiosa hora, ela podia silenciar os pensamentos, como se desligasse um despertador. O que tomava o lugar de todas aquelas sensações era uma calma preciosa, que lhe trazia uma felicidade diáfana.

Ela boiou até a borda quando Sudhir a alcançou.

— Ei. — Ele sacudiu o cabelo para se livrar do excesso de água.

Maggie percebeu como a pele do marido cintilava dentro d'água e, diante daquela cena, sentiu o prazer de quem detém um bem.

— Oi, querido. Você está indo para a hidromassagem?

— Não ainda. Vou dar mais uma nadada, eu acho. Mas estava pensando se você não gostaria de ir almoçar naquele restaurante chinês.

— E ganhar novamente as poucas calorias que queimei? Você sabe há quanto tempo tento perder esses últimos cinco quilos?

Os olhos de Sudhir se tornaram mais escuros quando se voltaram para o pescoço longo e os braços musculosos de Maggie.

— Você parece mais do que linda para mim.

Ela abriu um grande sorriso.

— Muito bem, querido. Eu treinei você direitinho.

Ele começou a sorrir de volta para ela, porém apenas um segundo depois os olhos de Sudhir se apertaram como se tentassem focar alguma coisa — ou alguém — atrás dela.

— Ah, ótimo — ele murmurou, e Maggie virou a cabeça para olhar.

O sol estava bem nos olhos dela, mas no minuto seguinte sentiu o estômago revirar quando reconheceu o nadador. Era Peter. Entre todas as coincidências estúpidas... Porém, ela logo se deu conta. O fato de Peter estar ali não era uma coincidência.

— Uau, olá! — Peter os cumprimentou com uma voz que soou perigosamente falsa aos ouvidos de Maggie. — Puxa, o que vocês estão fazendo por aqui?

— Oi — Sudhir respondeu, seco. — Não sabia que você estava de volta à cidade.

— Ah, sim. Este ano me colocaram como professor convidado. Como você está... Sudhir, certo?

— Certo. E esta é a minha esposa, Maggie. Tenho certeza de que você se lembra dela.

Maggie ouviu uma inflexão na voz de Sudhir, mas não foi capaz de identificá-la. Será que ele estava zombando de Peter? Ou dela?

— Lembro, sim. — Peter sorriu de orelha a orelha.

Houve um silêncio tenso, e após um segundo Sudhir comentou:

— Então, faz muito tempo desde que...

— Três anos.

— Ah, sim. Vira e mexe vejo fotos com seus créditos. A maioria delas é publicada na *National Geographic*, não é? — Sudhir sorriu, educado, mas Maggie ainda podia perceber uma certa tensão. O marido realmente não gostava de Peter, pensou, impressionada. Era muito difícil Sudhir não gostar de alguém.

— Isso. Na verdade, há alguns anos eu viajei para a Índia a serviço deles. Fiz uma sessão de fotos sobre a extinção do tigre de Bengala — Peter explicou. — Vivi em uma tribo por mais de dois anos. — Ele passou os dedos pela corrente grossa que usava ao redor do pescoço. — Vê isso? — Ergueu um pingente amarelado. — É o dente de um tigre devorador de homens que os membros da tribo mataram quando eu estava lá. Eles me deram de presente.

Sudhir tremeu. De nojo, Maggie pensou. Porém, ele simplesmente disse:

— Estou com frio. — Ele se virou para Maggie. — Vou nadar mais um pouco. A gente se vê na hidromassagem?

Os olhos de Sudhir buscaram o rosto da esposa, e de imediato ela percebeu que aquilo não era uma afirmação, mas uma pergunta. Sudhir queria algum tipo de asserção da parte dela. Maggie sentiu o rosto ficar vermelho.

— É só avisar quando estiver pronto — ela murmurou.

Ele assentiu e nadou para longe. Maggie esperou até que ele estivesse bem longe, de forma que não fosse capaz de ouvir, e então se virou para Peter.

— Por que você está aqui? — ela sibilou. — Eu falei pra você que...

— Eu sei. Eu sei. Mas não consegui. Preciso ver você de novo.

Ela queria acabar com aquela conversa antes que Sudhir terminasse de dar a volta na piscina e passasse novamente por onde eles estavam.

— Peter, não faça isso. Amo meu marido. Você consegue entender isso? Não vou fazer nada que...

Ele se inclinou na direção dela e disse algo tão íntimo que fez com que Maggie ficasse sem ar. Suas bochechas queimaram e ela olhou para Peter com severidade, porém ele sustentou o olhar e Maggie foi a primeira a desviar os olhos. Porque o que ele havia dito era verdade. Ela amava Sudhir, mas era pelo corpo de Peter que ansiava.

— Vá embora agora — ela disse enquanto se afastava dele.

— Você virá me ver?

— Tudo bem, eu vou. Agora vá embora.

— Quando?

— Eu não sei. Terça, talvez.

— Me liga, amorzinho.

Ela nem se deu ao trabalho de responder. Jamais saberia como era possível que um coração batesse de medo, alegria e uma promessa de romance barato, tudo ao mesmo tempo.

Sudhir e Maggie caminharam até o carro em silêncio. Enquanto dirigia para fora do estacionamento, tocou levemente o braço do marido.

— O que aconteceu com o seu bom humor?

Ele deu de ombros.

— Eu não sei. — E após alguns minutos, completou: — Tem alguma coisa naquele homem que eu não suporto. Babaca pomposo!

Ela fez um esforço para que sua expressão e sua voz soassem naturais.

— Quem?

Sudhir tirou os olhos da estrada e olhou para ela.

— Você sabe quem. Aquele tal de Peter.

Ela tentou soltar uma risada casual.

— Ah, querido. Você mal conhece esse homem. Por que está deixando que ele o irrite?

Sudhir afastou o cabelo da testa.

— Eu sei. É uma coisa louca. Mas tem alguma coisa nele tão... predatória. Desgraçado etnocêntrico!

A caracterização que Sudhir fazia de Peter era tão oposta à opinião de Maggie que as palavras saíram de sua boca antes que ela pudesse parar para pensar.

— Como você pode achar isso? Quero dizer, ele parece se sentir totalmente confortável ao trabalhar em países estrangeiros. Jamais percebi nenhum etnocentrismo em Peter, sabe? Nas fotografias dele... quero dizer. — A voz de Maggie falhou, e ela subitamente se sentiu nervosa. Será que estava defendendo Peter com um vigor excessivo?

— Ah, qual é, Maggie? Você costuma a ser a primeira a perceber essas coisas. Você não viu as coisas que ele fotografa? Mulheres com os seios nus em vilarejos do Terceiro Mundo, crianças carentes africanas com os braços estendidos, pedindo ajuda a algum branco que trabalha nos serviços de assistência. Por que diabos ele não faz uma sessão de fotos no Idaho? Ou em Nova

York? Não existe pobreza aqui que precise ser — Sudhir tirou as mãos do volante para fazer um gesto no ar indicando aspas — "documentada"? — Ele fez um som de rejeição. — Necas, ele é um aproveitador. Ele tira vantagem da desgraça alheia.

Ela estava prestes a protestar sobre quanto aquela afirmação era injusta quando algo lhe ocorreu: Sudhir não conseguia assumir nenhuma posição objetiva sobre Peter. Porque ele estava com ciúmes. E nem ao menos se dava conta disso. Entretanto, ver Peter novamente despertou-lhe algum instinto masculino primal, acendeu a memória de um sentimento do qual ele mal se recordava, da época em que se conheceram três anos antes e Maggie se sentira atraída por Peter.

— Eu quero dizer, que tipo de homem usa aquele dente de tigre assustador no pescoço, pelo amor de Deus? — Sudhir continuou. Ele olhou de lado para ela em busca de uma confirmação.

Ela assentiu.

— Eu concordo. — O que ela estava se lembrando, na verdade, era da primeira vez em que dormira com Peter. Depois de tudo, havia deitado com a cabeça no peito dele, ouvindo seu coração acelerado. Ele murmurou algo, e, quando Maggie ergueu a cabeça para ouvir, a ponta do dente do tigre arranhou-a debaixo da orelha, e ela deixou escapar um grito assustado. Peter massageou o local com carinho e a partir daquela noite passou a se lembrar de sempre remover o colar antes de eles fazerem amor. Durante um lampejo de irracionalidade, ela sentiu vontade de contar aquilo a Sudhir, lhe provar que Peter era mais que um "aproveitador", que, por trás daquele fotógrafo agressivo, havia um homem gentil e atencioso. Permaneceu em silêncio.

— De qualquer forma, não vamos perder mais tempo neste lindo dia falando desse cara — disse Sudhir. — Certo?

Ela estava mais do que feliz em concordar com aquelas palavras.

— Certo.

— Ainda está a fim de sair para almoçar? — ele perguntou em um tom que sugeria que não estava mais com tanta vontade de sair para comer.

— Só se você quiser.

— A gente ainda tem algumas sobras em casa. Talvez devêssemos...

— O que você quiser. Eu não me importo.

Eles seguiram por quase um quilômetro em um silêncio entediado, que foi cortado por Sudhir.

— Você sabia? Que ele estava de volta à cidade, quero dizer?

Ela ficou tensa.

— Como eu saberia? — Ela se forçou a olhar para Sudhir.

Ele deu de ombros.

— Não sei. — Ele fez uma pausa e então completou, apressado: — Acho que era porque você parecia estar apaixonada por ele.

— Sudhir. — A voz dela era quase inaudível. — Você está querendo começar uma briga?

Ele inflou as bochechas e em seguida soltou o ar.

— Não, eu não quero. Só que... Ah, vamos esquecer esse assunto.

— Acho que essa é uma excelente ideia.

Quando chegaram em casa, a tensão já havia diminuído o suficiente para que Sudhir colocasse um dos braços ao redor dos ombros da esposa enquanto eles entravam.

— Que tal se eu improvisar um sanduíche para a gente? — ele perguntou e ela assentiu, apesar de se sentir levemente nauseada.

Ela se sentou à mesa e o observou empilhar os sanduíches daquele seu jeito organizado, metódico. Sudhir parecia ter sobrepujado o mau humor, mas Maggie se sentia enjoada. Os músculos do pescoço estavam tensos enquanto ela repassava repetidamente em sua cabeça a conversa que tiveram no carro.

Sudhir sabia. A única coisa que tinha a seu favor era que ele não havia se dado conta de que sabia.

Livro dois

21

Ninguém na minha vila sabe como Mithai, o elefante, chegou até a gente. A gente foi dormir uma noite e só tem cachorro e gato e rato e galinha e bode e vaca na minha vila. Mas nada de elefante. Mas na manhã seguinte, Kissan, o *doodhwalla*, está indo até a grande casa de Menon *sahib* para entregar o leite e o que vê lá faz ele quase desmaiar. Porque em pé no jardim na frente da casa Menon *sahib* está Mithai. Ele é um bebê, só três ou quatro meses de idade, mas Kissan disse que ele teve um grande choque, ele derrubou até um pouco de leite no caminho de tijolos. E quer saber? Mithai deu dois ou três grandes passos até onde Kissan estava parado tremendo sem parar e lamber o leite. Então Mithai tocou sua testa com a tromba, como se dizendo *salaam* para Kissan, agradecendo pelo leite. E aí o Kissan não fica mais com medo. Ele sabe que esse elefante ser de boa família, não ser um daqueles animais maus que às vezes fica com fúria e mata tudo na floresta.

Então Kissan tocou a campainha e a mulher de Menon *sahib* saiu lá de dentro e gritou e foi acordar o marido. E Kissan diz que Menon *sahib* foi até porta todo com sono e esfregou os olhos. Aí Kissan se sentiu com orgulho porque ele encontrou o elefante. E Kissan contou para nós, o que você acha que aconteceu depois? O bebê elefante sentou nas pernas de trás e tocou cabeça dele com a tromba, como quem fala olá. Ele olhou para o elefante, olhou para a esposa, mas não foi capaz de falar nada. E aí ele foi para fora da casa e ficou na frente de Mithai. E Menon *sahib*, nosso senhorio, governante da nossa vila, homem mais rico de todo o distrito, um homem que só baixa a cabeça no templo, levanta a mão e faz cumprimento para elefante.

Para, para, para, *Dada* diz, gargalhando, quando Kissan conta essa parte. Você coloca bebida alcoólica no seu leite, Kissan? Menon *sahib* homem sério. Ele não cumprimenta nem oficial do governo. E agora ele diz *salaam* para um elefante? Leva sua história de bêbado para alguém que vai acreditar em você. *Jao*, dá o fora.

Acreditar, não acreditar, o que me importa? Kissan conta história. Tudo que eu sei é que toda a vila se reúne hoje às três da tarde no mercado para ver nosso hóspede. Você e sua família os únicos que não estarão lá. Aí Kissan diz até logo para minha mãe, sorri para mim e vai embora.

Dada solta gargalhada de novo depois de Kissan sair.

— Aquele velhaco contando mentira das grossas. — Ele olha para mim. — *Chalo*, a gente já perdeu muito tempo. Muito trabalho no campo hoje. Você pronta?

Eu vou com *Dada* e, apesar do sol estar forte hoje e meu corpo derretendo como uma vela, eu trabalho. Quando *Dada* para para o almoço, eu continuo a trabalhar.

— Já chega, *re*. — Ele franze a testa. — Você quer se matar? Aqui, coma um *chapati*, pelo menos.

— Não, Dada. Eu sem fome. — Em vez disso, vou até marmita e pego três dos *pedas* que *Ma* embrulhou para mim de sobremesa. Coloco eles no bolso do meu *kameez* para comer depois.

Eu trabalho até às duas e quarenta. E aí digo:

— *Dada*, quer ir para mercado. Para ver o elefante. Vou só por meia hora.

Dada sorri.

— Então minha filha para de trabalhar para ir ver o elefante que sai da garrafa de *daru* de Kissan. — Ele olha para o céu por um minuto e então de novo para mim. O céu azul cai no seu olho sorridente. — Tudo bem. Vai. Mas estou dizendo, Kissan é grande mestre da mentira.

Eu corri pelo campo que eu conheço tão bem quanto o lado de dentro da nossa casinha. Vou para casa primeiro pegar Shilpa, que eu sei que já voltou da escola. *Ma* me fez perguntas, mas eu só calço meu chinelo, pego a mão de Shilpa e a gente corre pela estrada cheia de lama até o mercado. No caminho, eu conto para Shilpa sobre o elefante e ela tão empolgada quanto eu. Quando chegamos ao mercado, barulho da multidão nos diz para onde ir.

Em frente à loja de Menon *sahib*, grande multidão reunida, eu ainda seguro a mão de Shilpa enquanto nós abre caminho pelo mundaréu de gente... Shilpa, Lakshmi, eles ralhar com a gente, mas eles se afastam para nós passar. Quando chegamos na frente, vemos ele. O elefante. Dou só uma olhada e já amo ele. Ele tão pequeno. Igualzinho um bebê. Os olhos dele tão pequenininhos e o corpo gordo, como mulher de Menon *sahib*. Ele tem dois rabos, um grande, como um cano de água entre os olhos e um fino, como pelos de uma vassoura, na parte de trás. Tento lembrar como chama o rabo da frente e então eu lembro: tromba.

Shilpa está pulando para cima e para baixo que nem no *mela*. Toda a multidão age como no *mela*. Só Menon *sahib* está sério. Ele de pé ao lado do elefante e toca ele bem de levinho. Ele então pega um coco seco de um cesto e grita para Munna, que agora tem oito anos. Ele dá coco para Munna e leva a mão do filho até o elefante. Eu sei que Munna tem medo. Todo mundo para de respirar. O elefante pega coco com a tromba, vai colocar tudo na boca, mas então ele para. Ele segurar o coco em cima da cabeça e então jogar coco no chão. Aí ele esmagar coco com o pé esquerdo. Eu ouço coco abrir e quando ele levantar o pé, eu vejo a parte branca de dentro do coco. Assim como o elefante. Ele pega a parte branca e coloca dentro da boca. Esse elefante é esperto, todo mundo diz. Todo mundo muito empolgado, eles começam a assobiar e bater palmas. Agora Menon *sahib* sorri, como se o elefante igual Munna quando tira nota boa na escola.

— Irmãos e irmãs — Menon *sahib* dizer. — Nós não sabemos como este hóspede apareceu em nossa vila. Vou mandar mensagem para as vilas próximas para saber se algum circo perdeu um elefante. Se for isso, teremos que devolver ele. Também fiz um boletim de ocorrência na polícia. Mas, se ninguém reclamar por ele nas próximas semanas, sabemos então que este é o Deus Ganesh que vir abençoar nossa vila. Ele veio viver entre nós como hóspede de honra.

Chacha Vithal, nosso tio vizinho da casa do lado, dá um passo para mais perto de Menon *sahib*. Ele faz reverência com a cabeça.

— Perdão, senhor — ele dizer. — Esse animal não continua bebê por muito tempo. Todos nós já vimos elefantes no cinema. São animal grande. Quem responsável por dar comida para ele?

Menon *sahib* fecha os olhos enquanto pensando.

— Eu vou — ele diz depois de um minuto. — Eu cuido de toda a vila, correto? Então eu posso dar um pouco de grama e cana-de-açúcar e coco para nosso Deus Ganesh. — Ele olha para a multidão. — É claro que todos vocês vão ter que ajudar. Se esse animal ficar conosco, eu tomo um por cento da colheita de vocês para o custeio.

— *Fas gaye* — *chacha* Vital diz baixinho ao meu lado. — Nós enganados.
— E todo mundo concorda com ele, mas baixinho, para não deixar Menon *sahib* irritado. Ninguém quer ter o dinheiro cortado para pagar pelo elefante. De repente, a alegria de encontrar o elefante se transforma em raiva e eu fico com medo. Eu sei que algumas pessoas vão tacar pedra e pau no elefante quando Menon *sahib* não está perto para proteção.

Os pensamentos de alguém machucando esse bebê me faz chorar e eu largo mão de Shilpa para secar meus olhos. O elefante me observando e agora ele vai na minha direção. Eu sinto um pouco de medo, mas eu me obrigo a ficar firme. Ele vem e fica na minha frente e olha para mim com seu olho, pequeno como buraco de fechadura. Ele levanta a tromba e toca meu cabelo e depois minha cara. Shilpa grita e corre para longe, mas eu fico parada, como congelada. A sensação da tromba é como a da mão do cego Vikram quando ele tenta ver o quanto eu cresço. Menon *sahib* se aproxima, mas ele olha para o elefante com dúvida. E então o elefante colocar tromba no meu bolso e tirar os *pedas*. Antes de eu poder fazer ele parar, ele abre boca e joga os *pedas* lá dentro.

— Ei! — eu grito. — Você um ladrão.

Todo mundo rindo agora. Elefante também. Ele olha para mim como criança malcriada que a professora pega colando. Ele então afasta meio dançando. A multidão assobia e grita. E então, o que você acha? Ele volta e confere meu segundo bolso. Nada lá dentro. Mas eu faço carinho na tromba dele com a mão. É áspera como tronco de árvore. Eu nunca toco nem vejo um elefante até esse dia. Mas quando eu toco nele, é exatamente o mesmo que segurar a mão de um amigo. Como encontrar alguém que você sempre conheceu, mas esquece de encontrar até agora.

— Esse não é nosso Senhor Ganesh! — *chacha* Vithal berrar. — Esse elefante é um *bada* mestre da trapaça, enorme.

Todo mundo gargalha.

— Esse nome dele. Mestre da Trapaça — alguém dizer.

— Ele é um *chor*. Ladrão. Vamos chamar ele de Chor.

— Não, não. Nome dele Peda! — Munna grita.

Mas Menon *sahib* vem perto de mim e a cara dele parece igualzinha três anos atrás, quando Munna quase caiu no poço.

— O que você diz, Lakshmi? Como deve chamar o elefante?

Eu não preciso pensar.

— Mithai — eu digo. — O nome dele é Mithai. Ele doce como *mithai*.

Assim que eu falo nome dele, Mithai faz um som alto, como trem chegando na estação ou cem búfalos da água fazendo barulho. Todo mundo dá um passo para trás. Todo mundo menos Mithai, que vem na minha direção. E, com a tromba, ele dá beijinho no meu rosto. Pinica de um jeito engraçado e eu rio.

Menon *sahib* ficar de pé todo reto.

— Mithai é bom nome. Vou construir tenda para ele atrás da nossa casa. Vocês, pessoas são bem-vindas para *darshan* o elefante sempre que quiserem. Ele trará boa sorte para nossa vila. — Ele sorri. — É claro. Vocês lembra de levar *pedas* sempre que vierem visitar. E agora *namaskar* para todos vocês. Mithai precisa descansar.

A multidão falar *namastê* para Mithai e devagar eles vão cada um para um lado. Mas eu não quero deixar Mithai. Eu quero ficar perto dele. Eu pego Shilpa e corre.

— Munna — eu digo —, você precisa de ajuda com dever de casa de matemática?

Ele fazer careta.

— Eu sempre preciso de ajuda com dever de casa de matemática.

— Posso ir amanhã — eu digo. — Depois do trabalho.

Menon *sahib* coloca a mão no meu ombro.

— Garota, você não fica cansada depois de trabalhar o dia todo na *kheti*?

A HORA DA HISTÓRIA 159

— Não. Eu venho. Para ajudar Munna. E eu ajudar com Mithai também. Talvez dar banho nele?

Menon *sahib* sorri.

— Entendo. Entendo. Tudo bem. Peça para o seu *Dada*. Se ele consentir, pago você para ajudar com Mithai.

— Me pagar? Eu venho de graça... — eu começo a dizer, mas Shilpa aperta a minha mão e começa a cantar "Jana Gana Mana", o hino nacional, bem alto. Sempre que eu falo alguma coisa estúpida, Shilpa canta "Jana Gana Mana", assim as pessoas não conseguem me ouvir. Ela mais nova que eu, mas mais esperta.

Começa a chover quando Shilpa e eu vamos para casa. Mas a gente pula durante o caminho todo, nosso pé faz barulho, glup-glup, na lama. Shilpa pensa que eu sou feliz por causa de dinheiro que Menon *sahib* oferece. Mas não é isso. É porque agora eu tenho irmão. Mithai completo sozinho neste mundo. Porque seu *Dada* ou *Ma* deixaram ele. Eu não sei motivo, porque ele não é filho mau. Mas tudo bem. Eu vou cuidar dele. Eu vou dar banho nele. Eu vou levar *pedas* para ele quando eu vou lá. Todo dia eu vou dar para ele comer um dos meus *rotis* e um pouco de *dal*. Vou garantir que ele nunca vai sentir solidão por causa da família dele. Eu família dele agora.

22

Eu não conto história de Mithai *khali-pilli* por nada. Eu conto para — como Maggie diz — criar um ponto. Eu conto para dizer: Maggie certa, marido errado: eu não sou idiota. Com o meu dinheiro eu pago remédio para minha *Ma* no último ano de vida dela. Remédio não salvar vida da *Ma*, mas dá para ela algum tempo sem dor.

    Eu não sei o que vou fazer com o dinheiro que eu economizo dos trabalhos agora. Metade eu dou para marido, metade eu guardo em banco diferente dele. Sudhir *babu* me ajudou a abrir conta. Maggie diz que eu ser mulher de negócios agora. Toda semana eu limpo quatro casas, incluindo a casa da Maggie. Pelo menos cinco, quatro vezes por mês eu sirvo comida. Às vezes, eu preparo comidas na cozinha do nosso restaurante. Mas, às vezes, quando Maggie conhece a família, eu vou lá preparar comidas na cozinha deles. Época do Natal e Ano-Novo nós muito ocupados. Marido tem o trabalho de servir comida dele, eu tenho o meu. Uma ou duas vezes ele rouba alguma receita minha.

    Como vou para os trabalhos? Vou contar. Eu dirijo. Agora nevando e eu sinto medo — essa região tem tantas subidas —, mas eu dirijo. Sabe por quê? Porque eu sinto mais medo de não dirigir. Eu sinto mais medo de ficar em casa sentada, de trabalhar na loja e no restaurante do marido, de estar morta por dentro como eu era durante cinco anos. Marido não feliz com minha nova vida, mas ele feliz com dinheiro sem esforço que eu dou para ele. Eu ainda ajudo Rekha a arrumar itens nas prateleiras toda manhã. Às onze horas, eu vou embora para meus trabalhos. Marido contratou filho do amigo para servir no restaurante. Eu perdi seis quilos só por causa de todo o trabalho que eu faço. Marido diz que pessoas vão pensar que ele faz mulher morrer de fome, mas eu me sinto bem. Tenho muita energia. Como Maggie diz? Eu estar cheia de vida.

Domingo passado, marido fez coisa muito amorosa para mim. Nós no Costco e ele me mandou comprar óleos, ovos, leite. Ele diz que já vai atrás de mim e, quando volta, ele segura uma caixa. É o GPS. Ele compra de presente para mim, para me ajudar com os serviços de faxina. É o primeiro presente que ele já compra para mim e ali, bem ali no meio do Costco, meus olhos pesados de lágrimas. Ele olha para mim como se eu causasse vergonha para ele, mas eu posso dizer que por dentro ele se sente orgulhoso. Quando nós chegamos em casa, nós comemos jantar e ele me mostrou como fazer GPS funcionar. Ele tão feliz brincando com aquilo, ele parece garotinho, e eu vou até ele e beijo ele na cabeça. Marido olha para cima com surpresa, e agora são olhos dele que está molhado. Vendo ele parecer tão surpreso, eu sinto vergonha. Eu sei que meu marido tão sozinho nesse casamento quanto eu. Sou eu que impedi ele de casar com mulher que é seu amor. Nada posso fazer sobre isso agora. Mas depois de um longo tempo eu penso de novo, talvez marido pode aprender a me amar? Talvez ele pode se treinar para olhar para mim como Sudhir *baba* olha para Maggie? Ou Bettina olha para o gato dela?

Bettina Bennett é cidadã idosa que vive sozinha em grande casa a três quilômetros da Maggie. O marido dela costumava trabalhar com Sudhir *babu*, mas ele é morto. Primeira vez que eu vi casa da Bettina, eu tão aborrecida. Não porque eu tenho medo de limpar casa grande, mas porque Bettina vive ali sozinha.

— E se alguns homens maus entrar no meio da noite para roubar você? — eu pergunto a Bettina, mas ela só rir. Nada acontece com ela, ela dizer.

— Sou forte como um touro.

— Touro?

Bettina balança a cabeça.

— É só uma expressão. Significa que eu sou forte de verdade.

E ela é. Cabelo todo branco, mas ela nada e sai para fazer *jogging*, que significa correr sem nenhum motivo. Faz ioga. Se Bettina nascesse na minha vila, ela era corcunda e magra e velha de ficar em casa o tempo todo. Sua nora ia fazer *chapatis* e chá para ela. Em vez disso, Bettina sai com amigas para o cinema, bebe vinho no jantar toda noite. Ela até ofereceu para ensinar inglês para mim, mas eu respondi que não. Eu tenho meu próprio negócio, onde eu tenho tempo? Além disso, meu inglês melhor só porque eu estou trabalhando em casas americanas. No outro dia, eu disse que merda pela primeira vez. Maggie riu e riu sem parar.

Bettina me espera na porta quando eu saio do carro — meu marido emprestou seu Honda Civic 2006 para eu ir para serviços —, e eu entro na casa dela. Ela não parece feliz.

— Atrasada de novo, Lakshmi — ela diz. — Segunda vez em duas semanas.

Sinto minha cara queimando como se eu ficasse na frente do forno a gás.

— Desculpa — eu digo. Como explicar que eu tenho medo de dirigir nessa rua ladeirenta na neve? Aí eu dirijo devagar e outros motoristas toca buzina para mim e faz gestos engraçados com a mão.

Bettina de mau humor hoje.

— Então é isso? Nenhuma explicação?

Eu engulo a vergonha. Bettina ainda de pé perto da porta e eu digo a primeira coisa que vir na minha cabeça:

— Muito trânsito hoje. Desculpa. — Da onde eu tiro essa mentira? Noite passada eu assisti programa da TV americana. O policial diz isso para namorada dele.

Bettina abre a boca para falar mais, mas eu vou para o armário de vassouras e depois para a sala. Assim que eu começo a limpar, eu lembro uma coisa: *Ma* nos seus últimos meses antes de morrer. Sempre que eu e Shilpa chegava tarde em casa, ela começava a brigar com a gente. Onde vocês estavam? Por que vocês chegaram tarde? Vocês garotas más. Reclamação e mais reclamação. Shilpa costuma ficar com raiva, mas eu entendia: *Ma* está triste por ser quem ela é. Ela precisa de companhia. Mesma coisa com Bettina. Pessoas velhas da minha vila costumava dizer: ficar sozinho na velhice é a pior maldição de todas. Eles estão certos. Bettina gritar comigo porque sentiu minha falta.

Eu ligo aspirador de pó, abro minha bolsa e tira o pacote de semente de erva-doce. A gente vende semente de erva-doce na nossa loja, e Bettina ama semente de erva-doce. Entro na sala e ofereço o pacote para ela.

— Por favor. Para você — eu diz.

Os olhos de Bettina ficam grandes e ela sorri. Como criança pequena, eu acho.

— Obrigada, Lakshmi. Quanto eu lhe devo por isso?

Toda semana nós falamos o mesmo diálogo.

— Não precisa. Presente para você.

— É muito gentil da sua parte. — Bettina abaixa o livro que ela lê. — Quer tomar uma xícara de chá comigo?

— Sim, por favor — eu digo. — Posso preparar?

— Não, não. Pode continuar com a faxina. Chamo você quando estiver pronto.

Assim, eu volto a aspirar o chão. Primeiras semanas, eu me senti mal por deixar Bettina me servir chá. Agora eu sei. Mulheres americanas não gostam de ter empregada. Na Índia, mulheres orgulhosas de ter empregados. Isso significa que a pessoa é rica. Aqui, isso significa a mesma coisa. Mas mulheres americanas não gostam de se exibir. Se ela faz o chá, Bettina tem a impressão de que nós somos iguais. Por isso, eu deixo ela fazer isso.

Enquanto a gente bebe, sentada uma do lado da outra no sofá, eu penso em todos os anos que eu passei trabalhando para Menon *sahib*. Toda vez que eu entrava na casa dele, eu era lembrada de novo que eu sou de casta inferior. Uma vez, só uma vez, Menon *sahib* deixou eu compartilhar comida com família dele, usando o prato e o copo deles. A mulher dele faz objeção, diz que ele poluindo a casa, mas Menon *sahib* tão feliz naquele dia que ele grita e ela ouve ele. Só daquela vez.

Se eu contar para Bettina o jeito com que Menon *sahib* me tratava, ela vai rir. Ou ficar com raiva. Eu conto a verdade para você: eu ainda sinto saudade da minha Índia. Eu sinto saudade do cheiro das árvores de fruta, a lama grossa e escura da nossa fazenda, saudade de como ninguém tem o suficiente para comer, mas as pessoas sempre ajudam com um pouco de arroz ou nota de dez rupias. As pessoas metem o nariz nos assuntos das outras, mas também fazem dos problemas dos outros os problemas delas. Ainda assim, a América está no topo dos países. Aqui, eu posso sentar do lado da Bettina e beber chá. Nada de copo e prato separado para mim. Aqui eu posso dirigir carro e nenhum homem olha feio por ver mulher dirigindo.

— A gente tem senhorio no meu país — eu ouço minha voz dizer. — Ele bom para minha família, mas ele de casta diferente. Ele morre de choque se eu sentar no sofá dele desse jeito.

Bettina franze a testa.

— Ah, sim, o sistema de castas. Ele era um brâmane?

Eu surpresa.

— Você conhece a casta dos brâmanes?

— É claro. — Bettina faz uma pausa e depois continuar: — Você era uma intocável?

— Perdão, por favor? Intocável? Eu não conhecer essa palavra.

— Você sabe, as pessoas que eram como os párias? — Bettina fechar os olhos e tentar pensar. — Que Gandhi tentou ajudar? Acho que eles são tipo as pessoas que limpavam as latrinas e coisas do gênero?

Eu olho bem para Bettina. Ela está achando que eu ser uma *harijan*? Uma *dalit*? A mais baixa de todas as castas? Por acaso eu pareço com uma *dalit*? Será que meu marido, que é dono da sua própria loja e restaurante, ia casar com uma *dalit*?

— Não, madame! — eu falar bem alto. — Eu ser de casta mais alta. Eu só não ser brâmane.

Bettina balança cabeça como se tudo ser a mesma coisa para ela.

— Entendo — ela diz.

Mas eu me sinto irritada-confusa. Eu quero que Bettina entende de quem eu venho, que eu posso ser faxineira nos Estados Unidos, mas no meu país, meu pai tem terra só dele. E eu faço a contabilidade para o maior proprietário de terras de nossa vila. Que um dia deixou eu comer na mesa dele.

— Bettina — eu diz. — Vou contar a história de como Menon *sahib*, nosso senhorio, deixou eu comer na casa dele.

Ela termina o chá e olha ao redor da sala.

— Mas você não tem que continuar com a faxina, querida?

— Eu vou. Mas primeiro vou contar para você sobre Mithai — eu diz.

23

A*RRE BAAP*, *arre baap, arre baap*.

Mithai só um bebê, mas ele come como um convidado em banquete de casamento. Quando Shilpa bebê, ela bebe só leite, nada mais. Mithai quer comer tudo.

Menon *sahib* veio para perto de mim.

— Tem um ditado em nossa comunidade — ele diz, apontando para Mithai. — Diz o seguinte: "Se você quer destruir seu inimigo, dê um elefante para ele". Eu me pergunto se eu não tenho algum inimigo que me odeia. Esse animal vai comer tudo o que tenho.

Eu não sabia se Menon *sahib* falava sério. Será que Mithai pode comer até a grande casa de Menon *sahib*? Eu pega *chapati* e vegetais que eu levei para Mithai.

— Vou alimentar ele — eu digo. — Não se preocupa. Todo dia vou trazer comida para ele.

Menon *sahib* joga a cabeça para trás e solta risada.

— Ah, só você, Lakshmi. Sua pequena... — Do nada, ele beija o topo da minha cabeça. Eu fico em choque. Menon *sahib* é brâmane. Ele nunca entrou na nossa casa, nem mesmo tomou um copo da nossa água. Quando ele paga *Dada* todos os meses, ele coloca dinheiro na mesa para não tocar na mão de *Dada*. E agora meu *chapati* faz ele me dar beijo? Menon *sahib* também parece estar em choque. Ele coça nariz e depois diz: — Você é como minha sobrinha. Meu Munna vive por sua causa. Não se preocupe. Vou tomar conta de Mithai. Estou lhe dando minha palavra.

Naquela noite, eu dou banho em Mithai. Eu enchi banheira de água e limpei ele. Ele ama isso. Ele fecha o olho e faz som fofinho, e as orelhas dele se mexe como leque. Mas Mithai tão levado. Ele coloca tromba na banheira, pega água e então joga água em mim. Eu sinto com vergonha porque agora eu sou menina grande e meu corpo aparece pelo tecido molhado. Não, Mithai, eu digo, e na próxima vez que a tromba dele vai na água, ele joga água nele mesmo. Quando Shilpa era pequena, ela odiava tomar banho. Mas Mithai adora banho.

Tomar conta de Mithai faz meu coração feliz. Eu também tomo conta de *Ma*, mas ela com tanta dor que perdeu sua felicidade. Não importa o quanto eu faço por ela. Mas Mithai me faz completa. Posso ver ele crescer, ficar com menos medo, como se casa dele fosse a gente agora. Mithai me ensina grande lição: é mais fácil amar alguém se você pode fazer ele feliz.

Arre baap, arre baap, arre baap.

Que *jadooga*r lançar feitiço no meu Mithai? Ele mau agora. Ele levanta a tromba e faz som horrível. Quando Bhutan, o *mali* de Mithai, sobe nele para cuidar, Mithai tentar esmagar ele com os pés. Ele não toca na comida. Esse elefante faz meu cabelo ficar branco, Menon *sahib* diz. Minha família não dorme noite passada, ele faz grande tumulto.

— Talvez ele está doente — eu falo.

Manon *sahib* vira para mim.

— Talvez. Mas o que eu posso fazer? Mal tem médico de gente aqui. Onde vou achar médico de elefante?

— *Seth* — Bhutan diz. — Esse elefante fica maluco. Eu digo para você. Ele perigoso. Temos que matar ele.

Eu fico vermelha quando escuto essas palavras.

— Cala a boca, seu idiota! — eu berro. — Mithai precisa da nossa ajuda.

E agora, Bettina, coisa engraçada aconteceu. Mithai ouve minha voz e o som horrível para. Ele anda até o fundo da tenda dele, senta em cima da perna de trás e olha para mim. Eu olha bem nos olhos dele. O olho de Mithai costuma ser cheio de *masti*, diversão. Hoje, eles parecem sério. Tão tristes. Então, Mithai solta som longo e alto e tanto Menon *sahib* quanto aquele Bhutan idiota dão dois passos para trás. Eu fico no mesmo lugar. Eu sei que Mithai fala só comigo. Ele dizendo me ajuda. Do mesmo jeito de quando *Ma* precisa fazer xixi no meio da noite e alguém tem que ajudar. Ela não fala as palavras nem me acorda. Eu levanto no automático e passo o pinico para ela. Mithai me pedindo ajuda.

Eu abro o portão da tenda para entrar. Tanto Menon *sahib* quanto Bhutan berram:

— Para, Lakshmi! — meu senhorio diz. — Ele pode machucar você.

— Nada mais perigoso que elefante maluco — Bhutan grita. — Sai já daí!

Não escuto eles. Tudo que eu escuto é a voz de Mithai. Nem mesmo me lembro de ficar com medo. Mithai não maluco. Ele só ter dor. Mas por quê?

Eu levanta a mão e toca a tromba de Mithai. E o que você acha que acontece? Ele vira a cabeça para mim e coloca tromba ao redor do meu ombro, como se ele meu melhor amigo e a gente caminha juntos para casa depois da escola. Eu quero falar para Menon *sahib* ir embora e levar Bhutan com ele e me deixar sozinha com Mithai. Mas eu não posso. Menon *sahib* é o chefe.

— Mithai — eu digo baixinho. — Deita. Vamos, *jan*. — Mithai ama quando eu chamo ele de *jan*. *Jan* significar vida, amor.

Ele cai no chão lamacento com muita força. Toda a tenda balançar por um segundo. Posso ouvir a respiração dele — hummf, hummf —, e sei que meu Mithai está doente. Do nada, eu me sinto jovem. Eu só a menina de catorze anos. O que eu sei de tratar elefante doente? Minha *Ma* eu posso ajudar porque ela fala. Mas Mithai não pode me contar como ele está doente.

Mas minha mão deve ser mais velha que meus catorze anos. Porque, sozinha, ela examina corpo de Mithai. Eu começo com a tromba. Eu olho dentro de seu grande nariz. Toco a parte de dentro cor-de-rosa e Mithai espirra, balançando a cabeça. Eu tira a mão rapidinho. Todo o tempo eu olha bem nos olhos de Mithai. O olho dele vai me dizer quando eu perto do lugar com problema.

Quando eu olha dentro da grande orelha de leque, Mithai geme e bate perna esquerda no feno. Por um minuto eu acho que Mithai tem dor de ouvido, mas depois eu lembro: ele sente cosquinha perto das orelhas. Sempre. Continuo a mover a mão. Quando eu toco a perna direita de Mithai, ele fica com a perna dura e afasta ela. Oh, eu penso, ele ter fratura na perna. Mas então eu fico irritada comigo mesma. Acabei de aprender a palavra "fratura" com a Shilpa na semana passada, por isso ela está na minha cabeça. Não vai adiantar nada pensar que Mithai tem fratura.

Então, por que Mithai geme quando eu toco perna dele?

— Mithai — eu sussurra. — O que está errado?

Mithai deixa eu tocar perna dele mais uma vez, mas eu sei que ele tem medo. Daí Bhutan pula.

— *Seth* — ele falar para Menon *sahib*. — Aquele elefante vai esmagar aquela menina imbecil. Eu não responsável por morte dela. Como *mali*, eu digo, por favor, faz ela parar. O que ela sabe? Eu já fiz inspeção completa no animal.

Ouvindo a voz dele, Mithai solta grande rugido. Primeiro ele aperta todo o corpo depois balança. Eu sinto minha mão se mover, como se eu tocar eletricidade.

— Diz para ele ir embora — eu falo para Menon *sahib*. — Diz para Bhutan sair. Mithai com medo dele.

Menon *sahib* pensa por um minuto e então vira para Bhutan.

— Fora!

Bhutan olha para mim com tanto ódio... Ele cospe no chão.

— *Chocri* idiota — ele fala. E então vai embora.

Eu continuo a tocar perna de Mithai. Eu aperto, faço massagem, aperto de novo. Ele não tem dor ali. Depois eu chego perto do pé de Mithai e ele levanta a cabeça e começa a fazer som de gemido. Ele olha bem no fundo do meu olho. Pela primeira vez, eu vou na direção do pé dele. E mesmo sem ter luz menos a que entra pela abertura da tenda, eu vejo na mesma hora. E eu começo a chorar bem ali.

— Lakshmi? O que é, *beta*? Sai se estiver assustada — Menon *sahib* diz.

Mas eu não vejo nem escuto ele. Eu só vejo o ódio. A maldade. Na minha vida, eu ouvi muitas histórias de maldade que meu *Dada* me contou. Como quando, duas vilas depois da nossa, um senhorio brâmane matou uma família toda de *dalits* porque eles pediram mais pagamento por sua colheita. Sobre como sogra queimar nova noiva por não levar dote suficiente. E como, durante o Raj britânico, os *goras* costumam obrigar as pessoas das vilas a prender pobre tigre em uma jaula e depois os homens brancos ir lá e atirar no tigre preso. Mas, até agora, com catorze anos, eu nunca tive minha própria história de maldade.

Três pregos. Alguém colocou três pregos no pé de Mithai. Mithai grande animal, mas o peito do pé dele mole, como esponja. Um prego, talvez acidente, mas três? Não é possível. Alguém — quem? — fez isso para machucar Mithai. Quem? Mas, apesar de eu tentar fazer Mithai entender que vou ajudar ele, eu sei quem fez essa maldade.

— *Seth* Menon — eu grito. — Por favor, pega aquele Bhutan *badmash*, é mau!

— O quê? O que é isso, menina?

— Ele deixar alguém colocar três pregos no pé de Mithai! — eu berra.

Rosto de Menon *sahib* fica sombrio. Ele corre para fora da tenda.

— Mithai — eu digo. — Você seguro agora. Vamos ajudar você. Ninguém machuca você de novo. Essa minha promessa para você.

Ele só olha para mim com aquele olho pequenininho. Apesar de ele ainda sentir grande dor, ele parece relaxar. Ele confia em mim.

— E então, o que aconteceu? — Bettina pergunta. — Você encontrou aquele canalha? Foi mesmo o cuidador que fez isso? Por quê?

Eu sorri. Bettina não mais sozinha. Minha história tira ela de Cedarville e coloca ela numa tenda comigo e Mithai. Pela primeira vez, eu entendo completamente o que é trabalho de Maggie, porque ela diz que contar histórias é importante.

— Foi Bhutan. Olha, Menon *sahib* é bom homem, mas ele fez um erro. Ele pediu para todas as pessoas da vila dar porcentagem da colheita todo mês para cuidar de Mithai. Pessoas da vila de onde eu vim, pessoas pobres, Bettina. Eles vendo elefante comer mais que os próprios filhos. Então, eles sentiram ciúmes. Depois, eles ficaram com raiva. Eles deram para Bhutan trezentas rupias para ele dar um fim em Mithai. E aí Bhutan faz essa coisa má. E depois fala para Menon *sahib* que Mithai maluco. Que é melhor dar tiro nele.

Bettina deu grande tremor.

— Homem horrível. Espero que ele tenha perdido o emprego.

— Ah, Menon *sahib* dar para ele uma sova das boas, muito merecida. E quando ele descobriu por que Bhutan agiu de jeito tão mau, ele me pergunta o que ele faz. Você imagina, Bettina? Eu garota de catorze anos e o homem mais rico de nossa vila me pedindo para tomar decisão. Então eu contei a verdade para ele: pessoas com fome. Eles não podem ter dinheiro cortado para alimentar Mithai.

Eu não falei mais nada. Depois de alguns minutos, Bettina disse:

— Então ele parou de cobrar essa taxa deles, creio eu?

Eu calada, mas Bettina olha para mim esperando resposta.

— E...?

— Ele não me ouviu — eu diz baixinho. — Ele ainda cobrar eles.

— Terrível. Homem ganancioso.

Mas eu lembro como Menon *sahib* implora perdão de Mithai. Como ele paga para o médico vir para tirar os pregos do pé de Mithai. E eu nunca esqueço como ele me leva para casa dele e pede para a esposa colocar prato extra na mesa. Ela parece ter um ataque do coração. Eu sento na sala com Munna enquanto eles brigam na cozinha. Ela diz que alimentar garota de casta mais baixa vai poluir a casa inteira. Que Deus vai dar lepra para Menon *sahib* ou tuberculose, e trazer cem anos de seca se ele permitir que eu coma na mesa. Ele fala que está cansado de toda essa conversa de Deus. Ele diz que Munna vive só por causa de mim, Munna inteligente na escola por causa de mim, e agora Mithai sem dor por causa de mim. Ela é uma menina merecedora, ele fala para a esposa. Alimentar convidada em nossa casa, isso também fazer parte da religião hindu. Do lado de fora, eu me sinto com vergonha, mas por dentro eu sorrio bem grande. Eu imagino a cara de *Dada* quando eu contar a história para ele. Ele não vai acreditar em mim.

— Não sei se o que ele fez foi assim tão incrível — Bettina diz. Depois ela sorri e coloca a mão magra em cima da minha. A pele dela é enrugada, como papel-alumínio usado. — Estou tão feliz por você estar morando aqui, Lakshmi. Longe de todas essas coisas ridículas.

Será que Bettina está certa? Eu não sei. Tem problema igualzinho em todo lugar, eu acho. Quando eu ver Maggie da próxima vez, eu discuto isso com ela.

24

— Isso é o que eu não entendo — disse Sylvia. — Por que você está fazendo isso? O que você está ganhando com essa experiência?

Maggie balançou a cabeça.

— É só isso. Sei que é loucura, mas eu simplesmente não pareço ser capaz de acabar com tudo.

— Você está apaixonada por ele?

— Ah, por Deus, não. — Maggie se surpreendeu com o entusiasmo com que as palavras escaparam de sua boca. — Eu amo Sudhir.

— Bem, ele obviamente está suprindo algo que falta no seu casamento. Portanto, a questão é...

Maggie balançou a cabeça novamente, mas estava então tomada pela impaciência. Pela primeira vez, em todos aqueles anos em que se consultava com Sylvia, ela estava um pouco irritada com a terapeuta mais velha. Essa linha de questionamento era muito previsível, muito fácil. Lutou contra o desejo de se pôr de pé e começar a andar pela pequena sala. Sylvia a olharia de esguelha se ela pedisse que saíssem para dar uma caminhada, como fazia com tanta frequência com Lakshmi e alguns outros pacientes. Por um segundo, sentiu orgulho de suas próprias habilidades como terapeuta, ficou contente por não se sentir tão restrita pelas técnicas que aprendera na universidade.

— Vamos, Maggie. Tente. Você está muito perto de chegar a algum lugar. Posso sentir isso. O que Peter lhe dá que...

— Sylvia. Não é assim que a coisa funciona. Não tem nada a ver com o meu casamento. Sudhir e eu somos felizes. Só que com Peter... Eu tenho uma conexão com ele. Não consigo explicar. Está lá desde a primeira vez que botamos os olhos um no outro, três anos atrás. Consegui lutar contra esse sentimento naquela época, mas agora eu...

— Então isso é forte o suficiente para acabar com seu casamento? — Sylvia perguntou de supetão, e Maggie inconscientemente jogou a cabeça para trás, como se houvesse levado um tapa. Os olhos dela se encheram de lágrimas.

— Não. Claro que não. É exatamente por isso que estamos falando sobre esse assunto sórdido. Acredito que eu só esteja buscando a força necessária para acabar com tudo... e fazer com que fique assim.

— Como você se sentiria se não o visse de novo?

Sylvia fez a pergunta de forma bastante gentil, mas Maggie sentiu um vazio no peito tão pesado que a deixou sem ar. Uma sensação de solidão inacreditável, de estar à parte do mundo, tomou conta dela. Maggie fechou brevemente os olhos e se viu em uma canoa sobre o oceano, que se tornava cada vez mais vasto enquanto a canoa, por sua vez, ficava cada vez menor e mais distante. A figura na canoa não se mexia. Em vez disso, ela estava sentada em uma posição que reconheceu de imediato: era a mesma pose da modelo que posou para o quadro *Christina's World*, de Andrew Wyeth. Ela mais que depressa abriu os olhos para fugir da desolação da imagem, porém Maggie tinha sua resposta. Porque reconhecera o vestido azul que usava na imagem: era uma roupa que ela usava quando tinha onze anos. E a desolação de ficar sozinha no mundo — aquele sentimento a envolvera com tanta frequência quanto o tecido daquele vestido envolvera seu corpo. Aquela havia sido sua segunda pele durante os anos que se seguiram ao dia em que Odell confrontara o pai a respeito de suas atividades noturnas peculiares e Wallace respondera à acusação ignorando-a completamente. Mamãe ainda estava viva naquela época, mas se ela notara que Wallace não era mais aquele homem brincalhão com sua adorada garotinha, jamais mencionou esse fato. Ela provavelmente sentia muita dor para perceber ou se importar com o que quer que fosse. Ela morreu dois dias depois do aniversário de Maggie, passando os últimos dois meses de vida em um estupor causado pela morfina. Até que Maggie arrumasse seu primeiro namorado, aos dezesseis anos, ninguém a tocara com amor ou gentileza, com exceção das velhinhas da vizinhança, que lhe acariciavam a cabeça e exclamavam sobre quanto ela se parecia com sua falecida mãe. A rejeição do pai era total. Ele chegava do primeiro emprego às quatro da tarde, desmaiava no sofá por uma hora, acordava, preparava o jantar e saía de casa para o segundo emprego às sete. A meia hora durante a qual eles jantavam era o único tempo que passavam juntos. No início, após a morte da mãe, eles continuaram a comer na mesa da cozinha, como sempre faziam. Depois de alguns meses, no entanto, Wallace começou a carregar o prato para a frente da TV, e logo ela se juntou a ele. O pai voltava da loja de conveniência à uma da manhã, e com frequência Maggie fazia um esforço para se manter acordada até ouvir a chave girar na porta. Aquelas horas que passava sozinha no apartamento foram algumas das mais solitárias de sua vida. Elas deixaram uma marca permanente em Maggie. Aquela solidão só foi extirpada depois que ela e Sudhir se tornaram um casal.

— Maggie — Sylvia estava dizendo —, o que foi, querida?

Ouvir a preocupação na voz de Sylvia fez com que Maggie percebesse que chorava. Ela olhou para Sylvia, sem conseguir falar.

— Eu... não posso... — Maggie sentia frio. Todo o seu corpo tremia. Ela estendeu um dos braços para alcançar a caixa de lenços de papel na mesa ao lado do sofá.

— Desculpe. — Ela fungou. — Alguma coisa que você disse...

— O quê?

— ... sobre não ver Peter novamente... — Ela esfregou com violência as lágrimas que escorriam pela face. — Isso trouxe de volta essa lembrança.

— Que lembrança?

— A maneira como meu pai me negligenciou depois que meu irmão o confrontou. Sobre, você sabe, aquela coisa.

— O Peter faz com que você se lembre do...

— Não. Nada disso. A questão é só que eu me sentiria vazia se parasse de ver Peter. Aquele mesmo tipo de vazio terrível.

— Você não é mais aquela garotinha desamparada, Maggie.
— Eu sei.
— E você tem Sudhir.
— E eu tenho Sudhir. Que me ama mais do que eu mereço.

As lágrimas rolaram novamente, mas por um motivo diferente. A segunda leva de choro foi derramada por uma mulher que sentia uma profunda gratidão por um homem cujo amor por ela era tão inabalável quanto uma chama. Por sua estupidez ao fazer qualquer coisa que colocasse em risco esse amor. Ela havia vencido. Com Sudhir, ela havia vencido. A negligência cruel de Wallace não a destruíra, não a pusera em perigo. Em lugar disso, ela reconhecera de imediato a pureza, a decência de Sudhir.

Maggie soltou o ar ruidosamente.
— Acho que você me ajudou a perceber uma coisa, Sylvia. Só preciso processá-la um pouco melhor comigo mesma.

Sylvia sorriu.
— Fico feliz em ajudar.

Conversaram por mais dez minutos, e então o tempo de Maggie acabou.
— Vejo você daqui a duas semanas? — Sylvia perguntou. — No mesmo horário?
— Sim. Claro. — Maggie entregou um cheque a Sylvia e se levantou para ir embora, porém a mulher mais velha a deteve ao se inclinar para a frente e tocar seu braço.
— Maggie, eu só queria dizer que... reconheço sua força. — Sylvia fez uma pausa. — Isso é tudo.

Maggie assentiu.
— Obrigada. Nós nos vemos na próxima sessão.

Aquele era um dia de inverno singularmente quente, e Maggie demorou-se por um segundo na rua antes de entrar no carro. Ao longe, a neve sobre a montanha brilhava sob a luz do sol. Maggie olhou para cima e contemplou um céu perfeitamente azul, e logo em seguida franziu a testa ao ouvir o gorjeio de um pássaro. Alarme falso, passarinho, ela pensou. A primavera ainda estava bem distante, apesar de aquele dia afirmar o contrário. Não alimente falsas esperanças.

Ela entrou no carro, ligou o motor e se deu conta de que não seria capaz de dirigir. Não conseguia se mexer. A solidão que sentira havia alguns minutos surgiu mais uma vez. Apesar de se sentir ridícula, apesar da possibilidade de Sylvia poder estar observando-a pela janela da frente e flagrá-la sentada no carro diante de sua casa, Maggie baixou a cabeça sobre o volante. O plástico quente marcou sua testa. Qual era o seu problema? Como aquela pergunta inocente de Sylvia havia despertado nela o desamparo, a devastadora solidão daqueles dias sombrios da infância, quando ela tinha a sensação de que perdia não apenas um, mas ambos os pais? Mesmo nos tempos da Wellesley, ela sentia uma solidão existencial profunda, andando sozinha ao redor do lago ao cair da noite, com as mãos afundadas nos bolsos da calça jeans, mal prestando atenção no grupo de meninas que passava pelo calçadão, pois suas compleições coradas e pastoris, os rostos maquiados com perfeição, só acentuavam a diferença que ela sentia. Não tinha nada a ver com o fato de ser negra, embora isso também fosse parte da questão. Era a sensação de ser uma pária, alguém que foi descartada pelo próprio pai.

Entretanto, ela não tinha expelido aquela desolação ao longo dos anos? Ela nunca mais havia sido solitária, pelo menos não daquele jeito, desde que conhecera Sudhir. Seus anos ao lado de Sudhir haviam sido — eram — exuberantes, indo além de qualquer fantasia que poderia ter, repletos de calor, gentileza, viagens, amigos, festas e uma enorme família estendida na Índia que a aceitara dentro de seu coração assim que percebeu que ela amava seu Sudhir tanto quanto a todos eles. A irmã de Sudhir, Reshma, era como a irmã que ela jamais tivera. Ainda na semana anterior, a filha mais velha de Reshma, Deepa, ligara para Maggie — para ela, e não para Sudhir — com a intenção de discutir um problema que estava tendo com um garoto.

Um retorno ao lar. Foi isso que ela sentiu na primeira vez em que viu Sudhir. Desde o primeiro encontro naquele terraço, ele a conquistou. Entendeu suas piadas, seus humores, seus silêncios. Incluiu-a em todas as suas reuniões, convidou-a para todas as festas, abriu a casa dele para ela. Havia, entretanto, o inconveniente de que ele fazia isso com todos os que conhecia. Às vezes, quando o flagrava olhando para ela, Maggie suspeitava que houvesse algo especial, uma compreensão, que fluía entre os dois. Mas, no segundo seguinte, Sudhir sorria para outra pessoa, recebia outra visita que acabava de chegar ao apartamento, dava um tapinha nas costas de alguém, insistia que todos provassem a nova receita que havia preparado.

As coisas seguiram assim por mais de um ano. Nesse período, Maggie tentou sair com outros homens, porém tinha de explicar suas piadas para eles, inventar desculpas para seus silêncios, traduzir suas palavras. Depois de um tempo, ela parou de tentar. Sudhir, entretanto, não pareceu perceber nada disso. Ocasionalmente ele perguntava sobre algum ex-namorado e, quando Maggie dava de ombros, assentia e comentava:

— Ele era um cara legal. Eu gostava dele.

— E por acaso existe alguém de quem você não goste? — ela brincou.

Ele pensou por um momento.

— Minha professora da terceira série. Ela era uma babaca.

Maggie decidiu que eles seriam apenas amigos. Que Sudhir era gay ou assexuado. Ou então ela simplesmente não fazia o tipo dele. Que permaneceria na vida dele, porém, apenas em segundo plano. E que era hora de começar a sair com outras pessoas mais uma vez. Então, quando ele lhe disse, daquele seu jeito casual, que um grupo de amigos ia ver o Bruce Springsteen, que eles tinham um ingresso sobrando e a convidou para ir junto, ela quase respondeu que não. Quando Maggie viu a multidão que entornava doses homéricas de cerveja, os amplificadores imensos, a fila de policiais e a desordem generalizada, arrependeu-se por estar lá. No entanto, logo aquele concerto, numa congelante noite de outono, se mostrou mágico. As árvores ao redor deles estavam nuas, e, quando o sol se pôs, uma lua cheia surgiu no céu. Springsteen fazia com que ela se recordasse de um James Brown branco, tocando como o demônio, pegando fogo de tanta juventude e paixão. Entretanto, a verdadeira revelação foi o próprio Sudhir. Ela nunca o vira daquele jeito: cabelo desgrenhado, olhos fechados, cabeça voltada para o céu, cantando as letras da maioria das canções, olhando para ela vez ou outra com um sorriso, um sorriso profundo, quente. Ele jamais parecera tão belo, tão jovem, tão... livre. Tão puro e completamente ele mesmo. E, à medida que a noite avançava, tornou-se impossível permanecer em seus assentos. E lá estava aquela multidão aos pés de Springsteen, sem conseguir e sem a menor vontade de se sentar, a música entrando em seu corpo, fazendo com que seus pés se movessem, balançassem a cabeça, cantando, cantando, cantando, cantando com aquela entidade sobre o palco que os inflamava, seduzia, os excitava com aquela batida incessante.

E então aconteceu. Na metade do show, uma contagem, uma animada introdução de piano e, por fim: "Got a wife and kids in Baltimore, Jack". Maggie se lembrava daquilo como se fosse ontem. A multidão gritava, reconhecendo a canção "Hungry heart", com as mãos erguidas no ar, o som arrepiante de milhares de vozes cantando em uníssono. E Sudhir se vira na direção dela, devagar, com os olhos ainda fechados e, logo em seguida, abertos. E ele olha para ela, continua a olhar. E Maggie está prestes a dizer alguma coisa engraçada ou irônica, mas ele a detém porque, de repente, ela não consegue respirar, acabara de compreender alguma coisa naqueles olhos castanhos e soube quanto e com que desespero ela necessitava daquela mensagem dos olhos de Sudhir, quão incerta estava a respeito do último ano e quão certa se sentia naquele momento. Ela abre a boca para confessar algo, mas, de repente, seu queixo está repousando no ombro dele, porque eles estão dançando devagar, simplesmente arrastando os pés ao mesmo tempo, de verdade, naquele espaço restrito, mesmo assim dançando, o braço forte de Sudhir apertado ao redor da cintura de Maggie, a outra mão dele segurando a dela junto ao coração. "Everybody has a hungry heart." É claro que ela tinha, não é? Ela com toda a certeza tinha um coração ansioso e nem mesmo sabia disso, não sabia até aquele momento. Mas aquela fome já está desvanecendo, sendo substituída por outra coisa que ela não sabia como nomear. Felicidade? Contentamento? Não. Pertencimento. É isso. Um retorno ao lar.

Ela decide espiar o rosto de Sudhir, vira levemente a cabeça, e ele também se move. Eles se encaram por um segundo, e os lábios se encontram sem nenhum planejamento prévio. Aquele beijo é a coisa mais natural que Maggie já experimentou.

— Oi — ele sussurra para ela.

— Olá — ela responde.

E foi isso, Maggie agora pensa. Eles se abraçaram pela primeira vez naquele show e nunca mais se soltaram. Se algum dia ela já teve dúvidas sobre o amor de Sudhir, naquele dia elas desapareceram para sempre. Durante todos esses anos ele havia estado ao seu lado, firme, consistente, confiável. Eles tiveram seus desafios: o casamento a distância quando ela continuou na Universidade de Nova York para terminar o doutorado, enquanto Sudhir terminou a graduação e conseguiu o primeiro emprego como professor no Meio-Oeste; os três abortos e a gélida e crescente consciência de que permaneceriam sem filhos enquanto a maioria dos amigos dos tempos de universidade tinha bebês; as inevitáveis diferenças sociais durante o período em que aprendiam a se tornar um casal. Porém, na época em que se mudaram para Cedarville, dezessete anos atrás, eles construíram uma vida juntos. Sudhir sabia do abandono de Wallace, apesar de não ter ideia do motivo que gerara aquele comportamento, e estava determinado a compensar qualquer dor, até mesmo a menor delas, que a esposa sofrera. Tudo o que Wallace não havia sido, Sudhir era. Tudo o que Wallace era, Sudhir era o oposto. Tudo o que ele havia roubado dela, Sudhir repôs.

Maggie ergueu a cabeça devagar, afastando-a do volante, piscando quando os raios de sol daquela tarde atingiram seus olhos. O que ela estava fazendo? Como pode correr o risco de ferir um homem que passou os últimos trinta anos protegendo-a do mundo, que a amava com uma firmeza que ainda a impressionava? Ela sabia quanto Sudhir se encolhia se ela fazia algo tão simples quanto erguer a voz para ele, quanto era sensível. Por quanto tempo ela achava que seu caso com Peter permaneceria em segredo? Quanto demoraria até que alguém daquela porcaria de vila — Cedarville se autodenominava uma cidade, mas, por Deus, ela vinha de Nova York, sabia muito bem o que era uma cidade de verdade — a visse dirigindo para a casa de Peter e desse com a língua nos dentes? Ou Sudhir pegasse seu telefone por acidente e visse uma mensagem de Peter? Ela tentava carregar o aparelho para todos os lados quando estava em casa, mas e se ela vacilasse uma única vez? Mesmo que não fosse pega, independentemente de qualquer outra coisa, aquilo não era, com toda a certeza, injusto com Sudhir, aquelas fugidas clandestinas, o excesso de vigilância, o segredo e as mentiras?

Maggie franziu a testa. Ah, meu Deus. Meu Deus do Céu. Ela estava agindo exatamente como o pai. Aquilo foi exatamente o que Wallace fizera com ela, fugir pelas costas da esposa à beira da morte, se esgueirando no escuro até o quarto dela, deitando e fazendo com que ela se acomodasse ao seu lado. Maggie tremia de raiva, apesar de não ter certeza de quem era o alvo de toda aquela ira — ela, o pai ou algo maior e mais amorfo que tudo aquilo: a genética, o destino, a maldição do abuso infantil. Droga. Ela se empenhara tanto para não ser como Wallace! Havia sido tão responsável em seus relacionamentos... Até mesmo a escolha de sua profissão foi feita de acordo com o desejo de ajudar os outros, de curar, baseada na crença de que as pessoas podiam escolher ser saudáveis, que podiam escolher levar uma vida honrada, repleta de integridade.

Integridade. Talvez ela devesse desistir dessa palavra por pelo menos alguns anos. Até que conseguisse consertar as coisas com o marido, que não suspeitava de nada, que voltava para casa após um dia de aulas ou de uma semana em uma conferência sem saber que a esposa havia passado a tarde ou a noite andando nua em uma casa de campo nos limites da cidade, ou que havia chegado em casa uma hora antes dele e ido direto para o chuveiro, esfregando a pele até se livrar do cheiro e do toque de Peter Weiss. Até que pudesse se olhar no espelho novamente sem se encolher. Até que todo o ódio que sentia por si mesma e que se acomodava em seu estômago como uma pequena ilha flutuasse para longe.

Maggie olhou para a casa de Sylvia, lutando contra um desejo intenso de rastejar para dentro novamente, para processar com ela a revelação sobre imitar o comportamento desprezível de Wallace.

E então ela pensou: Você não precisa da Sylvia. Você sabe exatamente o que precisa fazer. Mesmo que doa como o inferno. Mesmo que isso signifique enfrentar novamente a velha sensação de abandono da infância. Porque você é adulta agora. Uma mulher crescida, com um bom casamento.

Ela pegou o celular na bolsa e permaneceu sentada com ele nas mãos, observando o lado de fora pelo para-brisa. Eram duas da tarde de uma terça-feira. Peter devia estar na universidade. Ela poderia deixar uma longa mensagem na secretária eletrônica dele. Dessa forma, evitaria a complicada combinação de vergonha e júbilo que sentia todas as vezes que tentava terminar com ele. Não dessa vez. Não dessa vez.

Ela discou o número de Peter e esperou pela secretária eletrônica. Ouviu o cumprimento extravagante e sorriu involuntariamente. Respirou fundo. E então falou para a máquina. Prosseguiu por tanto tempo que a secretária a cortou, e ela teve de ligar uma segunda vez. Sua voz então se tornou mais firme, ela podia ouvir a si mesma. Maggie terminou dizendo que amou cada momento que passou ao lado dele, mas sabia que aquela era a hora de encerrar as coisas, antes que alguém se machucasse. E que ela não o atenderia se ele tentasse ligar novamente, o que Maggie esperava que Peter não o fizesse se tivesse algum respeito por ela.

Ela desligou e jogou o telefone no assento. Conhecia Peter bem o suficiente para saber quão pavio curto ele era, a facilidade com que o ego dele era ferido. Peter, ela suspeitava, não perseguia as mulheres após um certo ponto. E ele também deveria saber que ela deliberadamente havia escolhido ligar quando ele não estava em casa e isso, talvez mais do que suas palavras, o manteria longe.

Então estava feito. Ela havia conseguido, provara a si mesma que era diferente do pai, que Wallace não a corrompera até o âmago. De qualquer forma, Peter deixaria a universidade no final do semestre. Ela simplesmente adiantou a separação inevitável. Ela podia, por fim, concentrar-se no restante de sua vida com Sudhir. E se ocasionalmente sentisse que algo estava faltando, que Peter trouxera à tona um outro lado dela — um lado sexualmente vivo, imprevisível, exuberante — que jamais veria novamente, se ela algum dia se flagrasse comparando o marido de forma desfavorável diante da ambição de Peter, seu cosmopolitismo, seu espírito de aventura, ela diria a si mesma que são qualidades menos ostensivas, como a responsabilidade e a confiança, que fazem bons casamentos.

Maggie reuniu os cacos de seu coração ansioso e dirigiu de volta para casa.

25

Eu estou cansada essa noite. Quando eu terminei limpeza na casa de MaryJo hoje, a amiga dela, Gina, passou por lá com pedido. Ela vai dar uma festa amanhã, e a empregada dela ligou para falar que está doente. Eu poderia, por favor, ir limpar a casa dela mais tarde? Ela pagar extra.

Eu queria dizer não, mas eu não sabia como. Eu também me lembro do que MaryJo me contou recentemente: Gina descobrir que ela tem tipo especial de artrite chamada artrite gotosa. As mãos de Gina não revira como as da *Ma*, mas, ainda assim, como falar não para alguém doente? Então eu disse sim. Eu liga marido para dizer, por favor, come alguma coisa como jantar já que eu volto tarde para casa. Ele faz o estardalhaço de sempre no telefone, mas eu só ouvi e depois disse tchau.

Mais tarde, marido ergueu a cabeça quando eu entrei no apartamento. Meus pés doendo tanto, eu andando como — como dizem isso mesmo em inglês? Eu não sei a palavra — como um *langdi*, um jogador cansado.

No rosto do marido, não tem gentileza.

— Isso é resultado da sua ganância. — Ele aponta para os meus pés. — *Bas*, você arruma um ou dois empregos e já se torna louca por dinheiro. Agora você vai agradecer sua Maggie por isso.

Meu temperamento quente como chili ultimamente.

— Por que *khali-pilli* você arrasta Maggie para essa conversa? O que a Maggie já roubou de você? Por acaso ela já comeu um grão de sal seu? Se alguém deve alguma coisa, esse alguém é você que deve a ela.

— Eu devo a ela? — Voz de marido tão alta como a minha. — Eu? O que aquela nega fez por mim? Ela enchendo a cabeça da minha mulher com pensamento grande e metido à besta. Ela tentando romper meu...

A dor dos meus pés agora entra na minha cabeça. Este homem que me dá dor de cabeça.

— Não chama ela de nega. Isso... isso insulto! A sua própria pele mais escura que a da Maggie. O nome dela... chama ela do jeito certo. "Afro-americana" é o jeito certo.

Marido olha para mim com a boca aberta.

— *Wah, wah*, Lakshmi. Você acha que só porque tem alguns empregos de faxina, porque você dirige carro e ouve aquelas fita idiota para aprender a falar inglês direito você agora *membsahib* americana? Que agora pode ensinar seu marido a falar?

Eu tão cansada. Eu só querer sentar no sofá e ouvir meu CD do Manna Dey. Por que esse homem escolhe essa hora para começar briga comigo? Eu lembro do que Sudhir *babu* disse para mim outro dia. Ele disse que, já que sou cidadã norte-americana, eu tenho exatamente os mesmos direitos que todas as outras pessoas, até mesmo o presidente. Eu sou o mesmo que todas as outras pessoas, até as pessoas brancas, Sudhir *babu* disse. Eu quer contar isso para meu marido, mas eu não sou galo de briga como ele. Por isso eu fico quieta.

Graças a Deus, ele também cala a boca. Ele volta a assistir seu canal de TV de Bollywood e, depois de alguns minutos, eu vou e me sento do lado dele no sofá. É um velho filme de Raj Kapoor, e assistimos em silêncio por alguns minutos. Eu coloco um pé no sofá e faço massagem. Uma vez, quando limpava casa de Maggie, eu entrei na sala de visitas e ela deitada no sofá enquanto Sudhir fazia massagem nos pés dela. Eu senti tantas coisas naquela hora — vergonha, como se os dois estavam nus, mas também a dor doce no meu coração, como quando Raj Kapoor nunca casa com a heroína. Eu penso: Por que meu marido nunca demonstra gentileza comigo?

— Você viu esse filme quando era garoto? — eu pergunto, e marido diz que sim.

— É claro. Era grande sucesso. Passar no cinema da minha cidade por mais de um ano, sem parar.

Eu sorri. Falando sobre filmes hindus, assunto preferido do marido. Ele sabe todas as músicas, que estrela em que filme. Porque eu sou treze anos mais nova que marido, eu não conheço todos os filmes que ele conhece.

— Então o que acontece no final? — eu pergunto.

Marido soltar gargalhada e dar tapinha na minha mão duas vezes.

— Mulher, por que você tão impaciente que não consegue esperar até o final?

— Eu tenho que levantar para esquentar comida. Eu estou com fome. Por isso vou perder o final.

Alguma coisa acontece então. Marido solta grande suspiro e levanta do sofá.

— Você senta — ele diz. — Eu vou esquentar sua janta. Eu já vi esse filme milhões de vezes. — Minha boca fica tão aberta que marido começa a rir. — Fecha a boca — ele fala — antes que a mosca entra.

Eu escuto o bate-bate das panelas de aço inox enquanto marido coloca a comida em um prato para esquentar. Olho ao redor da sala, tentando ver o anjo que está escondido por ali. Por que outro motivo marido preparando meu prato? Talvez ele quer sexo essa noite? Mas, para isso, ele não precisar esquentar minha comida.

E então eu escuto: a voz de Mukesh cantando uma das músicas de mais sucesso de Kapoor. Tão triste, tão bonita, o som da música, como a primeira gota de chuva depois que a terra cansa de esperar. Eu me lembro uma noite quando Shilpa ainda era bebê, e ela chorou e chorou porque ela com fome. Shilpa nasce no ano de pior seca, e a gente tendo tão pouco para comer que *Ma* fica fraca e não conseguir fazer leite para a bebê. Por isso ela sempre com fome e *Dada* ficar maluco por causa do choro do bebê e da fome da mulher que faziam ele se sentir muito mal. Na noite que Shilpa chora até uma da manhã, ele levanta e liga o rádio bem alto para não ouvir o bebê chorando, e essa mesma música do Mukesh tocar no rádio. E o que você acha? A pequena Shilpa cala a boca. E ela cai no sono dois minutos depois.

Anjo é o nome de Mukesh agora na minha casa. Música é a fala dos anjos. Todo mundo sabe disso. É Mukesh quem amolece o coração do meu marido. Música faz as pessoas querer ser boas. Fez ele trazer prato de comida quentinha para mim, enquanto eu sento no sofá como uma *maharani*.

Marido colocar a comida na mesa de centro.

— Coma — ele diz, mas eu espero, com vergonha de comer enquanto ele de pé na minha frente. Ele faz uma careta quando vê meus pés. Estavam inchado de ficar em pé o dia todo. Ele diz alguma coisa entre os dentes e então fala de novo: — Coma. Comida ficando fria.

Quando ele deixa a sala, eu começo a comer, mas eu também me sinto sozinha. Por que ele foi embora? Será que o meu pé parece tão feio que deixa ele com nojo? Eu escuto água correndo na cozinha. Ele está lavando a louça? Se for isso, Mukesh não apenas anjo, ele santo. Eu sei que devia estar ajudando ele, mas é primeira vez durante o dia todo que eu como, e a comida está quente e gostosa. Por que eu disse não quando MaryJo me ofereceu sanduíche mais cedo?

Eu termino de comer e eu coloco prato em cima da mesa. Eu lutando contra meus olhos porque eu quero que eles fiquem abertos para ver o resto do filme, e eles querendo ficar fechados. Por um minuto, eu deixo eles vencerem e, caramba, estou dormindo sentada no sofá.

— Lakshmi. — Voz do marido parece irritada. — Acorda.

— Eu acordada — eu digo, esfregando os olhos e engolindo o bocejo. E então meus olhos abertos, bem grandes.

Marido colocou uma toalha no chão perto de mim. Em cima da toalha tem uma bacia cor-de-rosa cheia de água. Dentro da bacia tem água quente da onde sai fumaça. E também em cima da toalha tem caixa de sais Epsom.

— Aqui — ele dizer. — Coloca os pé dentro desse negócio. Vai diminuir o inchaço.

Mais agora são os meus olhos que estão inchados. Com lágrimas.

— Você fazer isso para mim?

Ele abriu um sorrisinho.

— Para quem mais? — ele diz como se tivesse irritado, mas eu ouvi o orgulho na voz dele.

Talvez anjo não nesta casa. Talvez eu morta e no céu.

— Muito obrigada.

— Não precisa agradecer. Agora, mulher, você ficar aí sentada deixando a água esfriar?

— Não — eu digo, colocando devagar um dos pés dentro da bacia e depois o outro. Em um, dois minutos, eu sinto o cansaço deixando meu corpo.

Marido vem sentar do meu lado.

— Como é a sensação? — ele pergunta.

— Como um combo do Taj Mahal com Las Vegas — eu falo. — O máximo.

Ele parecer surpreso e depois solta uma gargalhada. Pranab, um dos seus amigos de jogo de cartas, fala isso toda vez que pega boas cartas.

— Lakshmi — marido diz quando para de rir —, você ficando esperta com a idade.

As palavras escorrega da minha boca como uma carta escorrega dentro de uma caixa de correio:

— Talvez se eu ficar esperta, você começa a me amar.

Difícil dizer quem mais chocado, ele ou eu. As palavras saem da minha boca, mas não morrem. Elas voam pela sala como pombos, e nós com muita vergonha para olhar para eles.

— Eu só... — eu começa, mas ele quebra minhas palavras.

— Quem diz que eu não amo você? — A voz dele é brincalhona. — Mulher, por que você está sendo idiota de novo?

Sei que ele tenta me aliviar, fazer eu não sentir vergonha. Mas agora eu quero falar, quebrar essa casca de coco dura em que a gente viver dentro por seis anos. Eu lembro de como Maggie pega a mão de Sudhir *babu* quando ele chega em casa do trabalho, e antes de eu poder me controlar, eu pego mão do marido. Mas depois que eu pego, eu não sei o que fazer mais. Deixar ela em cima da minha perna? Cobrir ela na minha mão? Segurar ela no ar? Ele me ajudar colocando minhas duas mãos no joelho dele.

— *Ji*, eu quero falar uma coisa — eu digo. — Eu quero falar que eu pedir desculpas pelo que aconteceu antes. Eu sei que você não me ama. Tudo bem. Eu sei que você é um bom homem. Você gentil e honesto. Você merece esposa boa. Desculpa pela forma como eu destruí sua vida. Se eu voltar para a Terra dez vezes, ainda assim eu não mereço seu perdão. Desculpa eu.

Por seis anos essas palavras viveram dentro de mim, movendo do meu coração para a minha boca e de volta para o meu coração. Por que eu não disse elas antes? Talvez porque eu com medo, como eu estou agora. Sem mexer minha cabeça, eu olho para marido. Ele não olha para mim. Um minuto, dois minutos passam. Eu escuto tique-taque do relógio na parede. Ele então fala:

— Não tem sentido falar do passado, Lakshmi. Era o nosso destino, *bas*. Decisão de Deus.

Nós dois olhando para filme de Raj Kapoor sem se mexer, mas tem muitas lágrimas nos meus olhos. Parece que eu vejo Raj Kapoor pelo para-brisa em um dia de chuva. Qual é palavra certa? Bolado? Borrado. Depois de um minuto, marido levanta do sofá.

— Preciso calcular as receitas do dia no computador — ele dizer, mas eu sei que ele inventando desculpa para me deixar. As minhas palavras também deixam ele chateado.

Eu fico no sofá depois de ele entrar no banheiro. Devagar, a água na bacia ficar fria, do mesmo jeito que o frio entra no meu coração.

26

Maggie olhou para Lakshmi com curiosidade, tentando lembrar se algum dia já vira aquela mulher tão transtornada ou inquieta. Lakshmi havia ligado mais cedo naquela manhã para perguntar se poderia ir até sua casa.

— É uma urgência — ela dissera. — Se você tiver uma hora, por favor, me encaixa.

Hoje era o dia de folga de Maggie no hospital. Ela planejara resolver várias pendências naquela manhã antes do primeiro paciente, marcado para duas da tarde, mas as tarefas obviamente teriam de esperar. Ao contrário de alguns de seus outros pacientes, Lakshmi não ligaria se não estivesse passando de fato por uma crise.

— Sim, é claro — Maggie respondeu. — Você consegue chegar aqui às dez?

Houve uma pausa breve, e então Lakshmi disse:

— Sim. Eu devia ajudar Rekha hoje, mas ela pode dar conta sozinha.

Agora que Lakshmi estava sentada na poltrona de couro diante de Maggie, ela estava estranhamente calada. Quando estava prestes a começar uma frase, parava e então a iniciativa esmorecia. Ela começava de novo e depois balançava a cabeça, furiosa, como se negasse as lágrimas que insistiam em tomar conta de seus olhos.

— O que foi? — Maggie perguntou de novo. — O que há de errado? Você disse que era uma emergência.

— Eu... É uma emergência, Maggie. Mas não desse jeito. O que eu estou dizendo é que... É de antes. Noite passada...

— Não estou entenden...

— Maggie. Eu tenho que contar. Um segredo. Uma coisa ruim que eu fiz.

— O que quer que seja...

— Mas eu não posso contar. Assim. Eu sinto seus olhos em mim. Por favor, podemos sair para andar um pouco? Por favor.

Era final de fevereiro, não havia neve no chão, mas ainda assim fazia apenas três graus. Maggie sentiu uma pontada nos joelhos ao pensar na possibilidade de andar no frio, mas Lakshmi parecia prestes a entrar em colapso no consultório se Maggie recusasse seu pedido.

— Tudo bem — ela disse depressa. — Vou pegar meu casaco.

Pelo menos não ventava muito, e o sol tinha saído. Maggie atravessou a rua em direção à calçada mais ensolarada. Lakshmi a seguiu, mantendo-se bem próxima a ela.

— Tudo bem — Maggie recomeçou. — Você quer me dizer o que está acontecendo?

Tomate, o gato malhado que vivia a algumas casas descendo a rua, foi até a calçada se esfregar nelas, e Lakshmi se abaixou para acariciá-lo. Quando ela se ergueu novamente, Maggie viu que o nariz dela estava vermelho, mas não conseguia decifrar se era por causa do frio ou se Lakshmi chorava. Decidiu esperar.

— Maggie. Se eu contar um segredo, você promete que não vai me botar para fora?

— Botá-la para fora? O que você quer dizer com isso?

Lakshmi parecia impaciente.

— Você sabe, me chutar. Deixar de ser minha amiga.

Maggie mordeu o lábio inferior para conter uma gargalhada.

— Ah, você quer dizer dar um fora. E não botar para fora.

— Tudo bem. Mas você promete?

— Que pergunta ridícula, Lakshmi. É claro que não vou deixar de ser sua amiga. Ou sua terapeuta — ela acrescentou.

Lakshmi virou a cabeça e encarou Maggie enquanto andavam, olhando para ela por um longo intervalo como se a avaliasse, tentando se decidir a respeito de algo. Contendo um suspiro, Maggie colocou uma das mãos nos ombros de Lakshmi.

— Minha querida, o que quer que seja, você vai se sentir melhor depois que me contar. Agora, o que aconteceu?

Pela primeira vez naquela manhã, Lakshmi sorriu.

— Shilpa e eu costumava andar assim, com a mão dela no meu ombro. *Chacha* Ravi, que é homem mais velho da nossa vila, costuma abençoar quando a gente passava pela casa dele. "Vocês, irmãs, sempre devem ficar assim próximas, não apenas nesse *janam*, mas também pelo resto do outro nascimento." E, Maggie, eu sempre costumar pensar, é claro que vamos ser assim próximas para sempre. Nós irmãs, não? Eu nunca pensei que chegar um dia em que eu não sabia se minha Shilpa está viva ou morta.

— Essa coisa... esse segredo... tem a ver com Shilpa? — Maggie perguntou com suavidade.

— Sim. Não. Sim. Maggie. Acredita em mim quando eu digo que tudo tem a ver com Shilpa. Mesmo quando eu fiz esse grande pecado, ter a ver com Shilpa. — As lágrimas rolavam pelo rosto de Lakshmi. — Mesmo que para salvar minha Shilpa, eu podia matar outra pessoa.

Elas chegaram ao parque no início da rua, e Maggie fez um gesto em direção ao lago. A não ser por seis ou sete gansos canadenses, não havia mais ninguém ali.

— Quer dar uma volta ao redor do lago? — ela perguntou.

Lakshmi assentiu. Por causa do frio elas caminhavam depressa, e quando Lakshmi terminou sua história, ambas estavam um pouco sem ar.

27

ERA O TERCEIRO E ÚLTIMO DIA do *mela*, e Lakshmi, Shilpa e três de suas amigas comiam o segundo prato de *pyali*, uma mistura criativa e apimentada de grão-de-bico, cebola e batatas cozidas que todas as meninas amavam. Com os bolsos cheios graças ao pagamento mensal que recebia pelo serviço de contabilidade, Lakshmi provia as outras quatro.

— *Didi* — Shilpa arfou. — Podemos beber caldo de cana? Esse negócio está fazendo minha boca queimar.

— *Arre, minduim.* — Lakshmi soltou uma gargalhada. — Pelo menos termina uma coisa antes de pedir a próxima.

Ela sorriu novamente porque aquela era uma noite quente e bela, porque a chuva havia dado uma trégua, porque ainda havia três horas de festa antes que o festival terminasse naquele ano, porque ela estava lá com a irmã e as amigas e porque tinha dinheiro no bolso. Lakshmi jogou a cabeça para trás, contemplando o céu retinto cujas estrelas foram ocultadas pelas luzes do *mela*, porém logo em seguida a gargalhada ficou presa em sua garganta e ela franziu a testa. A poucos metros do grupo de meninas estava um homem, um homem alto, de pele escura, de meia-idade, com o cabelo ralo penteado sobre a testa. Bastou um olhar de relance para que Lakshmi soubesse que havia algo de diferente naquele homem, um toque estrangeiro — o modelo de sua camisa era um pouco mais estiloso do que o dos outros homens que circulavam por ali, o corte de cabelo era um pouco menos austero que o dos locais. Um estrangeiro em meio a eles. O que fez com que a risada ficasse presa em sua garganta foi a intensidade com que ele olhava para elas. Lakshmi virou a cabeça involuntariamente para acompanhar o campo de visão dele e percebeu, começando a se sentir ultrajada, que ele encarava Shilpa, sua irmãzinha, que não fazia a menor ideia do olhar dele, que sugava o último grão-de-bico de seus lábios de uma maneira que Lakshmi sabia que, apesar de inocente, poderia muito bem ser mal-entendida como um gesto sedutor. Sentiu uma onda de ódio pelo estranho, que com toda a certeza havia interpretado o ato inocente da irmã da maneira errada e a encarava com uma ousadia que Lakshmi considerou chocante. Ela moveu o corpo alguns centímetros, posicionando-se entre Shilpa e o homem, bloqueando a visão dele, e foi recompensada com um olhar. Ela olhou de volta e o homem pareceu perplexo, como se houvesse acabado de notar que ela percebera seus olhares. Mais que depressa ele virou para o outro lado, e Lakshmi também estava prestes a desviar os olhos quando o flagrou conversando com um homem que ela reconheceu, ainda que vagamente.

Ela já tinha chegado ao limite.

— Vamos — ela chamou as outras com rudeza, puxando uma das mangas da *kurta* de Shilpa. — Largue essa tigela vazia.

— Mas *didi*...

— Você não me ouviu? Vamos!

Ignorando as reclamações das outras amigas, ela começou a puxar Shilpa.

— Pra onde estamos indo? Por que a pressa? — Shilpa resmungou, mas, como sempre, deixou que a irmã mais velha a conduzisse.

— Você disse que queria caldo de cana, não é? — Lakshmi lembrou.

Ela soube que dissera a coisa certa quando ouviu Shilpa grunhir:

— É.

Porém, quando chegaram à barraca de caldo de cana, o homem e seu amigo estavam lá. Lakshmi sentiu uma pontada de apreensão. Será que o homem as conhecia? Por que ele as seguia? Por que olhava para elas dessa forma tão ousada? O que lhe dava esse direito? Desejou que seu *Dada* estivesse ali, mas, após acompanhá-las no *mela* no dia da abertura, *Dada* se recusara a ir nas outras duas noites.

— Vocês, garotas bobas, vão — ele disse. — Dá para ver tudo o que tem lá no primeiro dia.

Elas olharam para o pai, confusas, incapazes de explicar o óbvio: elas queriam ir mais e mais vezes porque se divertiram muito no primeiro dia e para reviver todo aquele contentamento, comer mais *bhelpuri* e outras guloseimas, andar na roda-gigante até se sentirem tontas, ver os atores fantasiados e com o rosto coberto de maquiagem reencenar trechos do *Mahabharata*, apesar de no segundo dia elas conhecerem de cor a maioria dos diálogos. Aquele era o *mela*! Acontecia só uma vez por ano. E as tirava da insônia e da dureza de sua vida cotidiana e despertava com diversão, música, jogos, empolgação, luzes, cor; fazia com que ouvissem o som agitado de sua juventude, despertava seus sonhos de Bollywood e os fazia parecer possíveis. O festival as conectava com o resto do mundo porque as pessoas das vilas das redondezas também participavam do *mela*. Assim, durante três dias, elas viam mais gente do que em todo o restante do ano. É claro que elas voltariam para o *mela*, espremendo qualquer gota de cor e excitação, de forma que sua vida cotidiana em preto e branco se tornava, durante aqueles três dias, viva com tons de vermelho, azul e verde.

Naquele momento, Lakshmi sentia a falta do pai. Porque as garotas tinham quase terminado suas bebidas, porém os homens se demoravam por ali. Ela estava impressionada com o fato de nenhuma das outras quatro ter percebido nada. Os olhos desavergonhados do homem já estavam quase saltando das órbitas enquanto ele emporcalhava sua bela irmã com seu olhar. Mais uma vez ela se pôs entre os dois, sentindo como se os olhos dele abrissem buracos na barreira formada por suas costas.

Quando se virou novamente, eles haviam ido embora. Lakshmi olhou para a direita e para a esquerda, incapaz de acreditar em sua sorte, mas não os viu. Espere, logo em seguida ela os vislumbrou, afastando-se com pressa, o homem alto de camisa azul inclinando-se levemente para ouvir o que o amigo dizia. "Vão, vão", ela falava a si mesma sem mexer os lábios. "Levem esse seu lixo para algum outro lugar."

— *Ae, didi, kya hua?* O que vocês acham de comer coalhada? Esse caldo de cana estava doce, não é?

As outras meninas soltaram risadinhas, e Lakshmi se permitiu abandonar aquela sensação de ultraje. O homem não era dali, obviamente vinha da cidade. Lakshmi ouvira que as pessoas da cidade não tinham boas maneiras. Ninguém ensinou ao estranho que homens de boa família não encaram mulheres desconhecidas como se quisessem...? Lakshmi ficou vermelha e afastou a imagem que se formava em sua cabeça.

— Vamos dar uma olhada naquela barraca que está vendendo pulseiras — pediu Shilpa, e Lakshmi prontamente concordou.

Quando o festival terminou naquela noite, ela já havia se esquecido do estranho e de suas maneiras rudes de estrangeiro.

O estômago de Lakshmi revirou quando ela o viu novamente. Sentado ao lado de *Dada* na cama de aramado diante da casa. O sol do final da tarde reluzia no grande relógio de ouro que ele usava. Lakshmi, que voltara para casa depois de passar o dia inteiro cuidando das contas de Menon *sahib*, conteve um tremor ao ver o pulso grosso que o relógio envolvia e, abaixo deles, os dedos curtos e gordos.

— *Arre, beti*, venha — disse *Dada*. — Venha, temos boas notícias.

O homem se ergueu da cama e juntou as mãos.

— *Namastê, ji* — ele a cumprimentou. Um sorriso levemente afetado brincava em seus lábios, como se eles compartilhassem uma piada da qual *Dada* havia sido excluído.

Lakshmi olhou para o pai, que parecia mais feliz e menos sobrecarregado do que se sentia em anos. Será que esse estranho era um *jadoogar*, alguém que podia deixar seu pai dez anos mais jovem? Ela ergueu as sobrancelhas em uma indagação silenciosa para o pai.

— *Beti*, sente-se. — *Dada* deu tapinhas na cama, mas Lakshmi continuou de pé. Após um momento, o pai continuou: — *Achcha*, fique de pé então. Mas...

— Você diz que tem boas notícias — ela o interrompeu. — O que é?

Dada soltou uma gargalhada.

— Temos um pedido — ele informou. Quando Lakshmi olhou para o pai, inexpressiva, ele acrescentou: — Um pedido de casamento, quero dizer. Para nossa Shilpa.

— De quem? — Lakshmi indagou, perguntando a si mesma se Dilip havia tomado coragem para pedir a mão de Shilpa a *Dada*. Mas por que ele não contou a ela primeiro?

— *Arre, wah*. Que tipo de pergunta é essa, *beta*? — *Dada* olhou de relance para o homem sentado ao lado dele. — Deste jovem, é claro. O nome dele é Adit Patil, do distrito de Annavati. E ele veio até nós da América.

O homem juntou as mãos e disse *namastê* novamente, porém Lakshmi o ignorou. Será que *Dada* estava com catarata? De onde ele tirou que aquela montanha sentada ao lado dele era jovem?

— Ele tem quase a sua idade, *Dada* — ela disse. — Como ele pode se casar com nossa pequena Shilpa?

Patil lhe lançou um olhar venenoso.

— Tenho só trinta e três anos.

Ela o ignorou.

— Além disso, o que nossa Shilpa iria querer na América? — Ela baixou a voz. — Dizem que todos eles comem bife por lá.

— Me desculpe — o homem interrompeu. — Tenho um famoso restaurante na América. E eu nunca sirvo bife. — Ele abriu outro sorrisinho afetado, como se triunfasse sobre Lakshmi, e ela o encarou de volta, sem temer que o rosto demonstrasse seu desgosto.

— Viu, Lakshmi? — *Dada* disse, irritado. Havia um tom apaziguador na voz dele que a deixou sem graça. — Este é um bom homem. Ele recebeu excelentes recomendações de Vithal, da nossa vila.

Ela sentiu uma onda de irritação pelo pai e, em vez de escondê-la, perguntou:

— Onde está Shilpa?

— Ela foi para a casa da Jyoti estudar para a prova de amanhã. — *Dada* se virou para o estranho. — Minha filhinha é muito inteligente. Ela estava trabalhando como estenógrafa, mas agora faz curso de informática. As minhas duas filhas vão para a escola. — Ele apontou para Lakshmi com o queixo. — Mas esta aqui teve que parar depois que a mãe ficou doente.

O homem mal ergueu os olhos para olhar para Lakshmi, que sentiu o rosto queimar. Por que *Dada* tinha que falar sobre a vida dela com aquele estranho? Ela abriu a boca, mas o homem a cortou.

— Sua Shilpa pode ir para a faculdade na América — ele disse, expansivo. — Eu mesmo vou pagar as mensalidades.

Dada abriu um sorriso radiante.

— Minha filha indo para a faculdade? Gostaria que minha esposa estivesse viva para presenciar esse dia, *beta*.

O homem lançou um olhar triunfante para Lakshmi.

— E como eu mencionei mais cedo, tio — o homem disse em voz alta, e Lakshmi tinha certeza de que falava aquilo para ela —, não vou pedir dote. Na América, a gente não acredita nesse tipo de coisa.

Aquilo explicava a expressão de alívio no rosto de *Dada*. Que pai não ficaria aliviado diante de um pretendente que não queria *lakhs* de rupias, milhões, milhões, um carro, ou pelo menos uma geladeira e um fogão em troca do favor de levar sua jovem filha solteira pelas mãos? Por um momento, Lakshmi baixou um pouco a guarda. Talvez ela houvesse julgado mal aquele homem. Porém, no segundo seguinte ela se lembrou de Dilip e sentiu um aperto no peito. Shilpa jamais concordaria com aquele pedido. E, então, o que aconteceria? Será que o pai a forçaria a se casar contra a própria vontade?

— *Beti*, você vai ficar aí parada como uma estátua ou vai entrar e nos preparar um pouco de chá? — A voz de *Dada* era brincalhona, mas os olhos dele estavam sérios. O comportamento rude de Lakshmi não passara despercebido.

Ela assentiu e baixou a cabeça para entrar na casa. Acendeu o velho fogareiro a querosene, pegou a panela amassada, mediu dois copos d'água e adicionou as folhas de chá. Enquanto esperava que a água fervesse, podia ouvir os dois homens do lado de fora, suas gargalhadas, depois os murmúrios de suas vozes que se elevavam e em seguida voltavam a ser sussurros.

— Eu peço desculpas, *beta* — ela ouviu o pai dizer. — Minha Lakshmi criou a irmã depois de a mãe morrer. Ela é como uma tigresa quando... — Ela não conseguiu ouvir as palavras do pai quando o homem falou ao mesmo tempo que ele. Lakshmi conseguiu apenas distinguir um "minha irmã mais velha" e "as mulheres são assim".

Ela permaneceu na cozinha por um momento além do necessário, relutando em se juntar aos dois homens, mas, no último minuto, algum decoro ancestral fez com que pegasse um pratinho e colocasse sobre ele seis biscoitos

Glucose para serem servidos junto com o chá. Equilibrando as duas xícaras e o prato, ela voltou e, quando o homem a viu, levantou-se em um salto e pegou uma das xícaras de sua mão. Os dedos roçaram nos dela enquanto ele removia a xícara e Lakshmi pulou para trás, derramando algumas gotas da xícara do pai. Torceu para que o homem não tivesse percebido, porém ele notara e ergueu a sobrancelha direita devagar, como se intrigado com sua óbvia aversão por ele.

— Obrigado — ele disse em inglês. — Bom chá.

Em resposta, ela se virou para o pai em busca de orientações. Eles nunca haviam recebido uma proposta de casamento até aquele dia, e ela não tinha a menor ideia se deveria participar ou se o correto era deixar as negociações para os dois homens. Porém, aparentemente a conversa entre eles estava encerrada, pois, após mais alguns goles de chá, o homem pousou a xícara no chão ao lado da cama de cordame e declarou:

— Bem, já tomei muito do seu tempo. Vou para Bombaim amanhã e passarei alguns dias lá, mas minha irmã mais velha vai fazer contato. Ela vai trazer para o senhor o horóscopo e qualquer outra coisa que seja necessária. Meu único pedido é que, caso o senhor aceite minha proposta, o *shaadi* seja planejado para daqui a duas semanas, *ji*. Preciso voltar para o meu restaurante, o senhor sabe como é.

Dada pareceu surpreso.

— Duas semanas para planejar um casamento? *Beta*, como poderemos planejar assim tão depressa? Além disso, tenho que ver como vão ficar as coisas com a minha Lakshmi. O que vão achar se a irmã mais nova casar antes da mais velha?

Os olhos do homem cintilaram com desdém na direção de Lakshmi.

— Os tempos são diferentes agora — ele disse a *Dada*. — Se uma boa proposta vem primeiro para filha mais nova, o que você pode fazer? — Ele se inclinou na direção do homem mais velho. — Não tem muitos homens que não querem dote, tio. Até minha própria família está irritada comigo, dizendo que eu voltei da América com ideias modernas. Mas, com o dinheiro que economizar, você pode dar um dote grande para essa aí.

Lakshmi corou ao ouvir o que o homem havia insinuado, embora não dissera, que, com sua aparência comum, ela iria precisar daquele dote.

Dada assentiu devagar.

— Você fala coisa que faz sentido, *beta*. — Ele piscou algumas vezes. — Eu só não estava pronto para perder minha Shilpa tão cedo. Desde que a mãe dela morreu...

— Tio, se o senhor preferir, até mesmo depois do casamento ela pode ficar com o senhor. É claro, segundo o costume, depois do dia do casamento, a garota se muda para viver com a família do marido. — Ele soltou um longo suspiro. — Mas o senhor é um viúvo. Eu entendo. Por isso ela pode ficar aqui. Conseguir o visto para ela ir para a América vai levar alguns meses, sabe? Esse tempo, ela pode passar aqui.

Contra a própria vontade, Lakshmi se flagrou admirando a tenacidade do homem. Aquele ali tinha uma resposta para tudo. De que outra maneira ele poderia ter um restaurante grande e famoso na América?

O homem se levantou para ir embora.

— Minha irmã vai entregar o horóscopo amanhã. E então vamos esperar pela sua resposta.

Shilpa não estava estudando na casa da amiga, como *Dada* pensava. Lakshmi sabia exatamente onde ela estava: no cinema a duas cidades dali, com Dilip. No último ano, em qualquer oportunidade que tinha, Shilpa se encontrava com o rapaz. Lakshmi sentia falta da irmã mais nova, mas compreendia a situação. Gostava de Dilip. Dono de uma pequena oficina mecânica que abrira dois anos antes, Dilip era trabalhador, honesto e, o melhor de tudo, tinha o riso fácil. Quando estavam juntos, ele e Shilpa agiam como irmão e irmã, sempre rindo, brincando, beliscando e implicando um com o outro. Dilip só tinha uma mancha em seu currículo: era pobre. Com seus rendimentos como mecânico, sustentava os pais e três irmãs mais novas. Lakshmi sabia o que isso significava: os pais de Dilip tentariam casar aquele seu único filho homem com uma mulher que trouxesse um grande dote. *Dada* talvez pudesse arcar com um bom dote para uma delas. Mas para as duas? Mesmo que ele hipotecasse a casa, não conseguiria levantar todo aquele dinheiro. E também nenhuma das duas filhas permitiria que ele fizesse isso. Poucos meses antes, quando Lakshmi insistiu para que Shilpa contasse ao pai a respeito de Dilip, Shilpa insinuara a mesma coisa.

— Eu sei que *Dada* não pode pagar dote pra nós duas, *didi*. Dilip e eu, nós somos jovens. Não temos pressa de casar. Nós esperamos.

O que Shilpa não mencionara era óbvio: Vamos esperar até que alguém peça você em casamento. Vamos esperar até saber quanto eles pedirão para casar com uma mulher de vinte e seis anos com o rosto tão moreno e comum como um *chapati*. Então vamos saber quanto dinheiro vai sobrar para mim.

E havia aquela complicação. Ou será que era uma oportunidade? Aquilo era mesmo inédito: um homem dono de um restaurante famoso nos Estados Unidos pedindo em casamento uma mulher sem nem mesmo conferir se os horóscopos eram compatíveis e, como se isso não fosse suficiente, recusando o dote. Tudo porque ele tinha se apaixonado loucamente por ela durante o *mela*. Aquilo parecia um milagre, algo que só acontecia nos filmes indianos. A não ser pelo fato de que o homem que fez o pedido não era Shahrukh Khan nem Abhishek Bachchan. Era um homem corpulento, de expressão séria, com cabelo fino e que queria fugir com sua jovem e bela irmã. Ela jamais poderia imaginar Shilpa dando soquinhos brincalhões no braço daquele homem como ela fazia com Dilip, não conseguia imaginá-lo gargalhando com as piadas bobas de Shilpa como Dilip costumava fazer, não conseguia ver os dois cantando a plenos pulmões enquanto passeavam em uma lambreta.

Lakshmi ergueu a cabeça ao se lembrar da lambreta de Dilip. Ela sabia exatamente o lugar onde Dilip costumava deixar Shilpa, do outro lado do campo, de forma que ela pudesse fingir que voltava da casa de Jyoti. O pai olhou para cima quando ela se levantou de sua cama dobrável, desviando sua atenção da velha TV que Menon *sahib* havia dado para eles.

— Você está indo a algum lugar, *beti*?

— Acho que seria bom buscar a pequenininha na casa da Jyoti. Você sabe o que ela acha de voltar sozinha.

Dada assentiu.

— Vai buscar ela, *beti*. Shilpa sempre teve medo do escuro.

Apesar de o sol estar se pondo, Lakshmi caminhou depressa pela terra que lhe era tão familiar. Seus pés conheciam cada sulco e espinhaço da fazenda de seu pai. Ela havia acabado de chegar à estradinha que cercava a propriedade quando ouviu o som da lambreta de Dilip.

— *Didi* — Shilpa disse, ofegante, com os olhos castanhos tomados pela preocupação quando deslizou de cima do assento. — O que foi? Aconteceu alguma coisa com o *Dada*...?

— Ele está bem. Todo mundo está bem. Eu só quero dar uma caminhada noturna.

Dilip se inclinou para a frente. Seu sorriso de sempre estava um pouco mais radiante naquele dia.

— Temos boas notícias para você, *didi*. — Ele fez o motor da lambreta roncar. — Shilpa vai contar para você. *Achcha, chalta hu.* Tchau.

Elas esperaram até não conseguirem mais ver a sombra de Dilip e, então, com as mãos nos ombros uma da outra como sempre faziam, começaram a caminhar para casa.

— E então, qual é boa notícia? — Lakshmi perguntou.

— Sim, sim, *didi*, espera, *na*, eu já ia contar. — Shilpa parou de andar e se virou de forma que as duas mulheres encarassem uma à outra. — Sabe o Roshan? Aquele que trabalha na oficina do Dilip? Bem, *didi*, ele contou para Dilip que gosta de você. Mas ele tem medo de você porque você trabalha na loja de Menon *sahib* e todo o resto. Ele acha que você é uma pessoa muito importante.

Lakshmi sentiu o rosto ficar vermelho. Roshan frequentara a escola com ela. Mesmo quando menino, ele era educado e tinha uma fala mansa. E tinha boa aparência. Para disfarçar quanto ficara sem graça, ela perguntou, com aspereza:

— Por que Dilip estava falando de mim com um homem estranho?

— Ele não fez isso, *didi*. Foi o Roshan que foi até ele. Para pedir um conselho.

Uma revoada de pássaros voou sobre a cabeça das duas enquanto seguiam para casa sob a luz mortiça do fim do dia. Lakshmi acompanhou o voo frenético das aves, e quando olhou para o céu seus olhos se encheram de lágrimas. *Ae, bhagwan*, ela pensou. Meu Deus, por que você está pregando essas peças na sua Lakshmi? Ela sempre admirou Roshan, mas jamais imaginara que ele a notava daquela maneira. Só que ele tinha coragem suficiente para falar com Dilip sobre ela. Nem mesmo o fato de ter há muito passado da idade de casar havia impedido Roshan de gostar dela.

Mas qual seria a utilidade daquilo?, Lakshmi pensou, furiosa. Se ela chegasse até mesmo a considerar aquele casamento, de onde viria o dinheiro para o casamento de Shilpa com Dilip? E enquanto ela, a mais velha, permanecesse solteira, como Shilpa poderia se casar?

— *Didi*? Você está feliz por...?

— Eu também tenho novidades — ela interrompeu a irmã. — Alguém foi à nossa casa hoje. Com um pedido de casamento. Para você.

— Grande piadista você é, *didi*. — Shilpa começou a dar risadinhas, mas parou de repente ao ver a expressão no rosto de Lakshmi. — *Didi*?

— Sem piada. — Lakshmi balançou a cabeça. — Sem piada. Ele é do distrito de Annavati — ela continuou. — Ele viu você no *mela* e fez perguntas. Ele veio falar com *Dada* hoje. Disse que espera casar com você em duas semanas, no máximo. E então volta para a América, onde ele fica, e faz o visto para você. Você vai para lá alguns meses depois.

Mesmo naquela escuridão crescente, Lakshmi foi capaz de ver o medo no rosto de Shilpa.

— E o que o *Dada* falou?

Ela deu de ombros.

— O que *Dada* pode dizer? Nós também vamos fazer perguntas para ver de que tipo de *khandan* ele vem. Família do marido é mais importante que o marido. *Dada* disse que amanhã ele manda o horóscopo dele para comparar com o seu.

Shilpa baixou a voz, porém o tom com que falava assustou Lakshmi.

— E você, *didi*? O que você disse?

Um calor subiu pelo rosto de Lakshmi. Por que Shilpa falava como quem a acusava de algo?

— O que eu posso dizer? Eu sou mulher. Quem pergunta alguma coisa para mim? Isso é assunto de homem, Shilpa.

— Eu amo Dilip. Você sabe disso, *didi*. E mesmo assim você não falou nada?

Elas estavam próximas o suficiente da casa para ver a luz azul da televisão pela janela. Ainda assim, Lakshmi não se deu ao trabalho de manter a voz baixa.

— Ontem você estava implorando para eu não contar para o *Dada* sobre o Dilip. Hoje você está irritada porque eu mantive minha boca fechada. O que você quer de mim, Shilpa? O que você quer?

Como resposta, Shilpa acelerou o passo.

— Espera! — Lakshmi gritou. — Me escuta. — Porém, a mulher mais jovem simplesmente caminhou mais depressa.

O pai cumprimentou as duas na porta.

— Já deu a boa notícia para a sua *munni*? — ele perguntou.

— *Dada* — disse Shilpa —, eu não quero casar com o homem da América. Estou feliz aqui em nossa pequena vila.

O velho balançou a cabeça.

— *Arre, munni, beti*, você só está com medo. Vamos fazer a investigação, mas se horóscopo bater e o que a gente ouvir da família dele for bom, então por que esperar, *beti*? Nós somos pessoas pobres. Quantas boas ofertas vamos receber? Quero ver minhas filhas encaminhadas na vida antes de morrer.

— Então, casa a Lakshmi primeiro. Ela é mais velha.

Uma expressão de vergonha se instalou no rosto de *Dada*.

— O que eu posso fazer, *beti*? A oferta é para você. E, por não ter que pagar dote para você, talvez eu possa encontrar um bom par para Lakshmi.

Shilpa lançou um olhar cortante para Lakshmi e depois se voltou novamente para o pai.

— O que você quer dizer com "não ter que pagar dote"? Ele não quer dote? *Dada* parecia incrédulo.

— Você não contou isso pra ela? A melhor parte e você não conta pra ela?

— Sem chance. Eu não tenho que contar nada. Ela só...

— Então quer dizer que eu vou ser a *bakri* aqui? A cabra que tem de ser morta para Lakshmi ter dinheiro para o dote?

Lakshmi fechou os olhos, com medo de que a dor tomasse conta deles. Em toda a sua vida, ela jamais vira Shilpa falar daquela maneira. Ela balançou a cabeça, tentando se concentrar no que Shilpa dizia.

— *Dada*, escute. Estou saindo com uma pessoa. Não quis falar nada até agora. Mas o nome dele é Dilip. E nós temos sentimentos um pelo outro. Nós queremos casar, *Dada*.

Em um primeiro momento, o velho pareceu confuso, mas logo se mostrou abatido.

— *Dada*, vem sentar. — Lakshmi o conduziu até a cama dobrável.

— Você estava sabendo disso?

Lakshmi ignorou a pergunta acusatória do pai e correu para a cozinha para buscar um copo d'água para ele.

— Agora que você fala isso? — *Dada* dizia quando ela retornou para a sala. — Depois de eu convidar o pobre homem para nossa casa e receber um bom pedido? O nome e a *izzat* do seu pai não significam nada para você, *beti*?

Shilpa começou a chorar.

— Eu sei, *Dada*. Desculpe. Dilip estava querendo economizar algum dinheiro antes de falar com o senhor. A oficina mecânica dele é nova, *Dada*. Ele está sustentando toda a família. A gente estava só tentando...

— *Wah, wah*. Agora nós vamos despachar a oferta do homem de negócios rico da América para esperar algum mecânico idiota economizar dinheiro! — *Dada* declarou, feroz. — Uma vez na vida Deus envia boa sorte para nossa casa e nós dizemos para Deus para, por favor, ir embora. *Shabash, beti*. Muito bem.

— *Dada*, eu amo Dilip. Nós queremos casar. — Shilpa lançou um olhar raivoso a Lakshmi. — *Didi*, por que você não falou nada?

Lakshmi se sentiu lenta, dormente; podia sentir as engrenagens de seu cérebro ranger até finalmente pararem de funcionar. A menina que se jogou em um poço para impedir que um garotinho se afogasse, a menina que ganhou um prêmio por recitar um poema, a jovem que encarou um elefante e descobriu a origem de sua dor, a mulher cujo homem mais rico da vila a tratava como uma sobrinha querida — aquela Lakshmi havia desaparecido, havia sido eclipsada por um homem que aparecera como um pesadelo mais cedo naquele dia. Essa Lakshmi, que estava ali sentada, muda, enquanto as pessoas que mais amava no mundo conversavam, não conseguia decidir que lado tomar, quem tinha o melhor argumento. Seu coração doía por sua irmãzinha, a quem jamais fora capaz de negar nada até aquele momento. Entretanto, contrariada com a reivindicação do pai, Shilpa miava como uma gatinha, sua declaração de amor a Dilip soando, de certa forma, infantil. *Dada* estava certo. Por desconhecer o envolvimento da filha com Dilip, deu sua palavra de que consideraria com seriedade o pedido de casamento do outro homem. Sua reputação e seu nome estavam em jogo. Mesmo que pudesse ignorar esse fato, era impossível ignorar o persuasivo fator financeiro. Nada mudaria o fato de que um pedido de casamento sem dote era o tipo de bênção pela qual a maior parte das famílias agradeceria para todo o sempre. Cego por seu desejo por Shilpa, o homem transformara um completo absurdo em uma oferta. Cega por seu amor por Dilip, Shilpa a rejeitava sem nem ao menos pensar a respeito.

E ainda havia outro lado. O lado dela. Seria culpa de Lakshmi ter nascido sem a beleza natural que Shilpa possuía? Ter nascido em uma família tão pobre que o pai não era capaz de pagar dois dotes? Que os pais fossem tão amaldiçoados por não possuírem um filho homem, o que significava que eles teriam de arcar com o custo de casar duas filhas? O simples fato de ter descoberto que Roshan havia perguntado sobre ela abrira todo um novo cenário. Caso Shilpa aceitasse a proposta do homem e Roshan fizesse vista grossa para o estigma de que a irmã mais nova casara primeiro, então haveria dinheiro suficiente para que ela se casasse.

— Não! — ela disse a si mesma, embora as expressões surpresas dos outros dois rostos lhe indicassem que falara aquilo em voz alta. Não. Ela não colocaria seus desejos à frente dos da irmã. Ela era um pedaço de lata, e Shilpa, uma pepita de ouro. Shilpa nasceu bonita, ela nasceu comum. Sempre foi assim, e Lakshmi jamais se ressentira ou desafiara essa hierarquia. Estava feliz em ser a mula para que Shilpa fosse o cavalo de corrida. Largara a escola, cuidara da mãe, trabalhara como um homem na lavoura ao lado do pai, penetrara na vida de Menon *sahib*, tudo isso para que Shilpa pudesse terminar os estudos, que não tivesse de carregar o fardo de cuidar da mãe, que não tivesse que labutar na lavoura. Apesar de ser apenas cinco anos mais velha, tinha a impressão de ter dado à luz Shilpa, sentia a obrigação parental de suportar qualquer peso, engolir qualquer humilhação para facilitar o caminho dela. Até então, havia funcionado. Shilpa era uma das poucas mulheres da vila que terminara o ensino médio. Ela agora tinha um bom emprego como secretária na cidade e também tomava aulas de ciência da computação. E estava apaixonada por um camarada gentil e alegre que tinha olhos dançarinos. As mãos dela eram suaves e sem uma única rachadura, uma fonte constante de orgulho para Lakshmi.

— Não! — ela disse em voz alta. — *Dada*, Shilpa já encontrou alguém para casar. Dilip é um bom menino. Ela vai ser feliz com ele. Você dá a ela suas bênçãos.

— E você, *beti*?

Ela soltou uma risada forçada.

— O que tem eu? Eu fico aqui, *Dada*. O mesmo de sempre. Quem vai tomar conta de você quando ficar velho se eu também for embora?

O pai olhou para ela com seus sábios olhos cinzentos enquanto cofiava o bigode.

— Você já não deu o suficiente para essa família, Lakshmi? — ele disse em um sussurro. — Você ainda quer dar mais? — Ele balança a cabeça com um olhar de repulsa. — Melhor aluna de toda a escola, você era. E você desistiu para cuidar de sua pobre mãe. Isso me mata, mas eu não pude fazer nada. E então você trabalha como um homem na minha lavoura para essa pequena poder ir à escola. Ainda assim eu não falo nada. Agora você está ficando corcunda de tanto se inclinar sobre os livros de contabilidade para um homem que chama você de sobrinha, mas não a deixa entrar na casa dele desde o dia em que aquela mulher gorda dele fazer *puja* para purificar tudo, depois de ele obrigar você a comer lá. — Os olhos de *Dada* estavam vermelhos. — Já chega. Chega de sacrifício! Não vou permitir. — Ele se virou para a filha mais nova. — *Munni*. É sua vez. A sua *didi* já deu muita coisa para você. Eu sou um homem pobre. Não posso me dar ao luxo de deixar você casar por amor. Esse é um bom pedido. Se os seus horóscopos combinarem, vou fazer você se casar em duas semanas.

— *Dada*, não! — Shilpa e Lakshmi exclamaram ao mesmo tempo, mas o pai virou bruscamente a cabeça para o outro lado.

— Já chega! — ele insistiu. — Chega de conversa. Eu sou o pai de vocês. É meu dever pensar em minhas duas filhas. Essa é a minha decisão.

— Mas, *Dada*... — disse Shilpa.

Finalmente, o pai ergueu a voz.

— *Munni*, para! Agora vão embora, vocês duas. Eu preciso descansar. Amanhã vai ser um dia movimentado.

Enquanto elas saíam da sala, Shilpa se virou para Lakshmi.

— Tudo isso é culpa sua — ela sibilou.
— Mas...
— Estou dizendo pra você aqui e agora, *didi*. Vou me matar antes de casar com qualquer homem que não seja Dilip.
— Shilpa. Não fala besteira.
— Você vai ver. Vai ver mesmo.
— Pensa no *Dada*. Pensa no...

Shilpa se virou para ela.

— Por quê? — Havia uma selvageria na voz dela que Lakshmi jamais ouvira antes. — Por que eu devo pensar no *Dada*? Você viu como ele pensa pouco em mim.
— Ele só está querendo que a gente seja feliz...
— Mentira. Ele quer que você seja feliz. Ele vai me sacrificar para assegurar que você seja feliz e tenha uma vida estável.

Lakshmi olhou para o outro lado para esconder o horror e a tristeza que tomavam conta de seu rosto. Aquela era a primeira briga de verdade que tinha com Shilpa. Por favor, não permita que os horóscopos combinem, ela pensou. Ou faça com que *Dada* descubra que Adit Patil é um bêbado. Ou que ele não vem de uma família respeitável. Por favor. Essa é nossa única chance.

Os relatos sobre Adit eram bons. Não fumava. Não bebia demais. Mandava dinheiro dos Estados Unidos todos os meses para ajudar a família. A irmã mais velha tinha um casamento respeitável, mas mesmo assim ainda cuidava do pai idoso. E os horóscopos combinavam.

Os presentes começaram a chegar assim que o dia do casamento foi decidido. A cerimônia aconteceria na vila do noivo, a cerca de quinze quilômetros de onde Shilpa vivia. Poderiam convidar algumas pessoas, é claro, mas, já que o noivo estava arcando com todos os custos, era de bom tom ser gentil e incluir poucos convidados — e, ah, graças à agenda apertada do noivo, eles pulariam os rituais pré-nupciais que eram de praxe, como a cerimônia do *mendi*.

Primeiro chegou o sári vermelho e dourado que Shilpa deveria usar no dia do casamento. Depois um sári verde mais simples para a irmã mais velha e uma *kurta* branca para *Dada*. Em seguida, a irmã de Adit entregou na casa deles um conjunto de duas pulseiras, um colar e brincos, todos de ouro, que deveriam ser usados no dia do casamento. Ah, e quanto calçava a jovem noiva? Não, não, eles fornecerão os sapatos. O irmão mais novo dela era um homem de negócios nos Estados Unidos, ele podia pagar por um par de sapatos de casamento. Junto com os sapatos, chegaram três pares de *salwar kameez* e dois pares de chinelos Kolhapuri. E também um frasco de perfume que ele tinha trazido lá dos Estados Unidos. Falavam que todas as americanas tinham um cheiro tão doce quanto o daquele perfume.

Meu irmão, ele tem mais dinheiro que juízo, a irmã deu uma risadinha durante uma de suas visitas. Ele é generoso demais para o seu próprio bem. Como se quisesse provar seu ponto de vista, uma semana antes do casamento chegou outro presente: dois bodes esguios e musculosos que deveriam ser abatidos para alimentar os habitantes da vila que não foram convidados para o casamento. Todos sabiam o significado desse presente: um bode seria o suficiente para alimentar a vila inteira, um gesto que já seria suficientemente generoso. Dois eram uma extravagância, uma maneira de demonstrar que aquele não era um casamento qualquer e que o noivo não era um homem qualquer vindo de um vilarejo, como, por assim dizer, o filho de um fazendeiro, de um sapateiro ou de um professor da escola local. Ou um mecânico de automóveis qualquer. Aquele noivo era um bem-sucedido homem de negócios dos Estados Unidos. Até mesmo Menon *sahib* ficou impressionado com o gesto. Ele andou pela vila balançando a cabeça, incrédulo, durante o restante do dia. O segundo bode foi um total descuido, um luxo com que só os ricos poderiam arcar. Era uma forma de dizer: Matem o segundo também, ou cuidem dele para tirar leite, a decisão é de vocês, não faz a menor diferença para nós. Aquele dar de ombros com o qual só os ricos poderiam arcar.

A cada presente, Shilpa se tornava mais dócil, como alguém que se curvava diante do peso do ouro, desaparecendo sob toda a extensão de tecido vermelho e dourado do sári, rendendo-se em silêncio graças ao sangue escarlate que logo iria fluir pelos campos escuros após o açougueiro muçulmano realizar com toda a habilidade uma incisão na garganta dos bodes. Suas objeções contra as núpcias iminentes se tornaram menos raivosas, sua insistência para que *Dada* cancelasse o casamento, menos repetitiva. Lakshmi se sentia aliviada. Os presentes provaram quanto Adit amava Shilpa. Seria possível que ela também começasse a sentir o mesmo amor? Shilpa estava prestes a completar vinte e dois anos e ainda levaria anos até que pudesse se casar com Dilip. Será que ela queria fugir do destino da irmã mais velha? Apesar da dor por ver sua irmãzinha prestes a se mudar para tão longe, apesar de sua vergonha por não ganhar dinheiro suficiente para que Shilpa pudesse se casar com o homem a quem amava, Lakshmi sentia uma empolgação que começava a se insinuar à medida que o dia do casamento se aproximava. Havia tanto a ser feito... Ela contratara um táxi com ar-condicionado para levá-los até a vila de Adit. Jyoti viria cedo pela manhã para fazer o cabelo de Shilpa e aplicar o *mendi* em suas mãos. A própria Lakshmi havia costurado a blusa que Shilpa vestiria debaixo do sári. Também arrumara uma pequena mala com tudo o que Shilpa precisaria para a noite de sua lua de mel. Quebrando a tradição mais uma vez, Adit insistiu que, em vez de passarem a noite de núpcias na casa do pai dele, eles fossem para um hotel nos arredores da cidade. No dia seguinte, após o almoço na casa dos sogros, ele a traria de carro de volta para a casa de *Dada*, onde ela ficaria até que o visto fosse liberado.

Jyoti foi até a casa deles na tarde antes do casamento. Lakshmi abriu a porta e brincou:

— Você esqueceu a data? Casamento é só amanhã.

A menina sorriu,

— Eu sei, *didi*. Mas algumas de nossas amigas querem sair um pouco com Shilpa. Elas têm surpresa para ela.

Lakshmi assentiu, concordando.

— Boa ideia. Vou dizer pra ela que você está aqui.

Ela ficou na porta, olhando as duas jovens caminharem abraçadas até a estrada principal, dando risadinhas enquanto sussurravam uma para a outra. Apesar de sua felicidade por ver Shilpa sorrir pela primeira vez em dias, Lakshmi sentiu uma pontada de tristeza. Ela um dia já fora assim com suas colegas de escola, mas aquilo tinha sido há muito tempo. Os anos de responsabilidade expulsaram toda a despreocupação que havia dentro dela. A falta de contato com pessoas de sua idade a deixara sem nenhum amigo. Ela não tinha amigos íntimos — o ouvinte de suas esperanças e apreensões sussurradas acabou sendo um elefante. Assim que Shilpa pegasse o avião para os Estados Unidos, o último laço que possuía com sua juventude seria cortado.

Ela se virou para dentro da casa, surpresa por sua raiva incomum por Shilpa. E, para completar, as coisas estavam diferentes entre elas naquelas últimas duas semanas. A proximidade que ambas mantinham desde que nasceram se evaporava à medida que Shilpa passava mais tempo com Jyoti e Lakshmi se ocupava com os preparativos para o casamento.

Aquele seria um casamento pequeno para os padrões da vila. Apenas setenta convidados, incluindo os oito escolhidos pela família de Lakshmi — mais um dos gestos de Adit em nome da modernidade. Entretanto, a distribuição da carne de bode, junto com os doces que Lakshmi havia preparado, serviu extremamente bem para aplacar os sentimentos feridos daqueles que não foram convidados.

Ela havia servido o jantar para *Dada* uma hora antes, mas Shilpa não chegara em casa, e Lakshmi estava preocupada. Por que Jyoti não havia mencionado que a surpresa delas incluía levar Shilpa para jantar? Com um suspiro, serviu alguns vegetais para si própria no mesmo prato usado pelo pai e tirou um *chapati* da lata onde costumavam guardar pão. Ela preferiria não jantar sozinha no último dia em que a irmã ainda estaria naquela casa como uma mulher solteira. Por outro lado, como poderia culpar Shilpa por passar algumas horas com as amigas?

Lakshmi olhou para cima, impressionada, quando ouviu alguém bater na porta meia hora depois. Por que Shilpa batia em vez de entrar logo de uma vez? Quando abriu a porta, viu Jyoti com os olhos arregalados e o rosto empapado de suor.

— *Kya hua?* Onde está minha irmã?

Em resposta, Jyoti balançou um pedaço de papel que trazia nas mãos.

— Bilhete pra você, *didi*. Explica tudo.

— O quê? — ela começou, mas Jyoti já corria pela estrada, tomando o mesmo caminho pelo qual ela e Shilpa caminharam languidamente algumas horas antes. Exceto pelo fato de que dessa vez a menina quase corria.

Lakshmi olhou para o pedaço de papel, leu a primeira linha e sentiu o estômago revirar de tanto medo.

— Espere! — ela gritou para Jyoti, mas como a garota não parou ela correu para fora da casa, atrás dela. Em poucos segundos, alcançou a menina e fez com que se virasse para encará-la.

— O que aconteceu? O que é isso? Este bilhete diz que... Você, sua menina idiota, o que você fez?

Os olhos de Jyoti brilharam no escuro.

— O que eu fiz foi ajudar minha melhor amiga a casar com o homem que ela ama. Já que nenhum dos membros da família fez nada para ajudá-la. — Ela lançou um olhar acusatório a Lakshmi.

Lakshmi sentiu as bochechas corar.

— Você. O que você. Acha. Que eu?

— Shilpa disse que você e seu pai venderam o corpo dela para você poder casar depois dela.

Um lamento surgiu nas entranhas de Lakshmi.

— Não, não, não. Está tudo errado. Eu briguei com *Dada*. Eu estava do lado de Shilpa. — Ela parou de repente ao ouvir o som metálico de uma bicicleta que passava pela estrada.

— Fala! — ela disse com urgência. — Onde minha Shilpa está agora?

— Com Dilip.

Lakshmi empalideceu.

— Onde? — ela sussurrou.

— Eles foram embora. Eles vão se esconder em algum lugar até que o casamento seja cancelado.

Lakshmi contemplou o céu noturno, como se esperando que o firmamento desabasse em sua cabeça. Aquilo seria o fim delas, de *Dada*, do nome de sua família. Uma jovem passando a noite da véspera do casamento com outro homem. Os rumores se espalhariam. Estranhos que viviam a cinco vilas dali ouviriam histórias sobre a bela menina impulsiva que jogou sua vida fora, que lhes dera permissão para cuspir em seu rosto, que se transformou de aluna do ensino médio em prostituta, graças a um único momento de descuido. Essa *kheti*, esse implacável pedaço de terra no qual o pai insistiu em fazer com que as coisas germinassem; essa terra pela qual ele havia batalhado e que amou até se tornar um homem idoso e encurvado, que aparentava ser ainda mais velho do que era; essa casa que seus pais construíram após anos de trabalho duro, seus membros magros eram as vigas que a mantinham de pé, seu sangue e suor misturados ao cimento que formava as paredes; o nome dessa família que eles nutriram e alimentaram como um animal de estimação premiado; esse sobrenome que pertencia não apenas a eles, mas também a seus ancestrais; essa *izzat*, essa honra, que eles valorizavam mais que qualquer outra coisa, isso compensava as humilhações diárias e todas as provações de sua vida — o silêncio tenso com o qual esperavam pela colheita todos os anos enquanto Menon *sahib* pesava sua produção e decretava o valor; a palestra à qual tinham de ouvir sem pronunciar uma única palavra quando o agiota local, que cobrava trinta por cento de juros, dizia que ter uma casa boa de *pucca* era um luxo com o qual eles não podiam arcar; o medo terrível da ausência de chuva que crescia a cada dia — tudo isso, essa garota estúpida e irresponsável pisoteou, a honra da família, colocou em risco a vida de todos eles com um único ato impensado. Lakshmi engoliu a bile que surgia em sua boca.

    Ela ficou de pé, encarando Jyoti e percebendo a expressão de justiça fixa nos lábios da menina, e imaginou o que dizer, que palavras usar para convencer a jovem de que aquilo que ela acreditava ser tão certo — dois jovens amantes reunidos por ela, Jyoti — era, na verdade, algo terrivelmente errado. Que tudo dependia de encontrarem Shilpa o mais rápido possível, de trazê-la de volta a si e levá-la de volta para casa. Por um segundo ela odiou Jyoti e, por extensão, Shilpa, todas essas garotas jovens, idiotas e infantis que gostavam de objetos reluzentes, que acreditavam mais no amor do que na responsabilidade, cuja cabeça estava sempre em ShahrukhBobbyRanbirImram, os encantadores de serpente de Bollywood, que esqueciam que eram filhas de fazendeiros e trabalhadores braçais, que viviam em casas decrépitas em vilarejos tomados pela pobreza sem nem se dar conta de toda a imundice do lugar, pois em seus sonhos viviam em casas de mármore próximas à praia de Juhu, em Bombaim. No segundo em que ambas se encararam, Lakshmi se sentiu velha o suficiente para ser mãe de Jyoti, velha o suficiente para ser sua avó, e se sentiu a mulher mais velha do mundo. Com quanta clareza ela podia ver o destino que esperava por Shilpa. Nada importaria — nem sua beleza, ou o diploma do ensino médio —, nada seria suficiente para protegê-la do desprezo dos vizinhos. E a ironia era que, no fim das contas, Dilip iria abandoná-la, pois que homem se casaria com uma prostituta? Lakshmi podia ver a cena com toda a clareza, o arco do destino da irmã, e a chocava o fato de que Shilpa não era capaz de se dar conta de nada disso.

— Jyoti — ela disse enquanto tentava combater o pânico. — Você, por favor, me escute. Você vai me levar aonde eles se esconderam. Prometo pra você que ela não vai ter que casar com Adit, *ji*. Dou minha palavra pra você.

— Você cancela o casamento primeiro. — As palavras de Jyoti eram duras, porém sua voz estava trêmula, e Lakshmi se deteve nesse tremor.

— Você entende o que vai acontecer com Shilpa se alguém souber que ela está sozinha com Dilip à noite? Eles... eles vão cuspir nela, chamar ela de... — Lakshmi fez um esforço para pronunciar aquela palavra terrível e se sentiu grata ao ver Jyoti vacilar. — Jyoti. Você gosta da minha irmã mais nova. Você sabe quanto eu amo a minha Shilpa. Você sabe tudo o que eu fiz por ela. Se alguma coisa acontecer com ela, se alguém disser alguma coisa ruim para ela, eu... — As lágrimas começaram a cair, quentes e furiosas, rolando pelo seu rosto. — Vou sacrificar o que seja por Shilpa. Qualquer coisa. Incluindo o coração do meu *Dada*.

As duas jovens se encararam, em choque. Lakshmi abriu a boca para se explicar, mas, nesse mesmo momento, Jyoti estendeu um dos braços e a tocou levemente em um dos ombros.

— *Didi*. Não fale mais nada. Eu entendo. Vou levar você para Shilpa.

Lakshmi correu de volta para casa para calçar os chinelos e avisar a *Dada* que ela daria uma saída para comprar algumas coisas de última hora. O velho começou a protestar, mas ela já estava do lado de fora.

— Onde eles estão? — ela arfou enquanto andavam.

Eles estavam em um apartamento no centro da cidade que pertencia a um dos clientes de Dilip que era motorista de caminhão e passava longos períodos viajando. Quando Lakshmi entrou sem bater, eles estavam no sofá assistindo televisão. Dilip se levantou em um salto enquanto Shilpa permaneceu no sofá, boquiaberta.

— Vamos — Lakshmi disse, sem preâmbulos, pegando Shilpa pela cintura fina. — Conversamos depois. Primeiro você vai para casa.

— Não vou embora! — Shilpa não fez ao menor menção de que iria se levantar.

— Não vai embora? Você quer passar a noite aqui com um homem de quem você não é nem noiva? — Lakshmi apontou para a porta. — Você sabe o que vai acontecer quando sair por aquela porta? O mundo vai cuspir em você. Dizer que você é mulher fácil. Você acha que a mãe de Dilip vai deixar o filho casar com mulher fácil? Pensa no seu futuro, Shilpa!

— Estou pensando só no meu futuro. É por isso que estou aqui. Não quero casar com aquele homem horrível. A irmã dele me mostrou a foto dele.

— Está tudo bem. O casamento está cancelado. Você não vai casar com aquele homem. Mas por enquanto...

— Você está mentindo, *didi*. Você está me enganando. Você...

Lakshmi sentiu a tensão de Dilip ao lado dela. Com o canto do olho ela o viu balançar a cabeça, desaprovando o comportamento de Shilpa. Jyoti estava do outro lado da sala, como se torcesse para ser engolida pelas paredes.

— Escute, garota. Eu vi você no dia em que nasceu. Eu dei comida pra você, troquei sua fralda, tomei conta de toda a sua vida. Quando eu já menti pra você? Quando? — Lakshmi apertou os olhos. — *Munni*. É bom que você ama Dilip. Ele é um bom menino. Mas só porque você está amando alguém novo, isso não dá a você permissão para deixar de amar pessoas que você amou durante toda a sua vida.

— Cem por cento correta. — Todas se sobressaltaram ao ouvir a voz de Dilip. Soava mais firme do que Lakshmi já ouvira. — *Didi* está certa. — Ele dirigiu-se ao sofá até ficar diante de Shilpa. — Você venceu. Mas é muito idiota para perceber isso. *Didi* disse que você não tem que se casar com aquele gigante horroroso. *Bas, didi* já prometeu o suficiente para mim. Deve ser o suficiente para você também, Shilpa. — Virando-se para Lakshmi, Dilip juntou as mãos. — *Maaf karo, didi*. Por favor, perdoe. Nós cometemos um grande erro. O que eu posso fazer? Shilpa disse que ela ia engolir veneno de rato. Fiquei com medo e então trouxe ela para cá.

— Veneno de rato? Shilpa, você ficou maluca? Por acaso o seu *Dada* está morto para você agir desse jeito? — Os olhos dela brilhavam pelas lágrimas.

Lakshmi abraçou Shilpa e a pôs de pé. A jovem hesitou por um momento antes de colocar os braços ao redor de Lakshmi, aos soluços.

Shilpa caiu no sono assim que elas chegaram em casa, e, ouvindo a respiração leve da irmã, Lakshmi se maravilhou diante do egoísmo da juventude. Shilpa parecia achar que, ao obrigar Lakshmi a prometer que não teria de se casar, o pior havia passado. Embora elas não tivessem acordado *Dada* para dar a notícia quando chegaram em casa. Apesar de ela saber que a família de Adit gastou uma quantidade astronômica de rupias com o casamento e que a vergonha causada por um casamento cancelado se espalharia e cairia não apenas sobre sua própria família, mas também sobre a dele. A respiração de Shilpa era tão silenciosa e constante quanto a de um bebê, e ela não chutava nem se revirava na cama, como acontecia com Lakshmi naquele exato momento. Era a irmã errada que estava empapada de suor, olhando para o teto. Era a irmã errada que tentava pensar em uma maneira de salvar a pele de Shilpa, de poupar ambas as famílias da humilhação que sem dúvida cruzaria o caminho de todos no dia seguinte. Era a irmã errada que se sentava na cama com o coração acelerado, enquanto uma ideia lhe passava pela cabeça. Porque era a irmã errada que se casaria com Adit Patil.

E assim aconteceu:

O pai e a irmã de Adit esperam na entrada do salão ao ar livre por *Dada* e a noiva, que emergem do táxi com ar-condicionado. Eles perguntam sobre a filha mais velha de *Dada* e são informados de que ela está em casa com infecção intestinal. A irmã de Adit está prestes a fazer mais indagações, porém a atenção de todos é desviada pela chegada do noivo, que está resplandecente em um paletó com bordados dourados e uma bandana cor de açafrão. Conforme os costumes locais, o rosto da noiva está coberto pelo sári, de modo que *Dada* tem de conduzi-la até onde a *mandap* foi montada. Alguém coloca duas guirlandas pesadas feitas com rosas e jasmins ao redor do pescoço dos noivos. As flores têm um cheiro enjoativo e opressivo, como uma premonição. Por um segundo o aroma das flores, o calor sob o véu, a total desonestidade que ela está prestes a cometer, tudo isso toma conta de Lakshmi, e ela acha que vai desmaiar. Entretanto, nesse exato momento, braços fortes a mantêm de pé — ela não tem certeza de a quem pertencem —, e ela sente que é levada até uma cadeira diante do fogo sagrado que queima dentro de uma urna montada debaixo da tenda erguida para o casamento. Ela luta contra um momento de pânico. Tudo está acontecendo bem depressa. Apesar de saber que Adit insistiu para que aquela fosse uma cerimônia simples — ele chegou à recepção em um carro, em vez de montar um cavalo branco, por exemplo —, ela não esperava que as coisas se sucedessem com tanta rapidez. Achou que haveria mais tempo. Apesar do sári, sente o calor do fogo ao redor do qual eles se sentam com as pernas cruzadas. Ela está se casando. No momento seguinte, sente que o noivo pegou uma de suas mãos. Ela fica tensa, imaginando se ele notaria alguma coisa, mas à medida que os segundos passam, não há nada além dos cânticos dos sacerdotes. Ao receberem o comando, eles lançam um punhado de arroz no fogo, ainda de mãos dadas. Ela se sente cega, como se fosse conduzida para uma nova vida por uma força mais intensa que sua própria vontade, e descobre que não se importa com essa sensação. Em seguida, caminham ao redor do fogo sete vezes. Eles agora são marido e mulher. Como uma prova de sua vida juntos, uma das pontas da bandana do noivo é amarrada ao sári da noiva. Eles dão sete passos rumo à sua nova vida em comum. Cada passo tem um significado: força, prosperidade, felicidade, progênie, harmonia e afeição. Enquanto os sacerdotes explicam o significado de cada passo, o soluço preso na garganta da noiva se torna mais audível.

É hora de noivo e noiva colocarem um doce nos lábios um do outro, um símbolo da doçura da vida conjugal. Ela parte um pedaço de *ladoo* e o põe delicadamente na boca de Adit. É a vez dele. Antes que possa oferecer o doce à sua querida esposa, ele tem de levantar o véu. As mãos do noivo tremem graças à ansiedade por ver aquele belo rosto, um rosto sobre o qual ele comentara com a irmã que era impossível de ser esquecido desde a primeira vez que se pousavam os olhos nele. Adit ergue o véu e vê um rosto diferente, que o observa. Já há lágrimas nos olhos que o contemplam e, além dessas lágrimas, um medo profundo, sombrio. Entretanto, ele mal é capaz de registrar tudo isso. O choque, a decepção, a confusão são grandes demais.

Um momento se passa. E depois outro. Em seguida, alguém grita. Talvez seja o noivo. Talvez a irmã dele. De qualquer forma, a noiva tem a impressão de que esse grito jamais terá fim. Como se reverberasse através do tempo, através da história, através do túnel escuro e lúgubre de seu futuro, de forma que ela irá ouvi-lo todos os dias, todos os minutos de todos os dias, pelo resto da sua vida.

28

LAKSHMI TINHA TERMINADO SUA HISTÓRIA, mas elas permaneceram em silêncio. Enquanto caminhavam ao redor do lago, era como se ambas tivessem ouvido aquilo, o grito que Lakshmi descrevera. Maggie tinha consciência de que deveria dizer algo, que Lakshmi esperava que ela fizesse isso, mas não conseguia. Nada daquilo fazia o menor sentido para ela: o engano, a traição, a total desfaçatez daquele ato. Parecia algo saído de um filme. Quem na vida real age dessa forma? Porém, ela então se lembrou do que acontecia na Índia, e a Índia não era a vida real. As histórias mais dolorosas, desesperadas e bizarras que já ouvira vinham todas da Índia. Não era só a pobreza. Mesmo entre os parentes de classe média de Sudhir, aquelas histórias eram uma constante. Toda história era épica; toda emoção era exagerada; toda ação era melodramática. Amor desesperado, obsessões loucas, ataques de ira, autossacrifícios bizarros, autoimolação. Mulheres na flor da idade comendo veneno de rato, pulando do alto de edifícios ou ateando fogo a si mesmas. Homens jovens se atirando nos trilhos da ferrovia à espera do comboio. Parecia até que não davam o menor valor a seu corpo. E toda essa autodestruição era causada por problemas que no Ocidente seriam solucionados com uma simples fuga, o distanciamento de um dos pais ou uma mudança para outra cidade.

Maggie sabia que a aversão estava estampada em seu rosto e que Lakshmi a estudava com toda a atenção, por isso fez um esforço para que sua mente expulsasse esses pensamentos. Pois, apesar de tudo, tinha assuntos mais urgentes com que lidar. Lakshmi foi até ela com essa confissão porque precisava ser absolvida. Maggie mal conseguia imaginar o peso da culpa com a qual aquela mulher vinha convivendo. Bem, sim, podia imaginar muito bem, mas aquilo tinha a ver com Lakshmi, não com ela. Sabia que deveria dizer alguma coisa gentil e reconfortante para sua paciente, mas o quê? A questão era que, para ser honesta, sua simpatia mudara de lado. Por quase um ano ela havia encarado Lakshmi como uma vítima, uma imigrante semiletrada, presa a um casamento inóspito. Lakshmi acabara de reescrever a narrativa de forma que o vilão se tornou o herói. Talvez não exatamente o herói, mas pelo menos um personagem simpático. A história fez com que Maggie questionasse todo o aconselhamento que dera a Lakshmi, questionasse os próprios fundamentos de sua terapia. Não conseguia imaginar alguém que continuasse casado com uma pessoa que engendrou uma fraude dessas proporções. E por que Adit continuava casado com ela?

— Por que ele simplesmente não foi embora? — Maggie perguntou. — Quero dizer, é óbvio que ele voltou pra buscar você, entrou com o pedido para o seu visto e todo o resto. Assim que soube a verdade, por que ele não, você sabe, pediu o divórcio?

— Era isso que eu estava pensando que ia acontecer, é claro. Eu casei com ele para desfazer as fofocas sobre Shilpa. Assim, ela podia falar que a irmã mais velha solteira mentiu e enganou ela para casar primeiro. Também, assim, o divórcio é minha culpa. Não do marido. Era isso que eu pensei. Mas, Maggie, o que você sabe? Tanta comoção e aborrecimento na cerimônia de casamento. E meu marido berrando, berrando e berrando com meu pobre *Dada*. Chamando ele de homem mau, de *chor*, você sabe, um malandro e ladrão. Finalmente, eu falei pra ele qualquer nome que você quiser xingar, xinga eu. Não o meu *Dada*. E então ele me chamou de nome feio, mas o pai dele vai até marido e pega braço dele. "*Chup, beta, chup*", o velho diz. "Idiota, você não vai falar com minha nova nora desse jeito."

Lakshmi balançou a cabeça como se pudesse ouvir a voz do homem idoso.

— Tudo então aconteceu bem depressa. O pai de marido olhou para mim e diz: "Vamos, *beti*, vem tocar o meu pé e receber minha bênção". "*Baba*, você não entende", meu marido falou. "Essa não é a mulher com que eu planejei me casar." "Não, essa é a mulher que Deus planejou para você casar", meu sogro diz. "Em centenas de anos na nossa família nenhum homem abandonou a esposa. E agora você quer deixar essa menina? O que vai acontecer com ela se você fizer isso? Todas essas pessoas vão morder a carne dela como cachorros selvagens. Eu não vou deixar isso acontecer." "Mas, *baba*...", o filho reclamou. O velho bater com a bengala no chão. "Você me chama de pai e mesmo assim está discutindo comigo? Esse é o seu *kismet*, *beta*. Você não pode fugir do seu destino." E o que você acha que acontece, Maggie? Marido olha para os próprios pés e fala: "Sim, *baba*. Você está certo".

Mais uma vez, Maggie sentiu aquela aversão. Será que Lakshmi estava valorizando um velho louco que vendeu a felicidade do filho em nome de alguma noção antiquada de honra familiar? Ela jamais se sentira tão distante de Lakshmi quanto naquele momento.

— Então foi isso? Adit deu ouvidos ao pai?

— Sim. É claro que a irmã dele ainda tinha raiva da gente. Ela procurou *Dada* e pediu de volta tudo o que eles deram para a gente. Eu falei que ela podia pegar de volta as joias de ouro naquela mesma hora, bem ali na festa de casamento. Mas o sári ela tinha que esperar até amanhã.

— E o que aconteceu depois da recepção?

— Marido e eu vamos para o hotel para a lua de mel. Ele me deixou sozinha no hotel e falou que ele ia no bar. Até aquele dia, eu nunca fiquei sozinha, nem por um dia. Ele não voltou para o quarto até três da manhã. Ele entrou no quarto e dormiu no sofá. — Lakshmi parou de caminhar. — Essa foi a minha lua de mel. No dia seguinte, ele me levou de carro para a casa de *Dada*. Ele só me deixou perto da casa. Eu queria tanto explicar, pedir desculpa, mas era como falar com uma parede de pedra. Eu estava com tanto medo, eu não falava nada.

— Bem, você não pode culpá-lo, creio eu. — As palavras escapuliram dos lábios de Maggie. — Quero dizer, não sou capaz de imaginar qual foi a reação dele...

Lakshmi olhou para Maggie mais de perto.

— É isso que eu estou tentando contar para você, Maggie. Que nosso casamento não é culpa dele. Sei que você não gosta do meu marido. E eu explico para você, ele não é homem ruim. A gente tem um casamento só no papel. Não é de verdade, como o seu e o de Sudhir *baba*. Meu marido ama minha irmã, não eu.

Maggie piscou, com vergonha de sua reação, da compreensão que discerniu nos olhos de Lakshmi. Ela assumiu um risco ao lhe contar aquela história sórdida. Arriscou perder a única amiga que tinha nos Estados Unidos só para que Maggie parasse de julgar Adit com tanta severidade. Mais um sacrifício em uma longa lista. Quando aquela mulher aprenderia a viver para si mesma?

— Eu... eu não sei o que dizer, Lakshmi. É... Sinto muito por vocês dois. Entende?

Lakshmi virou levemente a cabeça para Maggie e sorriu.

— Eu entendo, Maggie. É por isso que eu queria contar para você.

Ela continuou a olhar para Maggie de forma curiosa, como se a rejeição a tornasse mais forte, mas ao mesmo tempo esperando por algo diferente, alguma garantia, algum gesto que demonstrasse que nada mudara entre elas. Maggie sabia disso, mas se sentia congelada, incapaz de oferecer a absolvição que Lakshmi desejava. Tinha a impressão de que acabara de ouvir uma história da era medieval, algo muito primitivo e ridículo para que fosse capaz de focar seus pensamentos naquilo. Ela já ouvira várias outras histórias extravagantes contadas por seus sogros, porém jamais havia conhecido nenhum dos personagens envolvidos. Até aquele momento.

Desesperada para se safar da situação, ela olhou ao redor do lago, torcendo para esbarrar com algum conhecido. Desejava olhar para o relógio, queria, mais do que tudo, poder dizer temo que nosso tempo hoje se esgotou, mas sabia que isso soaria óbvio demais. Enquanto caminhavam, Maggie se deu conta de que estava irritada. Ela saía pela tangente. Em geral, esse era o tipo de informação que extraía do paciente na terceira ou na quarta sessão. Será que seu asco pelo marido de Lakshmi a deixou cega em relação a tudo aquilo?

— Por que você está me contando isso agora? — ela perguntou. Podia ouvir quanto sua própria voz soava rude, gélida. — Quero dizer, por que agora, depois de todo esse tempo?

Lakshmi permaneceu em silêncio por tanto tempo que Maggie começou a repetir a pergunta. Por fim, a jovem falou:

— Ontem, quando eu cheguei em casa, meus pés estavam muito cansado. Eles me davam dor. E marido me pegou uma bacia de água quente para eu colocar os pés dentro.

Maggie tinha a impressão de que Lakshmi lhe apresentara uma charada que esperava que ela resolvesse. Então o cara tinha preparado um escalda-pés para ela. E daí?

— E então? — ela indagou com cuidado. — O que nesse gesto fez com que você decidisse me contar essa história?

Lakshmi pegou as mãos de Maggie nas dela, um ato inconsciente que aqueceu o coração de Maggie, apesar de toda a frieza que sentia.

— Eu pedi desculpas, Maggie. Sei que eu devia ter contado antes. Mas o que eu faço? Tinha tanta vergonha de contar... Também tinha medo de você me dar um fora se eu conto.

Aquela declaração deu a Maggie uma deixa para garantir a Lakshmi que não tinha a menor intenção de fazer aquilo, que o relacionamento delas sobreviveria àquela declaração, que compreendia as pressões sociais e econômicas que a levaram a tomar uma atitude tão drástica. Na verdade, aquele poderia ser um momento bastante educativo — ela poderia falar alguma coisa sobre sociedades patriarcais como a indiana (apesar de não pensar em usar a palavra "patriarcal"); poderia pontuar que foi o *status* modesto de Lakshmi como mulher que fez com que ela chegasse àquele ato; poderia discutir sobre a injustiça do sistema de dotes que penalizava a mulher por ter nascido como um ser humano do sexo feminino, punindo o pai por ter uma filha em vez de um filho.

Entretanto, ela não fez nada disso. Não seria capaz. Abriu a boca, e nenhuma palavra de consolo, solidariedade ou empatia surgiu de seus lábios. O momento se perdeu. O silêncio entre elas se prolongou. Naquele silêncio, Maggie tremeu diante da consciência de como eram vastas as diferenças entre as duas quando comparadas às similaridades. No primeiro encontro delas, Maggie ficara impressionada pelo tanto que tinham em comum: seus casamentos com homens indianos, a morte prematura das mães. Agora, ela se dava conta de quão superficiais eram aquelas similaridades. E de quão imenso era o abismo que as separava: educação, língua, nacionalidade, raça. A ideia de que elas poderiam ser amigas era risível. Foi Lakshmi quem determinara que havia uma amizade entre elas. Enquanto para Maggie, a outra mulher havia confundido simpatia, afeição e pena com amizade.

Lakshmi olhava para ela, ansiosa, mas essa atitude fez Maggie ficar ainda mais relutante em responder. Aquilo já bastava. Não aguentava mais aquela mulher caminhando ao seu lado. Ela manipulou as regras do relacionamento profissional entre as duas em tal nível que elas mal existiam. Maggie a ensinara a dirigir, permitiu que entrasse em sua casa e conhecesse seus amigos. Ela a ajudara a ter uma renda regular. Tudo isso porque encarara Lakshmi como uma vítima, como uma imigrante impotente presa a um casamento sem amor com um homem melancólico e dominador. Naquele momento ela passou a entender que Adit Patil era a verdadeira vítima, que era ele quem havia sido atado a um casamento com uma mulher por quem não se sentia atraído, tudo por causa do senso de honra deturpado do pai. E então Lakshmi pretendia que Maggie lhe concedesse a absolvição, como se ela pudesse distribuir graças tão facilmente quanto um padre católico.

Não. Na igreja onde passara sua infância, a graça não era concedida sem nada em troca, nem ao menos era barata. Tinha de ser conquistada, e essa conquista não era nada fácil. Maggie vinha de um povo resiliente, estoico, marginalizado, para quem nada era dado de graça, nem mesmo o perdão. Apesar de pensar apenas muito raramente na igreja instalada em um imóvel comercial onde passara boa parte da infância, o lugar voltou à sua mente naquele momento. Ela havia sido muito leniente com Lakshmi. Permitiu á jovem que rompesse, da forma mais despreocupada, as barreiras entre elas, permitiu que determinasse as regras básicas, atendeu a seus pedidos mais estranhos. E, durante esse processo, Lakshmi a enganara por um ano inteiro.

Maggie tinha uma vaga ideia de que sua reação havia sido um tanto extrema, algo que lhe começou a ecoar na cabeça com maior intensidade à medida que o cérebro consciente processava as informações. Aquilo aplacou seu ultraje em relação a Lakshmi e ocultou outro ultraje: sua própria traição da fé cega que o marido depositava nela. Talvez, escondida ainda mais nas profundezas de seu ser, houvesse uma emoção mais antiga e poderosa: a impotência, o ultraje jamais expressado de uma garotinha jovem demais para articular ou entender a forma como o pai violara sua confiança.

Ela se sentia bastante confortável em sua raiva para se dar conta daquilo. Era uma sensação boa, a dessa raiva límpida e concentrada, tão melhor do que a pesada combinação de simpatia e responsabilidade que coloriu todas as suas interações com Lakshmi. Havia passado a maior parte se sua vida profissional e pessoal procurando entender as pessoas, tentando criar desculpas para seu mau comportamento, sua vida era governada pelo que Sudhir chamava de "por-outro-ladismo". Era libertador dar um passo para fora do mundo cinza e ver tudo em preto e branco.

— O que você está pensando, Maggie? — Lakshmi quis saber com uma voz trêmula que tirou Maggie do vórtice de raiva para o qual ela escorregava.

— Eu estava pensado... — começou, então sua mão se ergueu involuntariamente e ela olhou para o relógio sem nem ao menos disfarçar o gesto — ... é hora de ir para casa. Não posso me atrasar para as sessões dos meus outros pacientes — ela acrescentou, ainda que a explicação não fosse necessária.

— Sim. É claro. Desculpe.

Elas andaram em silêncio pelo caminho que as levava para longe do lago. Mais sete minutos e estariam em casa, Maggie pensou. *Graças a Deus tenho algum tempo para mim mesma antes da próxima consulta.*

Ao lado dela, Lakshmi falava tão baixo que Maggie não conseguia ouvir o que dizia.

— Como? — Maggie olhou para Lakshmi e, mesmo contra a própria vontade, sentiu um aperto no coração ao ver a dor naquele rosto moreno.

— Eu disse que a pior parte de tudo isso é que essa situação tirou minha Shilpa de mim — ela repetiu.

— Você quer dizer que isso aconteceu porque você veio para os Estados Unidos?

Lakshmi fez que não com a cabeça.

— Não. Aconteceu antes disso. Quando eu ainda morava na casa do meu *Dada*, esperando pelo visto.

Maggie se odiou por ter de perguntar aquilo, mas, mesmo assim, seguiu em frente.

— Por quê? Para onde foi Shilpa?

— Lugar nenhum. O corpo dela continua com a gente. Mas o coração foi embora. — Lakshmi diminuiu o passo e olhou para Maggie. — Ela com raiva de mim, Maggie. Um dia ela disse que eu fiz minha família de boba por fazer casamento falso. No outro dia, ela disse que eu queria ser a primeira a casar, por ser a filha mais velha. Que é por isso que eu planejei esse casamento que só vale no papel. Nada que eu falar para ela, que eu fiz isso para salvar a *izzat* da nossa família e a cara do senhor marido, fazer sentido para Shilpa. — A voz de Lakshmi era cortante como cacos de vidro. — *Bas*. Naquele único dia eu perdi minha irmã. Ela, que eu amo desde o minuto que ela nasceu.

E lá iam elas novamente. A combinação tão familiar de pena e obrigação que Maggie sempre sentira por Lakshmi. Maggie tentou se recordar da sensação de traição que tivera alguns minutos antes, mas aquilo tinha desaparecido, se dissipado como a fome depois de uma refeição.

— Não podemos ser responsáveis pelas reações das outras pessoas em relação a nossos atos, Lakshmi. Podemos apenas nos assegurar de que nossas intenções foram boas. — Entretanto, essas palavras lhe soaram vazias, linhas em branco em um livro, desprovidas das chagas diárias sofridas pelo coração humano.

É claro que Lakshmi percebeu quanto a voz de Maggie soara mecânica, pois lhe lançou um olhar curioso e voltou a andar na velocidade normal. Maggie sentiu um novo aperto no peito, pois percebeu que não passara no teste, que não dera o seu melhor à paciente. Essa era uma das regras mais importantes da psicoterapia: manter a objetividade, aceitar sem julgamentos as revelações dos pacientes. E, por Deus, ela já ouvira tantas coisas piores em todos aqueles anos! Ela permanecia sentada, assentindo para os pacientes enquanto eles revelavam casos extraconjugais, abortos que mantiveram em segredo de seus parceiros, relatos de abuso doméstico. Nenhuma dessas confissões secretas mexeu tanto com ela quanto a história de Lakshmi.

Isso é diferente, Maggie argumentou consigo mesma. Lakshmi não é uma mera cliente. Ela é uma amiga.

Maggie engoliu em seco algumas vezes antes de umedecer a boca, então disse:

— E o que você me contou antes, que você não escrevia para Shilpa porque seu marido a proibira, não é verdade?

Lakshmi franziu a testa, confusa.

— Como? O que significa "proibira"?

— Proibir... Ele disse para você não fazer isso. Impediu você de escrever.

— Ah, sim — Lakshmi assentiu vigorosamente para demonstrar sua compreensão. — Não, não. Eu não menti para você, Maggie. Marido com tanta raiva da minha família. Ele fala que nós somos trapaceiros. Ele me diz para não entrar em contato com eles de novo.

A onda de raiva que atravessou o corpo de Maggie foi repentina e poderosa.

— E você simplesmente lhe deu ouvidos? — Ela ouviu uma rispidez indesejada na própria voz.

A jovem deu de ombros.

— O que eu posso fazer, Maggie? Eu como o sal do meu marido, gasto o dinheiro dele. E também eu pratiquei esse pecado contra ele.

— Mas você não está fazendo nada disso. Pelo menos não agora, quero dizer. Você tem sua própria renda.

Ela tremia com intensidade, porém era impossível dizer o que quer que fosse de qualquer outra maneira enquanto sentia toda aquela raiva ou o que quer que fosse aquilo. De todo modo, elas já não estavam muito longe de casa.

Lakshmi apertou os olhos.

— Maggie. O que está errado? Por que o seu corpo fazer isso?

— Eu não sei. Acho que estou resfriada — ela mentiu.

— Você doente. Eu entro e faço um caldo bem quente para você.

— Não. — A palavra saiu mais alta, mais enfática do que ela pretendia. — Não — ela repetiu com maior suavidade. — Eu lhe disse. Tenho outro paciente depois de você.

— Mas...

— Lakshmi, estou bem. Deixe isso para lá. Eu queria perguntar para você: O que agora a impede de escrever para o seu pai e para sua irmã? Depois de todos esses anos?

— Eu ter medo, Maggie. E se eles não escreve de volta? E se a Shilpa ainda com raiva de mim?

Maggie ficou um pouco sem ar enquanto elas subiam a ladeira bastante íngreme que levava até sua casa.

— Quando você veio até a minha casa pela primeira vez, você sentiu medo? — ela indagou.

— *Arre, baap.* — Lakshmi ergueu a cabeça. — Sim, claro.

— Quando você veio para os Estados Unidos naquele avião tão grande, você sentiu medo?

— Pensei que ia desmaiar. Eu tenho tanto medo!

— Quando você dirigiu pela primeira vez, você sentiu medo?

Lakshmi abriu um sorriso de orelha a orelha.

— Tudo bem, tudo bem. Eu entendo.

Elas chegaram em casa e ficaram de pé na entrada da garagem, olhando uma para a outra.

— Pense em quão longe você chegou — Maggie disse com suavidade, tentando não transparecer quanto estava ofegante. — E então pergunte a si mesma até onde mais deseja ir.

Os olhos de Lakshmi estavam arregalados, e Maggie percebeu como ela parecia jovem com o cabelo escuro tingido de laranja pela luz do meio da manhã.

— Sim, Maggie.

— Certo. Preciso entrar para me preparar para o próximo paciente. Vejo você no mesmo horário na semana que vem?

— Posso fazer uma sopa de vegetais para você em meia hora...

— Lakshmi, eu estou bem. É só um resfriado. Não se preocupe. Agora vá.

— Tudo bem.

— Tchau. — Maggie se virou, prestes a seguir pela entrada da garagem.

— Maggie? — Lakshmi chamou atrás dela. — Muito obrigada.

— De nada.

Ela sabia que Lakshmi tinha ficado de pé na entrada da garagem observando-a até que entrasse na casa e a porta de madeira batesse atrás dela.

29

Eu BEBI ÁGUA DA GARRAFA que eu deixei no carro, mas a queimação, a queimação que sente no meu estômago não acalma. Baixei a janela, depois fechei de novo, mas ainda assim a vergonha fica no meu estômago e não vai mais embora. Eu tento dar um jeito na minha cabeça para me concentrar na estrada — *baap re*, as ruas perto da casa de Maggie são tão cheias de curvas —, mas meu pensamento cisma em voltar para quinze minutos antes, quando eu entreguei para Maggie a minha vergonha mais ruim e em vez de soprar minha confissão como uma vela, ela encher como um balão e mandou de volta para mim. E agora esse negócio está parado no meu estômago, ficando cada vez maior.

Eu com raiva de mim mesma. Eu com raiva de Maggie. E então eu com raiva de mim mesma por estar com raiva de Maggie. E depois eu com raiva de Maggie por me fazer ficar com raiva de mim mesma. *Bas*, eu com raiva.

Por que eu contei para Maggie a verdadeira história do meu casamento? O que queria dela? Maggie gentil, mas ela mulher americana. Como ela entende a vida na nossa vila? Os olhos dela ficaram tão grandes quando eu contei que a gente recebeu dois bodes de presente. Quem na América dá bode? Aqui, eles dão cartão de felicidades. No outro dia mesmo, o marido perguntou a Rekha se a gente devia começar a imprimir cartão de felicidades também para o restaurante.

Alguém corta meu carro e eu tenho que afundar o pé no freio. E então minha mão ir direto para a buzina. Na América ninguém buzina, *khali-pilli*, sem motivo, como na Índia, mas hoje eu tenho tanta raiva da Maggie me julgando que eu deixei a mão na buzina. Tudo tão calmo e silencioso nesta tarde em Cedarville, mas eu parti o silêncio com a minha buzina. Ela tocou tão alto e tão de repente que um grupo de pássaros voou de uma árvore direto para o céu.

A culpa é minha. Na TV, no domingo passado, o pastor cristão disse: "A verdade liberta". Será que eu achei isso verdade? Que contar para a Maggie o pecado que eu cometi vai me libertar? Que eu posso fazer ela entender a grande piada que é a minha vida: Eu casei com meu marido para salvar a honra dele e ele se divorciar de mim? Em vez disso, seu velho *baba* se meteu e obrigou ele a continuar casado. O que eu achei ser um casamento de uma hora agora virou seis anos de punição.

Maggie não sente pena de mim. Ela sente pena de marido, o que eu entendo. Tenho pena dele também. Todos os dias durante seis anos. Então, por que eu não gosto quando Maggie faz o mesmo que eu?

Afe. Eu estou sendo idiota. O que eu esperar dela? Maggie tão boa para mim, por que eu quero o que ela não pode me dar? *Ma* costumava dizer: Abelha dar o mel, abelha também dá o ferrão. Mas a gente quer ou o mel ou o ferrão. Maggie me dá muito mel. Então por que eu contar minha história até sentir o ferrão?

Pela primeira vez, hoje, olho para fora da janela do carro e percebo como tudo está verde. Ainda é fevereiro, mas o inverno brando este ano e neva pouco. Eu paro em um sinal de trânsito e coloco a cabeça para fora da janela. Eu vejo a grama no jardim das pessoas. Será que marido e eu um dia vamos ter nossa própria casa? Ou será que vamos viver para sempre em um apartamento fedorento onde mulher morta viveu e morreu? Para que ele economiza tanto dinheiro? No primeiro mês depois de eu chegar aqui, marido deixa bem claro que não quer fazer filhos comigo. Eu não culpo ele — quem quer fazer filhos com mulher trapaceira? —, mesmo assim isso me machuca bem fundo, naquele lugar de onde vem a respiração. Eu sempre penso que um dia ia ter muitos filhos. Eu cuidei de tantas crianças — Shilpa, Munna, Mithai —, e isso não é uma coisa que eu aprendi na escola. Vem de dentro de mim essa coisa de saber cuidar de tudo o que é pequeno e tem fome e precisa de mim. Por isso, quando marido falar que ele não quer filhos, uma porta de aço fecha no meu coração. Mas eu me animo de novo quando penso em Shilpa fazendo filhos com Dilip. Vou ser titia de todos os filhos deles. Eu acho. Mas então marido diz a regra número dois: esquecer minha família. Todos eles trapaceiros.

O sol bate nos tijolos vermelhos dos prédios no centro de Cedarville e eu queria poder pintar todos eles, porque são tão bonitos. Uma coisa eu nunca entendo: como o mundo ser tão bonito e mesmo assim ter tanta gente triste vivendo nele. Quando eu era pequena, achava que podia animar qualquer pessoa triste demonstrando meu amor. Agora eu sei da verdade: entre o amor e a beleza, a beleza vence. Eu podia aprender a amar meu marido, mas ele ainda é sedento pela beleza de Shilpa, apesar que ele nunca teve ela nem mesmo por um dia inteiro, apesar que ela nunca foi dele, apesar de Shilpa deixar ele sempre deprimido por não ter ela.

Um pensamento entra na minha cabeça e é tão correto, tão grande, tão verdadeiro que eu quase atropelo um homem atravessando a rua na minha frente. Eu paro e deixa ele passar, e depois meto o pé no acelerador até chegar em casa. Eu levo pensamento junto comigo quando saio do carro. Eu carrego ele com cuidado, como uma lata d'água que a gente equilibra na cabeça e não pode derrubar nem uma gota. Eu entro na loja e vejo marido ajoelhado perto da comida enlatada. Uma cliente que eu não conheço de pé ao lado dele.

— *Ji* — eu digo. — Eu preciso falar com você. Agora mesmo.

Ele pega uma lata de manga para a senhora e levanta.

— Estou ocupado. Ajudando cliente. Não consegue ver?

— Eu sei. Posso ver. — Eu sorrio para a senhora. — O que mais você precisar, madame, peça a Rekha. — Eu pego a mão do marido e puxo ele. Adit fica de boca aberta de tanta surpresa. É primeira vez que encosto nele na frente de estranho.

— O que...?

— Por favor. Eu preciso conversar.

Ele dá sorriso de desculpas para a cliente e depois me segue. Eu faço ele subir degraus que vão da loja para o apartamento. Ouço respiração dele, ruf-ruf, enquanto ele sobe. Marido ganhando muito peso comendo aquelas comidas gordurosas que ele faz.

— O que é isso, Lakshmi? — ele pergunta quando a gente está em pé na cozinha. — Você sabe como não é bom...

— Eu sei — eu falo. — Eu sei de tudo. — Eu sentindo tonteira. É hora de chutar o balde. É hora de falar o pensamento verdadeiro que gira na minha cabeça.

Ele faz barulho irritante.

— Mulher, se você quer começar uma briga...

— Não. Nada de briga. Eu só quero dizer que você errado. Eu não ser idiota.

Ele se vira para descer a escada.

— Não. Eu não ser idiota — eu falo depressa. — Você idiota.

Ele volta para a cozinha.

— Do que você me chamou?

Solto uma gargalhada.

— Você. Você idiota. Não eu. Sabe por quê? Porque você escolheu beleza e não amor. Você escolheu mulher fantasma em vez de esposa de verdade. Você escolheu Shilpa, que nunca amou você, em vez de uma mulher que cozinha para você, limpa para você, se preocupa com você e que agora ainda dá para você o dinheiro que ganha trabalhando no negócio dela.

— Para com isso!

— Não. Não. Hoje você ouve. Quer saber por que eu casei com você? Não para pegar o seu dinheiro. Não para vir para esse país de solidão. Não para roubar seu negócio. Eu casei com você para salvar o nome da sua família. Para compensar o insulto da minha irmã. Como eu sabia que seu *baba* forçou você não me deixar? Ou que você ia dar ouvidos a ele? Se você quer culpar alguém, culpa ele. Amaldiçoa ele.

— Você fala uma palavra ruim sobre o meu pai e eu...

— Não. Eu nunca falo palavra ruim sobre seu *baba*. Quem eu amaldiçoo é você. Não por arruinar a minha vida. Mas por arruinar a sua.

— O que você quer dizer?

— Quero dizer que você idiota. Perseguindo um rosto que você viu por dez minutos no *mela*. Enquanto aqui você tem sua própria esposa e você trata ela como lixo. Mas quem conhece os seus hábitos? É a Shilpa? Quem escuta você roncando à noite? Quem sabe que sabonete você usa? Quem sabe sua comida preferida? Quem sabe que uísque você bebe? É eu. Eu sou sua esposa. Não Shilpa. Ela nada além de papel. Lembra o que você me falou quando a gente chegou nessa casa seis anos atrás? Esquece a sua família, você falou. Mas durante todo esse tempo, você é o único que se lembra da Shilpa. Você que faz a Shilpa sua quando ela não pertence a você. Nem uma unha dela pertence a você.

Eu fechei os olhos, esperando um tapa na cara. Marido nunca me bateu antes, mas eu também nunca insultei ele antes. Então, eu fechei os olhos e esperei. Meu rosto queimando, como se a mão dele já me batia. Mas não tem dor. Quando eu abro os olhos, ele ainda em pé. O lábio dele se move, mas ele não fala nada. Os olhos dele vermelhos com lágrimas. Ele tira o lenço do bolso e assoar o nariz. Mesmo assim ele não fala nada. Nem me bate.

Olhando para ele, meu coração dói.

— Desculpa. *Maaf karo*. Eu não ter intenção de...

Ele coloca o dedo na minha boca para me fazer calar.

— Já chega — ele diz. — *Bas*, já chega.

E então ele se vira para ir para o quarto e tranca a porta. Sem dar nenhuma palavra. E eu fico parada na cozinha como a mulher que pede esmola na porta da joalheria, com a mão estendida. Mas não é por moeda de ouro que eu imploro. Eu só quero que quando meu marido olhar para mim, é eu quem ele vê. Não Shilpa, não a mulher dos sonhos. Só eu. Apenas eu. Apenas a feia, a imperfeita, aquela que não tem mãe, eu.

30

SUDHIR MARCHAVA PELO SALÃO durante a cerimônia de colação de grau pela primeira vez em seis anos. Ele costumava evitar os eventos do dia de formatura. Naquele ano, ele abrira uma exceção graças a Susan Grossman, uma aluna com necessidades especiais que finalmente conseguira concluir a graduação e pedira que Sudhir lhe entregasse o diploma. Ele concordou na mesma hora.

Naquele momento, sentada nas arquibancadas observando o marido passar por ela com sua farda, sentindo mais do que assistindo ao espanto causado pela cena, Maggie tentava encontrar os olhos dele. Sudhir, entretanto, seguia de forma lânguida a procissão até o palco, parando ocasionalmente para acenar para algum aluno que gritava seu nome, comentando algo com Larry Andrews, que caminhava na frente dele. Fosse lá qual fosse o comentário de Sudhir, era algo aparentemente engraçado, pois Maggie percebeu que Larry deixara escapar uma gargalhada.

Ela sentiu um leve movimento quando as pessoas na fileira atrás dela causaram uma certa confusão para acomodar algum retardatário. Um segundo depois, ouviu um sussurro que lhe era bastante familiar:

— Olá.

Ela virou a cabeça imediatamente para trás e torceu um pouco o corpo, apesar de já saber que era Peter. Seu estômago revirou. Fazia meses que não o via. O que ele estaria fazendo ali?

Enquanto debatia consigo se deveria responder, sentiu o hálito dele em uma de suas orelhas.

— Estou indo embora. Em algumas semanas. Achei que talvez pudéssemos tomar um café. Antes de, você sabe, eu partir.

Uma onda de decepção atravessou seu corpo diante da ideia da partida de Peter do campus. Porém, não havia dúvida. Ela não podia confiar em si mesma para vê-lo novamente.

— Não posso — ela murmurou, torcendo para que ele conseguisse ouvi-la apesar da balbúrdia da multidão. — Mesmo assim, desejo tudo de bom para você.

— Ouça — ele sibilou no ouvido dela. — Estou voltando. Para o Afeganistão. Preciso ver você antes de ir embora.

A ideia de Peter no Afeganistão, correndo perigo, a fez tremer. Como seria terrível ser casada com alguém como Peter?, ela pensou, e agradeceu pela profissão estável e nada dramática de Sudhir.

Ela se deu conta de que Peter se inclinava para a frente à espera de uma resposta. Quanto tempo levaria para a procissão chegar ao palco e Sudhir se sentar em seu lugar, observando a multidão, à procura da esposa?

— Vou lhe pedir um favor — ela disse. — Por favor, vá se sentar em outro lugar. Por favor. Estou pedindo.

Por um minuto repugnante, Maggie pensou que ele iria se recusar, mas então sentiu que Peter soltava o ar dos pulmões.

— Tudo bem. Que seja.

Maggie se obrigou a olhar com firmeza para a frente enquanto sentia o burburinho na fileira de trás indicando que Peter ia embora. Após o que lhe pareceu um intervalo seguro de tempo, ela virou a cabeça casualmente e o procurou em meio à multidão. Quase que de imediato ela avistou Peter sentado seis fileiras atrás dela. Ele olhava diretamente para Maggie e, quando os olhos dos dois se encontraram, ele abriu aquele sorriso sardônico de quem sabia de tudo, o típico sorriso de Peter. Sei que você está procurando por mim, o sorriso dele dizia. Sei que você não consegue tirar os olhos de mim.

Ela olhou para o outro lado com as bochechas queimando. Babaca arrogante. Era isso que Peter era, um babaca arrogante e convencido. No segundo seguinte, sua raiva havia sido substituída por uma tristeza profunda. Uma coisa era ficar longe de Peter enquanto ele morava ali perto. Outra bem diferente era pensar nele no outro lado do mundo, desviando de balas, respirando a poeira de uma terra distante, focando sua câmera na violência e na feiura inenarráveis. Saber que ela poderia nunca mais vê-lo. Jamais. Algo revirou no estômago de Maggie, um órgão extra que a dor fazia com que borbulhasse até que ela se desse conta de sua existência e contraísse o corpo graças à dor. Ainda assim, ela não permitiria que seu corpo se virasse novamente.

Em vez disso, Maggie focou sua atenção no palco, seguindo Sudhir com os olhos enquanto ele se sentava em uma das cadeiras enfileiradas atrás do pódio. Ela sabia quanto a formatura de Susan significava para ele, o orgulho que tinha da conquista de sua aluna, e Maggie se oferecera para ir à colação de grau antes mesmo que ele lhe pedisse. É por isso que você está aqui, ela então tentava lembrar a si mesma. Por Sudhir. E Susan. O fato de Peter estar sentado atrás de você, observando-a com tanta intensidade que ela podia sentir um par de olhos perfurando suas costas, não estava em questão. Ele é passado. Peter é passado. Sudhir é o seu presente. E o seu futuro. Lembre-se disso. Não perca isso de vista nem mesmo por um momento. Seja forte, ela disse a si mesma. Seja forte.

O simples fato de manter essas palavras em sua mente fez com que se sentisse melhor e desfez o nó em seu estômago. Ela inclinou o corpo para a frente, com os cotovelos repousando sobre os joelhos, e se concentrou no rosto exuberante dos alunos no palco. Trinta minutos depois, quando Susan Grossman caminhou até o pódio com a ajuda de suas duas muletas e Sudhir se levantou, sorrindo, orgulhoso, enquanto esperava com o diploma nas mãos, uma sensação de amor intenso pelo marido tomou conta de Maggie. Durante os momentos excruciantes que Susan levou para chegar ao pódio, Maggie se lembrou de tudo: quão tímida Susan era quando entrou no programa de mestrado, como Sudhir lutou pessoalmente com a administração para que as instalações da universidade fossem adaptadas para sua aluna, como ele a convidara para jantar no dia em que Susan havia sido tão desencorajada que estava a ponto de abandonar o mestrado, como, depois do jantar, Sudhir apresentara, em seu jeito metódico e cometido de sempre, os motivos pelos quais desistir seria um erro e Susan se virou para eles dois com o rosto radiante, com uma nova esperança repleta de ternura. Susan tinha apenas vinte e seis anos, mas já conhecia toda uma vida de obstáculos. Ela teve um único golpe de sorte, que era ter como orientador um homem que estava lhe oferecendo um diploma, que por um breve momento a observou, encantado, enquanto Susan se inclinava para lhe dar um abraço, um homem cujas mãos flanaram, incertas, por um segundo, antes de corresponder ao abraço da aluna. Apesar das lágrimas, Susan viu a expressão no rosto de Sudhir e soube que ele foi envolvido pelo momento tanto quanto sua aluna, porém logo em seguida ela foi distraída pelos gritos animados que vinham das arquibancadas do lado esquerdo da quadra esportiva. Maggie girou o pescoço e viu duas pessoas de meia-idade se levantarem enquanto batiam palmas e assobiavam. Deviam ser os pais de Susan, Maggie presumiu. Ouviu-se então uma gritaria nas cadeiras mais à frente na quadra, quando todos os formandos do departamento de matemática começaram a saudar Susan. Toda a cena provavelmente durou apenas alguns segundos, mas Maggie tinha uma sensação irreal de que aquilo era algo de que iria se lembrar por muito tempo. Aquele era o seu lugar, com o homem que abria um sorriso tímido para seus alunos que berravam, repletos de animação, enquanto voltava para o seu lugar. Viu isso? Era o que ela queria dizer a Peter. Esse é o meu marido: modesto, decente, nada exibido, o motivo pelo qual alguém como Susan Grossman terá um emprego algum dia. Ele é a razão pela qual todos gritavam animados para ela naquele dia. Ele não está fugindo para algum lugar perigoso e empolgante como o Afeganistão. O nome dele não sai nos jornais. Não, ele vai ficar aqui, trabalhar duro e continuar com o que faz tão bem: dar aulas para gerações de jovens alunos, inspirá-los, levantá-los sempre que caírem. Isso pode não ser lá grande coisa para você, Peter, mas o que Sudhir realiza todos os dias faz diferença. É por isso que estou aqui hoje. Para dizer que isso importa.

 Mesmo enquanto argumentava consigo, Maggie podia ver quanto era injusto acusar Peter por tomar uma posição que ele jamais assumira. Peter jamais dissera nem mesmo uma única palavra de zombaria ou de menosprezo sobre Sudhir. Era sua própria mente que a traía, os primeiros espasmos da paixão.

Quando a colação terminou, a plateia esperou que os professores com suas fardas coloridas deixassem o palco e descessem pelos corredores até as portas de saída. Ao passar por ela, Sudhir murmurou:

— Encontro você lá fora, perto da tenda.

Ela assentiu e lhe jogou um beijo, esperando que Peter percebesse o gesto. Ele abriu um sorriso surpreso e logo já estava longe dela.

Enquanto seguia em direção à porta, Peter a alcançou.

— Ei. Você está fazendo eu me humilhar. Não estou acostumado com isso. — Apesar de haver um traço de zombaria na voz dele, Maggie foi capaz de notar a frustração nas entrelinhas.

Maggie parou e se virou para ele.

— Peter? — Só naquele momento ela se deu conta de que poderiam ser vistos juntos por algum aluno ou colega de Sudhir. — Meu marido está me esperando lá fora. Será que você não consegue entender quando uma coisa acaba?

Ela jamais utilizara aquele tom com ele, e Peter ergueu a sobrancelha direita. Ele a observou em silêncio durante um segundo inteiro antes de dizer:

— Cara, você é fria. — Ele deu meia-volta e se afastou dela.

Maggie resistiu ao desejo irrefletido de pedir que ele parasse a fim de se desculpar. Não era assim que queria terminar com Peter. Mas estava paralisada. Alguma coisa na acusação de frieza de Peter estava relacionada à sua própria rejeição, a maneira distante com que ele a olhara antes de se afastar, como se o calor e a doçura que havia entre eles jamais tivessem acontecido, ecoando o abandono abrupto de Wallace muitos anos antes. Maggie ficou ali de pé, sozinha, tremendo levemente em um raro segundo de silêncio em meio à gritaria, ao movimento e às risadas da multidão. Em um relance, a atração que sentia por Peter tornou-se clara como o dia: eles eram o mesmo tipo de homem, Peter e Wallace; carismáticos, enigmáticos, capazes tanto do maior gesto de apreço quanto da mais profunda indiferença.

Chocada com aquela ideia, Maggie se deixou levar pela multidão que saía da quadra de esportes, mal se dando conta de que era empurrada porta afora. Será que ela havia sido tão obtusa a ponto de não ter percebido até então as similaridades entre Peter e o pai? E, se tinha percebido, deveria desistir da carreira de psicóloga e tentar fazer alguma outra coisa da vida.

Ela caminhou para fora da quadra e entrou no lobby, onde ouviu um olá bem baixinho. Era Sudhir.

— Achei que você fosse me encontrar do lado de fora, perto da tenda — ela disse, aliviada por ter despachado Peter. Seu coração batia acelerado ao pensar em como escapara por pouco.

Sudhir deu de ombros.

— Assim que saímos, me dei conta de que poderia esperar por você aqui. — Sudhir pegou as mãos de Maggie nas dele, e ela torceu para que o marido não percebesse quanto suas palmas estavam suadas.

— Mas e se eu resolvesse sair por uma porta diferente? Ou resolvesse pegar outro corredor? — Ela se deu conta de que falava um monte de baboseiras enquanto esperava que seus batimentos cardíacos voltassem ao ritmo normal, no intuito de distrair Sudhir de qualquer reação que parecesse inadequada.

Ele deu de ombros novamente.

— Baseado no lugar onde você estava sentada, a probabilidade de você ter escolhido sair por esta porta era de oitenta por cento.

Maggie caiu na gargalhada. Aquela resposta era tão típica de Sudhir... Ela apertou a mão do marido.

— Fico feliz por você ter esperado por mim, querido.

Maggie ficou de pé debaixo da imensa tenda com uma taça de vinho nas mãos. Sudhir conversava com os pais de um formando. Marianne Johnson, professora do departamento de psicologia, foi até ela.

— Oi, Maggie. Quanto tempo! Como você está?

Enquanto conversavam, Maggie percebeu com o canto do olho que Peter estava do lado de fora da tenda, com a cabeça levemente inclinada para baixo, ouvindo atentamente as palavras de uma jovem com um vestido branco e braços bronzeados. O sol iluminou o cabelo de Peter quando ele jogou a cabeça para trás em meio a uma gargalhada causada por algum comentário da mulher. Maggie sentiu um aperto na garganta. Ela fez um esforço para focar sua atenção no que Marianne dizia.

— Devia ser ilegal ser assim tão bonito, não é? — Marianne comentou, e, assustada, Maggie se deu conta de que Marianne a flagrara olhando para

Peter. Ela corou, lutando para encontrar uma resposta jovial, porém sua mente parecia estar congelada.

— É. — Ela assentiu, desejando espantar a rispidez presente em sua voz.

Manteve os olhos fixos em Marianne e, assim que foi possível, inventou uma desculpa e foi até Sudhir.

— Ah, olá — disse Sudhir assim que ela se aproximou. — Deixe-me apresentá-la a algumas pessoas. Esta é minha esposa, Maggie.

Ela percebeu a combinação usual de surpresa e julgamento nos olhos deles assim que se davam conta de que o professor Bose, sobre quem eles ouviam seus filhos falarem tanto, era casado com uma mulher negra. Em geral, a reação deles a divertia, mas naquele dia ela mal a registrou. Maggie pegou um dos braços do marido e o apertou, o sinal que eles sempre utilizavam, e, como era esperado, após mais alguns minutos de bate-papo ele a levou até um canto e perguntou:

— O que houve?

— Você vai demorar muito? Estou com dor de cabeça.

Ele abriu um sorriso.

— Eu já estava pronto para ir embora meia hora atrás. Você sabe do meu problema com esse tipo de coisa. Vamos embora.

Caminharam pelo gramado iluminado pelos raios de sol, passando a alguns metros de Peter. Mesmo que tenha percebido, Sudhir não comentou nada. Peter parecia estar totalmente absorto na conversa com a mulher com quem falava um pouco antes. Maggie percebeu com uma pontada no peito que Peter nem mesmo ergueu os olhos quando ela passou por ele.

E isso é uma coisa boa, disse a si mesma enquanto eles caminhavam pelo estacionamento. Peter vai embora daqui a algumas semanas. E então será hora de começar a viver o restante da sua vida com Sudhir. O restante da sua vida.

Livro três

31

Ele estava deixando a cidade. Para sempre. O pessoal da mudança pegara os móveis no dia anterior. Ele colocara suas coisas no carro durante a noite, ávido por dar o fora dali assim que amanhecesse. Atravessaria o país até a casa de sua irmã em Washington, dando a si mesmo uma semana de diversão na estrada. O plano era parar em alguns parques nacionais pelo caminho.

Esperava escapar da hora do *rush* quando saísse da cidade. Ele já estava na rodovia, quase passando direto pela entrada para Cedarville quando virou o volante para a direita e pegou a rampa de acesso que levava até a cidade. Aquilo foi um impulso, uma decisão quase inconsciente, e levou um segundo para entender que ele ia em direção ao centro de Cedarville. Quando chegou lá se deu conta de que ainda era muito cedo, e foi tomar café da manhã no Dolby. Ele sentou a uma mesa em um dos cantos do salão, curvou-se sobre as panquecas de mirtilo e granola, discutindo consigo, ordenando para que não se desviasse de seu plano original, que consistia em descer pela Orchard Road até chegar à rodovia. Em vez de fazer aquilo que queria. Seria melhor assim, ele sabia, mais asséptico. Dessa forma, não haveria nenhuma bagunça que depois alguém teria de arrumar. Ele sabia disso.

Ele se demorou para tomar o café. A garganta estava tão seca que pediu um suco de laranja, fazendo um gesto para a garçonete quando a moça passou por ele. Ela era do tipo que gostava de bater papo, sorrindo sugestivamente para ele ao colocar o copo sobre a mesa, e ele em geral costumava gostar desse leve clima de flerte. Passara muito tempo em lugares onde as mulheres eram mantidas atrás de portas trancadas, enclausuradas em suas casas, ou eram cobertas por burcas, de modo que considerava uma das vantagens de voltar para os Estados Unidos a forma como era fácil flertar, a conversa mole, o simples prazer de ver as mulheres andarem nas ruas, em restaurantes, nos cinemas. Em geral ele teria sorrido para a garçonete, tentado descobrir de onde ela era pelo seu sotaque, talvez tocasse levemente sua mão quando fosse pagar a conta. Mas não naquele dia. Não naquele momento, não naquele último ano, pois todos os seus sentidos foram atraídos por uma única mulher. Só que o problema é que ela também era única para outra pessoa. Era casada.

Ele sorriu para si mesmo diante da jocosidade do comentário. Pagou a conta e saiu do restaurante. Ainda eram nove da manhã. Muito cedo. Muito arriscado. Além disso, não tinha pressa. Era terça-feira, e ele sabia que ela não estaria disponível antes das duas da tarde às terças-feiras. Ela costumava usar essas manhãs para colocar a papelada em dia. Ele podia esperar.

Vagou pelo centro da cidade, olhando as vitrines para matar o tempo. Pensou em comprar alguma coisa para ela, mas estava muito agitado, inquieto demais para entrar em uma loja e lidar com um vendedor. Não, precisava ficar sozinho, assim ele seguiu até o pequeno parque com seus bancos marrons e as árvores altas nas margens do rio. Sentou em um dos bancos e encarou a água. Já vira muitos rios em seu trabalho. Rios tão secos que pareciam mais uma sugestão de fluxo d'água, um arranhão feito por uma unha em uma terra ressequida. Rios exuberantes, límpidos e de correnteza ligeira como aquele, cercados por uma porção abundante de terra. Rios escuros e oleosos graças ao sangue humano. Rios que carregavam carcaças de animais enquanto crianças brincavam dentro daquela mesma água. Rios repletos de peixes e rios sinistros, tomados por crocodilos e jacarés.

Aquele era um bom rio. Sabia que, se colocasse uma mão dentro dele, a água seria gelada e doce, não teria nenhum gosto desprezível nem lembraria o gosto de poeira nem de calcário. Nenhum odor. Nenhum objeto de aparência estranha repousaria em seu leito. Na verdade, de onde estava sentado, podia ver muito bem o fundo esverdeado. Conhecia o gosto desses rios. Eles tinham o gosto de casa. Como os Estados Unidos: confiável, limpo, organizado, seguro.

Você está maluco, ele pensou, enojado. Ela tem deixado você maluco. Melhor prestar atenção no que você anda fazendo. Ele já tinha visto esse tipo de coisa acontecer várias vezes, com soldados e correspondentes de guerra. O amor o transforma em um maluco. Faz de você um sonhador. Engana-o a ponto de achar que o mundo é um lugar bom. Faz com que você se esqueça dos perigos. E isto é tudo o que o amor lhe dá: um esquecimento momentâneo. Um segundo de descuido e você tenta enfiar a chave no carro errado, acredita na pessoa errada, esquece a hora do *check-out* do hotel, para e ajuda um viajante que não consegue sair do país, não fica tão atento quanto deveria ao caminhar por um campo salpicado de minas terrestres, não suspeita de homens jovens vestidos com casacos pesados em dias de verão, desvia os olhos de um objeto desconhecido para olhar uma foto ou passar os dedos por um medalhão que você carrega ao redor do pescoço, e, no minuto seguinte, tudo o que lhe resta são exatamente os seus dedos. Já tinha visto isso tantas vezes que se recusava a terminar daquele jeito; sem chance, não com ele.

E ainda assim precisava vê-la. Uma última vez. Não podia deixar a cidade, não daquela maneira, não depois de ter se comportado daquela forma na colação de grau. Ele não tinha o direito de acusá-la de frieza quando tudo o que ela fizera foi proteger a si mesma. Porém, foi exatamente isso que o desconcertou tanto: que ela sentia necessidade de se proteger dele.

Ele levantou do banco. O sol do fim de maio ardia no céu. Ele simplesmente passaria na frente da casa dela e, se o carro do marido não estivesse lá, bateria na porta para uma despedida breve. Ele nem mesmo entraria na casa — não sabia como os cômodos eram distribuídos e não queria imaginá-la dentro deles. E, sim, pediria desculpas. Não tinha a intenção de agir como um imbecil, não mesmo. Isso era tudo o que desejava fazer. Contar-lhe que na verdade ele não quis dizer nada daquilo. Sim, era isso que faria, tudo o que queria fazer, e então finalmente daria o fora daquela cidade torpe e não pararia até cruzar a fronteira do estado.

Eram dez da manhã, e ela ainda estava de pijama. Acordou às seis naquele dia, tomou um banho rápido, preparou café e então atacou a pilha de papéis em sua escrivaninha. Trabalhou sem parar por três horas, e agora sua coluna estava rígida.

 Ela levantou da cadeira, massageando a coluna com a mão esquerda. Talvez, se saísse para o trabalho um pouco mais cedo, pudesse dar uma volta no lago. Suas consultas começavam às três, o que significaria passar mais tempo sentada. Sentiu uma pontada de dor só ao pensar nisso.

 O silêncio na casa era tão denso quanto o carpete. Era boa a sensação de ter a casa só para ela, apesar de Sudhir chegar naquela noite e ela se sentir feliz quando o visse mais tarde. Ela começou a ouvir um zumbido vindo de algum lugar do lado de fora, os sons inconfundíveis da primavera. Espreguiçou-se e decidiu preparar outra xícara de café.

 Tinha acabado de tomar o primeiro gole quando ouviu uma batida na porta.

Isso é errado, isso é errado, tudo nessa história é errado, exceto a parte que é certa, e o que é certo é assim tão certo que pode deixar o resto certo, tudo que é claro é certo, certo é certo, errado é certo, errado, ele disse que estava errado, o que ele me disse era errado, ele estava parado na soleira da porta parecendo tão desesperado, um pobre garotinho triste, tão perdido e confuso, triste, tão triste, aqueles olhos azuis de bebê olhavam para mim, buscavam o meu rosto, mas espere, os olhos dele não são azuis, são verdes, mas azul é a cor da melancolia, ele é azul, ele é o meu homenzinho azul, meu amante azul, sua pele branca azulada como o gelo, seu hálito contra a minha pele quente como vapor azul, meu corpo perdido no espaço, no éter, que é azul.

 Eu estou fria, fria como gelo, e ele me cobre com seu corpo nu. Estou quente e ele me refresca com seu corpo nu. Estou solitária e ele me faz companhia com seu corpo nu. Estou com fome e ele me alimenta com seu corpo nu. Seu cabelo cor de outono lhe cai na testa e roça o meu rosto. Sua saliva de mel banha minha língua, minha boca aberta. O rosto dele está tão perto do meu que se torna também o meu rosto. Quando ele pisca, seus cílios me fazem cócegas. Quando expira, eu inspiro sua respiração. Entrego meus seios à sabedoria de suas mãos.

 Não existe igreja que se compare àquilo. Não há templo, mesquita, sinagoga que seja como aquilo. Não existe sagrado que seja como aquilo. Não existe mal que seja como aquilo. Não há decepção que seja como aquilo. Ah, mas também não há sagrado que seja como aquilo. Foi para isto que inventaram a religião: monitorar essa bênção, mantê-la sob controle. Porque, se for libertada, pode se tornar aquilo, pode queimar como aquele fogo capaz de incendiar a cama, a casa, a vida. Porque, se for libertada, pode fremir daquele jeito, como o som dos oceanos rugindo em uníssono, como o som dos quatro ventos uivando.

E então caímos no sono. E então estamos esgotados. E então estamos deitados em lençóis limpos em uma casa no século XXI. E então nossos corpos começam a assumir as formas de todos os dias novamente. E então nossas respirações se aninham em nossos próprios corpos. E então tudo volta para seu lugar. E então nossas linhas entram mais uma vez em suas cavernas. Os seios se tornam problema de quem os carrega. E então os oceanos estão mais uma vez separados por continentes e os quatro ventos param de uivar, e nos tornamos duas pessoas novamente. E eu então me deito, ofegante, com minha orelha no peito dele, ouvindo o som das batidas aceleradas de seu coração se acalmar.

É nesse silêncio, à sua maneira tão sagrado quanto a confusão sonora que o precedeu, que ela ouve a porta do quarto se abrir.

32

VOCÊ ME PERGUNTA por que eu fiz o que fiz, e eu digo que não sei. Juro por Deus, estou falando a verdade. Desde terça-feira eu me faço a mesma pergunta centenas de vezes, por que eu fiz o que fiz, mas estou dizendo a você, eu não sei.

Uma resposta é: Eu estava em choque. O que acontece é o seguinte: eu não devia ir para casa de Maggie na terça-feira. Eu devia limpar a casa da madame Joseanne naquela manhã, mas quando eu cheguei na casa dela e comecei a limpar, o aspirador de pó dela parou de funcionar. Ela ficou toda preocupada porque vai dar festa na sexta e precisa ter a casa limpa. Então eu achei que Maggie não se importa se eu correr até a casa dela e pegar o aspirador emprestado. Maggie é assim tão generosa, e, em primeiro lugar, é ela que me apresentou a Joseanne. Eu achei que Maggie estava em casa, porque às vezes ela fazia trabalho de escrever na terça de manhã. E se ela não estava em casa, não é problema, eu tenho a chave, e o que eu tenho que fazer é entrar e pegar o aspirador.

O carro da Maggie não estava na garagem. Eu toquei campainha e então eu lembrei que a campainha não funciona. Eu bati na porta da frente duas vezes, e quando não tive resposta, eu usei minha chave para entrar. Eu digo oi, Maggie?, mas não tem resposta, por isso eu achei que ela não estava em casa. O aspirador fica guardado no armário do quarto de hóspedes, eu sabia. Por isso eu fui para andar de cima para pegar ele.

Eu abri a porta, e o que eu vi não consigo esquecer. Não consigo esquecer, mas também não posso contar. Essa coisa me choca tanto que eu achei que ia vomitar e desmaiar e cair na gargalhada e gritar em um só respiro. Maggie na cama de hóspedes com um hóspede. Um homem branco que não é Sudhir *babu*. Eu senti como se eu entrasse na sala de cinema errada e assistindo filme errado. Por isso eu só fico ali parada, e então meus olhos encontram os da Maggie. Por um minuto eu achei que ela ia chorar, mas então o rosto dela ficar malvado e ela grita:

— Saia daqui!

E então eu estou fechando a porta do quarto e saio correndo pela escada até chegar na sala. Minha mão já está na maçaneta da porta da frente quando eu escuto a voz de Maggie dizendo o meu nome.

— Lakshmi, espere. Jesus Cristo. Por favor, espere!

Então eu fico parada como uma estátua com a mão na porta, esperando por ela. Sinto um zum-zum-zum na minha cabeça, como se um inseto preso lá dentro. Todo o meu corpo coberto de suor e de novo eu sinto vontade de desmaiar, mas fico em pé. Talvez Maggie diz alguma coisa que vai desfazer essa cena torta e colocar tudo no lugar certo de novo. Talvez ela me conta alguma coisa sobre o que eu vi, que eu entendi tudo errado.

Ela desce escada descalça, vestindo um robe branco, e eu vejo o cabelo dela todo bagunçado e o rosto inchado. Ela parecia uma mendiga. Eu me senti mal por ela quando eu vejo a cena que não quero ver na minha cabeça, e eu sinto meu coração ficar pequeno e duro.

— Lakshmi — ela diz —, eu só queria... Ai, meu Deus. Eu não sei o que dizer. Será que você podia simplesmente... — De repente, a voz dela ficar irritada. — Jesus, Lakshmi. E o velho hábito de bater antes de entrar? Ou tocar a campainha...

— Eu bati duas vezes! — eu respondo bem alto. — Sua campainha não funciona. Eu falei isso para você bem na semana passada. E eu chamei você...

— De qualquer forma, por que você está aqui? Hoje não é dia de faxina nem da sua terapia.

Antes de eu poder explicar, um homem alto vestindo uma camisa azul desce escada. Ele abotoa a camisa enquanto desce, e eu viro para o outro lado para não ver essa pouca-vergonha. Eu olho para Maggie, mas ela está encarando o chão. Ela mexer o queixo, como quem mastiga chiclete.

O homem fica de pé na frente da gente, e Maggie diz para mim:

— E então, o que você quer, Lakshmi? — A voz dela muda, como se eu fosse uma estranha em um ônibus.

— Eu vim para pegar o aspirador emprestado — eu falei depressa, sem olhar para o homem. — O da madame Joseanne está quebrado. E eu pensei que você não estava em casa — eu acrescentei falando mais alto. — Eu bati e chamei você. — Eu queria que o homem ouvisse que eu não entro na casa das pessoas sem bater.

— Tudo bem. — A voz de Maggie fica mais suave. Nos olhos dela, alguma coisa se quebra. — Por que você não sobe e pega o aspirador? Pode ir.

Eu não quero entrar no quarto da ruindade de Maggie, mas eu não tenho escolha. Os dois olham para mim. E por isso eu subi escada. A porta do quarto está aberta. Ele estendeu a colcha em cima dos lençóis sujos. Eu vi como o quarto parecia e de novo sinto vontade de vomitar mais uma vez. Mas continuo com os olhos no armário. Só então eu vejo aquilo no chão. Um colar com um pingente. Só que não é um pingente de ouro-prata, comum. Aquele ali parece um dente. Algum dente de animal grande. Esse homem ruim mata pobre animal para tirar o dente. Penso no que os homens horríveis da minha vila faziam com meu pobre Mithai e sinto veneno. Maggie permitiu que esse homem tocasse o corpo dela. Maggie, que ter casamento feliz com Sudhir *babu*.

Meu coração partiu como osso de galinha quando eu pensei em Sudhir *babu*. Vejo ele cortando alho para me ajudar na cozinha. A cabeça abaixada sobre os livros importantes que ele lê em sua escrivaninha. Ou dando um beijo em Maggie toda vez que sai para trabalhar. Maggie, que trai ele com esse homem feio. Maggie, que me julgou tanto quando eu contei para ela sobre meu casamento com marido, que existe apenas no papel. Em vez de entender por que eu fiz casamento falso, Maggie fica do lado do marido. Quem ela é para me julgar? Meu marido cem por cento correto: todos os pretos trapaceiros e mentirosos.

O lado da cama de Sudhir *babu*. Rápido, eu abro a gaveta de sua mesa de cabeceira. Muitos meses atrás, Sudhir *babu* me mostrou uma cópia de

Gitanjali que ele lê todas as noites antes de ir para a cama. Ele ama esse livro de poesia, ele me diz. Eu coloco o colar em cima do livro.

Eu escuto eles falando baixinho lá embaixo, como dois ladrões. Mentiroso e trapaceiro. Mentirosa e trapaceira. Sei que eles esperando eu ir embora para começar suas coisas sujas de novo. Eu desço escadas dando um passo de cada vez porque aspirador muito pesado. Nenhum deles veio me ajudar.

Na sala, eu não olho Maggie nos olhos.

— Você ter um bom dia, madame — eu falo, e Maggie faz uma cara que mais parece que eu dei um soco nela. E só então percebo que chamei ela de madame em vez de Maggie. Mas ela não fala nada e eu abro a porta e caminho para fora da casa.

Só quando estou segura a dois quarteirões da casa de Maggie, eu começo a chorar. Estaciono meu carro no acostamento e apoio minha cabeça no volante. Eu não sei o que me fazer chorar. Talvez eu choro por Sudhir *babu*, que é um homem que confia tanto nas pessoas como um bebê que acabou de nascer? Talvez eu choro por Maggie, da cara dela quando eu chamei ela de madame? Mas então eu sei a verdade. Eu choro por mim mesma. Pelo que eu perdi em um minuto. Porque nunca mais posso voltar para aquela casa. Disso eu tenho certeza. O que quer dizer que nunca mais vou ver minha Maggie de novo. E então uma coisa pesa no meu coração. Como ela pode ser sua Maggie?, eu digo para mim mesma. Como você vai acreditar em qualquer coisa que ela falar depois dessa maldade? Eu me lembro da Maggie chocada quando disse que eu enganei meu marido no dia do casamento. A queimação no estômago que eu senti naquele dia entrou no meu corpo de novo. Mas agora eu não me sinto com vergonha. Dessa vez eu sinto raiva. Por que Maggie traiu Sudhir *babu* com aquele branco mau? Por que ela me enganou?

Randi. A palavra feia vem até a minha mente, e eu balanço a cabeça. Em toda a minha vida, eu nunca pensei nessa palavra para chamar uma mulher. Por que agora e por que logo pra Maggie? Mas o que posso pensar? Só mulher fácil faz o que Maggie fez. E o mesmo serve para o homem branco que abotoar a camisa na minha frente como se ele senhor da casa de Sudhir *babu*.

E de repente eu pensa em Bobby. Como eu sonhei com ele enquanto marido roncava ao meu lado. Como ele me fez sentir especial, como ele tão gentil comigo. Será que esse homem branco faz Maggie sentir a mesma coisa? Mas então eu sacudo a cabeça, não, não, não. Meu amor por Bobby puro. Eu nunca toquei nele, nunca beijei ele. E, também, Bobby tão doce. Ele nunca usa dente de animal no pescoço do jeito que aquele homem usar.

Isso me faz lembrar de uma coisa. Do que eu fiz. Sudhir *babu* fora da cidade, eu sei. Mas ele volta para casa essa noite. O que ele vai fazer quando encontrar o colar? Como ele vai saber o que significa? Talvez Maggie diz que comprou colar de presente para ele? Ele vai acreditar nela, mesmo achando o presente idiota. Meu coração bate mais devagar. Eu não quero magoar Sudhir *babu*. Deixa ele achar que a mulher comprou esse presente imbecil.

Eu começo a dirigir para a casa de Joseanne, mas eu sei que não vou conseguir entrar. Joseanne em casa hoje e toda preocupada com a festa e querendo falar e falar sobre o menu, e se ela precisar encomendar mais comida e que horas eu chego com comida na sexta-feira. Sei que ela espera eu voltar com aspirador de pó, mas eu preciso ficar sozinha, preciso tirar a imagem da Maggie em seu quarto de hóspede da minha mente. Eu pego meu celular — é meu celular, eu comprei com meu próprio dinheiro — e disco número de Joseanne. Ela grita e berra, fala que vai cancelar a encomenda de sexta-feira, mas eu não ligo. Duvido que ela vai achar outra cozinheira para aturar todas aquelas preocupações dela. Eu vou lá amanhã para terminar de limpar a casa, eu digo para ela e desligo o telefone.

São duas da tarde quando eu chego em casa. Marido está ocupado na cozinha, por isso eu vou direto lá para cima, para o apartamento. Rekha quer conversar, mas eu falo para ela que não estou bem e preciso dormir. Duas horas depois marido vai lá para cima.

— O que está errado? — ele diz. — Rekha diz que você doente.

Ele está sendo gentil? Ou está irritado porque eu não estou trabalhando na loja? Mas então eu vejo as rugas na testa dele e eu sei que ele preocupado comigo.

— Estou bem. Eu desço logo. — Mas, assim que digo isso, eu começo a chorar e agora ele parecer confuso.

— Lakshmi. — Ele senta na cama do meu lado. — O que errado? Você tem febre?

Em um relance, eu ver a expressão na cara de Maggie dormindo com a cabeça no ombro do homem branco. Ela parece em paz. Ela estava sorrindo como se tivesse terminado um prato de *jalebis*. Eu lembro isso e então me sinto como se com febre. Minha cabeça pesada com os pensamentos diabólicos que tenho dentro dela. Maggie rica. Ela ter casa grande, jardim bonito, carro sem teto. Mais importante, ela tem marido feliz que ama ela, não um marido apaixonado por uma garota que ele vê por dez minutos no *mela*. Como ela pode trair Sudhir *babu*? Se Maggie não feliz com sua vida, como eu vou ser?

— *Ya, baba* — marido dizer. — Você parecer estar louca por causa da febre.

— Eu não estou doente. Eu... Eu só... — Ele inclinar a cabeça para um lado, esperando por mim. — Eu... Você correto. Sobre o que você fala sobre os pretos. Todo preto trapaceiro e mentiroso. Maggie também. Ela mais do que todos. — E agora eu choro tanto que marido coloca o braço em volta de mim. Primeira vez que ele faz isso fora do sexo. Mas também essa é a primeira vez que eu choro desse jeito na frente dele.

— *Chokri, chokri*, o que é errado? — ele fala. — O que Maggie fez para você?

E apesar da minha tristeza, meu coração pula. Marido me chamar de garota. Não de mulher velha. Não de idiota. Garota.

O que Maggie fez? Nada. Tudo. Ela me enganou. Ela me confunde. Ela passou de minha professora para mulher normal como eu. Ela engana marido durante casamento com ele. Ela no fim mostra que é como eu. Comum. Maggie é muitas coisas para mim. Mas nunca uma pessoa comum.

— *Chokri* — marido repetir. — Por que você está chorando? — Ele aperta o abraço ao meu redor, e entre as minhas lágrimas eu sinto cócegas. Bem lá embaixo. Eu nunca me senti assim com o meu marido antes. Eu mudo levemente de posição na cama. Mas ele entende. Os olhos dele ficam grande e ele me encara. Ele lambe os lábios e os olhos dele nunca saiu do meu rosto.

Ele fala alguma coisa que eu não consigo ouvir e depois ele enterra o rosto entre os meus seios.

* * *

Eu preparo comida para festa da Joseanne na sexta-feira. Como sempre, convidados ficar *latoo-fatoo* em cima da minha comida, doidinhos. Na maioria das vezes, isso faz eu me sentir bem. Hoje, eu nem percebo. Fico olhando para a porta da frente a cada dois minutos, esperando Maggie e Sudhir *babu* entrar. Como vou encarar os olhos de Maggie se ela falar comigo? O que vou falar se ela perguntar por que eu criei tanto mal colocando colar na gaveta de Sudhir *babu*? O que eu respondo se Sudhir *babu* perguntar por que eu deixei aspirador de pó na garagem em vez de entrar na casa? Eu olho para a porta a cada dois minutos, esperando eles entrarem e esperando que eles não entrem.

Por volta das nove horas, sei que uma das minhas preces é atendida. Eles não vêm. Por quê? Isso eu não sei. Talvez um deles cansado ou doente? Talvez eles esqueceram que receberam convite para a festa? Talvez Maggie não quer me ver? Eu também não quero ver ela.

Mas hoje, sábado, eu tenho minha resposta. Meu telefone celular toca enquanto estou atendendo cliente na loja e eu atendo sem olhar o nome de quem liga. Por um segundo a linha fica em silêncio, e então Maggie diz:

— Lakshmi? É Maggie. — A voz dela dura como papelão.

— Oi — eu digo apesar de ter a sensação que o meu peito está sendo apertado por um monte de elástico de dinheiro. Por que Maggie me liga? Para dizer que vai chamar a polícia? Para me amaldiçoar do mesmo jeito que as velhas da minha vila? Para pedir desculpa por encher a minha mente com imagem que eu não quero ver?

Eu espero. Em silêncio. Cliente tentando me fazer pergunta, mas eu ando para longe dele. E então Maggie diz:

— Eu só queria lhe informar que, dadas as circunstâncias, não posso mais continuar com o seu tratamento.

Minha boca ficar vazia como se eu com fome, só que não de comida, de palavras. Maggie parecer estar tão longe, como se ela ligando do Paquistão. Ela diz que nunca mais quer me ver, o que é a mesma coisa que eu quero também, mas então por que eu sinto tanta tristeza?

— Você ainda está aí? — A voz de Maggie é afiada.

— Eu estou aqui. — Minha própria voz parece o guincho de um rato.

Apesar de nós duas em silêncio, posso sentir a raiva da Maggie, como trovão distante. Mas mesmo assim eu não consigo falar. Depois de alguns minutos ela diz:

— Tudo bem. Então é isso. — Eu sei que ela vai desligar o telefone, mas ela fala antes: — Só mais uma coisa. Entendo a raiva que você está sentindo de mim. Mas não entendo por que você feriu Sudhir. Acho que jamais entenderei. Afinal de contas, nós... ele... não lhe fez nada além de ser gentil.

O que eu posso dizer? Ela correta. Mas por que ela não mente para Sudhir *babu* e fala para ele que colar era presente? Eu quero pedir desculpas, eu quero dizer: foi a serpente do mal dentro do meu estômago que me fez machucar você e Sudhir *babu*. Mas eu não falo nada.

Maggie respira fundo.

— Tudo bem. Já vi que essa conversa não vai trazer nada de bom. Acho que eu esperava por uma explicação ou qualquer coisa do tipo. Como sou imbecil!

Eu abro a boca para falar. Não, espera, por favor, deixa eu dizer uma coisa. Mas Maggie desliga o telefone.

Eu anda pelo corredor da nossa loja, onde cliente está reclamando da minha má educação com Rekha, quer dizer alguma coisa para mim. Eu não escuto o que ela falar. Eu preciso de ar. Eu abro a porta e saio. Dou alguns passos para me afastar da vitrine da loja para Rekha não me ver. E então eu anda um pouco mais para longe.

A outra vez que eu corri para fora da loja desse jeito foi no último dia do Bobby no restaurante. Mais tarde, naquele mesmo dia, eu tentei suicídio. E por causa disso eu conheci Maggie. Que agora também foi embora. Quase um ano inteiro se passou desde aquele dia. Minhas mãos estavam vazias um ano atrás. Elas vazias hoje. Meu coração estava solitário naquele dia. E ainda está.

Mas então eu penso: Lakshmi, você errada. Tudo mudou. Você mudou. Você nunca mais vai tentar suicídio de novo. Maggie mostrou para você o valor da vida. Maggie queimar sua vida antiga e fazer uma nova para você. Agora você tem seu próprio negócio, telefone celular, carro. Até marido me trata melhor do que antes. Alguma coisa mudou dentro dele depois que eu chamei ele de idiota por amar Shilpa mais do que ama sua vida real. Por alguns dias ele olha para mim diferente, como se a *jaali* que cobria seus olhos desapareceu.

Uma vez na loja eu fiz erro e não cobrei um cliente por um pacote de biscoito. Ele abriu a boca para me chamar de idiota, como sempre. Mas então parou e disse erro simples, qualquer um poder fazer.

E na última terça-feira, quando eu volto para casa depois de sair da casa da Maggie e marido ir lá para cima para ver como eu estava? A gente fez o amor no meio da tarde. Pela primeira vez meu marido não me procurou no escuro. Primeira vez ele olha nos meus olhos e primeira vez ele sorri, não estava zangado com o que ele via. Quando a gente terminou ele ficou comigo por bastante tempo, e quando ele levantou para voltar lá para baixo ele pareceu triste por ter que ir embora.

Uma sacola de plástico voa pelo estacionamento por causa do vento e dança na frente dos meus pés. Eu me abaixo para pegar sacola. Maggie fala que as pessoas nos Estados Unidos criam tanto lixo que tem um país de garrafas e sacolas de plástico crescendo dentro do mar perto da Califórnia. O vento soprar todo o lixo do país, que vai nadando pelo mar da Califórnia. Maggie fica irritada quando ela fala dessas coisas, mas na minha cabeça eu imagino uma cena bonita: sacolas azuis e cor-de-rosa voando como passarinhos por todo o país. Eu desejo ser livre desse jeito, indo para onde a brisa me levar.

Sei que é hora de voltar para a loja e ajudar a pobre Rekha. Sábado nosso dia mais movimentado. Eu sei que essa é a minha vida, com Rekha e marido e loja e restaurante. Por um ano, minha vida se tornou uma casa grande porque Maggie entrou nela. Ela dava para minha vida cor e um novo formato. Mas Maggie agora foi embora. E eu não tenho ideia se a casa nova vai ficar em pé ou desabar.

33

Maggie estava grata por Sudhir ter lhe oferecido uma carona até a piscina do campus. Nos últimos dois sábados, ele criou desculpas para que cada um fosse em seu próprio carro, e, apesar de ter permanecido carrancudo e silencioso durante todo o trajeto, a esperança se inflou no coração dela. Entretanto, quando ela olhou para ele de soslaio e percebeu quanto a postura de Sudhir estava rígida e os lábios tesos, o coração de Maggie afundou novamente. A rigidez que tomou conta de Sudhir desde que descobrira o colar de Peter, aquela frieza, como se o corpo dele estivesse encapsulado em um bloco de gelo que nada poderia derreter — nenhuma desculpa, súplica, ofertas de ver um terapeuta de casais —, estava sempre presente. E, ainda assim, aquela era a primeira vez que eles estavam juntos dentro de um carro em várias semanas. O fato de estarem tão próximos forçava uma intimidade que a grande casa onde viviam, com seus muitos cômodos para onde podiam escapar, não lhes proporcionava. E é claro que Sudhir sabia disso ao propor a carona.

A piscina havia sido a única atividade para a qual os dois apareceram juntos nas últimas duas semanas. Mesmo ali, Sudhir estudou todas as possibilidades de se manter afastado dela, conversando com outros frequentadores e desviando o olhar todas as vezes que os olhos de Maggie acidentalmente cruzavam com os dele. Será que tinha noção da expressão de desgosto que atravessava seu rosto em todas essas ocasiões? Uma ou duas vezes ela nadou até ele, fazendo alguma observação ou comentário, e Sudhir parou para ouvi-la, assentiu e então nadou para longe dela.

Lembrando-se de tudo isso naquele momento, enquanto Sudhir parava o carro no estacionamento, Maggie sentiu uma onda de raiva. Era essa frieza, essa precisão, esse controle das emoções que em primeiro lugar a levara até Peter. Como aquilo era injusto, pois havia sido ela quem tivera um caso e para todo o sempre Sudhir seria a parte prejudicada. Como era injusto o fato de que ele jamais receberia um olhar frio graças a seu comportamento, sua culpa. Se os amigos dele já sabiam do caso — e Maggie não fazia a menor ideia se ele tinha falado com alguém —, ela para sempre seria a esposa traidora e para sempre Sudhir seria o mártir.

Mas, no momento em que ela trocou de roupa e entrou na área da piscina, a raiva de Maggie havia passado e fora substituída por um arrependimento profundo. Ela se lembrou de quanto Peter se sentira incomodado depois que Lakshmi saiu de sua casa, quão ansioso ele estava para também ir embora. Não havia nem mesmo um resquício do fervor, da necessidade com que Peter olhara para ela quando estava de pé na porta da frente algumas horas antes. Havia sido o desejo nos olhos de Peter que a fez convidá-lo para entrar, sentindo-se segura graças à certeza de que ele estava deixando a cidade. Eles ficaram parados na sala sem trocar uma única palavra enquanto Lakshmi pegou o aspirador de pó e foi embora, a paixão de uma hora antes já uma memória distante. Mesmo diante da enormidade do que acabara de acontecer, do que Lakshmi tinha visto, Maggie começava a entender, Peter não lhe oferecera uma única palavra de consolo. Ele já espiava a porta pela qual Lakshmi há pouco saíra, olhava para a porta e para a liberdade da estrada que havia além dela com o mesmo desejo que olhara para Maggie um pouco antes. Ela estava tão abalada que se maravilhou com o talento de Peter para a autopreservação, e percebeu que era essa a qualidade que lhe permitia fazer as coisas que fazia. Peter era, acima de tudo, um sobrevivente. A pessoa mais autocentrada e firme que Maggie conhecia, possivelmente em um nível compartilhado apenas por um por cento da população mundial. Ele estava na tropa de elite, junto a atletas profissionais, atores, políticos e sociopatas. Peter sempre jogava para escanteio quem ficasse entre ele e seu trabalho. Dramas domésticos — maridos irados, esposas magoadas, namoradas desprezadas — eram um anátema para ele. Maggie percebeu tudo isso em um único lampejo. Ou melhor, ela sempre soubera, aquilo era parte do que a atraía em Peter — quão leve, livre e imprevisível a vida dele aparentava ser. Não havia nenhum resquício daquele peso que fazia com que os pés das pessoas permanecessem pregados no chão: hipotecas, o financiamento do carro, compromissos de trabalho e obrigações familiares. Peter, e homens como ele, eram os últimos nômades, os homens-pássaros, para quem o mundo era uma série de portas abertas nas quais eles podiam escapulir de um lado para o outro. Nos últimos segundos durante os quais ela o fitou antes que ele lhe desse um beijo de leve em sua bochecha e fosse embora, Maggie se deu conta de quanto romantizara a vida dele. Peter sempre parecera tão forte, tão viril, comparado a Sudhir. Entretanto, o Peter que estava ali embaralhando os pés tinha a expressão de um jovem imaturo, alguém que jamais havia sido dilapidado pela rotina doméstica, pela obrigação, pelo peso de ser responsável pela felicidade de outra pessoa.

Ela olhara para o outro lado, com medo de que Peter visse o desprezo em seu rosto. E, quando Maggie fez isso, um longo e silencioso lamento teve início em suas entranhas. Quanto ela havia se enganado. Quanto julgara mal toda aquela situação. Que troca abominável, arriscar seu casamento por causa de alguém como Peter. Ela fizera a coisa certa pela primeira vez com Sudhir, ela tirara a sorte grande — um bom casamento — e tinha estragado tudo. Por causa do quê? Por causa de um homem que estava ali parado, jogando o peso do corpo de um pé para o outro, dizendo de forma vazia que tudo ficaria bem, deixando-a sozinha para ajeitar a bagunça que ambos fizeram.

Somos criaturas terrestres, Maggie pensara. Independentemente de quão tentador seja o céu. Independentemente de quão belas sejam as estrelas. Independentemente de quão profunda seja nossa vontade de voar. Somos criaturas da terra. Nascidas com pernas e não com asas, pernas que nos prendem à terra como raízes e mãos que nos permitem construir casas, mãos que nos atam a nossos seres amados dentro dessas casas. O glamour, a descarga de adrenalina, a verdadeira aventura está aqui, dentro dessas casas. As guerras, as tréguas, os tiros de misericórdia, os tratados de paz, as celebrações, os lutos, a fome, a satisfação, tudo isso está aqui. E isso é algo que Peter, com todas as suas viagens, toda a sua sofisticação cosmopolita, jamais entenderá. Ele pode comer nos melhores restaurantes de Paris, mas jamais conhecerá a alegria de ter uma canja preparada pela esposa em uma noite úmida de sábado.

Ela estava genuinamente feliz quando Sudhir chegou em casa naquela noite, e se sentia livre de verdade, como se tivesse largado um vício em drogas e agora pudesse ser a pessoa que sempre quis ser — podia ser cem por cento a esposa que Sudhir merecia. Apesar de ter chegado em casa apenas uma hora antes dela, Sudhir havia preparado o jantar, e o coração dela se partiu de gratidão diante da gentileza do marido. Isso é casamento, ela disse a si mesma, aqueles pequenos gestos tão preciosos de responsabilidade e amor. Jamais farei qualquer coisa que coloque tudo isso em perigo, então que Deus me ajude.

O mundo dele ainda estava inteiro, unido, quando ela se ofereceu para lavar a louça e limpar a cozinha enquanto Sudhir ia para o andar de cima e se preparava para dormir. Ela ligou o rádio da cozinha, sem saber quanto sua vida estava prestes a mudar, sem saber que, depois de vestir o pijama, o marido abriria a gaveta da mesinha de cabeceira, pegaria o livro que lia todas as noites antes de dormir e suas mãos tocariam um objeto desconhecido. Ela não sabia que, enquanto escutava a Rádio Pública Nacional, Sudhir virava o colar nas mãos, reconhecendo imediatamente o dente de tigre, porém sem conseguir ver sentido no inexplicável, moldar uma narrativa que explicaria por que o colar ridículo de Peter Weiss tinha parado na sua mesa de cabeceira. E então uma nesga de suspeita atacou sua mente. Ele sacudiu a cabeça para afastá-la, mas a ideia criou raízes, fazendo com que se lembrasse de imagens indesejadas: a forma como a voz de Maggie ficara ofegante quando encontraram Peter no museu do campus no primeiro período que ele passara na universidade, o jeito desavergonhado com o qual ele flertara com Maggie, a maneira como o dente de tigre boiava sobre a pele rosada de Peter na piscina alguns meses antes, a sensação de acidez no estômago toda vez que via Peter sem camisa conversando com sua esposa dentro d'água. No momento em que voltou à cozinha, onde Maggie secava as últimas louças, com o colar pendurado no dedo indicador, Sudhir já tinha resolvido a maior parte do quebra-cabeça. A única peça que ainda faltava era o que Maggie queria dizer ao pôr aquilo em sua mesa de cabeceira.

Maggie observou, tomada pelo terror, enquanto Sudhir estava de pé diante dela, resistindo a um intenso desejo de berrar. Sudhir falava com ela, os lábios se moviam, porém as batidas do coração de Maggie e o rugido de sua corrente sanguínea abafaram todos os outros sons. Uma mentira nada fácil surgiu em seus lábios. Muita coisa acontecia ao mesmo tempo: o efeito hipnotizante do colar que Sudhir balançava diante dela, a raiva que fervia nos olhos dele enquanto pedia por uma explicação, o ultraje inicial de Maggie ao pensar que Peter chegara tão baixo, que ele seria capaz de destruir seu casamento mesmo depois de ter ido embora da cidade.

— Por que esse homem estava na minha casa? — Sudhir perguntava repetidamente, e, apesar de Maggie lutar para responder de forma que aliviasse as suspeitas do marido, ela sabia que era tarde demais. É isso, ela disse a si mesma, Inês é morta. Assim que esse pensamento lhe passou pela cabeça, Maggie soube que não tinha sido Peter quem a traíra, mas a última pessoa na face da Terra que ela acreditava ser capaz de qualquer traição. Então ela riu de si mesma por sua ingenuidade, lembrando-se da história de Lakshmi, de como ela enganara o marido. Se havia alguém capaz de cometer aquele tipo de traição, ela disse a si mesma, essa pessoa era Lakshmi.

Sudhir saiu naquela noite. Com a mesma roupa que vestia mais cedo e sem levar nem mesmo a escova de dentes. Ele voltou para casa na manhã seguinte e silenciosamente se arrumou para ir para o trabalho. Ela não teve coragem de perguntar onde ele passara a noite. Depois que Sudhir tirou o carro da garagem, Maggie ligou para o hospital e disse que estava doente.

Ela passou o dia dirigindo pela cidade, alternando-se entre a incredulidade e a mais profunda das dores. Como havia sido capaz de ferrar com tudo daquela forma? Como havia sido capaz de magoar Sudhir? Porém, naquela noite, enquanto dirigia de volta para casa, Maggie sentiu uma estranha paz. Ela e Sudhir haviam estado juntos nos bons e nos maus momentos. Aquela seria uma jornada longa e difícil, mas eles conseguiriam achar o caminho de volta. Tinham de fazer aquilo. Eles precisavam.

Ela encontrou Sudhir na varada dos fundos com as luzes apagadas.

— Oi — ela sussurrou. — Posso sentar com você por alguns minutos?

Ela ouviu o leve farfalhar do tecido da *kurta* e soube que ele deu de ombros, consentindo. Maggie se abaixou para sentar ao lado dele no banco. Eles ficaram em um silêncio tenso durante algum tempo, e então Maggie estendeu as mãos para pegar as de Sudhir. Ela se obrigou a ignorar quão frias e sem vida elas estavam.

— Quero contar uma coisa pra você — ela disse. — Algo de que eu me dei conta hoje. Você está me escutando?

— Estou.

Maggie se inquietou com o tom seco na voz de Sudhir, com o peso morto das mãos dele sobre as dela. Ela suspirou. Sudhir não estava facilitando as coisas, e, na verdade, quem poderia culpá-lo? Mas ela sabia que precisava tentar.

— Estive pensando em como os seres humanos são basicamente seres que criam raízes — ela começou. — Entende o que quero dizer? Como nossas preocupações estão ligadas a essa terra, à vida familiar.

Isso não era absolutamente o que ela queria dizer. Maggie já conseguia sentir a impaciência de Sudhir.

— Escute — ela disse com urgência. — O que estou tentando dizer é que hoje percebi que você é um homem cem vezes melhor do que Peter algum dia poderá ser. Ele... ele não significa nada para mim, Sudhir. Minha vida é aqui, com você. Sei disso agora. E peço desculpas por...

Sudhir puxou as mãos para afastá-las das de Maggie e se levantou devagar. Ele ficou de pé por um momento, e, agora que os olhos se acostumaram com a escuridão, ela viu que Sudhir balançava a cabeça.

— Se você demorou todo esse tempo para se dar conta de que sou cem vezes o homem que Peter é, Maggie, tudo o que posso dizer é que sinto muito. Você é muito mais idiota do que imaginei. Com toda a sinceridade, só o fato de você ter me comparado com aquele babaca pomposo já me faz sentir insultado.

Ela ficou ali sentada, em choque, encarando a escuridão. Em todos esses anos juntos, ele jamais falara com ela daquela maneira. Maggie sabia que havia cometido um erro, que suas palavras inarticuladas só pioraram as coisas entre eles, que aquilo que lhe parecera uma revelação, era um fato óbvio para

Sudhir. E não porque ele era um homem frívolo — na verdade, ele era o mais modesto dos homens —, mas porque era sábio. Ele não precisava ter um caso para se dar conta de quão valioso era aquilo que os dois construíram juntos.

Maggie se odiou e carregou consigo toda aquela aversão por si mesma para a piscina naquela manhã. A água azul e morna, entretanto, fez com que se perdoasse. A cada volta que nadava, a raiva se desalojava um pouco mais de dentro dela. Um vazio bem-vindo tomou conta dela, uma trégua dos pensamentos angustiados que queimavam como pedaços de carvão em sua mente. Depois de mais algumas voltas, ela boiou com as costas sobre a água, ouvindo uma sinfonia de Mozart que saía dos alto-falantes suspensos, olhando para o teto de vidro, relembrando centenas de outros sábados em que ela e Sudhir vieram à piscina juntos, tomados por um sentimento de conexão mesmo quando estavam em bordas opostas, e Sudhir lhe lançava um sorriso ou um beijo rápido sempre que seus olhos se encontravam.

Madeline White, professora do departamento de história, entrou na piscina, avistou Maggie e nadou até ela. Maggie perguntou a Madeline sobre a cirurgia no quadril a que se submetera recentemente, perguntou como seu marido, Phil, estava e então pediu licença. Papo furado na piscina era algo além de suas forças naquele dia. Ela percebeu o susto de Madeline quando se virou de forma abrupta e nadou para a outra extremidade da piscina.

"Bolero", de Ravel, começou a tocar e Maggie nadou mais algumas voltas. Sentindo uma leve cãibra na panturrilha, decidiu parar. Ela se apoiou na parede da piscina e alongou uma das pernas. Após alguns minutos, Sudhir nadou até ela.

— Está tudo bem? — ele perguntou, sacudindo a água do corpo.

Maggie olhou para ele, para o cabelo escuro grudado na testa, os ombros delgados, a pele lisa cor de chá e pensou que o marido jamais estivera tão bonito. Ela sorriu para ele.

— Sim. Obrigada por perguntar. — Isso foi o que ela sentira naquele outro dia, porém não conseguira expressar: era a essa comunicação simples, essa história, esse conhecimento sobre o outro, esses atos de gentileza diários que ela começara a dar valor e nunca mais queria subestimar.

Ela abriu a boca para dizer algo, mas Sudhir falou primeiro:

— Eu só queria contar uma coisa para você. Vou embora no próximo sábado.

— Vai embora para onde?

Sudhir costumava lhe passar a data de suas viagens assim que recebia a confirmação das passagens.

Ele olhou para o outro lado, concentrando-se em um ponto além dos ombros dela.

— Vou embora... me mudar. Arranjei um apartamento.

Maggie sentiu que algo dentro dela desmoronou de forma tão dramática que agradeceu pelo fato de a água fazê-la flutuar e mantê-la de pé. Em terra firme ela teria caído, pois as pernas seriam incapazes de sustentá-la, tinha certeza. Sentia como se sua própria alma, seu espírito, escapasse do corpo, que se transformava em uma concha vazia, a fachada de um edifício alto que, em seu interior, não possuía salas, nem corredores. Um medo frio, congelante, instalou-se dentro dela. Os olhos ardiam por causa das lágrimas.

Os lábios de Maggie se moveram. Ela não disse nada.

Os olhos de Sudhir cintilaram, demorando-se sobre o rosto dela, mas ele logo os desviou, como se perturbado por algo que vira ali.

— Sinto muito — ele disse. — Não tem outro jeito. Podemos decidir o que fazer com a casa depois. Você pode viver lá para sempre, eu não me importo. Não vou brigar com você pelo que quer que seja. Pode ficar com tudo o que quiser. Eu só... Eu quero um divórcio rápido, apenas isso.

Divórcio? Será que Sudhir tinha mesmo acabado de dizer aquela palavra? Aquela palavra repugnante, inimaginável, que-não-se-aplicava-a-eles? Mas por que ela estava tão surpresa? As pessoas se divorciam o tempo todo. Que diabos, ela estaria desempregada se metade de seus pacientes não fosse divorciada ou não contemplasse a possibilidade de um divórcio. Mas o que aquelas pessoas tinham a ver com ela e Sudhir? Seu Sudhir. Ela o conhecia por praticamente toda a vida adulta. Ele era seu parceiro. Sua cara-metade. Seu melhor e mais importante amigo. Sua família. Ele era sua família. Não é possível se divorciar da família, certo? Mas também não se deve enganar a família, não é mesmo? Traí-la, magoá-la? Bem, sim, as pessoas faziam essas coisas. Alguém fez. E eles têm de aceitar você de volta. A família tem de aceitar você de volta. Esse é o objetivo de ter uma família. Do jeito que você aceitou Wallace? Bem, não, aquilo era diferente. Ele nunca se arrependera de verdade, jamais pedira desculpas. Enquanto eu... eu sinto remorso. Sou uma penitente. Seria capaz de andar sobre carvão em brasa para expressar quanto estou arrependida. Escalaria uma montanha de cacos de vidro de joelhos como um pedido de desculpas. Eu me repararia. Mas por favor, meu Deus, isso não. Nada do que havia acontecido com Peter, nem mesmo o momento mais doce, mais louco enquanto faziam amor, valeria aquilo, aquela destruição, aquela divisão. Porque é isso que acontecerá: uma divisão, metade de mim vai embora, já que Sudhir é minha outra metade. A melhor metade. Meu Deus, ele sempre foi a melhor metade. Como posso não ter percebido isso?

Ela ouviu a música progredir até seu emocionante clímax e pensou: Eu me lembrarei deste momento para sempre, pelo resto da minha vida. Nunca mais conseguirei ouvir aquela música sem me lembrar deste momento em que minha alma deixou meu corpo e mesmo assim permaneci viva. Porém, no segundo seguinte, uma fúria tomou conta dela, implodindo o entorpecimento gélido do momento anterior, e ela pensou: Lute, lute, lute, não desista sem lutar, sua idiota, você está lutando pela sua vida, pelo seu amor. Faça-o mudar de ideia, faça-o ver a forma estúpida com a qual ele tem se comportado, faça com que ele fique, simplesmente faça com que ele fique, hoje e amanhã e no outro dia, até que um pouco de normalidade se infiltre na vida de vocês, até que as feridas comecem a se fechar, até que a cura aconteça. Vamos fazer terapia de casal, vamos mudar, somos pessoas sensíveis, inteligentes, afetuosas, que amamos um ao outro, temos as vantagens da educação, da cultura e do dinheiro, temos uma grande rede de apoio, podemos contratar o melhor terapeuta que o dinheiro possa comprar, podemos fazer isso, podemos fazer com que as coisas funcionem, vamos conseguir, porque, se fracassarmos, com todas as nossas vantagens e privilégios, que esperança haverá para os milhões de outros que não possuem nem a metade das coisas que nós dois temos? Diga alguma coisa, diga alguma coisa, alguma coisa perfeita, alguma coisa sábia, amorosa e exata, faça com que ele perceba tudo isso, esse é o Sudhir e não um estranho qualquer, esse é o seu Sudhir que você conhece desde que tinha vinte e três anos, o Sudhir que a cortejou com seu jeito sutil e seu sorriso fácil, o Sudhir com quem você se casou na prefeitura em uma cerimônia simples na qual estavam presentes apenas os amigos da faculdade. O Sudhir que a levou para as cataratas do Niagara na lua de mel, apesar de ambos estarem completamente duros, o Sudhir cujo primeiro carro que comprou nos Estados Unidos você ajudou a escolher, um Chevy de segunda mão, o Sudhir que a levou para Calcutá pela primeira vez um mês depois de conseguir a cidadania norte-americana, o Sudhir que fez com que você, nascida e criada no Brooklyn, se mudasse para a casinha branca como um lírio na cidade universitária onde ele vivia, algo com o qual você jamais se conformou totalmente, esse era Sudhir, eu garanto, olhe além desses olhos opacos, a boca que já forma linhas que você mal reconhece, esse ainda é o seu Sudhir, apesar de ele estar desvanecendo diante de seus olhos incrédulos, coloque-o contra a parede, lute por ele, coloque-o contra a parede antes que seja tarde demais. Ou será que já era tarde?

— Querido — ela disse —, podemos conversar sobre isso? Eu... Aqui não é o lugar para uma conversa tão séria.

Ele balançou a cabeça, impaciente.

— Claro. Nós podemos conversar. Mas já me decidi. Já assinei o contrato de aluguel. E a empresa de mudanças virá no domingo.

O queixo dela tremeu.

— Eu não entendo. Como você pôde fazer isso. Depois de todos esses anos. Com toda essa facilidade.

Ela viu algo brilhar nos olhos dele antes de se tornarem enevoados novamente. Mas ela sabia que o marido era cavalheiro demais para dizer que ele também não entendia como ela pôde. Depois de todos esses anos. Com toda aquela facilidade.

Sudhir falava, e ela era obrigada a ouvir:

— O apartamento não é assim tão longe. Fica na rua Garden. Apenas alguns quilômetros de distância. Eu ainda aparecerei toda semana para cortar a grama. E se você precisar de alguma coisa... — Sudhir parecia desconfortável. — Vou, você sabe, ajudá-la no que puder. Com dinheiro ou o que quer que seja...

Mesmo contra a própria vontade, ela sorriu. É claro. Sudhir já tinha tudo aquilo arquitetado. Aparecer para cortar a grama. Ele não se esquivou de suas responsabilidades. Maggie sabia que deveria agradecer aos pais dele por isso. O velho casal bengalês — que, ela então se deu conta, jamais veria novamente — instilou no filho um senso de dever e obrigação conquistado durante toda uma vida. Era engraçado pensar naquilo, que havia apenas alguns meses ela considerara aquele senso de responsabilidade sufocante. Desejara que ele fosse mais despreocupado, mais jovial... como Peter. Entretanto, naquele momento, ela sabia que Peter era feito de areia movediça, tão efêmero quanto o castelo de areia de uma criança. Sudhir era uma rocha.

— Você está certo quanto a isso... — ela sussurrou, meio que fazendo uma pergunta.

Outro nadador passou por eles, e Sudhir se inclinou na direção dela.

— Não há outro jeito. Não posso mais ficar naquela casa. Toda vez que olho para você, eu vejo... — Ele piscou com força. — Desculpe.

Eles se encararam com uma leve expressão de choque no rosto. Então Sudhir ergueu uma das mãos em um gesto que era parte uma saudação e parte um adeus, algo tão familiar a Maggie quanto sua própria pele.

— *Achcha* — ele disse. — Vou nadar mais um pouco. E depois estarei pronto pra ir embora quando você quiser.

Ela ficou parada na borda da piscina, observando a cabeça escura de Sudhir vir à tona para logo em seguida desaparecer debaixo d'água e o farfalhar que ele deixava na água atrás de si. Após alguns minutos ela boiou de costas, olhando o teto, desejando que houvesse alguma forma de se afogar sem que ninguém percebesse, tendo a impressão de que a água que a mantinha na superfície era sua inimiga, sentindo-se numa espécie de caixão líquido. E pensou se a parte que escapou de seu corpo ao ouvir as palavras assustadoras de Sudhir permaneceria perdida pelo resto de sua vida.

Livro quatro

34

Maggie estava de pé diante do pequeno chalé de fachada cinzenta. Atrás de si, podia ouvir o som das ondas, uma música de fundo para o coro frenético de gaivotas. Uma brisa leve carregava o sabor da água salgada para os seus lábios e também sacudia os galhos do arbusto de lavanda no canto direito do pequeno jardim.

— E então? O que você acha? — Gloria quis saber.

— É bonito. Não, é mais do que bonito. É perfeito.

— Espere até ver lá dentro. É um lugarzinho adorável.

Devagar, Maggie disse a si mesma enquanto Gloria abria a porta da frente. Gloria tem um interesse óbvio em tudo isso, não se esqueça. Porém, logo em seguida, ela se repreendeu por suas suspeitas. Elas se conheciam desde o primeiro período na Universidade de Nova York, onde frequentaram juntas as aulas de estatística. Mantiveram a amizade ao longo dos anos — Gloria foi uma das testemunhas de seu casamento com Sudhir na prefeitura. Maggie passara uma semana ao lado da amiga quando o primeiro marido de Gloria, David, morreu de câncer aos trinta e quatro anos. Também estava presente no dia do nascimento de seu filho, fruto do segundo casamento, e alguns anos depois ajudou-a a fazer a mudança quando ela e seu novo marido, Martin, resolveram morar na Califórnia.

Assim, quando Gloria ouviu que Maggie e Sudhir haviam se separado, sua primeira reação foi cair na gargalhada. Ela simplesmente não conseguia acreditar naquilo. Depois de Maggie a convencer de que a notícia era verdadeira, que Sudhir já tinha até saído de casa, a segunda reação de Gloria foi insistir que ela mesma tentaria resolver as coisas com ele. Engolindo o orgulho, Maggie lhe deu o novo número de telefone de Sudhir. Gloria era agora uma das maiores corretoras da Realtor e vendia residências que custavam muitos milhões de dólares no sul da Califórnia. Seu poder de persuasão era lendário.

Uma Gloria subjugada ligou novamente para Maggie meia hora depois.

— Sinto muito, querida — ela disse. — Ele mal falou comigo. Nunca imaginei que algum dia veria Sudhir agindo desse jeito. Ele... Ele está decidido, querida. Sinto muito.

— Eu sei. Ele está mudado.

— Quer passar algumas semanas aqui comigo, querida? Só para fugir um pouco por um tempo, sabe?

Maggie não pôde ir de imediato. Estava trabalhando como uma louca, ficando até tarde no hospital, atendendo novos pacientes particulares. Por um lado, precisava de uma renda extra após a partida de Sudhir e, por outro, o tempo era seu inimigo. Caso não se mantivesse ocupada, a fumaça do arrependimento sopraria em sua cabeça, enevoando-a, ameaçando destruir seus dias cuidadosamente planejados. Assim, ela se manteve ocupada, se esquecendo de almoçar e de jantar, sem se dar conta dos círculos escurecidos que surgiam debaixo dos seus olhos, ignorando a perda de peso e os olhares impressionados que recebia de pacientes que passaram alguns meses sem vê-la. Tentou fazer meditação, mas descobriu que não conseguia ficar parada por muito tempo, por isso passou a correr, subindo e descendo as ruas íngremes do bairro todas as noites. Quando corria por tempo suficiente, sua mente febril parava de repetir aquele *loop* que já lhe era tão familiar, com as cenas do dia fatídico em que Lakshmi entrara no quarto e destruíra sua vida. No final de cada dia ela desmaiava na cama *king size*, totalmente consciente da ausência do corpo de Sudhir ao seu lado, desejando que ele retornasse. Algumas vezes, quando não conseguia dormir, ligava para Odell na França, despertando-o no meio da madrugada, choramingando seus arrependimentos para o irmão. Como sempre, Odell ouvia com atenção, calado. Mas, assim que desligava, Maggie continuava sozinha no quarto silencioso.

Por volta de outubro, ficou claro que Sudhir não voltaria para casa. Ela não deixou de notar que, em vez de passar por lá para dar uma olhada na casa todos os sábados, ele aumentava os intervalos entre as visitas. Suas conversas eram breves, superficiais. Aquilo era uma nova espécie de solidão, não era a dor pungente que experimentara assim que Sudhir foi embora, porém algo mais vazio, crônico, que a fazia sentir-se mais velha do que de fato era. Maggie sempre lutava contra a melancolia nesta época do ano, sendo afetada pela mudança de luz, pelas folhas translúcidas, pela beleza extravagante escondida em sua morte iminente. Nas últimas três décadas, porém, tinha o amor de Sudhir para protegê-la do frio vindouro. Agora sentia que aquela proteção lhe fora arrancada, deixando-a vulnerável.

Então, quando Gloria ligou novamente para convidá-la para passar dez dias na Califórnia para comemorar o octogésimo aniversário de sua mãe, Maggie concordou imediatamente. Gloria e Martin tinham uma grande casa em La Jolla, e Maggie precisava da companhia de outras pessoas. Além disso, queria ver a mãe de Gloria, Felice, mais uma vez. A velha senhora sempre tinha sido boa com ela durante aqueles longos dias na Universidade de Nova York, quando sentia tanta falta de sua mãe.

E assim elas estavam diante daquele pequeno chalé em Encinitas, onde Felice vivera até se mudar para uma colônia geriátrica seis meses antes.

— A faxineira está de férias — Gloria dizia enquanto cruzavam a varanda frontal. — Por isso pode ser que a casa esteja um pouco suja.

Maggie mal ouvia as palavras da amiga. Ela olhava para o piso sujo de madeira de lei da sala de estar ensolarada e fresca, as vigas de madeira sobre sua cabeça, as cortinas de renda nas muitas janelas, o belo trabalho de carpintaria ao redor da lareira de tijolos e tentava controlar as batidas do coração. É isso, uma voz dentro de sua cabeça repetia sem parar. Esta é a casa. Ela jamais gostara da grande casa moderna em Cedarville. Aquela casa lhe servia como uma luva. E ela ainda nem tinha visto a cozinha.

No segundo seguinte elas estavam lá, no ambiente que tinha um papel de parede que não era trocado desde a década de 1970 e um belo fogão antigo que fazia Maggie se lembrar do que tinham no apartamento do Brooklyn. Os olhos dela se encheram de lágrimas.

— Isto aqui é... perfeito. Esta casa tem personalidade, alma.

Gloria abriu um grande sorriso.

— Eu sabia. Apostei com Martin noite passada que você iria amar. Espere até ver o segundo andar. Bem, precisa de algumas reformas, mas...

— É claro que não tenho dinheiro pra comprar esta casa. E também eu não poderia me mudar assim, do nada.

Gloria a observou em silêncio antes de assentir.

— Vamos ver lá em cima.

No segundo andar havia três quartos, um deles levemente maior que os outros dois. Todos tinham vista para o oceano. Maggie pensou em sua enorme suíte master com o teto abobadado e deu de ombros. Quão solitária ela se sentia naquele quarto noite após noite... Em contraste, parecia tão segura naquele quarto confortável, construído em uma escala totalmente humana, com o papel de parede antigo mas alegre e com o piso arranhado.

— E então, o que você acha?

Maggie sabia que a expressão em seu próprio rosto era melancólica.

— É adorável.

— E pode ser sua.

Maggie soltou uma gargalhada.

— Gloria, não venha com esse papo de vendedora pra cima de mim. Não sou uma das suas clientes milionárias. Não existe a menor possibilidade de eu poder arcar com algo assim.

Gloria deu de ombros.

— Não tenha tanta certeza disso. Os preços despencaram por aqui. Além disso, conversei com Martin. Podemos dar um jeito.

Maggie sentiu uma onda de empolgação. Mudar-se? Para a Califórnia? Começar de novo em um lugar sem memórias, sem arrependimentos? Ela balançou a cabeça. Tinha um emprego estável no hospital. Seu consultório particular estava indo de vento em popa. Sua vida, independentemente de qualquer coisa, era em Cedarville. Que inferno, ela tinha cinquenta e cinco anos! Velha demais para se mudar para um lugar novo onde não tinha nenhuma outra amiga além de Gloria.

— Você não vai ficar sozinha — Gloria assegurou, como se lesse os seus pensamentos. — Estaremos sempre por perto. Eu adoraria manter a casa da mamãe na família, por assim dizer.

Maggie se inclinou e deu um beijo na bochecha de Gloria.

— Obrigada. Mas, sério, mesmo que eu raspe cada centavo das minhas economias, nem assim poderia bancar um imóvel na Califórnia.

Gloria deu de ombros e desceu a escada com Maggie atrás dela. Entrou na cozinha e pôs uma chaleira no fogo. As duas se acomodaram na mesa, dando goles em suas canecas de chá antes de Gloria começar a falar:

— Você pode vender a casa e pedir sua parte a Sudhir. Pode alugar esta casa durante o primeiro ano ou durante o tempo que sua casa ficar à venda. E depois posso vendê-la a um preço camarada.

— Mas por que você faria isso, G.? Essa é uma casa muito bonita. Você poderia ganhar um dinheirão com ela.

— Não ganharia, não. Como você pode ver, ela precisa de reformas. O mercado imobiliário não anda bom. E, como lhe disse, se estiver por perto, não vou precisar me preocupar com você. Maggie, você tem se olhado no espelho ultimamente?

— Não me faça chorar, G.

— Ei, bobona, caso não tenha percebido, estou tentando alegrar você.

Maggie balançou a cabeça.

— É muito cedo. Preciso continuar quieta no mesmo lugar por enquanto. Eu dependo do meu emprego. — Ela se obrigou a injetar na voz uma animação que não sentia. — Vou lhe falar uma coisa. Se, por algum milagre, a casa ainda estiver à venda daqui a um ano, aí conversamos.

— Ele não vai voltar, Maggie — Gloria disse com cuidado.

Maggie olhou para o outro lado.

— Eu sei — ela murmurou. — Eu sei.

Maggie voltou para casa cinco dias depois, convencida de que fizera uma escolha sensata. A Califórnia era sedução, com seu surfe, suas areias e seu oceano, onde tudo eram dentes brancos resplandecentes, camisas de linho e sandálias. Já bastava de sedução para ela. Maggie pegou um táxi do aeroporto para casa, pensando em quão estranho era Sudhir não estar lá para buscá-la. Eram nove e meia quando virou a chave na fechadura e entrou na cozinha. A primeira coisa que percebeu é que havia um recado de Sudhir sobre a bancada de granito. "Olá", ela leu. "Espero que você tenha se divertido com a Gloria. Conversei com o advogado. O divórcio estará concluído em 13 de novembro. Nesse dia, temos que assinar alguns papéis. Espero que você esteja livre."

Ela engoliu a bile que surgiu em sua garganta. Foi até a geladeira e encontrou uma garrafa de vinho branco que já estava aberta havia semanas. Tomou um gole direto do gargalo e então caminhou pela casa escura acendendo todas as luzes. Quando chegou ao seu quarto cavernoso, já havia tomado uma decisão.

Deixou um recado na secretária eletrônica de Gloria.

— Oi. Estou em casa. Escute, se não for tarde demais, mudei de ideia. Quero comprar a casa da sua mãe. Provavelmente vou precisar alugá-la, você sabe, durante um ano ou mais. Mas quero me mudar. Estou pronta.

35

Agora que eu não vou mais ver Maggie nas segundas-feiras, eu saio para passeios com marido. Restaurante e loja fecham nas segundas-feiras. Na primeira vez que eu não fui para casa de Maggie na segunda-feira, ele me levou para restaurante chinês. Ele sabe que eu amo comida chinesa. Semana depois dessa, marido descobre que tem concerto de dança *Bharatnatayam* no campus da universidade, e então nós vamos lá. Eu sei que Sudhir *babu* ensina nesse campus, mas eu nunca fui lá antes. No caminho, passamos pelo hospital em Burnham onde eu conheci Maggie. Eu primeiro lembro tudo que Maggie fala e faz, de como ela me fez sentir confortável e segura. Como ela me tira daquele quarto trancafiado e me leva para andar e me mostrar que eu ser humana e não animal. Meu coração parte como pulseira de vidro quando eu penso em Maggie. E marido vê que eu triste, e que você acha que ele faz? Ele coloca mão dele em cima da minha.

Depois dessa primeira vez, a gente costuma ir várias vezes fazer coisas no campus. Eu gosto de ver estudante jovem rindo, conversando, brincando. Eu me lembro de como Shilpa e eu corria para a escola quando a gente era criancinha. Na minha próxima vida, eu quero voltar como aluna da faculdade na América. É a melhor vida que eu posso imaginar.

Hoje a gente foi embora depois de ver filme indiano organizado pela Associação de Estudantes da Índia. É um filme de comédia, e quando a gente anda até nosso carro, o marido faz careta e diz diálogo engraçado do filme. Ele homem cômico, meu marido, sei que eu nunca contei isso antes para você. Nem eu mesma sabia até pouco tempo.

Está frio hoje, apesar de já ser fim de março. Meu nariz está vermelho, meu olho parece torneira de água, e eu coloquei cachecol na cara quando descemos a ladeira até o estacionamento. O vento sopra fazendo tanto barulho que no início eu acho que eu me confundi quando ouço alguém dizer:

— Olá, Lakshmi.

Mas o homem de casaco preto para na minha frente e meu estômago roda porque é Sudhir *babu*. Primeira vez que eu vejo ele em quase dez meses, e ele parece cem por cento diferente. O cabelo está mais comprido, o rosto magro, e ele não fez a barba. Ele parece doente, como os homens que estão no hospital.

Marido pega minha mão na dele. Ele para no meio de uma gargalhada, e eu também vê o choque na cara dele.

— Oi — eu digo. — Como você está?

Sudhir *babu* sorri como se sorriso machucasse rosto dele.

— Bem. Estou bem. E você?

— Bem — eu digo, por que o que mais eu posso dizer? O que eu quero falar de verdade é que eu desejo que o chão abra para eu me esconder lá dentro. Porque eu sou o motivo de Sudhir *babu* estar assim. Madame Joseanne me contou que Maggie e Sudhir se divorciaram. Onde Maggie agora vivendo, eu não sei, mas no dia em que eu descobri sobre o divórcio, eu fui de carro na casa dela e vi a placa de vende-se.

Marido faz barulho rã-rã com a garganta e Sudhir *babu* sorri o sorriso novo dele.

— Os negócios vão bem? — ele pergunta.

Meu marido junta as mãos.

— Sim, senhor. Graças a Deus.

Sudhir *babu* faz que sim com a cabeça. Ele fica em silêncio por um tempo e depois diz:

— Bem, preciso ir. Foi bom ver vocês.

E ele coloca as mãos nos bolsos do casaco e anda para longe. Eu me viro para ele querendo dizer tanta coisa, tocar seus pés e implorar para ele, por favor, me perdoe, mas ele vira no canto do prédio e desaparece como um *bhoot*.

— Vamos, Lakshmi — marido fala, ainda segurando a minha mão, e eu vou atrás dele.

No carro, eu sinto meu corpo inteiro morto. Meu nariz, orelhas, mãos morto de frio. E meu coração morto por causa da aparência de Sudhir *babu*. Eu lembro o olhar na cara de Maggie quando eu vi ela pela última vez, e eu queria chorar. Marido dirigindo em silêncio, sem falar nada, todas as nossas brincadeiras sobre filme acabam. No sinal vermelho, ele vira para mim e diz:

— Eu sinto por você.

Por dez meses, marido me diz que ele orgulhoso de mim por eu expor a maldade de Maggie para Sudhir *babu*. Você fez coisa correta ao deixar o colar para ele, Lakshmi, ele diz. Tantas vezes eu pensei que minha nova vida feliz com marido foi construída em cima do túmulo de Maggie. Mas hoje ele está vendo a verdade: Eu não puni só Maggie. Eu puni Sudhir *babu* também. Hoje marido entende a verdade do pecado que eu fiz. E ele ainda diz que sente muito por mim.

Naquele momento, no carro, eu começo a amar meu marido.

— Eu amo você — eu digo para ele e, então, porque o meu rosto arde de vergonha, eu olho para outro lado da janela. Talvez ele não tenha ouvido.

Mas ele ouviu. Ele pega minha mão e segura perto do coração. Com a outra mão, ele dirige.

Mais tarde, naquela noite, marido me acorda. Ele acendeu a luz do quarto e sentou na cama, sorrindo.

— O quê, *ji*? — eu perguntei. — Problema na barriga?

Ele riu.

— Não. Sem problema na barriga.

E eu vi que ele segurava o telefone celular.

Eu ainda confusa.

— Quem ligando tão tarde?

— Ninguém. — Ele coloca telefone na minha mão. — São nove da manhã na Índia. Liga para seu *Dada*.

Eu olho para marido como se ele fosse maluco.

— *Dada* não tem telefone.

A HORA DA HISTÓRIA 283

— *Tuch* — ele faz som. — *Chokri*, use sua *akkal*. Liga para a loja do senhor de vocês. Você ainda tem o número dele, não tem? Pede pra ele para chamar seu *Dada*. Depois você liga de volta para ele em meia hora.

Eu balança minha cabeça.

— Mas você diz que...

Ele mordeu o lábio.

— Eu disse muitas coisas. Eu peço desculpa. Meu *baba* sempre me disse que isso era uma *maha paap* o que eu fazia. Não deixando você falar com o seu pessoal. — Ele toca meu ombro. — Vai lavar o rosto. E depois liga. Vai.

Dada parece o mesmo de seis anos atrás. Ele nem mesmo sente surpresa por eu telefonar. Menon *sahib* mais surpreso por ouvir minha voz que *Dada*. *Dada* sempre sabia que sua Lakshmi nunca esqueceu dele. Ele fala sobre *kheti* e nova vaca que ele comprou e como meu Mithai *rascal* perseguiu a esposa gorda de Menon *sahib* pelo jardim na semana passada, quando ela foi má com esposa de Munna. Mas então ele me deu a notícia mais importante. Shilpa tem filho. Ele tem três anos. Ela e Dilip estão bem. Eu sou titia. O nome dele é Jeevan. Significar vida.

Quando eu desligo, eu tenho número de telefone de Shilpa. E eu também tenho nova vida. Jeevan.

36

MARIDO RI DE MIM. Olha para ela, ele diz para Rekha. Ela ainda tem dois centímetros de espaço dentro da caixa, então ela procura qualquer coisa para colocar lá dentro. Eu não presto atenção nele. Eu vou mandar pacote com presentes para Jeevan na caixa pré-paga dos correios. Eu procuro na loja qualquer coisa que ele gostar.

— *Ae*, Lakshmi — marido diz —, essa loja indiana, não? O que você vai encontrar aqui que não tem na Índia?

Eu já falei com Shilpa seis vezes. Ela soar como velha Shilpa, não irmã raivosa com quem eu vivia até marido me mandar para América. Eu fiz pergunta atrás de pergunta sobre Jeevan, qual é o gosto dele, o que ele gosta de comer, beber, usar, quanto ele veste. Eu já fui no Walmart e na Target para comprar brinquedo e roupa. Eu comprei chocolates, doces, urso de pelúcia na farmácia. Mas sobrou um espacinho na caixa. Eu quero encher tanto ela que quando Jeevan abrir, as coisas caiam em cima dele como água do chuveiro.

— Aqui — o marido brincou comigo. — Coloca essa *samosa* quentinha. Vai estar ótima, toda podre quando ele receber a encomenda. — Meu marido está grande comediante esses dias.

Vou para trás do balcão. Lá tem três estátuas da deusa Lakshmi, e eu pego a maior delas. Eu enrolo ela em papel pardo e empurro para dentro da caixa.

— Ei, ei. — Marido não está brincando agora. — Isso custa setenta e cinco dólares, Lakshmi. Você sabe como é correio na Índia. O carteiro vai abrir a encomenda e roubar tudo. Por que você desperdiça dinheiro?

Eu dou dois passos para encarar marido e olho bem nos olhos dele.

— Isso é para o meu sobrinho — eu fala baixinho. — Eu quero que ele conheça meu nome. Então eu mandando para ele estátua que tem meu nome. Você ter objeção?

Marido desviar o olhar primeiro.

— Tudo bem, desperdiça dinheiro se você quiser. — Mas ele não me força a colocar estátua de volta na prateleira.

Eu assenti e voltei a fazer meu pacote. Isso é amor — não o que a gente diz um para o outro, mas o que a gente não diz. Às vezes, é só uma troca de olhar. Às vezes, uma palavra. Mas dá força pra tudo que a gente diz ou não diz, alguma coisa a mais. Alguma coisa pesada e funda, como quando a gente na cama e olha o outro nos olhos. Por seis anos, tudo entre marido e eu era na cara, superficial. Agora é escondido, como osso e músculo. Eu não explico isso bem. Mas eu sinto a diferença. Ele se importa comigo agora. Ele finalmente me vê. E gosta do que ele vê.

Ma errada sobre uma coisa. Quando eu era menina, ela só falava sobre amor no casamento. Nos filmes indianos, mesma coisa. Tudo é amor, amor, amor. Cantando e dançando na neve em Kashmir ou em Shimla. Ninguém me contou o que faz casamento de verdade: respeito. Desde o dia em que eu chamei marido de idiota por amar um fantasma, ele começou a me respeitar. E, assim que eu vi que ele não ama mais um fantasma, eu respeito ele.

Agora eu digo para marido:

— Escuta, *ji*, quando sair hoje, pode colocar esse pacote no correio para mim?

Ele faz careta e pisca para Rekha, mas eu sei que ele só está fingindo. Ele vai levar pacote para o correio e logo meu sobrinho, Jeevan, vai saber que ele tem uma segunda mãe na América que ama ele tanto quanto sua primeira mãe. Jeevan ser cortado do corpo da minha Shilpa. Meu sangue correr nas veias dele. Ele agora tão real na minha vida quanto a lua no céu.

* * *

À tarde, depois de fechar o restaurante às três, marido saiu para correr por aí, Rekha tendo cólica muito ruim no estômago hoje, e eu falei para ela deitar no estoque. Eu me senti mal por não oferecer para ela minha cama quando o apartamento fica tão perto, mas casa e negócio são dois lugares diferentes. Eu disse para ela passar bálsamo Zandu no estômago, mas ela disse que não. Ela é que sabe.

Está tudo quieto hoje. Uma senhora americana entra na loja querendo comprar curry. Eu falo para ela: O que a senhora precisar? Folhas de curry? Galinha com curry da seção de congelados? Mas ela quer curry em pó. Nenhum cliente indiano compra mistura pronta. Todo mundo prepara sua própria combinação. Mas eu feliz de vender para ela. Então ela me pergunta como fazer curry, e eu dou receita para ela fazer a mistura.

Depois que ela foi embora, eu puxo banco e começo a olhar o livro de contabilidade. Geralmente eu faço isso lá em cima, à noite, porque Rekha não precisa saber os lucros do nosso negócio. Mas hoje Rekha dormindo, então, como marido diz, a barca está limpa (o que isso significa?). A empresa que manda para a gente carne de cabrito toda quarta-feira subiu preço mês passado, então eu preciso fazer nova matemática. Talvez eu encontre fornecedor novo aqui perto.

O sino da porta da frente toca quando alguém entra. O sol forte entra na loja, então eu não consigo ver o rosto dele, mas é cliente homem. Eu falo oi e volto para o meu livro. A loja é comprida, por isso geralmente cliente pega produtos antes de ir até o balcão.

Mas, quando eu olho para cima, o homem em pé na minha frente. Meu choque é tanto que eu deixo a caneta cair e ela rola para debaixo do balcão. Eu levanto a mão para cobrir a boca. É Sudhir *babu*. Parecendo mais magro e doente do que quando eu vi ele no campus uma semana e meia atrás. Ele ainda não fez a barba e seu cabelo está sujo. Ele em pé na minha frente, comprido e magro, como vela com a chama apagada. Quando ele sorri, o sorriso é frio como a neve.

— Olá, Lakshmi — ele fala, e sabe que ele vir até aqui para me matar. Em plena luz do dia ele vai atirar em mim, como aqueles homens que entram na escola com uma arma. Por que logo hoje que eu mandei o marido no correio? Por que hoje Rekha dormindo no estoque? Sudhir *babu* vir atirar em mim por causa do que eu fiz com casamento dele.

— Desculpa eu — eu digo. Alguma coisa rola pela minha bochecha, e então eu sei que choro. — Eu não tentando causar maldade na sua vida, Sudhir *babu*. Eu mesma não sei por que eu fiz aquilo.

— Do que você está falando?

— Eu sentir tanto choque. Eu só fui lá para pegar aspirador de pó emprestado e eu senti tanto. Mas eu meti nariz onde ninguém me chamar e eu sinto muito.

Ele balança a cabeça.

— Não, não. Não foi por isso que eu vim até aqui. Ah, entendi. Você pensou... — Ele ficar em silêncio por um minuto. — Não precisa se desculpar. Você me fez um favor. Se você não... tivesse feito o que fez, eu ainda estaria na escuridão. Vivendo uma mentira. — O corpo dele treme, como se ele com frio.

Então por que ele aqui se não está com raiva de mim? Talvez ele aqui para fazer compras? Mas Maggie conta que eles fazem compras com aquele *baniya* que enganar freguês de tudo que é jeito. Eu vi de novo como ele está magro e pergunto:

— Você com fome, Sudhir *babu*? Eu posso trazer um pouco de comida do restaurante para você.

Dessa vez ele deu sorriso quente como *gulab jamun*, e não frio como *kulfi*.

— Lakshmi! Sempre querendo alimentar as pessoas.

— Vou fazer prato para o senhor.

Ele colocar a mão em cima do balcão.

— Não. Sério. Eu... eu não ando com muito apetite ultimamente. O que me lembra do motivo que me fez vir aqui. — Ele para porque a porta se abrir e cliente entrar. É a sra. Purohit, freguesa de sempre. Eu sei que ela não vai incomodar até terminar de escolher produtos e estar pronta para pagar.

— Sim? — eu digo, para encorajar ele a continuar.

— Bem, eu estou morando em outro lugar agora. Um apartamento de dois quartos. E preciso de alguém para fazer faxina. Tentei um desses serviços de diaristas, e elas eram terríveis. Por isso fiquei pensando se você poderia, você sabe, se não estiver muito ocupada, arrumar um horário para mim.

— Sim — eu digo antes de ele terminar. — É claro. Quando o senhor quer que eu começo? — Tudo que eu tenho, cada dólar na minha carteira, é por causa desse homem e da mulher dele.

Ele parece feliz e surpreso ao mesmo tempo.

— Sério? Uau. Isso é ótimo. — Ele coçar queixo com o dedão. — Outra coisa. Eu estava pensando se talvez a cada duas semanas mais ou menos você poderia me vender alguma comida. Você sabe, coisas que eu pudesse congelar e depois esquentar.

Sudhir *babu* não saber como as palavras dele apunhalar meu coração. O que acontece com esse homem que deixa ele tão delicado e fraco? Mas eu não demonstro para ele como eu me sinto triste. Em vez disso, eu digo:

— É claro, vou levar comida fresca toda vez que eu fazer faxina. Com que frequência o senhor quer limpeza?

Ele parecer envergonhado.

— Você sabe, eu nem sei quanto você cobra. Magg... minha ex-mulher costumava cuidar de todas essas coisas.

Ele não conseguir nem dizer o nome dela, mas as impressões digitais dela estão em todo o corpo de Sudhir *babu*.

— Não se preocupa com essa coisa de pagamento — eu fala para ele. — A gente discute isso depois. Primeiro deixa eu ir lá limpar.

— Combinado. — Ele olha para mim e os olhos grandes e vazios, como olhos de menino órfão de dez anos. — Vou anotar meu endereço novo para você. — Ele pega um de seus cartões e escrever atrás dele. — Você pode ir até lá na segunda-feira à tarde?

Segunda eu já limpar para cliente fixo, mas eu não falo não para Sudhir *babu*.

— Claro — eu falo. — Vou estar lá.

— Obrigada, Lakshmi. — Será bom vê-la de novo.

Depois de Sudhir *babu* ir embora, eu pergunto para mim mesma por que ele não contratar faxineira para a casa dele. Mas eu sei a resposta: Ele também valorizou a vez que Maggie, ele e eu trabalhamos na cozinha junto. Como eu, ele também sente saudade dela. Ele e eu lembra dela um para o outro.

Ele me deixa entrar no apartamento dele na segunda-feira, e o cheiro quase me faz sair na mesma hora. É tão forte que me dá impressão de que alguém estar me empurrando para fora. Se fosse qualquer outra pessoa, eu iria embora na mesma hora, mas esse é Sudhir *babu*, então eu fico. Quando ele me mostra o lugar, ele com muita vergonha.

— Desculpe pela bagunça. Tenho estado muito ocupado no trabalho.

— Sua aula termina logo?

— Bem, na verdade, tirei um semestre sabático.

— Perdão? O que é sabá...?

— Ah, desculpe. É uma licença. Você sabe? Uma licença para passar algum tempo sem trabalhar.

— O senhor não indo para o trabalho?

— Correto.

— Mas o seu chefe não fica com raiva do senhor?

— Não, não, claro que não. É como... Ah, é como umas férias, sabe?

Mas eu não sei. Não tem um dia na minha vida que eu não trabalho. Como Sudhir *babu* não fica maluco com tanto tempo extra?

Agora ele percebe a marmita que eu trago.

— Meu Deus. Isso é muita comida!

Mas eu vejo como ele rapidinho tira a marmita da minha mão.

— O senhor pode congelar — eu digo. — Até a próxima vez.

— Obrigado.

Ele entrar na pequena cozinha e coloca a comida no balcão. Ele então me mostra o apartamento. É tão pequeno e apertado, mais parecido com o meu apartamento do que com a casa antiga dele. Como Sudhir *babu* conseguiu colocar as coisas dele aqui dentro? Antes de eu descobrir, ele fala:

— Preciso dar uma saída. Você consegue dar conta?

— Sim.

Eu começa pela cozinha. Primeiro eu esvazio a marmita em tigelas de metal e guardo na geladeira. E então eu passo água em todos os pratos sujos dentro da pia e coloca dentro do lava-louças. Eu limpo a bancada, o forno, o micro-ondas. Eu pego três sacos que estão no chão perto da lata de lixo. Sudhir *babu* costumava ser tão organizado e limpo. Como ele pode viver desse jeito?

Depois eu limpo o banheiro. O box não era limpo por semanas. A pia tem marca de sabão grudada nela. O cesto de papel está cheio. Quando chego na sala, eu já estou cansada. Mesmo assim eu pego pilha de jornal. Eu arrumo as revistas em cima da mesa. Eu tiro o pó e lustro os móveis.

Três horas que eu estou limpando, mas Sudhir *babu* não volta. Eu abri porta do escritório dele, mas o lugar está tão cheio de livros e papel que eu tenho medo de entrar. Livros no chão, livros na mesa. Como vou saber no que mexer? Eu fecho a porta.

Só quarto sobrando para limpar. Se ele não chegar em casa até eu terminar, vou simplesmente embora. Entro e qual é a primeira coisa que vejo? A mesa de cabeceira da cama da casa antiga. Antes de eu pensar, eu abro a gaveta. E o que você acha? Ele ainda tem a cópia do *Gitanjali*. E, em cima dele, o colar. Eu vi aquilo e quero vomitar. Por que ele guarda isso aqui? Sudhir e Maggie se divorciaram, mas ele ainda acorrentado desse jeito. Por causa disso ele não fez barba nem come e vive em apartamento que cheira como se alguma coisa morta vivesse lá dentro. E uma coisa morta está vivendo aqui dentro: ele. O colar é como corda ao redor do pescoço dele. Por que ele não corta a corda?

Eu fecho a gaveta e começo a passar o aspirador de pó. Agora eu quero sair desse apartamento antes de Sudhir *babu* voltar para casa. Eu trabalho depressa, alguma coisa se mexe no meu sangue. Depois de alguns minutos, eu sei o que é: raiva. Eu com muita raiva de Sudhir *babu*. Não, eu com raiva de todos os homens. Por que eles tão fracos? Seis anos meu marido perdeu apaixonado por um fantasma. Seis anos que ele perdeu por uma coisa que ele viu por dez minutos na feira. E agora Sudhir *babu*. Se enforcando com o colar de outro homem. Qual é o sentido de se divorciar da Maggie se ele ainda vive com ela todos os dias?

Eu paro o aspirador. Se Sudhir *babu* voltar para casa agora, vou dizer uma coisa não boa para ele. Melhor eu ir embora agora. Na semana que vem eu faço faxina direito no apartamento.

Quando vou até a porta da frente, vejo que ele deixou envelope com meu nome. Dentro ter nota de cem dólares. Mais do que eu geralmente cobro. Eu me lembro da marmita que eu trouxe para ele. Em primeiro lugar, marido não feliz por eu estar trabalhando para Sudhir *babu*. Dar comida de graça ia deixar ele ainda mais irritado.

Eu pego o elevador para descer e ando depressa até o meu carro. Eu não quero ver Sudhir *babu* de novo hoje porque eu me sinto confusa sobre ele. Ver o colar na mesa de cabeceira me deixa triste e com raiva. Penso no *Dada* depois que *Ma* morreu. Meu marido sentindo a falta de Shilpa por tantos anos. Agora Sudhir *babu* mantém lembrança do que ele perdeu. Todos esses homens chorando por causa de mulheres. Todos querendo o que não podem ter. O que eu posso fazer para ajudar eles?

Lakshmi, você ficando maluca ou o quê?, eu digo para mim mesma. O que Sudhir *babu* tem a ver com o *Dada*? Ou marido? Por que *khali-pilli* você joga sua *gussa* em cima dele? Mas eu sei a resposta. É o motivo da tristeza dele. Fui eu quem acabou com o casamento dele. Por esse *paap* eu tenho que me entender com Deus algum dia. Maggie e Sudhir *babu* levar a cobra para a casa deles. Eles bons para a cobra, eles dá amizade, eles arruma trabalho para ela, eles ensina ela a dirigir carro. E um dia Maggie se distrai por um minuto e a cobra pica e libera o veneno na vida deles. Eu sou aquela cobra.

Mas aí é que está. Até eu liberar este veneno, eu não sei que eu carrego ele no meu coração. O que está fabricando este veneno? Se eu puder conversar com Maggie, ela me fazia entender meu próprio coração. Mas Maggie uma pessoa com quem eu nunca mais poder conversar de novo. Eu nem mesmo sei onde ela morar em Cedarville. Eu com muito medo de descobrir.

Minha vida boa agora. Eu tenho meu próprio telefone, trabalho e carro. Todo dia marido e eu ficamos mais próximos. Até as relações da noite entre nós são como de marido e mulher normal. Tem uns dias eu brinco com ele para raspar o bigode, e na manhã seguinte ele faz isso. Ele parece um garotinho.

Tudo na minha vida bom. Mas, como canção do rádio, uma voz tocar na minha cabeça. E ela diz para mim: Você construiu seu templo de felicidade em cima da sepultura de outra pessoa.

37

Difícil imaginar que já se passou um ano desde que se mudou para o chalé. Maggie sentou na varanda da frente, segurando uma xícara de chá de ervas, observando o oceano. Os dias estavam mais curtos, e as tardes carregavam um ar frio. Ainda assim, que diferença bem-vinda da temperatura ali comparada à de casa...

Casa. Ela jamais pensara em Cedarville como sua casa. Até aquele momento. A Califórnia era maravilhosa. Todos os dias o sol lhe parecia uma mão que lhe oferecia uma bênção pessoal. Não conseguia acreditar que morava em uma casa na praia. Ir até a mercearia e ouvir as mais diferentes línguas ainda lhe causava arrepio. Ela alugou um escritório em um prédio comercial que pertencia a um amigo de Gloria e, gradualmente, construía uma nova clientela. Tudo em sua vida seria maravilhoso se não fosse o fato de o seu coração estar a milhares de quilômetros de seu corpo.

Ela mal pensava em Peter. Quando o fazia, era sempre tomada pela confusão. Que diabos fez com que ele a atraísse tanto? Por que ela considerara seu brilho tão hipnotizante? O que a possuíra durante aquelas últimas horas de fraqueza? Se ela tivesse se despedido dele na porta, se passasse alguns minutos jogando conversa fora e então o acompanhasse até o carro, ele teria seguido seu caminho e Sudhir ainda estaria ao lado dela. Maggie estava bem resoluta quando finalmente terminou tudo com Peter. Tão convicta de que aquilo era a coisa certa a fazer, tão aliviada por colocar um ponto-final naquilo. Sim, ela sofrera com a possibilidade de nunca mais vê-lo. Mas tinha certeza de que aquilo passaria. Como, de fato, passou. Desde o início ela se recusara a se relacionar com ele, não é? Não é mesmo? Ela ficou tentada, colocou-se à prova e havia passado no teste. Então por que ele tinha de aparecer na porta da casa dela, desesperado e infeliz em um nível que ela jamais vira? Por que ela havia perguntado se ele queria uma Coca-Cola ou alguma outra coisa para levar na viagem e deixou que ele entrasse em sua casa? Por que, quando se virou após fechar a geladeira, com uma lata de refrigerante nas mãos, e percebeu que ele estava a centímetros dela, não virou para o outro lado?

Ele jamais tocou na porcaria da lata. Maggie a colocou de volta na geladeira mais tarde, depois que Lakshmi saiu. E então ela foi de novo até a cozinha, tirou-a da geladeira e a jogou na lata de lixo. Porque, àquela altura, ela já havia acordado do sonho.

Sim, a Califórnia era tão bonita quanto diziam os livros de história. Se Sudhir tivesse vindo com ela, aquilo seria o paraíso. A vida que levavam em Cedarville lembrava muito um paraíso, mas não era por causa do parapeito de granito da varanda do segundo andar de onde podiam ver as luzes do vale. A vida era um paraíso porque ela vivia com seu amor. Seu verdadeiro amor. Que lhe fora dado em um momento em que o universo se sentia benevolente. Qual era a possibilidade de aquilo acontecer? Qual era a possibilidade de uma menina sem raízes vinda do Brooklyn, que não tinha uma casa para chamar de sua por todas as razões práticas desde os dezoito anos, encontrar um garoto de Calcutá que foi criado pelos pais com todas as garantias do amor de ambos por ele e que, por sua vez, transmitira a mesma estabilidade e segurança para ela? Não era de estranhar que Sudhir estivesse tão devastado. Nada em sua vida o preparara para aquele tipo de traição.

Será que Lakshmi também não havia sido capaz de controlar seu comportamento, incapaz de superar o que testemunhara? Será que foi por isso que ela realizou aquele ato tão covarde? Maggie então se lembrou da história de Lakshmi, sobre como ela se casara com o marido, e balançou a cabeça. Qualquer um capaz de enganar um homem para se casar com ele da forma como Lakshmi fizera sabia uma coisa ou outra a respeito do que era uma traição. Se alguém podia dar um desconto a Maggie, essa pessoa era Lakshmi.

Ela não estava tirando o corpo fora. Sabia que, basicamente, não havia sido Lakshmi quem arruinara seu casamento. Tinha total noção disso. Mas, por Deus, pensar que seu último encontro amoroso com Peter lhe causaria toda essa confusão. Que isso mudaria a trajetória de sua vida com Sudhir para sempre. Que por causa disso ela estava sentada em uma varanda contemplando o Pacífico, sentindo-se tão sozinha quanto o sol que se punha.

Bebeu o último gole de seu chá e se levantou. Havia algo que queria fazia semanas, algo que sempre adiava: escrever para os sogros. Para seus ex-sogros. Por mais difícil que fosse se separar de Sudhir, mais difícil ainda era aceitar o fato de que nunca mais ouviria as vozes alegres dos pais dele no telefone. Havia falado com a ex-cunhada uma vez, mas ela parecia tão devastada e confusa com o divórcio que Maggie soube de imediato que elas não manteriam contato.

Maggie entrou em seu minúsculo escritório e pegou uma folha de papel de carta. E escreveu:

Queridos Papaji e Mummy,
Vocês estiveram em meu pensamento por muitos meses. Estou com saudades e espero que esta carta os encontre com boa saúde.

Ela parou. O que Sudhir havia contado a eles? Maggie ligou para o ex-marido na semana anterior para pedir autorização para entrar em contato com os pais dele, e apesar de ter concordado ele parecera tão vago, tão distante:

— Não posso lhe dizer o que fazer — ele respondera com aquela sua nova voz débil, como se andasse fumando maconha. — Este é um país livre.

— Isso significa que você não quer que eu entre em contato com eles?

— Não, isso significa que você pode fazer o que bem entender.

— Eles sa... sabem? Sobre o motivo, eu quero dizer — ela perguntou, odiando o jeito como gaguejava.

— Sobre como você me traiu, você quer dizer?

— Escute, Sudhir. Não quero brigar com você. Eu... Conversamos outra hora. — Ela desligou o mais rápido que pôde. E se arrependeu na mesma velocidade.

Maggie largou a caneta. Terminaria a carta no dia seguinte, talvez. Havia tanto que ela queria dizer para o velho casal bengalês que a recebeu na casa deles como uma filha. Não parecia justo perder toda a família de Sudhir junto com ele. Aquela perda seria grande demais, desproporcional ao seu crime.

Exílio. A palavra surgiu na mente de Maggie enquanto ela acendia as luzes do seu quarto. Estava exilada na Califórnia. Banida da vida como a conhecia, de todas as pessoas que mais amava neste mundo.

Como era fácil culpar Lakshmi pela devastação que ela mesmo tinha lhe causado. Se pelo menos as coisas pudessem terminar por ali, se Lakshmi pudesse permanecer como o único alvo de seu ódio. Mas havia um rosto lacrimoso encarando-a no espelho do banheiro que era o verdadeiro objeto de seu desprezo e de suas recriminações. Maggie contemplou aquele rosto por mais um momento e então apagou a luz. A escuridão tão bem-vinda a envolveu em seus braços.

38

Hoje é 21 de dezembro, e meu negócio de banquete muito agitado por causa das festas de Natal. Eu contratei irmã mais velha de Rekha, Smita, para me ajudar na cozinha. Às vezes, quando restaurante fechado depois do almoço, marido também me ajuda por algumas horas. Mas hoje eu tenho que dirigir para Cedarville para limpar apartamento de Sudhir *babu* porque ele volta da Índia amanhã. Ele ficou lá por três semanas, e apartamento não é limpo desde que ele viajou. Ele me deu chave com pedido de que apartamento estivesse arrumado quando ele chegar. Por isso, eu disse para Smita o que eu preciso na cozinha e vou para Cedarville.

Primeira vez que eu entrar no apartamento de Sudhir *babu* sem ele em casa. Quando viro a chave, eu me lembro do dia em que eu entrei na casa de Maggie e encontrei ela na cama com homem branco, que se chama Peter, Sudhir *babu* me contou. Mas esse apartamento está vazio. Eu sei, então não ter problema nenhum. Eu entro, fecho a porta da frente e então grito quando ouço uma voz dizer do outro cômodo:

— Ei, quem está aí?

E, antes que eu possa fazer qualquer som, a porta do escritório de Sudhir *babu* se abre e ele sai lá de dentro. Ele parece maluco. O cabelo dele não é penteado por dias, os olhos vermelhos como os do diabo. Ele não faz a barba nem toma banho. E na mão dele tem um cigarro. Sudhir *babu* não fuma.

No corredor escuro, a gente olha um para o outro.

— Ah, Lakshmi — ele finalmente fala. — O que você está fazendo aqui?

Eu aponto para o meu balde.

— Vim para limpar. Você disse para eu limpar antes de você voltar da Índia amanhã.

Ele parece confuso enquanto penteia o cabelo com os dedos.

— Ah, sim. Bem, eu não viajei. Como você pode ver. No último minuto, mudei os planos.

Sudhir *babu* teve a chance de ver família na Índia e não foi?

— O que errado? Você doente?

— Não, não. Não estou doente. Só que... eu não conseguiria lidar com tudo isso, sabe? Muitas perguntas, muito drama. Talvez eu vá no verão. — Ele fumou seu cigarro e depois diz: — Por favor, entre. — Como se eu convidada de uma festa. Ele então se vira e volta para o escritório.

Eu entro na cozinha e começo meu trabalho, mas meu coração machucado. Eu encontro garrafas de cerveja vazias na lata de lixo e eu me sinto ainda pior. Quem é essa pessoa? Deus deu a eles tudo para ser feliz e ainda assim Maggie trair Sudhir *babu*. E ele? Ele tem saúde, emprego bom, dinheiro, tudo, mas ainda assim doente por causa da Maggie. Se ele ama ela tanto assim, por que dá divórcio para ela? Se odeia ela tanto assim, por que dá atenção para ela? Eu penso no que Shilpa fala no telefone na noite passada. "Dilip trabalha muito duro, *didi*, mas os negócios estão só mais ou menos. Mas a gente não reclama. Nós satisfeitos juntos." Se a minha irmã pode ser feliz na Índia, como Sudhir *babu*, que vive e trabalha neste país rico, não feliz? Até mesmo as galinhas na América são gordas, como se elas tivessem dinheiro. É por isso que só eles chama elas de galinhas dos ovos de ouro. Mas Sudhir *babu*, ele ter aparência pior que a de um mendigo na Índia.

Levo um longo tempo para limpar a cozinha. Depois vou para o escritório. Ele sentado na frente do computador, segurando a cabeça. Ele olha para cima quando eu em pé na porta.

— Desculpa. Eu limpo o outro quarto e depois eu limpo este aqui por último.

— Não, tudo bem. Entre.

Eu não quero perturbar ele com barulho do aspirador de pó. Eu começo a tirar o pó. Depois de um minuto, ele fala como se dizendo para ele mesmo:

— Você sabe há quanto tempo estou vivo? Mais de vinte mil dias. Tem um *site* que calcula isso para você. É só colocar sua data de nascimento. Os quilos e mais quilos de arroz, açúcar e carne que consumi, a quantidade de água que bebi, os litros de gasolina que queimei? Tudo isso gasto só para que eu me mantivesse vivo. E a pior parte é que não tenho nada para mostrar que tudo isso valeu a pena. Nem mesmo um filho.

Eu paro de tirar o pó.

— Por que você não tem filhos? — eu pergunto.

— Por que a Ma... ela não podia ter filhos. Ela teve três abortos, você sabe.

Eu surpresa por saber que Maggie não podia ter filhos, porque ela parece tanto com uma mãe para mim. E eu também com raiva por ele ainda não falar nome dela.

— O que foi? Por que você está olhando para mim desse jeito?

Eu olho para Sudhir *babu* por um longo tempo. E então eu faço coisas que nunca fiz antes. Eu sento na cadeira de frente para ele.

— Eu fiz um grande erro — eu disse. — Eu deixei o colar para você encontrar porque eu tinha raiva de Maggie. Eu uma vez contei um segredo para ela. De uma coisa ruim que eu fiz. E ela não me entendeu totalmente. Ela... ela me julgou. E então, quando eu tive uma chance, eu fiz essa coisa má. Para machucar ela. Mas eu não pensei no que eu faço com você.

— Esqueça isso. Como eu lhe disse antes, eu me sinto grato por...

Eu balança a cabeça.

— Eu não pensei no que eu faço com você, Sudhir *babu*, porque eu pensei que você homem forte. Homem esperto. Eu não sabia que você era assim fraco. — O corpo dele tremeu por causa do insulto, mas eu não parei. — Eu não sabia que o senhor idiota como eu. Se eu sabia que você como eu, não ia fazer coisa tão cruel. Mas eu sou garota pobre do vilarejo. Você é professor da faculdade. Então eu achei que você mais esperto que eu, mas eu estava errada.

Agora todo o rosto de Sudhir *babu* ficou vermelho, como os olhos dele.

— Você ficou maluca, Lakshmi? De que diabos você está falando?

— Há quanto tempo você conhece Maggie, Sudhir *babu*?
— Não é da sua conta.
— Já fazer muito tempo. Ela me disse. *Accha*, me diz, quantas vezes ela feriu você? — Ele não falou nada, então eu respondo: — Uma. Com um homem. E por isso você trata ela como cachorro vira-lata. Por isso você não é capaz de dizer o nome dela? Ela fez um erro, Sudhir *babu*. Quem você conhece que não faz um erro na vida?

Eu quero tanto contar para Sudhir sobre como eu enganei meu marido para casar, sobre como ele também me odiou, sobre como, no último ano, nós aos poucos deixamos o passado para trás. Mas Sudhir *babu* levanta da cadeira, e ele com raiva. Eu levanto, pego meu pano de tirar pó e quando eu deixo o escritório eu falo:

— Eu não sou melhor que você, Sudhir *babu*. Maggie minha melhor amiga. Ela não pediu nada de mim, ela só me deu e deu e deu. Mas por causa de uma vez que ela me julgou, eu fiz essa coisa ruim. Maggie melhor que nós dois.

O rosto de Sudhir *babu* desabou como se ele fosse começar a chorar.

— Pare — ele diz em voz baixa. — Vá embora. Por favor.

Eu não sinto orgulho do que eu fiz com ele. Eu também não sinto vergonha. Ele tão mais velho que eu, mas bem nesse momento ele parece meu irmão menor.

— Desculpa eu, Sudhir *babu* — eu digo. — Eu não quero machucar você. Mas, por favor, pensa no que eu falei. Maggie fez um erro. Por favor, perdoa ela. — Eu aponto para o maço de cigarros em cima da mesa dele. — Você morrendo sem ela. Traz ela de volta para casa. Ela ama você.

Ele solta uma gargalhada. Só que parece mais que ele cospe coisa amarga.

— Trazê-la para casa? Minha Lakshmi querida, não me fale sobre o que você não sabe. Maggie se mudou. Ela está lá longe, na Califórnia. Ela não pôde nem esperar para ir para o mais longe que conseguiu.

Alguma coisa no meu coração morreu. Maggie se mudar para a Califórnia? Por que eu não sabia disso? Por que ninguém me contou? Por que Sudhir *babu* não me falou nada? Durante todos esses meses, eu procurei por ela todas as vezes que eu fui ao Costco, eu tive medo de ver ela e torcia para ver ela. Sempre eu pensando que algum dia eu esbarrava com ela. Agora sei que nunca mais vou ver Maggie de novo. Igual ao Bobby. O que é essa tal de Califórnia que rouba todo mundo que eu amo?

— Ei, o que há de errado? Lakshmi. Você está bem? Aqui, sente-se. Vou pegar uma bebida para você.

Ele correu para a cozinha e pegou água com gelo para mim. Eu dou um, dois goles e coloco o copo em cima da mesa. Agora eu me sinto com vergonha, idiota. Quem eu sou para dar conselho para Sudhir *babu*? Tem tanta coisa que eu não sei. Por que eu interfiro na vida dele? Ele não é parente. Quando eu consigo falar de novo, eu digo:

— Quando ela foi embora?

Ele parece estar tão triste quanto eu.

— Já faz quase um ano. Logo depois do divórcio.

Eu faço que sim com a cabeça. Eu não tem mais nada para dizer. Eu levanto.

— Eu peço desculpa por causa do jeito que eu falei com você. Eu esqueci o meu lugar por um minuto. — Eu olhei para o chão, não querendo que ele visse as lágrimas nos meus olhos. — Eu termino faxina hoje. Mas melhor você arrumar outra faxineira para a próxima vez.

Eu sinto Sudhir olhando para mim, mas ele não fala nada. Eu pega meu copo de água e leva para a cozinha. Depois vou para a sala e começo a passar o aspirador. Começo com os móveis. Tem migalha de comida por todo lado. O que acontece com meu velho Sudhir *babu*? E como está Maggie? Ela tão longe. Quem preparar o que ela come? Quem cuida dela quando ficar doente? Será que ela fuma cigarro como Sudhir *babu*? Será que ela fala com ele? Será que ela ainda ama ele? Tantas perguntas que eu quero fazer. Mas eu não preciso. Eu já criei problema suficiente para os dois.

Depois de apartamento limpo, junto minhas coisas e abro a porta da frente sem fazer barulho para ir embora. Eu não quero ver Sudhir *babu* de novo. Meu coração dói muito para ver a dor dele. Eu não quero o dinheiro dele depois do insulto que eu fiz para ele. Meu trabalho aqui está terminado.

39

Ela já estava meia hora atrasada para ir para a casa da Gloria quando o telefone tocou. Eram Odell e Juliette ligando de Paris para desejar feliz Natal. Odell queria ter certeza de que ela não planejava passar o dia sozinha, e ficou aliviado quando Maggie lhe disse que havia sido convidada para ir à casa de Gloria. Ele perguntou se recebera o cheque que ele havia enviado como presente de Natal, como estava a casa nova, se ela estava fazendo novos amigos. Ela percebeu que o irmão estava preocupado.

— Odell, eu estou bem — ela disse por fim. — Agora dá para parar de agir como o meu irmão mais velho?

— Eu sou o seu irmão mais velho. — Pela voz dele, Maggie pôde adivinhar que Odell sorria. Assim como via o desejo de protegê-la. — Agora, fale com a sua cunhada. Ela está louca para conversar com você.

— Maggie? — A voz de Juliette estava ofegante como sempre. — Como você está, querida? Gostaria que você tivesse dado ouvidos ao seu irmão e tivesse vindo passar o Natal com a gente.

— Ah, eu também queria muito estar aí. Talvez no verão. E eu estou bem. De verdade. Parem de se preocupar comigo. Quantas pessoas vocês receberam para jantar ontem? — ela perguntou, tentando mudar de assunto.

Elas conversaram por alguns minutos antes de Juliette passar o telefone novamente para o marido.

— Você falou com o papai hoje?

— Não, ainda não.

— Você vai ligar para ele? — Apesar da distância, Maggie pôde perceber a ansiedade que o pobre Odell sempre sentia quando interferia na relação dela com o pai.

— Acho que sim.

— Cara, você parece mesmo entusiasmada, Mags. — Eles soltaram uma gargalhada, porém a voz de Odell logo se tornou mais séria. — Olhe, eu não a culpo. Mas... ele está ficando velho, Mags. E, acredite ou não, ele está morrendo de preocupação com você. Ele, tipo, me ligou mais de uma dezena de vezes para saber como você está.

— Em vez de me ligar, é o que você quer dizer? — As palavras saíram mais cortantes do que ela gostaria.

— Mags, eu não vou discutir com você. Só peço... que você ligue para ele. Você vai fazer isso?

— Tudo bem. Tudo bem. Eu já disse que ligaria.

— Ótimo. Amo você, garotinha.

— Não me chame assim. Pelo amor de Deus, eu tenho cinquenta e seis anos.

— Mas você ainda é minha irmãzinha. Por isso, acostume-se com isso.

Eles soltaram outra gargalhada. Após alguns segundos, Maggie disse:

— Preciso desligar. Já estou atrasada para a casa da Gloria. — Ela fez uma pausa. — Amo você, Odell. Dê o meu abraço na Juliette e no Justin.

— Eu darei. E dê também o meu abraço para Sud... Opa. Desculpe. Escapuliu.

Ela sentiu um aperto no peito, mas conseguiu rir.

— Sem problema. Feliz Natal.

Ela desligou e estava prestes a discar o número de Wallace quando o telefone tocou de novo. Odell devia ter se esquecido de lhe dizer algo.

— Alôôôô! — ela atendeu com uma voz exageradamente profunda.

Houve um silêncio na linha, e então ela ouviu a voz de Sudhir.

— Maggie?

A mão dela começou a tremer involuntariamente.

— Ah, olá. Desculpe. Pensei que fosse Odell. Eu acabei de...

— Como ele está? E a Juliette e o Justin?

— Ele... Ele está bem. Todos estão bem. — E então ela soltou uma meia verdade. — Ele mandou um abraço para você.

— Hã.

O que era aquilo que ela ouviu na voz dele? Ceticismo? Surpresa? De qualquer forma, por que ele estava ligando para ela? E ainda por cima no dia de Natal?

— Feliz Natal — ela disse.

— O quê? Ah, sim. Para você também. — Ele parecia preocupado, mas igualmente mordaz, muito diferente do homem semidrogado da última vez em que se falaram.

Maggie queria que ele lhe explicasse o motivo da ligação, firmando a mão que segurava o fone com a outra, porém Sudhir ficou em silêncio.

— Sudhir — ela disse com gentileza —, está tudo bem?

— Sim. Claro. Está tudo bem. — Maggie, entretanto, ouviu o tremor na voz dele.

— O que...

— Lakshmi esteve aqui — ele revelou depressa. — Ela está fazendo faxina para mim.

Ela empurrou de volta para o estômago a bile que surgiu em sua garganta quando ouviu o nome de Lakshmi. E também com a notícia de que Sudhir trouxera de volta para a vida dele a mulher que havia destruído a vida dos dois. Eles sempre tiveram um elo, aqueles dois. Que diabos! Havia sido Sudhir a lançar a carreira de Lakshmi como banqueteira. Maggie sentiu uma nova onda de ódio diante da traição daquela mulher.

— Entendo. — Ela fez um esforço para que sua voz se mantivesse neutra. Por que ele estava lhe contando aquilo? Para pôr sal em suas feridas?

— E... E ela me disse umas coisas. Sobre nós. No início, fiquei com raiva. Ela passou um pouco dos limites, você sabe. Mas então fiquei alguns dias pensando nas palavras dela. E Lakshmi estava certa, sabe?

Sudhir estava bêbado? De que diabos ele estava falando? Maggie olhou de relance para o relógio. Já estava uma hora atrasada, e só Deus podia saber como estaria o trânsito.

— Sudhir... — ela começou.

— Não, espere. Basicamente, ela me chamou de idiota. Disse que eu era fraco. Ou melhor, que sou um idiota por deixar você ir embora. E um fraco por me abater por sua causa.

As lágrimas que surgiram nos olhos de Maggie fizeram com que a imagem da sala ao redor dela se tornasse borrada. A esperança tremulou como uma borboleta presa dentro de seu corpo. Tinha impressão de que a mente se tornava lenta, pesada, incapaz de analisar as palavras de Sudhir. Será que ele tentava dizer que era um idiota por perdê-la? Ou simplesmente relatava o que Lakshmi dissera? Qual era a diferença? E será que ela realmente acreditava que Lakshmi falaria com Sudhir daquela forma? Será que ele estava inventando toda aquela história? Ela queria gritar de frustração.

— Não estou entendendo o que você diz.

— É porque não estou me expressando bem. — Ele ficou em silêncio por um momento. — Se eu perguntar uma coisa, você responde com toda a sinceridade?

O tédio se espalhou pelo corpo de Maggie, eclipsando a esperança que surgira alguns segundos antes.

— Eu não sei — ela respondeu, dura. — O que é?

— Você amava o Peter?

Maggie não queria fazer aquilo. Não queria revisitar o passado com Sudhir. Este era o principal ponto do divórcio: você não ter a necessidade de processar as coisas. O divórcio era um cutelo: com um movimento rápido separava o passado do presente, uma pessoa da outra. Ela abriu a boca para se recusar a responder, mas então pensou: Que diabos! Por que não? Aquela era uma pergunta bastante cabível. É claro que Sudhir conquistara o direito de saber a resposta. Ele deveria ter lhe perguntado aquilo assim que descobriu tudo. Mas não perguntara absolutamente nada, talvez porque não fosse capaz disso naquela época. Ele estava muito ferido, muito magoado. Com muito medo de saber a resposta.

— Não — ela respondeu. — Nunca. Para mim, sempre esteve claro que a minha vida era com você. Que eu amo... amava... você.

— Então por quê?

Naquele momento, ela foi capaz de pôr um limite naquela conversa. O motivo era algo que ainda não estava claro em sua mente. E, mesmo que estivesse, era algo que gostaria de guardar para si, uma coisa que não revelaria nem mesmo a Sudhir. O motivo era algo muito profundo, que remetia a um passado remoto, enraizado em tudo o que formava a pessoa que ela era. Tinha algo a ver com a morte da mãe, o abuso de Wallace e os danos causados por tudo aquilo. Tinha a ver com sua necessidade de abrigo, de estabilidade e de Sudhir até um determinado ponto de sua vida e, então, quando entrou na casa dos cinquenta anos, um desejo efêmero por alguma coisa maior, mais selvagem, empolgante. Tinha a ver com o fato de conter uma multidão dentro de si, de ser uma criatura complicada, contraditória, complexa. O motivo era como a discussão sobre Deus ou o sentido da vida: era algo irrespondível. Incognoscível. E ela não via nenhum problema nisso.

— Sudhir — ela disse da forma mais suave que era capaz —, qual é o sentido dessa conversa?

Ele limpou a garganta.

— Tudo bem. É justo. — Ele perguntou de forma abrupta: — E então, o que você vai fazer hoje?

— Vou para a Gloria. Já estou uma hora atrasada.

— Ah, desculpe. Você precisa sair.

— Sudhir? O que está acontecendo? — Mesmo pelo telefone, ela podia sentir a agitação dele.

— Nada. Só que... A Lakshmi me disse que você cometeu um único erro em todos esses anos. Um erro. E por causa disso eu dispensei você.

Algo se abriu dentro dela. Um buraco sufocante de arrependimento, dor e tristeza. De repente, ela compreendeu o que Sudhir tentava dizer: tudo aquilo havia sido uma futilidade. Um desperdício. Ambos agiram de forma precipitada e por isso pagaram um alto preço. Uma coisa era se separar de uma esposa a quem não amava. Porém o amor deles ainda sangrava, o que significava que ainda estava vivo. Não importava quanto estivessem magoados.

— E o que você disse a ela? — A voz dela era rouca, irreconhecível até mesmo para a própria Maggie.

— Nada. Eu não disse nada.

Houve um longo silêncio.

— Bem, acho que não há nada a ser dito.

— Bem...

A decepção que ela sentiu ao saber que era assim que as coisas terminariam, que Sudhir não estava preparado ou simplesmente não era capaz de levar as coisas mais além se transformou em impaciência. Uma imagem de Peter, intenso, apaixonado, exigente, passou diante de seus olhos. Como Peter a perseguira como um cão todas as vezes em que tentou terminar com ele. Era isso que faltava a Sudhir, aquela ferocidade, aquela determinação para correr atrás do que queria. Foram essas qualidades que tornaram Peter tão atraente para ela.

— Meu celular está tocando — ela mentiu. — Deve ser a Gloria perguntando onde estou.

Pôde sentir a relutância dele em deixá-la partir. Ainda assim, ele disse:

— É melhor você ir logo.

— E então, o que você vai fazer hoje?

— Eu? — Ele pareceu surpreso, como se ter planos para o Natal fosse algo totalmente absurdo. — Ah, eu não sei. Várias pessoas me convidaram para jantar. Mas acho que vou ao cinema.

A imagem de Sudhir sozinho em uma sala de cinema a feriu. Isso não é problema seu, Maggie, ela lembrou a si mesma.

— Talvez você devesse sair para jantar na casa de alguém. Ter gente por perto.

— Talvez. — Houve um breve silêncio. — *Achcha*. Tchau.

— Tchau. Feliz Natal.

Ela desligou e caminhou, apática, até a varanda da frente. Perguntou-se se deveria ligar para Gloria e desistir do jantar, pois seu bom humor havia sido arruinado pela estranha ligação de Sudhir, mas acabou decidindo seguir seu próprio conselho. Ela olhou para o oceano, obscurecido pela luz do fim da tarde. O mar parecia tão solitário e desesperado quanto ela. Maggie repassou aquela conversa desconexa com Sudhir, tentando extrair algo que fizesse algum sentido. Será que Lakshmi realmente falara com ele naquele tom? Por quê? Por que, em primeiro lugar, Sudhir permitira que ela entrasse em sua casa? E o que Lakshmi pensava que estava fazendo ao bancar a conselheira sentimental? Apaziguando sua consciência?

Pensou em Lakshmi por alguns minutos, mas logo se sentiu exausta. A questão era que não conseguia odiar Lakshmi. Ela tentara durante o último ano, mas não era capaz de sentir raiva daquela mulher. Em vez disso, o que sentia quando pensava nela era uma onda de aflição. Por Lakshmi tê-la visto nua, de mais maneiras do que a óbvia. Por ela ter visto Peter nu. Por Lakshmi ter sua ilusão destruída. Maggie sabia que Lakshmi a via como um exemplo. Sentia muito por ter se tornado um modelo tão abominável. Sentia pela amizade de ambas ter chegado a um fim tão abrupto e ignóbil. Lakshmi trazia vitalidade e fascinação à sua vida. Ela sentia falta disso.

Maggie suspirou. Sabia que deveria ligar para Wallace, mas não conseguiria lidar com a energia psicológica que aquela ligação demandaria. Ligarei para ele do carro, ela decidiu. Quando estiver perto da casa da Gloria.

Ela pegou as chaves de casa e a bolsa. Enquanto trancava a porta da frente, tomou uma decisão. Não atenderia mais as ligações de Sudhir. Aquelas conversas eram muito perturbadoras. Ela o traíra. Ele havia descoberto. Eles se divorciaram. Esses eram os fatos. Aquela era a realidade de sua vida. Ambos tinham de conviver com isso.

40

Estou tão cansada. Depois do Natal eu pensei que as festas paravam, mas Bettina e Dick Russo querem que eu faça comida para a festa de Ano-Novo. Quarenta e cinco pessoas eles convidaram, e eu tenho que alimentar todas elas. Durante o dia todo hoje, marido, Rekha, Smita e eu cozinhamos. Pela primeira vez eu pedi Rekha para ir comigo hoje à noite para ajudar a servir. Eu muito cansada para fazer isso sozinha.

Eu sentada na privada do banheiro de Bettina desde os últimos cinco minutos, esfregando meus pés. Alguém bateu na porta, mas eu não respondi, e então depois ele foi embora. Bettina tem uma casa tão grande, eu tenho certeza de que tem outros banheiros. Faz alguns meses que ela me pediu para fazer faxina toda semana, mas eu disse não. Casa assim tão grande leva oito horas ou mais para limpar. Eu digo que a minha agenda está lotada. É claro que, se Bettina descobre que eu deixei a casa de Sudhir *babu*, ela vai me perguntar de novo. Mas Sudhir *babu* virar tipo um *sadhu*. Ninguém vê mais ele, eu penso, então como ela vai saber?

Rekha sozinha servindo comida, por isso sei que eu preciso me levantar para ir ajudar. Mas mesmo assim eu continua sentada, esfregando os pés. Amanhã eu peço para marido me fazer uma massagem. Graças a Deus restaurante e loja fecham amanhã.

São onze horas ainda. À meia-noite, Bettina diz que eles todos vão assistir TV para ver bola prateada cair do céu. Ela também querendo servir o champanhe para os convidados nessa hora. Por isso eu não posso ir para casa. Ela também compra chapéus engraçados e umas bombas recheadas com papel para estourar. Bettina não convidou nenhuma criança para a festa, mas comprou brinquedos para seus convidados para fazer eles agir como crianças. Mesmo que eu viver cem anos, ainda assim não vou entender pessoas americanas.

Alguém bateu na porta do banheiro de novo e eu levantei do vaso. Eu abri a porta e eu levar grande susto: é Sudhir *babu* que bateu na porta. Ele parece sentir a mesma surpresa por me ver.

— Ah, oi — ele diz. — Eu... eu não sabia... — A cara dele se iluminou. — Você está servindo a comida? Esta noite?

O que ele achar? Que Bettina me convidou porque eu melhor amiga dela? Mas tem uma coisa em Sudhir *babu* que não me deixa mais com raiva dele. E ele também não está parecendo mais com homem louco. Ele parece Shashi Kapoor de novo. O cabelo ainda está comprido, mas a barba foi embora e ele vestindo camisa branca limpa e jeans azul.

— Sim — eu respondo. — Ainda ter um monte de comida. Você vai comer.

Ele sorrir.

— Lakshmi, você nasceu para alimentar as pessoas. Obrigado. Vou usar o banheiro e depois vou comer. Estou faminto.

Eu ir para a cozinha para fazer prato de Sudhir *babu*. Bettina aparece, querendo alguma coisa, mas eu falei para ela pedir para a Rekha. Uma coisa boa: minha comida muito especial e todos eles tem um pouco de medo de mim, de eu dizer não para fazer comida para festa deles. Então o que eu quero, eles fazem. Bettina vai encontrar Rekha e eu faço prato para Sudhir *babu*. Quando ele vem até mim, eu me sinto bem e sinto também afeto. Assisto ele comer e meu estômago se enche a cada mordida.

— E você? — ele pergunta. — Você já comeu?

Minuto que ele diz isso, meu estômago roncar. Ele gargalha tanto que comida sai da boca dele.

— Acho que isso é um não — ele diz, e antes de eu poder dar resposta, ele corta pedacinhos de carneiro e segura o garfo na frente da minha boca.

Eu tão chocada que eu viro a cabeça. Nunca nenhum homem estranho me alimentou antes. Nem mesmo marido faz isso.

— Você come, Sudhir *babu* — eu digo. — Eu faço meu prato depois.

Ele começou a comer e vejo que ele não comeu nada o dia todo. Depois de alguns minutos ele fala com a boca cheia:

— Certo. Tenho uma confissão a fazer. Eu menti. Na verdade, eu sabia que você estaria aqui na festa esta noite. Cruzei com a Janice há alguns dias e ela me contou. Você é o motivo pelo qual eu vim até aqui. — Ele engoliu a comida e depois me encarou. — Eu liguei para a Maggie. Alguns dias depois de você estar na minha casa. Pensei no que você disse e então liguei para ela.

Minha boca de repente ficar muito seca.

— E então, o que ela falou?

Eu nem mesmo sabia que ele sabia como entrar em contato com Maggie. Será que ele veio até aqui para me contar que eles vão casar de novo? Meu coração fica leve com esse pensamento. Essa é a única maneira de Deus me perdoar pelo que eu faz. Se não, vou ter que renascer cem vezes como punição.

Mas ele faz uma cara triste. Os olhos dele parece cansado, confuso.

— Eu não sei o que aconteceu, Lakshmi. Tudo estava tão claro na minha mente quando peguei o telefone. Mas então as coisas ficaram estranhas e nada deu certo. E finalmente ela desligou. E eu liguei novamente mais umas três ou quatro vezes. Deixei recado, mas ela não me retornou, por isso acho que está tudo acabado. — Ele então soltou uma gargalhada, mas a risada parece mais dois pedaços de carvão sendo esfregados. — Quem eu estou tentando enganar? Já está tudo acabado há mais de um ano, não é?

Faço que sim com a cabeça, mas estou confusa. Por que é tão difícil pedir desculpas? Por que é tão difícil dizer para Maggie que ele fez um erro? Por que essas pessoas educadas deixam tudo mais complicado? E, então, eu tive uma ideia.

— Você vai para Califórnia, Sudhir *babu*. Você vai lá e traz Maggie de volta para casa.

Ele fazer uma cara que eu nunca vi antes. Ele parece com Mithai quando eu obrigo ele a fazer alguma coisa que ele não quer. Com a diferença de que Sudhir *babu* não chuta areia nem bate com o pé no chão como Mithai faz. Em vez disso, seus olhos ficam pesados.

— Acho que já me humilhei o suficiente — ele fala. — De qualquer forma, é melhor assim. Você sabe o que costumam dizer por aí. Tem horas que não dá para voltar para casa.

Isso é verdade. Olha para mim. Seis anos na América e eu não fui para casa nem uma vez. Mas Sudhir *babu* não tem marido que não deixar ele ir. E Maggie não está tão longe como *Dada* e Shilpa. Então eu sei o que deter Sudhir *babu*. É uma coisa maior que marido e passagem de avião. É *gamand*. Ele está sendo orgulhoso. Todo ano quando eu ficava em primeiro lugar na minha turma da escola, *Ma* me dava um aviso: "Filha, nunca seja *gamand*. O que você tem, dado para você por Deus. Você é só um cesto onde Deus coloca as flores. As flores não pertencem a você. São de Deus. De alguma forma, a sua inteligência pertencer a Deus".

Mas eu não posso falar para Sudhir não ser orgulhoso. Ele é homem. Ele mais velho que eu. Então eu levanto e começo a colocar tigelas sujas no lava-louças. Ele fica sentado na cozinha, quieto, comendo. Mas então Janice entra na cozinha e me pede para levar garrafa de champanhe. Abro a geladeira e tiro as garrafas.

— Vamos, Sudhir — ela diz. — Já está quase na hora da bola cair.

Ele sorrir para Janice, deixar o prato na mesa e anda até onde eu estou.

— Vou ajudar você. — Ele sorri de novo. Ele pega algumas garrafas e eu carrego as outras para a sala de jantar. Eu procuro por Rekha, mas tem tantas pessoas que eu não vejo ela.

Alguns homens vão para a varanda dos fundos para abrir as garrafas. Elas fazem som pop-pop quando os homens abrem elas. Eles então enchem copos de plástico. O champanhe parecer espuma de banho. Sudhir *babu* pegar um copo.

— Vai tomar um pouco? — ele me pergunta, mas eu faço que não com a cabeça. Eu me lembro da primeira vez em que eu provar *daru* quando eu tentei me matar.

— Lakshmi, o que há de errado? — Sudhir *babu* diz.

— Quente aqui, não? Ter tantas pessoas aqui. Acho que vou para a cozinha.

— Mas...

Eu fui. Eu esperava que ele não me seguisse, mas ter tantas pessoas ali felizes por ver Sudhir *babu* que ele não teve a oportunidade para sair dali.

Na cozinha, eu puxo um banco e me sento. Olho para todas as louças sujas e eu sei que não vou conseguir lavar elas esta noite. Talvez eu peça para Rekha ficar até mais tarde e lavar elas. Posso pagar extra para Rekha. Eu penso em ir para casa para deitar, e eu bocejo como se eu já estou lá. Em alguns minutos, eu escuto eles no cômodo do lado. Todos estão dizendo dez, nove, oito... como as crianças na escola aprendendo a contar. Essa festa de Ano-Novo é engraçada, ela fazer adultos agir como crianças. E então eu escuto eles brindar e dizer feliz Ano-Novo e de novo e de novo. Eu queria que Rekha venha para a cozinha para eu ter alguém para dizer feliz Ano-Novo. Já é Ano-Novo na Índia e eu penso em Shilpa e rezo para que ela e o pequeno Jeevan ser felizes. E Maggie também. Eu sei que tem um monte de sol na Califórnia, e eu sei que as mangas que a gente vende na nossa loja são de lá. Então eu rezo para Maggie ter sempre uma vida de sol e mangas.

Todos no cômodo do lado conversam, dão risada, brindam. Eu sozinha nessa cozinha e, mesmo sabendo que marido esperando por mim em casa, eu sinto que sou a única pessoa neste mundo. As pessoas no cômodo do lado têm o seu inglês bom, elas inteligentes, elas sabem como fazer piadas, elas vivem em casas grandes como esta aqui, elas têm bom emprego, bom casamento. Elas sabem como é seu sobrinho, elas visitam a irmã e o pai velhinho sempre que bem entendem. Elas não vivem em apartamento pequeno em cima de loja, que cheira cebola e alho do restaurante do lado. Eu não vivo no mesmo país que eles.

E então eu penso que só uma outra pessoa se sente tão sozinha quanto eu ali. Só tem uma pessoa que também perdeu uma coisa que sente falta. Só Sudhir *babu* entende minha dor. Eu sou a pessoa que fez aquela dor para ele.

Quando eu olho para cima, ele está parado na porta da cozinha. Ele sorri e seus olhos tão gentis.

— Feliz Ano-Novo, Lakshmi.

— Feliz Ano-Novo, Sudhir *babu*.

Ele toma um gole do copo, encostar dois dedos na cabeça e depois volta para a sala. Ele é o único que me deseja feliz Ano-Novo. Nem a Rekha faz isso.

É quando Sudhir *babu* se vira para deixar a cozinha e voltar para a festa que a ideia aparece na minha cabeça.

41

O LAGO TIMBER ficar apenas dez minutos a pé do meu apartamento. Eu não sabia disso até dois meses atrás. Desde que eu descobri, eu ando até aqui todas as manhãs. Saio de casa às sete e ando por uma hora. Até agora, a neve não chega esse ano, mas o chão está duro, como se preparasse para a neve. Todas as árvores tremem por causa do frio, como eu também tremo. Hoje eu andei depressa para deixar para trás as palavras feias que marido me disse ontem. Elas voam pela minha mente como pipas do festival Makar Shakranti.

Nessa hora eu cheguei na ponte. Eu suada, por isso eu parei. Essa ponte de madeira é meu lugar preferido para parar. Eu me inclino na grade e olho para o lago azul. O sol brilha em cima da água como um casamento. Lá longe, eu posso ver a neve no alto da montanha. A água parece tão tranquila que leva para longe a febre na minha cabeça. Eu quero ser como esse lago, eu penso. Calma. Tranquila. Mantendo os peixes e patos e plantas sem reclamar. Sem pedir nada em troca. Como uma mãe.

Eu ando do lado esquerdo da ponte para o direito. Aqui, o lago Timber vira outra coisa. Ele pula sobre as grandes rochas e se transforma em uma cachoeira. Ele corre rápido, fazendo barulho, com raiva, como um *goonda* que querer brigar. Esse lado faz meu coração bater depressa, como música barulhenta. Esse lado ser como a filha adolescente. E a água cair lá embaixo. A água bater na minha cara e molhar ela. É tão gelada que parece que alguém me dá tapa, falando para eu acordar. Eu me inclino mais na grade para sentir melhor a cachoeira. Cada tapa tira a pele morta dos meus pensamentos. O som do tapa é tão alto que cobre as palavras do meu marido que eu carrego comigo na minha caminhada de hoje.

Quando Sudhir *babu* deixa a cozinha na noite de Ano-Novo, eu tenho uma ideia: vou para a Califórnia. Vou levar uma carta dele para Maggie dizendo que ela precisa voltar para casa. Ele não quer ir até ela, então eu vou. Também vou implorar o perdão dela. Vou falar para ela: Se você não me perdoar, Maggie, nem voltar para casa vou, minha alma vai ser obrigada a renascer um sem-fim de vez neste mundo horrível. Eu faço o pecado contra você. Só você pode me perdoar. Não vou embora da Califórnia enquanto não trazer ela.

A ideia parece muito boa naquela noite enquanto eu dirijo para casa. Também parece muito boa quando eu acordo na manhã seguinte. Mas quando eu falo ela para marido enquanto a gente toma o *chai* do café da manhã, ele parece em choque.

— Você quer fazer o quê? Você voar de avião só uma vez antes e você quer voar para a Califórnia? E enfiar o nariz nos problemas daquelas pessoas de novo?

— Os problemas deles se transformaram em problema meu também. Eu sou o motivo deles se divorciarem. E Sudhir *babu*...

Ele bateu na mesa com tanta força que a xícara de chá voou longe.

— Já chega, *bas*. Chega de conversa fiada. De agora em diante, eu proíbo você de falar com Sudhir *babu*. Ou com a esposa *randi* dele.

Eu senti marido me dar um tapa na cara quando ele chamou Maggie daquele nome. Eu sentir tanta raiva que meus olhos se encheram de lágrimas.

— Da próxima vez que você usar essa palavra, eu corto a sua língua — eu disse. — Está tudo bem com os homens que olha com olhos grande-grande para mulher jovem no *mela*. Mas nós, mulheres, não temos permissão para fazer essas coisas. Maggie não ser mulher fácil. Ela boa mulher.

E então marido fala uma coisa cruel. Ele solta gargalhada.

— Se você me ameaçar, Lakshmi, eu mando você de volta para hospital de louco. E dessa vez eu deixo você lá. Para sempre.

Alguma coisa caiu do meu coração e parou lá no estômago. Será que ele falou verdade? Será que ele podia me prender lá de novo? Para sempre?

Marido terminou o resto do chá. Agora que ele venceu, ele deixou a voz suave de novo.

— *Chalo*. Chega dessa conversa maluca. Seu lugar aqui, Lakshmi. Comigo. Agora, vamos. Tem muito trabalho lá embaixo.

Eu olhei para a cachoeira e por um minuto eu desejei ser capaz de subir no parapeito e pular. Eu pensei em como é aterrissar na água, flutuar sobre as pedras até me afogar. Sem preocupação, sem tensão. Mas então eu coloquei os pés no chão. Lakshmi, eu pensei, você ter que escolher. Quem você é? Lago calmo e constante ou cachoeira violenta? Você quer abrigar e proteger todo mundo como lago ou você querendo seu próprio caminho, como cachoeira? Lago ficar no mesmo lugar, para sempre. Cachoeira ir para lugares diferentes, sempre.

Por um minuto, eu fico totalmente sozinha na ponte. Eu vi outras pessoas que saíram para a caminhada da manhã mas elas lá longe. Eu fiquei em pé bem no meio da ponte. Eu fechei os olhos. Tentei ouvir. O lago está quieto que nem a morte. A cachoeira é barulhenta que nem a vida.

Em um minuto, eu pensei em tudo. Como eu salvei Munna do afogamento. Como eu salvei Mithai daqueles homens maus. Como eu salvei Shilpa. *Ma* eu não consegui salvar, mas eu ajudei. Eu tenho que tentar ser uma pessoa boa. Mas agora é hora de salvar eu mesma.

Eu andei até a cachoeira. Ela canta enquanto se joga em cima das pedras. Eu escolho a vida.

Eu entrei no carro e telefonei para Sudhir *babu*. Ele ainda estava dormindo, mas ele atende o telefone.

— Sudhir *babu*? Lakshmi.

— Hein? Uau. Que horas são?

— É cedo. Eu preciso de uma coisa de você.

Ele despertou agora.

— Claro. O que aconteceu? Você está bem?

— Eu bem. Estou indo para a Califórnia. Para encontrar Maggie. Então eu preciso do endereço dela.

— O quê?

Repito o que eu disse.

— Eu... eu não acho que essa seja uma boa ideia, Lakshmi. Ela está... você sabe, com raiva. De você. De qualquer forma...

Eu balanço a cabeça. Esses homens. Por que eles sempre nos dizendo o que fazer?

— Eu vou! — eu grita. — Para pedir para ela me perdoar. Também vou levar carta de você pedindo para ela voltar para casa. Para Cedarville.

Ele soltou uma gargalhada.

— O quê? Ficou maluca? Você não conhece a Maggie? Ela...

Eu olho para o meu relógio. Marido com raiva. Eu não estou em casa cedo para ajudar na loja. Então eu penso: marido já com raiva quando eu falar com ele o que eu decidi. Então um pouco com raiva, com muita raiva, que diferença faz?

— Sudhir *babu*. Escuta. Eu chego na sua casa em meia hora. Vou pegar a sua carta. E também endereço. Tudo bem?

— Se está tudo bem? Não, não está. Não está nada bem. Olha, isso é...

Ele fala mais coisas. Mas eu não posso dizer o que é. Porque eu desliguei o telefone.

Eu olho a hora. São oito e quinze. Rekha ir para casa daqui a pouco. Ligo para ela em seguida. Peço para ela entrar na internet e ver quanto custa passagem para Califórnia.

— Onde na Califórnia? — Rekha perguntar, mas eu não sei. Idiota, eu digo para mim mesma.

— Eu conto para você depois — eu falar. — Enquanto isso, eu tenho uma dívida com você se não contar nada para marido.

Se Rekha sente surpresa, ela não dizer nada. Em vez disso, ela fala:

— Sem problema.

E então Rekha dizer:

— *Didi*? Você bem? Você falar de um jeito engraçado.

— Como assim engraçado?

— Eu não tenho certeza. Diferente.

Eu sorri.

— Eu bem.

Rekha ouviu a cachoeira na minha voz.

42

Por toda uma semana, marido e eu brigando sem parar. Ele diz que nunca absolutamente eu vou encontrar Maggie. Mas eu continuo a pensar na cachoeira e eu fico poderosa. Ele faz ameaça, ele diz que não posso mais ligar para Shilpa, diz que mente para médico e fala que eu tentar suicídio de novo. E então novo doutor me coloca no manicômio. Mas uma coisa acontece quando ele fala isso. Ele parecer com vergonha. Seus olhos se mexem um pouco, a mão dele treme. Eu percebo isso e então, como a cachoeira, eu continuo me movendo. Primeiro eu peço para Sudhir *babu* descobrir pela amiga de Maggie se ela na cidade este mês. Ele fala que quer entregar para Maggie encomenda importante e por isso ele precisa saber. Depois Sudhir *babu* faz reserva de hotel. Eu falo para Rekha ir até o aeroporto conseguir passagem para mim. Passagem muito cara. Rekha fala para eu esperar duas semanas porque aí o preço baixa. Mas tenho a carta de Sudhir *babu* na minha bolsa. Então eu dou para Rekha oitocentos dólares do dinheiro que eu economizei do meu negócio. E ela compra passagem com seu cartão de crédito. E então eu pago irmã dela para trabalhar na loja enquanto eu fico fora. É janeiro, então não tem pedido para servir comida esta semana, graças a Deus.

Dois dias antes de eu ir embora, marido vem até mim.

— Você vai mesmo? — ele diz. — Quem leva você até o aeroporto?

Eu fico surpresa.

— Você leva.

Ele me olhar de jeito ruim.

— Não dê uma de espertinha. E quem busca você do outro lado? Como você vai para casa da Maggie?

Ele faz pergunta que não sei responder.

— Eu pego o ônibus.

Agora ele faz piada comigo.

— Pega um ônibus? Garota, você maluca. Você acha que aqui é a Índia, onde os ônibus vão para todos os lugares? Califórnia é estado de gente rica. Eles não têm ônibus. Sabe por quê? Eles não querem gente como você aparecendo na casa cara dele.

Eu olho para outro lado porque não quero que ele veja as lágrimas nos meus olhos. Eu fiz tanto por esse homem, eu cuido da casa e do negócio dele. Por que ele não pode me ajudar? Por que ele agir desse jeito? Todo o novo amor dele por mim foi embora, como água que ferve e evaporar na panela. Por que ele ter tanto ódio de Maggie? Ela não faz nada de mal para ele. Em vez disso, ela ajudar ele por me ajudar.

— Vou dar um jeito. — Eu começo a andar para longe dele.

— Escute — ele me chamar e eu paro. — Eu já fiz uma combinação para você. Meu amigo Ashok é motorista de táxi lá. A gente dirigia para a mesma firma em Nova York. Agora, ele tem sua própria empresa. Ele vai buscar você.

Dessa vez eu não tenho vergonha dele ver minhas lágrimas.

— Isso é verdade? — Eu pegar a mão dele e levantar até os meus olhos. — Deus abençoe você.

— Tudo bem, tudo bem — ele diz, envergonhado. — Sem escândalo.

Dois dias depois, eu saio do avião no aeroporto de San Diego e, conforme marido diz, eu sigo as placas até a restituição de bagagem. E então eu vejo um homem segurando um papel com o meu nome.

— *Namastê, ji* — eu digo.

— *Namastê*, tia.

— Como você pode ter dirigido o táxi com meu marido? Você é muito jovem.

— Ah, não fui eu, tia. — Ele soltou uma gargalhada. — Foi o meu pai. Ele está ocupado hoje, por isso me mandou até aqui. Sou Kishore.

Assim que a gente deixa o aeroporto, eu sei que estou em um país diferente. Califórnia fica na América, mas o ar, a luz do sol, as árvores, tudo diferente do meu estado. Aquele lugar parece mais com a Índia, só que tem menos poeira, barulho e pessoas. Eu vestindo meu casaco pesado de inverno, mas todos os outros passageiros parecem passarinho: livres e leves, usando chinelos e shorts. A gente ainda nem chegou no carro de Kishore eu já me senti nova.

O hotel parece ficar a uma longa distância. Kishore diz que nada fica perto na Califórnia. Mas eu gosto do passeio. Eu baixo a janela para sentir brisa na minha cara. Isso me dá a sensação de liberdade. Eu fecho os olhos por alguns minutos e abro eles de novo. Lá longe, eu vejo uma longa faixa azul.

— O que é aquilo? — eu falo.

— O quê, tia?

— Aquilo. — Eu aponto. — Aquela coisa azul.

Ele se virar para olhar para mim.

— Ué, tia. Aquilo é o Pacífico.

— Como?

— O Pacífico. O oceano, sabe?

Eu não entendo. O oceano parecer tão azul como o paraíso. Mas o oceano que eu vi uma vez em Bombaim era cor cinza. Como esse aqui pode ser tão azul? Eu penso sobre o assunto por um minuto.

— Oceano é como passarinhos — eu digo. — Ele é de várias cores diferentes-diferentes.

Kishore gargalhar.

— Não sei, tia. Este é o único oceano que eu já vi.

Ele faz uma curva e entra em uma rua diferente, e então meus olhos enxergam uma beleza tão grande que quase me faz ficar cega. O oceano é azul-claro e ele se espalha para mais longe do que posso ver. O sol brinca na água como uma criança tomando banho. A areia é tão dourada que ela brilha como joia. O ar tem um gosto salgado e todo o meu corpo parecer relaxar, como se a Califórnia faz uma massagem em mim.

— Kishore — eu digo —, *beta*. Este... este é o lugar onde Deus mora?

O garoto solta uma gargalhada.

— Todo mundo que vem aqui pela primeira vez tem a mesma reação — ele diz. — Mas a sua é a mais impagável, tia. — A voz dele fica mais suave.

— Mas é bonito, não é?

O hotel também é bonito. A cama é bonita. O homem que traz a minha bagagem para o quarto é bonito (Kishore diz que ele esperar lá embaixo para me dar tempo de relaxar e me arrumar no meu quarto. O que ele querer dizer com isso?). Os azulejos no banheiro bonitos. Mas quer saber qual é a parte mais mágica da Califórnia? Ela faz você se sentir bonita.

Eu lavo meu rosto e então eu vou para o meu quarto tirar roupa limpa da minha mala. Eu sento na beira da cama e sinto que ela é muito macia e confortável. O travesseiro tão branco e gordo. Tudo isso me deixa sonolenta, eu penso, vou descansar minha cabeça só por cinco minutos. Kishore me diz que ele não tem pressa. Eu fecho os olhos e a primeira coisa que eu vejo é o oceano. Como as ondas brancas parecem com uma centena de crianças jogando a água para cima. Como o ar tem cheiro salgado. Como o ar fazer cócegas na minha cara como Mithai faz com a tromba.

Um som alto no quarto me acordar. Eu acordo com um *jatka*, meu coração fazer tum-tum de tanto susto. Onde estou? Me lembro em um segundo. Mas quem no quarto comigo? O que é o barulho que eu ouvir?

E então acontece de novo e eu rio. Meu estômago com tanta fome que soa como um cachorro. É isso que me acordou.

Eu olho para despertador. São três da tarde. *Arre, Ram*. Aquele pobre garoto Kishore. O que ele pensando? E se ele foi embora? Eu lavo meu rosto segunda vez e troco de roupa, escolhendo um *kameez* de manga curta. Eu coloco carta de Sudhir *babu* no bolso da minha túnica e depois vou para andar térreo.

— Olá, tia. — Kishore ir para perto de mim assim que eu chego lá. Pobre menino esperar por mim enquanto eu dormindo como uma *maharani*.

— Eu me desculpo muito, *beta* — eu digo. — Eu tão cansada que...

Ele balançar a cabeça.

— Sem problema, tia. Eu lhe disse para levar o tempo que fosse necessário, lembra? — Ele olha para o relógio e depois ele dizer em híndi: — *Kya khaenge?* Indiana? Japonesa? Mexicana?

— Qualquer coisa, *beta*. Quero ver minha amiga o mais rápido possível.

— Claro. Vou pegar o carro.

Tem uma coisa nesta Califórnia: todas as pessoas aqui sorriem. Todas as coisas aqui sorriem. Até mesmo as árvores sorriem diferente aqui do que as árvores da minha área. Quando Kishore chega com o carro dele, um garoto jovem do hotel corre para abrir a porta para mim. Que mágica faz eu ir de faxineira a *maharani*?

Kishore me leva ao restaurante tailandês. O curry vermelho que eu como tão bom que eu quero sair para caminhar um pouco e depois voltar para comer uma segunda vez. Mas só aí Kishore diz:

— E então, tia, você vai encontrar sua amiga? A que horas ela está lhe esperando?

De repente, toda a felicidade vai embora. Agora a dor volta para meu coração. Maggie nem mesmo sabe que estou indo na casa dela. E se ela ficar com raiva de me ver? E se ela não abrir a porta? E se ela chamar a polícia?

— É uma surpresa — eu falei. — Ela não sabe que eu aqui.

— Ah! — Ele franze a testa. — Vamos torcer para ela estar em casa. — Mas ele olhar para mim como se eu mulher maluca.

Agora eu encontrei problema novo. Eu não quero que Kishore fique lá quando eu encontrar Maggie. Mas ele um garoto tão doce. E se ele sentir que isso é insulto?

— Kishore — eu digo. — Eu encontrar com Maggie depois de muito tempo. Nós... nós temos muita coisa para conversar. E se eu...

— Não se preocupe, tia. Eu não estava planejando ficar por lá. — Ele pegar um pedaço de papel e começa a escrever. — Aqui está o número do meu telefone. É só a senhora me ligar quando estiver pronta para ir embora.

Agora eu me sinto muito mal.

— Mas para onde você vai, *beta*?

— Ah, eu não vou estar longe de onde deixarei você. Vou para casa tirar uma soneca. — Ele balançar a cabeça. — Não tem problema. Sério. Pode levar o tempo que quiser. — Kishore olha o relógio dele. — Mas precisamos ir.

Já está perto do pôr do sol quando a gente chega perto da vizinhança de Maggie. Eu dou tchau para Kishore, que espera até eu chegar na escada de madeira que leva até a praia. Eu sei que quando o sol se pôr no oceano parece que o mundo está ao mesmo tempo morrendo e nascendo de novo. Em toda a minha vida, eu nunca vi tanta beleza. O céu tão cor-de-rosa e laranja, um pouco dessas cores cai em cima da minha pele, e ela fica linda. Até mesmo a areia muda de cor. E o som que a água faz. Até mesmo os sinos que o sacerdote toca no templo não parece tão sagrados. Parece que o oceano faz todo o mundo nascer. Parece que todo o mundo respirando, para dentro e para fora, para dentro e para fora.

Às vezes, quando eu caminhava sozinha pela lavoura do meu pai no cair da noite, eu sentia essa paz. E então eu sentia que eu pertencia a alguém além de *Ma* e *Dada* e Shilpa — que as árvores, a terra, o céu são todos da minha família. Eu não sentia essa mesma ligação por muitos anos. Mas hoje, nesta Califórnia, eu senti isso de novo. Não sou mais cachoeira — ela muito pequena. Eu sou o oceano. Seus peixes, suas pedras, suas ondas, todos eles dentro de mim.

Eu tiro minha sandália e ando perto da água na areia gelada. Uma pequena onda corre como um rato e rói meus pés. Eu sinto como se pudesse andar pela praia por dias, mas olho para a direita e vejo casa da Maggie. Então as lágrimas aparecem nos meus olhos. Porque eu sei que Maggie não vai voltar junto comigo. Como ela vai deixar esta praia, este sol, para voltar para Cedarville? Apesar da casa ficar longe da água e eu sentada na praia, eu posso ver como é fofa. Todas as outras casas aqui são grandes. A dela parece como uma pequena casa de boneca, mas tem flor e arbustos. Eu fico em pé perto da praia e olho para a casa. Todas as luzes estão acesas. Maggie está em casa. Eu estou pertinho dela. Mas agora não consigo me mover. Agora eu vejo o que marido vê: eu não tenho nada para resolver aqui. Eu fiz grande erro.

Maggie está prestes a ir para o quarto do andar de baixo quando vê a figura solitária de pé diante da casa. Está escurecendo atrás da figura: a praia está quase deserta. Ela está acostumada com os turistas contemplando, pasmos, as casas enquanto passam por ali, porém algo na imobilidade com que a pessoa olha atrai sua atenção. A pessoa está muito longe para que Maggie saiba se ele ou ela está olhando para a sua casa ou para a de outro. Ela dá de ombros e continua com suas tarefas, mas quando percebe que a persiana está completamente fechada, ela a levanta um pouco. Maggie se senta no banco em frente à janela e olha para fora mais uma vez. E fica levemente irritada quando vê que a figura não se moveu, que continua ali, parada, imóvel, olhando para cima.

Enquanto ela observa, a mulher — Maggie agora pode ver que é uma mulher: ela soltou o cabelo longo — se abaixa, como se tocasse os próprios pés. E então começa a caminhar pelas águas escuras do Pacífico. Em janeiro.

Idiota ou não, eu tenho que terminar o que eu vim fazer aqui. Preciso levar a carta de Sudhir *babu* para Maggie. Se ela não quer me ver, é o desejo de Deus. Mas eu preciso tentar.

Então eu sentir que eu precisar fazer xixi. Com urgência. Toda essa água fez eu ter vontade de fazer minha própria água. Eu me sinto aterrorizada. Kishore foi embora. Se eu espero sem me mexer ele vir aqui para me buscar, vou ter acidente, eu não posso ir na casa da Maggie fedendo. E então a ideia veio. Quando crianças, nós fazia xixi no rio da minha vila. Por que eu não posso ir no banheiro no oceano? A água vai me lavar. Vento vai me secar.

O vento tão forte, ele me descabela. Eu vou até onde areia está seca e coloco chave do hotel, dinheiro e enfio a carta de Sudhir babu debaixo do meu chinelo. E então eu ando de volta para oceano.

Arre, Ram. Isso não água. Isso é gelo. Como eu posso entrar dentro dessa caixa de gelo? Eu fico parada por um segundo, tentando lutar contra o meu corpo. Caso contrário, eu vou para Maggie molhada. Como isso pode acontecer comigo em momento tão importante? *Ae, bhagwan*, eu rezo. Por favor, ajuda eu.

Antes de Deus falar, meu corpo faz isso. O xixi rola pela minha perna e entra no mar. A sensação é tão quente e boa na minha perna que eu feliz por perder a briga.

Agora eu com problema novo. Como eu posso aparecer na casa de Maggie cheirando como mulher com xixi? Não tenho nada que eu posso fazer a não ser andar nessa caixa de gelo até pelo menos até a cintura para a água levar cheiro ruim embora. Eu mordo meu lábio e entro no oceano. Se eu consigo suportar esse frio, Maggie volta para casa. Eu faço essa barganha comigo mesma. Se eu conseguir dar mais dois passos, Maggie não vai estar com raiva de mim. Devagarinho, eu vou mais fundo.

Maggie hesita, espera que a mulher volte, que não corra o risco de sofrer de hipotermia por vagar para ainda mais longe na água. Os olhos rastreiam a praia em busca de outro passante que perceba o que está acontecendo, mas não há ninguém por ali. Ao observar as roupas que flutuam, ela percebe que a mulher não usa roupa de banho. O sol já se pôs, e é muito difícil ver o que acontece exatamente.

Ela abre um pouco mais a veneziana e espera, sem ter muita certeza do que está acontecendo.

Não sinto nenhum tipo de sensação nas minhas duas pernas. As ondas atingiram meu corpo como taco de críquete. Tap, tap, tap. Sei que o que faço é idiota e agora eu me viro e começo a deixar o oceano. É difícil tirar a areia, mas eu me manter em movimento. Às vezes a onda bate em mim com tanta força que eu sinto ela me empurrar para a frente. O tempo todo eu deixo meus olhos na casa de Maggie. Como eu vou aparecer lá toda molhada como um cachorro eu não sei. O frio faz meus dentes tremer, pensar fica difícil.

Com um empurrão, o oceano me colocar para fora, como mãe dando à luz um bebê. Mas minhas pernas muito fracas para eu ficar em pé. Eu caio na areia. Ela não mais dourada como joia, mas negra como pedra. Sinto que é difícil respirar. Eu não muito longe dos meus chinelos, mas não consigo me mexer. Se eu não chamar Kishore, será que ele vem aqui me procurar? Ou será que eu vou dormir na praia porque minhas pernas não conseguem me suportar? Assim eu vou ficar seca antes de entrar na casa da Maggie.

A carta de Sudhir *babu*. Eu quero ter certeza de que ela está segura. Eu falo para mim mesma:

— Anda, Lakshmi. Ninguém vai ajudar além de você mesma. E você aqui para fazer um trabalho.

Eu começo a rastejar. Eu sinto a areia cortando as minhas mãos, mas minhas pernas e pés ainda não sinto nada.

Eu quase perto da carta quando escuto uma voz lá longe dizer:

— Olá? Está tudo bem?

Mesmo que eu perto da morte — talvez eu esteja? —, vou conhecer essa voz. É Maggie. Ela descendo a escada de madeira da esquerda. Eu paro de rastejar, feliz por ela me encontrar, mas com vergonha de ela me ver desse jeito.

— Olá? — ela repete.

— Olá — eu respondo. — Eu aqui.

Maggie fica em silêncio. Quando ela fala, a voz dela parece chocada.

— O quê... Lakshmi? Como assim? Não acredito nisso.

Levanto a cabeça. O vento sopra no xale que Maggie tem ao redor dela. Seus pés estão nus.

— Não acredito nisso — ela repete enquanto se aproximar de mim.

E então eu sei o que eu tenho que fazer: só preciso fazer ela acreditar. Fazer Maggie acreditar que Sudhir *babu* quer ela de volta. Fazer Maggie acreditar que ele perdoou ela. Fazer ela acreditar que, apesar de a Califórnia ser o lugar onde Deus mora, o lugar dela pertence a Cedarvillle. Mais que tudo, fazer Maggie acreditar que, graças ao pecado que eu cometi, vou para sempre pedir desculpa. Que eu rastejei por mil quilômetros para conseguir perdão dela. Como aqueles peregrinos que sobem de joelho o monte Kailash, onde nasceu nosso Senhor Shiva, eu quero fazer o mesmo.

Eu ergui minha cabeça. Maggie anda muito rápido pela praia até onde eu estou. Estou aqui para dar para ela a carta de Sudhir *babu*. Essa é a minha tarefa. Eu sei que se eu rastejar depressa, eu chego na carta antes que me alcance.

Eu me mexo rápido na areia, como o caranguejo, mas quando alcanço a carta, ela já está lá. Eu olho para cima e vejo cara dela, que parece tão boa como a minha. Em cima da cabeça de Maggie, o céu ficando escuro. Ao nosso redor, o vento e o mar fazendo sua música marota juntos, como criança levada batendo um tambor. Maggie fala uma coisa e eu tentar ouvir por cima do barulho deles.

— Lakshmi — Maggie fala de novo. — Por que diabos? O que você está...? — Ela olha ao redor. — Você está aqui sozinha? De qualquer forma, como você chegou até aqui?

— No avião — eu responder. — Eu voei. Sozinha.

O vento sopra algumas das minhas palavras para longe, e Maggie se abaixar para me ouvir.

— Como assim? Mas por quê?

A carta de Sudhir *babu* debaixo da minha mão. Mas eu não entregar para ela. Em vez disso, eu digo:

— Eu vim para implorar pelo seu perdão, Maggie. Pela escuridão que eu coloquei na sua vida.

Maggie esticou a coluna e olhou para um lugar tão longe que mais parecia a lua. Por longo minuto ela não disse nada, e alguma coisa gelada deu calafrio no meu coração.

— Não posso... Eu não sei o que dizer — ela sussurrou. E o frio se transformou em gelo no meu coração.

Ela deu um passo para longe de mim. Maggie olha para a casa dela, depois para o mar e depois de novo para mim. Eu sei que Maggie quer me deixar naquela praia como um saco de papel sujo e voltar para sua casa aconchegante. Estou prestes a dizer por favor, desculpa por incomodar, você pode entrar na sua casa, mas alguma coisa me fez parar.

É o jeito como Maggie olha para mim. Mesmo no escuro, eu vejo. Não, eu sinto isso. Ela deu dois passos para trás e ficou em pé em cima de mim e o olhar na cara dela ficou diferente. Não é olhar de pena. Não é olhar de pessoa querendo ajudar. É olhar de — como se diz? — curiosidade. Maggie olhou para mim com curiosidade. Do mesmo jeito que Dilip ficava quando ele conserta o motor do carro e espera para ver se carro vai ligar. Eu esperando para ver resultado do que ela fazer.

O vento soprar de novo e eu tremi. Maggie percebeu. Ela balançou a cabeça uma vez, duas vezes, como se lutasse com ela mesma, e então disse:

— Santo Deus! Você precisa entrar e se secar antes que congele aqui.

E então ela estende a mão para eu pegar. Isso me lembra de quantas vezes essa mulher me deu a mão para eu levantar. Mesmo agora, quando ela não sabe por que eu apareço na Califórnia como um demônio, ela me levanta.

Eu não pego a mão dela. Eu sei que, se Maggie me ajudar, vou ficar de pé, mas eu não quero isso. O correto é eu ficar como um animal nesta areia molhada. É melhor eu ficar perto dos pés de Maggie, assim ser mais fácil implorar por perdão. Eu sei disso, pelo pecado que eu cometi contra a mulher que me deu a vida, minha voz, minha felicidade, até mesmo nessa noite quando eu vi a cara de Deus através do céu, só rastejar vai resolver essa situação.

— Por favor — eu digo. — Você vai para casa. Eu sigo você. — E eu me movo pela praia como verme, como a cobra, mesmo que a areia corte meu corpo.

— Lakshmi — Maggie fala e eu sinto a irritação na voz dela. — O que você está fazendo? Você não consegue andar?

Eu começo a explicar sobre monte Kailash, mas então eu me vejo como Maggie me ver: uma louca que aparece na Califórnia, que anda pela água gelada sem motivo e que agora se move até a casa dela como um peixe quase morto.

— Desculpa — eu digo. — Eu estou bem. — Eu coloco uma das mãos no chão e devagar eu me levanto.

Quando chegamos na casa dela, Maggie me fazer tirar minha calça molhada para colocar na secadora e ela me deu uma grande toalha para eu me enrolar. Quando eu voltei para a sala, eu entreguei a carta para ela.

— O que é isso?

— Uma carta. De Sudhir *babu*. Para você, Maggie.

Ela pareceu confusa, depois com raiva.

— Não entendi. Se ele tem alguma coisa pra dizer, por que ele simplesmente não pôs a carta no correio?

Antes de eu responder, ela levantou e foi para a cozinha com a carta.

Sala de Maggie tão pequena e aconchegante, tão diferente da casa grande onde ela vivia com Sudhir *babu*. Eu sentei aqui sozinha enquanto ela na cozinha lendo a carta de Sudhir *babu*.

Quando Maggie finalmente voltou, ela segurava duas xícaras de chá. Ela colocou uma delas na mesinha ao lado da minha cadeira. E então ela sentou de frente para mim, mas não falou nada. Os olhos dela estavam vermelhos. O que Sudhir *babu* disse nessa carta que fez ela chorar?

O silêncio entre nós mais alto que barulho que oceano faz do lado de fora da casa de Maggie. Durante todo esse ano, minha mente cheia de coisas que eu queria dizer para Maggie, mas nenhuma palavra sai da minha boca.

— Sou uma *masi* — eu dizer de repente.

— Uma o quê?

— Uma tia. Minha Shilpa tem um filho. O nome dele Jeevan.

Maggie parece estar prestes a me fazer mais perguntas, mas então ela se lembra de como eu destruí vida dela, e ela sopra as perguntas como uma vela. Ela senta de novo na cadeira e fala:

— O que você está fazendo aqui, Lakshmi? O que você quer de mim?

Nada, eu quero dizer. Eu não quero nada de você, Maggie. Menos o seu perdão. Mas o que eu quero é dar uma coisa para você. Tudo que roubei, eu quero devolver. Não sei se isso é possível. Não sou inteligente que nem você, Maggie. Não posso dizer se você está feliz com sua nova vida. As coisas que eu não sei são grandes que nem o oceano do lado de fora da sua porta. Sou só uma mulher ignorante do vilarejo que destruí a única coisa boa na minha vida. E a única coisa boa na vida de Sudhir *babu*.

Maggie me observando, esperando eu falar.

— Uma vez eu olhei sua agenda — eu disse. — Em Cerdarville, quando você saiu da sala por um minuto. Nas segundas-feiras, do mês todo, à uma e meia, você escreveu: "Hora da Lakshmi".

Ela pareceu irritada.

— E daí?

— Foi assim que você me construiu, Maggie. Hora depois de hora. História depois de história. Dia depois de dia. Foi assim que você me deu todas as minhas vidas.

— E todos nós sabemos como isso terminou.

Maggie pareceu tão chocada por dizer aquelas palavras como eu pareço ao ouvir elas.

— Desculpe — ela fala. — Isso foi...

— Não, não, Maggie. Você está correta por sentir raiva. É só por isso que eu vim.

Maggie engole bem grande, mesmo sem ter nada na boca. Ela levanta e olha para mim.

— Lakshmi — ela diz devagar. — Está ficando tarde. Tenho uma consulta de manhã cedo. E ainda não sei ao certo qual foi o motivo que fez com que você aparecesse na minha porta.

Eu abri a boca. Não tenho certeza do que vai sair de lá. Eu só sei que os próximos minutos vão decidir se a história de Maggie vai ser ou não ao lado de Sudhir *babu*, se essa vai ser a última vez que eu vejo minha amiga ou a primeira de muitas outras.

— Mais quantos minutos na secadora?
— O quê?
— Para minha calça secar. Quanto tempo?

Maggie deu de ombros.

— Eu não sei. Mais dez minutos, talvez?
— Por favor, Maggie. Por favor, senta. Eu tenho mais uma história para contar. Só mais uma. E depois disso, se você falar, eu ir embora.

Maggie olhou para mim de novo, como se ela tentasse decidir quem é essa nova Lakshmi maluca, e então ela deixou o corpo cair em cima da cadeira. A cara dela cansada, os olhos vazios.

— Pode falar — ela diz.

Maggie querendo que eu fale. Eu penso em todas as histórias que eu conto para ela — sobre *Ma*, *Dada* e Shilpa e Munna e Mithai e Dilip. Agora eu tenho que contar para ela a história de Sudhir *babu* e eu. Como nós dois sabemos que Maggie vale mais que seu único pecado. Assim como nós achamos que valemos mais que os nossos.

Eu fecho os olhos. Eu escuto o oceano batendo com a cabeça na areia. Cheguei o mais longe que consegui. O que acontecer agora é obra do mesmo Deus que fez a pequena Lakshmi e o grande oceano.

Eu começo.

Agradecimentos

Obrigada, pai
Por ser essa coisa rara e bonita — um genuíno homem bom
Você esteve incandescente — um espetáculo para ser visto
Um presente para acalentar
Sempre
Sempre

Este livro, composto na fonte Fairfield,
foi impresso em papel Pólen Soft 70 g, na gráfica Ideal.
São Paulo, Brasil, fevereiro de 2015.